（大字版）

红军
将领

萧克

罗聪明／著

江西人民出版社
Jiangxi People's Publishing House
全国百佳出版社

图书在版编目（CIP）数据

红军将领萧克 / 罗聪明著 . —南昌：江西人民出
版社，2018.3
ISBN 978-7-210-10112-3

Ⅰ . ①红… Ⅱ . ①罗… Ⅲ . ①传记文学－中国－当代
Ⅳ . ① I25

中国版本图书馆 CIP 数据核字（2017）第 329497 号

红军将领萧克

罗聪明　著

策划组稿：游道勤
责任编辑：李月华
书籍设计：运平设计
出　　版：江西人民出版社
发　　行：各地新华书店
地　　址：江西省南昌市三经路 47 号附 1 号
编辑部电话：0791-86898143
发行部电话：0791-86898815
邮　　编：330006
网　　址：www.jxpph.com
E-mail:270446326@qq.com
2018 年 03 月第 1 版　2018 年 03 月第 1 次印刷
开　　本：720mm×1000mm　1/16
印　　张：22　插页：12　字数：280 千字
ISBN 978-7-210-10112-3
定　　价：49.00 元
承 印 厂：南昌市红星印刷有限公司
赣版权登字—01—2017—1082

求实存真

蒋川光

　　1955 年 2 月 8 日，根据第一届全国人民代表大会常务委员会第六次会议通过的《中国人民解放军军官服役条例》，中华人民共和国主席毛泽东颁布命令，授予萧克将军上将军衔。

　　1932 年 10 月，萧克到永新县任红八军军长，成为一个独立战区——湘赣苏区主力红军的最高军事指挥员。

正在给部队战士讲课的萧克。

1991 年 10 月 8 日，萧克在永新城外视察当年战场。

1997 年 1 月，90 岁的萧克将军登上滕王阁远眺。

1997 年，90 岁的萧克将军回到三河坝战役旧址。

目 录

第一章
投笔从戎到江西

1

1926年10月的一个深夜，江西省上高县与奉新县的交界地。一群野鸭子从水田里扑棱棱惊起，破锣嗓子划破夜的死寂。水田一侧，丘陵匍匐沉睡，任凭一干人马呼哧呼哧的热气与嚓嚓嚓嚓的脚步贴着它前胸后背潜入北山。

爬过这座山，就是奉新县。奉新过去，便是江西的省会——南昌。这支几十人的小部队正趁着夜的掩护急速行进。北伐军第三次攻打南昌军阀，前线正在酣战，作为北伐军补充第五团辎重队，担负着供给前线部队军需的任务。

天黑无月，山风鬼叫，行军的将士们紧咬牙关抵抗北风撕咬。快！快快！跟上！心急，更觉脚慢。重型武器和沉甸甸的粮服没有脚，全靠手推肩扛。一进山区，人和物的距离越拉越大。轻装探路的前头部队已抵山脚，而粮服武器不知掉队多远。

粮服股的高股长急得眉头蹿火。团部命令，补充团必须赶在明天中午前把粮服武器送到南昌前线，而照现在这种速度，辎重队根本完不成任务。他一边催促战士们快马加鞭赶到山那边去宿营，一边朝来路频频张望。远看近看，只见一团死寂的黑。"怎么搞的嘛，你们这些家伙！

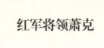
背着乌龟壳睡觉去了吗？"他怒吼着，朝黑暗里发令："停止前进！原地休息五分钟！"

哗啦声戛然而止，变成呼哧呼哧。

高股长的大嗓门从竖在黑暗中的一排耳朵旁哇哇响过。"听清楚了，现在前线吃紧，团部命令我们，务必在明天把粮食武器送到南昌，越快越好！现在我们必须派一个人走回头路，去通知掉队的辎重赶上来。哪个愿意去？"

回答他的是一阵脚底磨地的沙沙声。白天背着重物走了七八十里，个个腿脚发胀，辎重队掉队至少五十里，要再跑个来回可不是件易事。况且，这黑天黑地的。

高股长急得猴子似地左窜右跳。黑暗中也看不清谁是谁，他随手朝其中一条人影一指："你去！"

被指的人影就像被抽了一鞭子，悚然后退着。"我，我不认识路呀……"

"那你去！"高股长又指向另一条人影。

那人嗫嚅着答："股长我走不开啊！等下还要抓紧时间把每个人背的武器统计一下，明天要汇总。你看……"

山道冻成了僵蛇，人人感觉脚底寒凉。一股大风卷过来，人和树都在晃。高股长的大嗓门被一口冷风堵住。他使劲咽一下，睁大眼睛，想从面前的人影中挖出一个金罗汉来。补充团组建不到一个月，是典型的杂牌军。人员参差不齐，年龄大的四十多岁，最小的十四五岁，大部分是从军阀部队俘虏过来的老兵。老兵最能耐的是卖弄资历，欺负新兵，满身"兵油子"味。而刚入伍的新兵，还没来得及参加任何军事训练就随队出征了。这个窝囊补充团啊，别说补充前线，自己的军事能力与素养都急需大补大充。眼下急着要派个任务，却没一个人有担当。高股长大声叹着气。

忽然队伍里蹦出一个声音，像一点火花星子从黑暗里飞出。"我去吧！"声音低得几乎被风声淹没，高股长的耳朵还是敏锐地捉住了它。他身体瞬间长高一截。谁？谁在那答应？

走出队伍的人影，中等个子，单薄的肩膀上背着五六条枪，大檐帽罩住了五官与神色。高股长迎上去，惊喜地问："你叫什么名字？"

浓重的湖南口音答："我是兵器股的兵器员，萧克忠。"

"好！"高股长点头道，"你们兵器股有几个人？"

"加上我，一共三个。有两个在这里，还有一个落在后面。"

高股长想起来了，兵器股是由一个老兵加两个新兵组成的，连股长都没有配备。这个萧克忠显然是新兵，十八九岁的模样。急难当前，人家往后缩，他却主动请缨，高股长心中甚喜，却又担心他能否胜任，毕竟天黑路远，又是战乱时候，便问："你找得到路吗？"

"今天刚走过的路，怎么会找不到呢？"

"好！那你马上出发！"高股长下令。萧克忠却站着不动。高股长问："你还有事吗？"

萧克忠道："报告股长，为了保证万无一失地传达命令，我想带个传令兵一起走。万一路上遇到紧急情况，两个人也好有个照应。"

"行！"高股长朝他的粮食股伸手一点，"牛仔，你是江西人，懂地方话，你跟萧克忠一起去！"一个战士应声而出，站到萧克忠身后，比萧克忠高出半个脑袋，大块头挺得很像个英雄。

萧克忠仍然站着不动，又迟疑地提出另一个要求："能不能给我们一支步枪，一些子弹？"

由于战时武器吃紧，补充团的人只有极少部分人配枪。肩上背着不少枪的兵器员萧克忠，却没有一杆属于他自己的枪。就在高股长犯难之时，辎重队的蒋队长走过来作决："就给他们一支枪吧！你二人路上要特别小心！不论遇到什么情况，都要咬定任务，尽快把命令传达到位！"

萧克忠和牛仔简单收拾行装，即刻出发。

2

月黑风高，寒气袭人。萧克忠背着步枪、腰扎水壶走在前面，后面的牛仔挂着手腕粗的木棍，二人沿着坑坑洼洼的土路，朝来时方向急速走去。一会儿是山包，一会儿是水田，岔路如同棋盘，时时考验人的记忆与判断力。最难走的是山道，路旁一片漆黑，黑乎乎的树丛里好像藏着神秘巨兽，时不时树摇枝动哗哗作响，或是哼哼唧唧地鸣叫。一种不知名的鸟叫声凄厉，女鬼似的，听得人身上起鸡皮疙瘩。二人憋着劲埋头往前冲，走了十多里路也没人开言。走进一方田野，路况和周围环境都舒坦些了，萧克忠才回头问："牛仔，你多大了？"

"十九。"

"你以前是放牛郎吗？"

"你厉害呀！一猜就准。我姓牛，又是放牛出身，人家就叫我牛仔。"牛仔说，他家在南昌县，离此地不远。从小帮地主家放牛，两个月前，牛仔一不留神，跑丢了地主家一头牛，找了一个星期也没找着。他想，回去可交不了差，要么拿家里的房屋抵债，要么拿命抵，干脆跑了算了！在山里躲了两天。正好北伐军第一次攻打南昌，路经他家附近，他就跟上部队走了。

"你呢，你比我年龄大吧？"牛仔问。

"跟你一样，十九！怎么，我样子显老吗？"

"不是不是！我只是觉得，你很老练，跟我们这些新兵不一样。你是有脑筋的人。"牛仔说的是真话，萧克忠虽是同龄人，但他身上有一种不同于补充团里那些"兵油子"和兵夫子的气息，让牛仔打心里佩服。

"我也是新兵，来补充团半个月。但是我很早就想当兵。"萧克忠说，他十三四岁时，姐夫家常有绿林好汉来往。有个绿林军叫李赞易，经常在老家到处贴布告，有一张布告的内容他至今记得。萧克忠默想一会，背诵道："窃诸四夷在望，将有为人渔者焉。国家兴亡，匹夫有责……吾辈聚集山林，非落草为寇，是为救国救民！"背到这，萧克忠身上潜藏的火焰似被这慷慨之词点燃，一股热力带着他往前冲。今天主动站出来领命，他没想别的，只想着兵家孙子的三句话："军无辎重则亡，无粮食则亡，无委积则亡"，把粮服及时送到前线，他明白这对于部队的重要性，明白自己作为辎重队一员的使命。

牛仔急走几步，与萧克忠并肩，好奇地问："你看起来像个读书出身的秀才，当官做学问不是挺好吗？为什么来当兵？"

萧克忠正要回答，忽然紧急刹车。他一把拉住牛仔，悄声道："听那边，有情况！"

前面树丛哗哗作响，声音越来越大。萧克忠肩上的枪已端在手中。比萧克忠块头高大得多的牛仔，怀里却揣了个毛毛胆，吓得贴紧萧克忠，手中的木棒掉落在地，捡了两次才捡回来。萧克忠拉着牛仔后退几步，移到一棵树后，他心执一念，不管是人是兽，遇到袭击即刻还手。

一团黑影从树丛里连滚带爬钻出来，冲到田埂上，直起来，竟是个人影。人影摇晃着沿田埂奔去。

萧克忠一拉枪栓，大声喝道："什么人？站住！不然我开枪了！"

黑影被吓住，僵在路中。萧克忠三两步冲过去将人摁倒在地，反剪其手。牛仔跟上来，举着棍子喊："干什么的？半夜三更跑什么名堂？"

地上那人求饶道："别打枪！别打我！我是这个村里的农民。"

"胡说，你不是本地口音！"牛仔揭穿他。

那人还算老实，马上说出实情。他是直系军阀孙传芳部属、五省联军赣军总司令邓如琢手下的排长。今年9月份以来北伐军前两次进攻南昌，他都在城中参加防守，抵抗北伐军。后来孙传芳的联军主力在南浔铁路沿线遭到北伐军攻击，几乎全军覆没。他从战场上逃出来后就一直潜藏在山中，为避免碰上北伐军，白天躲，晚上跑，想逃到江西西部的莲花县，那是他的老家。

萧克忠质问："你为什么不逃回南昌，去找你们的主子孙传芳？你偷偷摸摸跑出来，是不是另有阴谋？"

"没有阴谋！我就是不想再跟着部队打来打去了。我想回家种田去。当兵没意思！我三兄弟一起当兵，投靠邓如琢部队，两个哥哥都死在战场上。我怕自己不等混出个人样，也没命了。我娘老子七老八十，就指望我养老，我不想当兵了！"

萧克忠寻思，这话倒有几分可信，搜了他身上，没枪没弹，只有两块银圆，身上还带着伤，衣服破成了碎条，即心生怜悯。自己任务在身耽搁不得，带个俘虏走毕竟累赘，便教训几句，将他放了。俘虏兵捧出两块银圆酬谢不杀之恩，萧克忠挥挥手拒绝。

俘虏兵千恩万谢地走出几步，忽然回身道："大哥，可以请教您大名吗？我听出您是湖南口音。我父亲老家是湖南宜章，我是半个湖南人。"

萧克忠道："你现在离开了军阀，就不是我们的敌人了，但将来是不是我们的朋友也未必。我叫萧克忠！希望再碰到你是在同一条战壕。要逃命，就快点走！"

俘虏兵一眨眼消失在黑暗中，萧克忠二人继续赶路。牛仔对萧克忠遇事的沉着与豪气敬佩得五体投地。这越发激起他对萧克忠的好奇心。

"我当兵是走投无路。你呢，萧克忠，你为什么当兵？"

萧克忠响当当地抛出四个字："投笔从戎！"

"投笔从戎？为什么要投笔从戎？"

"报仇！"

3

家仇，在少年萧克忠心里燃着一把烈焰。

湖南嘉禾，湘南小县。1907 年 7 月 14 日，萧克忠就出生在该县泮头乡小街田村，在苦乐耕读中长成翩翩少年。1922 年，家里发生了一连串祸事，那年，他十五岁。

家附近有座山，叫晋屏山。山上有支绿林武装，为头的是当地一位后生哥，萧克忠伯父教私塾时的学生，李赞易。绿林军时常劫富济贫，与地主豪绅作对。村里的大地主萧仁秋，家有良田三百多亩，是当地第一大户。这家伙在盘剥农民的同时，还以办团防保护村民的名义，镇压造反的农民。农民背地里唱歌诅咒他："萧仁秋不死，大家饿肚子。死了萧仁秋，五谷大丰收！"绿林军到萧仁伙家下过几回"片子"，要过几次钱粮，萧仁秋对绿林军恨得要命，联合嘉禾、蓝山、临武三县的剿匪清乡队追剿绿林军，并时刻寻机报复跟绿林军有一丝半缕关系的村民。

暑假的一天，父亲叫住正要出门的萧克忠，交给他一封信，让他送到姐夫家。父亲教书出身，喜欢舞文弄墨，寻常家事要叮嘱家人也喜欢写在纸上，这次送给女婿的书信，不过是叮嘱一些鸡毛蒜皮的事。萧克忠正想着要去姐夫家走走，他知道姐夫与绿林军头目李赞易是好朋友，一直想找机会认识一下这位绿林好汉。

兴冲冲地揣了书信去姐夫家，姐夫不在。姐姐说，姐夫一大早就去大路村蒋某家了。蒋某家离这有七八里路。萧克忠想，说不定李赞易就在蒋家，去看看。

路遇一群吆三喝四的人，正是蓝山县的剿匪清乡队。萧克忠被拦住。

"干什么去？"

"去大路村，蒋家，找我姐夫。"

"你是哪个村的？"

"小街田村的。"萧克忠老老实实回答。

"县政府通告，近日匪患多，村人不许随意窜动。你跑这么远窜来窜去的，去干什么？"

"给我姐夫送信，我父亲写的。"

为头的大胡子不怀好意地讥笑道："岳父老子给女婿写信，叫儿子去送，一听就有名堂！给我看看！"

一群人围上来，从萧克忠身上搜出书信，哗地一下扯开，送给大胡子。大胡子扫了几眼就喝道："抓起来！这是给土匪的信！"

被反剪双手的萧克忠申辩道："这真是父亲写给我姐夫的信，我姐夫不是土匪！你们可以去调查，不要污赖好人！"

大胡子念着信中一句话道："山上山下都不太平，你好生侍弄家事。这明明是告诉土匪们要藏好身，不要出来！把这个送信的小崽子带走，好好审问！"

萧克忠被剿匪清乡队带到塘村墟，关进祠堂后面的一间杂屋。入夜，杂屋陷入黑暗，蚊子在黑暗中叫嚣。萧克忠出身书香门第，从曾祖父起，四代读书人都是教书匠。他兄弟姐妹六个，三个男儿全是读书人。一家人最擅长的是作诗联对、诵经讲史，对付这些蛮不讲理的武夫，真是秀才遇到兵，有理讲不清啊！萧克忠气急之下又担心父母，二老不见儿子归家肯定会着急。他不停地拍打门窗。终于，门外来了一个人，听声音是个老者。"别打门了！没用的！"

"叫你们的头头来！"

"叫不来的，头头们在开会。"老者声音柔和，从菜碗大的窗户口送进一碗饭。又问："你多大了？"

"十五！"

老者轻叹道："还是个小孩子，懂什么通匪？关在这里受罪，家里肯定急死了！伢子，我是县里的师爷，趁他们在开会，你快点写个信，我想办法帮你送到你家！"

师爷找来纸笔，又将马灯举到小窗口，萧克忠感激万分。三下五除二写了一封信，叫父亲快来救人。

第二天，父亲没来，来的是萧克忠就读学校的黄校长。黄校长是受父亲之托来疏通关系的。买通了看守，趁四下无人时，黄校长站在窗口，交代萧克忠如此这般，对好口径。

又过一日，县长亲自审问萧克忠。萧克忠按照黄校长交代的口径对答。县长没问出什么破绽，却不放人，传话叫萧克忠父亲来县里一趟。

父亲得信后气得在屋里发跳。这不明摆着要敲我竹杠吗？他家是靠种地维持生计的，自家只有六亩多水田，粮食不够吃，还租种了地主五亩水田，六成收成要交给东家，凑起来，家里每年还得买两三个月的口粮，哪有钱给这些穷凶极恶的大老爷送人情"办招待"？以他的血性，恨不得买包炸药，冲进县衙与他们同归于尽。但儿子在他们手上，多大的火气也得先关在自己肚子里。他叹了一声又一声，然后挎个小包袱，勾着头出门了。

父亲走了两天路，赶到离家一百里远的安源村，向一个同姓宗亲借了一百块小洋。返家当日，即去了本村大地主萧仁秋家。

平日里萧克忠父亲极少走进萧仁秋家大门。说来，他还是萧仁秋的私塾老师，萧仁秋曾跟着他读过几年书。父亲有着读书人的清高傲气，关心国家大事和民族前途，民国三年因参与反袁运动，被抓进大牢关押了三个月。对于地主豪绅，他是从来不为五斗米折腰的。今日为了儿子，不得不低头来求这个土霸王。他知道萧仁秋跟县长很热络，由萧仁秋出面，情礼相加，救儿子的事才更牢靠。

萧仁秋心里面忌恨这个同姓的穷秀才，知道这一家子跟晋屏山的绿林军有些说不清道不明的关系。但他假意仁慈，对萧克忠父亲道："我们是同村同姓，对外就是一家人，你家的大事，我自然不会袖手旁观。克忠的事包在我身上！只是，以后你对你那几个儿子、女婿，还有侄子们可要严加管教，叫他们别跟那些外村外姓的流氓土匪来往，捣乱我们自家人！"

萧仁秋带着萧克忠父亲借来的一百块小洋去找了县长，县长收了钱，才放人。

萧克忠人是没受损伤，但家里欠下的这一笔债务却无力偿还。商量来去，由萧克忠的二哥萧克允去债主家教书一年抵债。

然而，这事并没有就此了结。

晋屏山的绿林军没有被当局剿灭，反而越来越壮大。当地很多农民加入了绿林军，甚至团防总局的团兵、县警察队的警察也有不少人投奔绿林军。后来，这支绿林军得到孙中山的国民革命军的支持，收编进入军队。旧政府和大地主们气急败坏，四处抓捕曾经与绿林军有染的人。

秋季开学不久，一日，萧克忠放学回家，家里像遭了劫匪。屋里屋外七零八乱，仓库门大敞，仓里的粮食空空如也。妈妈垂着泪线收拾屋子，一边哀号不已："天啦，谁来收拾这些遭天杀的！"父亲瘫倒在椅子上，好似抽空了筋骨。姐姐告诉克忠，今天家里来了驻军部队，二话不说就把家里翻个底朝天，说是这儿藏了绿林军。父母质问为何平白无故地污赖我们，士兵强词夺理道，你和你儿子既然给土匪送过信，说不定还会跟土匪往来，这些粮食肯定是留给土匪的，全部搬走！

兵痞们的侵扰掠夺，光这一年里就来了四次。一次次盘查，一次次抢掠，萧克忠家被洗劫得家徒四壁。日子在祸患中煎熬。大哥早已辍学回家种田，二哥去百里之外的债主家教书了，克忠被迫休学回家，帮父母侍弄田地。有时候萧克忠恨恨地想，与其这样屈辱地活着，不如干脆加入绿林军，把这些害人的地主豪绅与兵痞赶尽杀绝！晋屏山的绿林军收编到国民革命军后，南岭山又冒出一支绿林军，声威更大，影响更深。当局联合驻军为追剿绿林军，烧山毁村，杀人砍头的事天天都在发生。

安守本分的萧克忠家，更大的灾祸接踵而来。

第二年，1923年春天，萧克忠的大哥萧克昌、堂哥萧克绥，被县政府以通匪的罪名杀害了！

那日，大地主萧仁秋派人来小街田村，叫萧克昌、萧克绥兄弟二人到团防局去一趟，说是为绿林军的事问个话。两兄弟毫无防备，一到团防局就被捆住。家里闻讯大惊，绞尽脑汁也想不出到底何时何地得罪过萧仁秋。这一家人平时不跟萧仁秋来往，也就不在他面前低头哈腰，绿林军到萧仁秋家索要钱财时，他们当然也没有去帮他求情说话。大哥

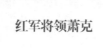
萧克昌话少，性子硬，平时跟人闲扯时，有时会骂几句地主的天下。难道这就是萧仁秋狠使阴招的理由？

萧克忠叫父母赶紧想办法筹钱赎人。父亲在屋里来来回回走了几个时辰，安慰克忠道："没事的。你大哥他们又没有干坏事，难道他们还能青天白日地冤枉好人？何况，人是萧仁秋叫走的，你堂哥跟他是换帖兄弟，他应该不至于加害自己的兄弟吧？我还是萧仁秋的老师哩！一日为师，终身为父，他多少会念着这一点，不会太为难你哥哥的。"

未料，父亲天真的想法被屠刀击碎。就在这天下午，萧克昌与萧克绥被送到县政府刀斩。这明明是萧仁秋的阴谋报复！他把对绿林军的不共戴天之恨，转嫁到每一个与绿林军有过交往、与绿林军有沾亲带故关系，或者仅仅说过绿林军好话的人身上。

一笔笔血债，浇灌着仇恨之树。这棵滴着血泪的树，多年来在萧克忠心里愈长愈壮，他时常紧捂胸口，强压树枝树丫不要撑破胸膛变成利箭。

二哥萧克允抵完了债，即考入长沙统计讲习所读书。在给弟弟的信里，他讲了一些萧克忠闻所未闻的新东西："萧仁秋是我家最大的仇人，也是新民主主义革命要打倒的对象。弟弟，我们一定要想办法，杀了萧仁秋这个大坏蛋和那些反动的狗官！"

有什么办法能杀了萧仁秋这个大坏蛋？萧克忠天天想，时时想。自己身无分文，出不了远门。投奔绿林军，绿林军远遁山林。买包炸弹冲进萧仁秋家？萧仁秋家保镖家丁一大群，单凭他书生一个，连萧仁秋家的院子都进不去。最后，他下定决心，要去读书！像二哥那样学知识，知天下，寻找复仇的出路。二哥告诉他，天下还有一个跟萧仁秋为敌的"巨人"：新民主主义。他捶着胸口对自己说，一定要找到这个巨人！

　　这年秋天,萧克忠考入嘉禾甲种师范简习所。这所学校不用交学费,学生只需每月自备36斤大米、交四枚钢镚做菜金。课本由学校发,还可在较短的时间学完中等教育学业。对于寒门学子萧克忠来说,这自然是最好的去处。

　　读书的日子,他时常想起母亲含泪的哀号:"天啦,谁来收拾这些遭天杀的!"读完书就能收拾萧仁秋那些坏蛋吗?他疑惑又着急。二哥萧克允已离开长沙,跑到广东求学,顺利考入建国湘军军官学校。他写信告诉萧克忠:"报仇之事,还是以暴除暴更快捷!所以我决定:投笔从戎!"

　　二哥这封信让萧克忠在学堂坐不住了。新民主主义革命就像观音菩萨一样遥远,如能从军,手上有了兵器,就能手刃仇敌!对呀,我也要学二哥,投笔从戎,考军校去!而且,要考就考全国最有名的黄埔军校!定下这个目标,萧克忠便安下心来读书。因为报考黄埔军校须得有中等学历,不读完甲师不行。从此,萧克忠给自己额外加了一门学业,自学军事书籍。《曾胡治兵语录》《孙子兵法》《七子兵法》《步兵操典》等,一部一部啃下去。这期间,他还接触到了"马克思主义""三民主义"等新思想,并成为甲师学生团体"共学社"的活跃分子。第三学期,在黄益善、李祖莲等进步老师的引导下,萧克忠秘密加入了国民党组织。只等甲师毕业,他就要振翅飞翔。

　　求学和从军路上,为萧克忠导航指路的,除了二哥萧克允,还有一位亲人:六哥萧武惠。

　　堂哥萧武惠,萧克忠称之为六哥,从广东中山大学一毕业就直接参加了国民革命军第四军。有二哥与六哥为榜样,萧克忠心底的热望烧得更旺。只有从军,才是这个家庭的出路,才能有能力给家人出气,才

能有本事报仇雪恨。

1926年初，萧克忠终于完成了嘉禾甲师的学业。毕业考试正进行到一半，萧克忠却放下了纸笔，去向校长辞行。他从二哥的来信中获知黄埔军校正在招生，算算那边的考试时间已来不及等这边考完，他得赶紧上路去赶考。开明的校长李崇本成全了这个心怀鸿鹄之志的青年，给他提前颁发了毕业证书。他的老师谭步昆借给他七元小洋作盘缠。另一位老师杨宗禧，则帮他付清了尚欠学校的一个月伙食费。

这年2月，萧克忠告别父母满怀希望来到广州。遗憾的是，黄埔军校第四期招生刚刚结束，他紧赶慢赶仍是没有赶上。失望之时，获知国民党中央军事委员会直属的宪兵教练所正在招生，反正也是军校，那就考它吧。没想到一考就中。不久，该校并入黄埔军校，萧克忠成为黄埔四期的学生，总算是圆了自己的黄埔梦！7月份毕业，他被分到国民革命军总司令部宪兵团当中士班长。

萧克忠当兵正是时候。轰轰烈烈的北伐战争呼唤着热血青年。六哥萧武惠随国民革命军第四军出征湖南，二哥萧克允也随国民革命军第二军开往前线。萧克忠哪里甘心待在广州大城市太太平平地当兵？他要把心底的仇恨之火喷向战场。向部队告假说要回家探望父母，实则是去寻找"铁军"第四军。此时的第四军是国民革命军北伐的主力，其中的叶挺独立团，所向披靡，战功赫赫，为第四军赢得了"铁军"的美誉。要去打仗，当然就去第四军。

几经周折，却总是与第四军失之交臂。他从广州追到韶关，又从衡阳追到长沙。此时第四军已打下长沙去了武昌，他又追到武昌。武昌刚刚攻下，第四军又去了江西。这年10月中旬，没追上第四军的萧克忠，无奈之下在长沙请同学介绍进入北伐军补充第五团，安排在辎重队当一名兵器员，管理枪支弹药。

幸好，到补充团没几天，部队就开到江西，来攻打盘踞南昌的军阀孙传芳。萧克忠心底浇灭的希望重新燃起，"铁军"第四军就在江西啊！

4

战场就在眼前。

牛行车站在城市之外的荒郊，铁轨上走着火车，有时也走牛群。这是江西第一条客运铁路——南浔铁路在南昌的终点站，位处赣江之滨，江对岸便是南昌城。隔江望去，不见城，城在炮火与烟海中沉浮。守城之敌为把北伐军攻城部队挡在城外，竟在南昌城四周喷洒煤油和硫黄，将城门外的商店民居烧成一道火墙。大火烧了三天三夜，几经修复的千古名楼滕王阁也在大火中化为灰烬。

就要走上真正的战场，萧克忠亢奋不已。他想战场想得发疯，想手刃列强军阀为老百姓出口恶气，现在终于在南昌等到机会，前线就在眼前，一江之隔，一步之遥。

不解的是，补充团竟然停在车站迟迟不动，可把萧克忠急出了汗。牛仔拄着一根木棍，瘸着腿走过来问萧克忠："我们真要去打仗吗？"他早上行军时不小心跌下一个土坎，扭伤了脚。

"当然！"

"可我不会打枪呀！我……我不敢去。"

"看你这东倒西歪的样子，子弹都不愿意追你，干脆回家放牛去。我可是要上前线！"萧克忠身上依然背着五六支枪，像京剧里满身插着旗子的武生。

忽然，比浪高的欢呼声凌空而来。"攻下了！攻下了！南昌城被我

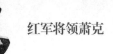

军攻下了！"

萧克忠一声长叹："怎么就打完了！老天，怎么老不给我机会呢？"

北伐军开进南昌休养整编。粮服股的高股长点名要人，把萧克忠从兵器股调到他的粮服股。萧克忠这小子有胆量，吃得苦，服从命令，这是军人必须具备的基本素质，交给他做事踏实，放心。上次幸而有他主动请缨、夜行百里传令，才使辎重队跟上大部队，及时把粮服送到战场。高股长想把这块金元宝放在身边继续发光。对萧克忠来说，兵器股也好，粮服股也好，都是军需，都要人管，去哪里都一样。唯一不甘的，便是老待在补充团，恐怕总是没机会上战场。

补充团在南昌驻扎了一个星期。

第一次到南昌，第一次听南昌人把外地人称为老表，萧克忠觉得新鲜又亲切。老表就是表兄弟，他便以一个表亲来作客的好心情打量这座城市。

这是座老城。老城最繁华的地方，叫万寿宫。万寿宫的名字听去像是皇帝的行宫，或者皇陵、仙家宝殿之类，其实不然，这是一个南昌本土人、本土神的道场。在史书里他叫许逊，是行医济世的高人。在神话里他叫许真君，是镇妖治水的神。他仙逝之后，皇帝赐建万寿宫以弘扬其德。江西到处建有万寿宫，南昌除此一座，城市周边还有两三座。在民间，神的号召力往往强过凡人，供奉许真君的翠花街万寿宫，就在香火里繁衍成一条商贾往来的旺街。

部队驻扎在万寿宫附近。每天早上，萧克忠跟战士们一道从翠花街穿过万寿宫，一路巡查到赣江边被烧毁的滕王阁。街头一溜儿排着的钱庄、钟表眼镜店、盐号和大大小小的南北食杂铺，铺排出省会城市特有的繁盛。翠花街旁有一栋全城最高的楼房，叫江西大旅社，是座四层洋房。街上还有全城最大的饭店，门口摆着一只大肚子瓦缸，瓦缸里烧着炭火，煨着好多小瓦罐，小瓦罐里是山药炖鸡之类的汤。整条翠花街一天到晚都漂浮着瓦罐汤的浓香。饭店隔壁是一间茶楼。茶楼里经常有军官和乡绅出入，偶尔传出敲打说唱的声响。问本地人唱的什么，有说是南昌道情，有说是南昌清音，也搞不清是何戏种。萧克忠喜欢听戏，路过时听了几回，感觉不同于湖南花鼓戏的火辣味，相比，南昌地方戏的唱腔唱词显得斯文一些。文火旁边唱文戏，再加上翠花街、万寿宫的名字，使南昌这个南方昌盛之地呈现一派温软情调。

这天傍晚，辎重队的蒋队长把萧克忠叫到团部，告诉他，部队即将由南昌向浙江开拔，去攻打杭州。萧克忠乐得蹦起来。太好了，终于可以上阵杀敌了！

蒋队长郑重道："交给你一项特殊任务。"萧克忠问都不问，想都没想，就一个立正道："是！坚决服从命令！"

蒋队长回想起上高之夜萧克忠主动请缨传令的情景，满意地点头微笑。危难时刻敢于往前冲，这人肯定是能够赴国、赴义、赴死的勇士，军中有这样的士兵，是将领的福气。蒋队长指着团部存放的一批武器道："这里有 200 支步枪，360 箱子弹。这可是南昌一战的战利品，总司令部专门拨给我们补充团的。这次去打杭州，为了保证武器安全，人和武器得分开走，到浙江常山会合。押运这批武器的任务，就交给你了！"

怎么又是押运武器？不是端枪杀敌啊！

蒋队长说完，看向他。萧克忠愣在原地，斜插在眉宇间的两道剑眉轻轻抖了抖，由坚挺渐渐委顿，旋即复归坚挺。"请队长放心！我保证完成任务！"

蒋队长笑了。"从南昌去常山，你认识这条路吗？"

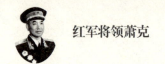

"不认识。我可以问路。或者跟着部队走。"

"不行！我们走陆路，你必须单独走水路，万一路上打起仗来，你单独走才能保证这批武器的安全！"蒋队长拿起一张地图指给萧克忠看路线。"你从赣江坐船到鄱阳湖，从鄱阳湖进入信江，逆江而上，经贵溪、弋阳、上饶，到玉山改走一段陆路，再换水路到常山。"

萧克忠不语。这次的任务，可比上次传令艰难多了，路途遥远，沿途尽是山林江湖，处处盗贼土匪出没，自己又不熟路，况且，这么重的武器，离开水路后如何运输也是个大问题。但在萧克忠看来，既然是士兵，就要受命；既然受命，就不要问危难。只问："我一个人行动吗？"

蒋队长道："跟上次一样，给你带个通信员，路上好有个照应。为了保证安全，你们务必白天行船，晚上靠岸停泊。记住，每到一地，你要随时与陆上部队保持联络。"

见萧克忠光点头不作声，蒋队长拍拍小伙子结实的肩膀，关切地问："你还有什么要求吗？"

"没有。保证完成任务！"剑眉之下是坚定的目光。

第二章
在"铁军"里冶炼

5

1927年，春节后的南昌，接连下了几场冻雨。天上水淋淋，地上滑溜溜。牛仔披着过去放牛时的蓑衣，在南昌城与滕王阁码头之间来回晃悠。

两个多月前，他所在的补充第五团随北伐军离开南昌去了浙江，亲密战友萧克忠也押运武器赶往战场，他因脚伤未愈没有跟部队走。家里人原指望他出去混个人样回来，没想到一事无成，就没有好脸色给他。回家又无牛可放，地主被暴动吓跑了。牛仔灰头土脸，天天后悔，后悔一时怕吃苦没跟部队走。现在南昌到处都在革命，村里的农民组织协会跟地主乡绅斗，出了一批英雄豪杰。他牛仔在北伐军补充团呆过两个月，好歹也算当过兵搞过革命的，怎么着也不能让人看扁啊！他决计再次离家出走，去追赶自己的部队。但他从来没有一个人出过远门，又不识字，搞不清外面形势，就想寻个同路人，或者顺路跟上哪支部队也好。在码头观察了好些天，只看见一拨一拨的部队不断开进南昌来，却没听说有谁要去浙江前线。

北伐军攻占南昌后，军阀孙传芳在江西的10万主力部队几乎全部被歼，蒋介石把北伐军总司令部移驻南昌，还准备把国民党中央和国民政府机关也迁过来。迁都不是为革命，他打的是个人的小算盘，企图以军队控制党和政府。这种军政大事，当然不是牛仔这样的小士兵小百姓能知晓的。他只是感觉到，南昌城的部队越来越多，军政要员越来越多。身上都是北伐军一样的灰军装大檐帽，而军装下藏着的心，是黑是白谁也看不出来。

一日，牛仔蹲在码头观望，赣江开来一条客轮。他下定决心，这回不管有没有部队开出去，他都要乘船出去碰碰运气。一打听，船是开往九江的。那就先到九江再说。客轮靠岸，停歇半个钟头。趁客人上下船之机，牛仔混进人群，想挤上去。刚挤到跳板旁，便被验票人一把推出几米远。他没钱买船票。

牛仔不甘心，守在岸边盯着来往人群。眼看船将开出，他急得想跳江游水爬上船。寒天冻地的，又担心爬不到船边就会被冻僵。这时，一个衣着体面的白胡子老人拎着口小皮箱匆匆下了船，站在岸边东张西望。不一会儿，远处急匆匆走来一个中年人，拎只大皮箱。二人惊喜相见，匆匆交谈几句便互换皮箱。中年人离开码头，老人拎着大皮箱回船。皮箱显然有些重量，他拎着有些吃力。

机会来了！牛仔立即甩脱身上的蓑衣，大步跨过去，喊道："我来我来！"老人惊疑地看着他，警觉地将箱子藏到身后。

牛仔乞求道："老伯，我帮您把箱子送上船，也请您帮我一个忙，把我带上船去。我没钱买船票。求求您了！"

白胡子老人问："你要去哪里？"牛仔道："随便哪里，上船就行。"老人还在疑惑，牛仔一把抢过皮箱就往船上走。老人只得快步跟紧。

经过跳板，验票人伸手拦住。牛仔用南昌话朝后面喊："爷老子（方言：爸爸），你快点！拿票来！"老人赶上来，在口袋里摸，摸出一张船票。验票人看看牛仔那身破旧衣衫，再望望老人的整齐打扮，用眼睛问：你们，怎么回事？牛仔赔着笑解释："我们刚才一起下船的。爷老子，你把我的票放哪了？"老人支吾着。牛仔放下箱子，往老人口袋里一顿乱摸，同时不住埋怨："你这记性真是给狗吃了，我早叮嘱你两张票要放在一起的，你把我那张塞到哪去了？"

验票人诘问："真是一起的？"

牛仔道："是啊是啊，我俩都坐一天的船了，要不是我叔来送东西，哪会下船。等下我找到了票一定送给你验！"

验票人一摆手："算了，快上去，船要开了。"

牛仔左手提起箱子，右手挽着"爷老子"大大方方上了船。帮老人找到座位，把箱子放妥了，才去甲板吹吹风息息汗。不料一眼撞见一张熟面孔，二人同时叫出来。

"萧克忠！"

"牛仔！"

两个战友在飘着雨线的甲板惊喜相抱。牛仔急迫地想知道这两个月来北伐军的战果与行踪。萧克忠说，他跟随北伐军补充团从南昌打到浙江，攻下了杭州城，但补充团仍是没机会上前线，停在金华二十多天，除了训练便是守兵库、守粮库。这可不是萧克忠追随北伐军的目的。他天天都在等着盼着上战场一展壮志豪情，哪里甘心老这么憋屈地待在后方。恰巧在金华收到了六哥萧武惠的信，六哥随"铁军"第四军在江西打了胜仗后撤回武昌，现在武汉军用被服厂当中校指导员。萧克忠大喜过望，马上向团里请假，去追赶"铁军"。补充团的管理本来就不严格，很多人像牛仔一样，说来就来，说走就走。只是这一走，萧克忠可吃了眼前亏。部队在浙江常山整编定职时，萧克忠因为出色完成上高夜间传

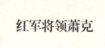

令和押运武器到浙江的任务，经高股长举荐，蒋队长特批，由军士破格提拔为少尉。这么一走，他用血汗挣来的军衔和新涨的薪金全都丢了。壮志在怀，吃点小亏萧克忠毫不在乎。他从金华出发先回到江西玉山，再乘船经南昌往九江，然后转往武昌。没想到船到南昌便遇上了瞎闯瞎撞的牛仔。

"这回我一定要追上铁军！"萧克忠的鼻子冻得像红萝卜，额上的两道黑剑怒指苍天。"我要加入铁军！跟着铁军打仗去！"

牛仔惊喜过望，这么说，他也可以跟着萧克忠归队了！他三下两下扒开自己身上的破棉袄，露出里面的灰军装。萧克忠赶紧帮他捂住军装。他自己也是一身便装。显然，这儿不是亮身份的地方，国民党里派系纷争，军人的身份可能招致麻烦。

跟萧克忠一起从金华同行出来的还有一个副连长。副连长跟萧克忠一样丢掉了新军衔，甘愿去"铁军"当一名普通士兵。三颗滚烫的心通过会意的眼神传递热力。

6

一到武汉，萧克忠即刻去找国民革命军第四军。

已在第四军当上军官的六哥萧武惠惊喜不已："你来了就好，来了就好！不能跟蒋介石走，他快要变成军阀了！"

萧克忠有些懵。曾听说国民政府去年11月份由广州迁到了武汉，宋庆龄等人在武汉代行国民党中央和国民政府的最高职权，他还以为是北伐战争向北推进的需要，却不知是因南方政治局势的急剧变化。身为北伐军总司令的蒋介石，在南昌和南京暗中使着阴招，镇压工农运动，压制共产党在军队的发展，妄图以军事独裁控制党和政府。萧克忠的确来得正是时候，此时，武汉的国民党左派与共产党人正在开展"党权运动"，抵制蒋介石的独裁。南京和南昌方面，不断有人跑到武汉来。汪精卫武汉国民政府与蒋介石南京国民政府开始了对立与较量。萧克忠执念于追铁军追铁军、上战场上战场，却没想到歪打正着，选择了一条光明大道！

六哥悄声说，其实武汉政府也并非光明大道，内部也在分化。一些右派军官脱离了这儿的国民政府，偷偷跑去南京，追随蒋介石去了。

蒋介石怎么一下子竟成了我们要打倒的反革命了？萧克忠一时接受不了这个现实。那可是他追随崇敬的英雄人物啊！两年前，在老家嘉禾甲种师范简习所读书时，通过六哥寄来的革命书刊，他知道了三民主义、马克思主义，明白只有投身反帝反封建革命运动才能报家仇国恨，才加入了国民党组织。1925 年 10 月，国民革命军东征获胜，肃清了陈炯明势力，萧克忠获知捷报，对时任国民革命军第一军军长蒋介石深为敬佩，还作过一首《赞蒋中正》诗，歌颂蒋创办学生军、联合共产党、改组国民党、整顿革命军等功绩，由衷地颂扬他："异哉奇男子，伯仲李忠王。"把他比作太平天国的忠王李秀成。1926 年 3 月发生"中山舰事件"，作为黄埔军校校长和国民革命军总司令的蒋介石，把共产党人从黄埔军校和国民革命军第一军排除出去，萧克忠在宪兵教练所也感受到了国共斗争的紧张空气，但他始终不愿意相信，他无限崇敬的大校长、他心目中的大英雄，会是拥军割据的军阀！他宁愿相信这是人们一时误解，或者是蒋介石一时糊涂处事不当。北伐战争爆发后，随着北伐军节节胜利，他对蒋介石的崇敬依然是与日俱增。这么一个英雄人物，而今怎么一下子就变成反革命了呢？萧克忠一百个不愿意，不相信他心目中的英雄轰然倒地。

迷茫的日子，萧克忠清楚地看到，国民政府与国民革命军都在悄悄地重新站队，重新洗牌。每天都有新的消息刺激革命者的神经。

南昌。一批共产党员和国民党左派军官被暗杀！不少前往武汉的共产党员与武汉国民政府人员，途经南昌时被蒋介石公开扣留。假如那时他和牛仔大张旗鼓地从南昌跑来武汉找铁军，恐怕也遭了不测。

武汉。不少国民革命军军官，包括北伐军补充第五团团长蒋先云等人，陆续从各地转移到此。

尤其意外的是，二哥萧克允也来了！他所在的国民革命军第二军也脱离了蒋介石到达武汉。二哥说，二军与六军都是受蒋介石排挤的部队，与其跟着老蒋受气，不如跟着老汪试试。

三兄弟从三支部队追随着革命的光芒，聚在武汉。

萧克忠不得不相信，蒋介石已经不再是过去那位令他无限崇敬的校长、军长、总司令，而是革命的对立面，革命者的敌人。

萧克忠求六哥："我要加入你们铁军！"六哥说："我说了不算，这可不是你们补充团，不是随便什么人都能加入铁军的，我介绍你给我们十一军二十四师政治部主任，如果他同意，你就可以加入。"

"我不去十一军，我要到你们四军，四军才是'铁军'。连爸爸都知道'铁军'。我要去叶挺独立团！"萧克忠从广州追赶北伐军时顺道回了一次老家，父亲一直追着这个当兵的儿子打听"铁军"的事，连普通老百姓都知道"铁军"的厉害，这更让萧克忠对"铁军"心驰神往。

"老百姓都崇拜叶挺，当兵的都想进四军,进叶挺独立团。不单是你,我也想进独立团呢！可不是那么容易进的。你还不知道吧？我说的十一军，其实就是我们四军一部扩编的。你知道这十一军二十四师的师长是谁吗？就是叶挺！如果能让你这个只运过枪没打过仗的新兵参加二十四师，你就算是撞上了狗屎运。"

说到叶挺，六哥眼里满是敬慕。他还讲起一个月前举行献盾仪式的情景。叶挺独立团北伐湖南湖北时冲锋在前，屡建奇功，攻克武昌城之后，武汉粤侨联谊社铸造了一座一米高的"铁军"盾牌，赠给四军。铁盾正面铸了"铁军"二字，背面有诗颂曰："烈士之血，主义之花，四军伟绩，威震遐迩。"叶挺代表独立团接受了这座铁军盾。现在的武汉，三岁娃娃都知道叶挺，知道"铁军"。

萧克忠急迫道："那我就去二十四师！直接在叶师长手下当兵！"

第十一军二十四师政治部主任陈兴霖是个眉目亲和的军官，听了萧武惠的介绍，陈主任决定亲自考察这个从广东一路追来的青年。现在局势有点紧，革命阵营敌我混杂，对新进的人员，部队比以往任何时候更加警惕，更加小心。

晴天丽日，陈主任约萧克忠到营房外面的林子里交谈。

陈主任问："你知道'三民主义'和'三大政策'吗？"

当然知道。在嘉禾甲师时，萧克忠就用六哥寄来的手稿内容，向学生们宣讲"三民主义"。在宪兵教练所学军事的同时，他还深入接触了农民求解放的革命道理。萧克忠真诚地说："我认为，中国积贫积弱的根源就在于封建统治的黑暗腐朽，以及外国强权的侵略。民族主义、民权主义和民生主义，是我们农工推翻封建主义、打倒帝国主义的一条必经之路。而'三大政策'是通向'三民主义'的桥梁。孙中山先生说得对极了，如果不联俄就不会反帝，不联共就不会反封建，不扶助农工，革命就会失败！"

"不错，小伙子！你的思想很对路嘛！"陈主任不住地点头。

萧克忠一身热气往外冒。四月的林子里，雀子闹腾得正欢。每一

声鸟鸣，都是这颗年轻的心在为自己的理想声声呐喊。

这次交谈，陈主任闭口未谈萧克忠从军的要求，萧克忠也没有问。他只是觉得，这一次谈得还不过瘾。关于理想，关于未来，他还有许多想法不吐不快。

两天之后，陈主任再次约见。二人坐在一棵梧桐树下，融融春阳从叶的掌中倾泻而下，光影在周身上下跳跃着拉伸着，仿佛一棵棵幼芽在生长。这次的话题是蒋介石。萧克忠把自己对蒋介石的情感转变以及对国民党未来的担忧和盘托出。望着这位锐气十足的青年，陈主任拍拍他肩膀道："来吧，加入我们部队吧！"

孜孜以求的愿望终于实现了！萧克忠被分配到叶挺部队第十一军二十四师七十一团二营三连，成为"铁军"的一员，并直接担任连政治指导员。

六哥高兴地捶着萧克忠的胸脯道："你小子真是撞上了狗屎运！由一个普通士兵，直接跳级当连级干部了！"

萧克忠不好意思道："我可不是普通士兵，我在宪兵团当过中士班长，在补充团还任过少尉。"

"你赤条条一个士兵过来，在这遇上伯乐了！"

跟萧克忠同来的牛仔，分到了二十六师七十七团，团长就是从浙江过来的补充五团团长蒋先云。

反蒋，成为当下最大的政治任务。

萧克忠在学校练就的演讲特长得到了发挥，每天给连队战士宣讲"党权运动"。这天，他给战士们宣读《武汉民国日报》刊登的郭沫若文章——《请看今日之蒋介石》。文章说，蒋介石在赣州、九江、安庆指使流氓捣毁总工会、农民协会，杀害共产党人，"蒋介石已经不是我们国民革命军的总司令，蒋介石是流氓地痞、土豪劣绅、贪官污吏、卖国军阀、所有一切反动派——反革命势力的中心力量了。"郭沫若的文字如同炮弹飞舞，激起了战士们的反蒋情绪。萧克忠看着墙上悬挂的蒋介石头像，为自己曾经写下那首《赞蒋中正》诗感到羞耻。他伸出指头，朝画像画了个大大的叉，然后，信手拿起一支笔，在画像的空白处写下一首五绝诗：

斥蒋中正

昔时为英杰，今日为鬼蜮。

尔像虽如前，人鬼已有别。

7

1927 年 4 月 26 日，萧克忠所在的第十一军二十四师七十一团随大军北伐河南。

河南临颍一个村庄旁的山林，是北伐军的营地。刚打完一仗，部队回营休息，萧克忠趴在一块石板上铺开纸笔，给父母写信。回想父亲教导的"国家兴亡，匹夫有责"，他感激而又愧疚。为着"兼济天下"的志向，他终于走上了疆场，但作为儿子，却没能尽到赡养父母的孝道。现在唯一能做的，就是常修家书，以平安告慰父母。昨天部队在汝南打了一仗，这也是萧克忠平生参加的第一场战斗，军阀纪元林的一个师袭击我军，萧克忠连队奉命坚守城墙，他跟连长共同指挥作战，成功打退了敌人一次次进攻。想到父母双亲供养自己读了这么多年的书，过去的纸上谈兵终于派上用场，他就格外兴奋。尤其是自己加入了"铁军"，这些好消息，相信足令父母欣慰。

"指导员，又在写诗啊？"北方口音的连长郑鸣英走过来，他知道

萧克忠读了不少文学书籍，喜欢写诗作词。

"写封信给家里，正好写完。"萧克忠放下笔，站起身来。到河南以来，跟郑鸣英朝夕相处，他从内心崇敬这位黄埔三期毕业的搭档。郑鸣英懂军事，又会做政治工作，经常教萧克忠怎么讲政治课，怎么管理连队，是萧克忠的良师益友。

郑鸣英一边拉着萧克忠的手坐下，一边不停地摇着手中的一本油印刊物。五月的河南天气并不甚热，他扇风的动作显得有点夸张。萧克忠是嗜读的人，一见新书新报就不肯放过，即问是什么好书。郑鸣英扬扬手，《向导》二字炮弹似的飞出来。萧克忠兴奋道："借我读一下。"他在嘉禾甲师和广东宪兵教练所都看过这份刊物，里面有一些他当时似懂非懂的新思想。最早读到《共产党宣言》，也是通过这个刊物。

郑鸣英问："你以前看过这个报纸吗？"

萧克忠老实地回答："看过，好多东西没怎么看懂。"

"哦。那我借给你一本书看看。"

郑鸣英把萧克忠带到自己住的营房，打开公文箱，拿出一本书，叮嘱道："有什么不懂的，可以跟我讨论。"

这是一本《共产主义ABC》，俄国人的著作，介绍共产主义基本理论的入门通俗读物。萧克忠且惊且喜地望着郑鸣英，心里嘀咕着，郑连长到底是什么人？会不会跟共产党有关联？

在放逐思想的兴奋中，萧克忠度过了树林里的初夏。白天去打仗，或者巡逻。晚上，小树林的露营地，萧克忠与郑鸣英时常展开思想的争论。两张地铺，中间放着公文箱，两个亲密战友面对面躺着，在或明或暗的月色里悄声地谈家世，谈人生理想，谈阶级斗争，谈CCP。萧克忠已经知道，CCP是中国共产党的英文缩写。

一天晚上，无月，无风。二人席地而卧，从彭湃的《海陆丰农民运动》，谈到陈独秀的《独秀文存》，又谈到《共产党宣言》，心越走越近。郑鸣英从铺上一坐而起，挥动的双手撩起一线凉风，背诵起孙中山的话："共产主义是民生的理想，民生主义是共产的实行！"萧克忠亦翻身爬起，声音因激动而发抖："我明白了，共产党的目标，与'三民主义'是一致的，都是消灭剥削，消灭阶级，最后实现共产主义！"

郑鸣英伸出双手，紧紧抓住萧克忠的手："我早就看出你跟一般年轻人不一样。按照曾国藩的相面观点，你是有出息的人！"

萧克忠惊讶道："你还会看相？"

"曾国藩说，长相符合三个字的，就是好兵！"

"哪三个字？"

"黄！长！昂！黄是皮肤黄，说明是种地人，忠厚老实。你皮肤也够黄了！长是手脚长，跑得快，有力量。你个子不算高，却是长手长脚！昂是斗志昂，精力充沛。这正是你！所以我说，你就是黄长昂！"

萧克忠应道："那我就做黄长昂！"他忽地低下声音，附在郑鸣英耳边道："我想加入共产党！"

黑暗中，郑鸣英不置可否。

萧克忠又问："我早先已经加入国民党了，不知道共产党还收不收我？"

郑鸣英悄声道："国民党和共产党本来就是兄弟，我想，共产党的门肯定是向你敞开的！"

萧克忠乐滋滋地闭上眼睛，恍惚间看见自己雄赳赳地踏进一扇崭新的大门。

一日，部队集训，操练完毕，接着上文化课。这次萧克忠不讲大道理，

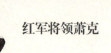

专门教唱国歌《卿云歌》。他一字一句地咀嚼着唱："卿云烂兮，纠缦缦兮，日月光华，旦复旦兮。"歌词文绉绉的，战士们唱得别别扭扭。

正好郑鸣英走过来，叫停。他将手中一张油印歌谱交给萧克忠："我这有首更带劲的歌，《国际歌》！学会了《国际歌》，走遍全世界都能找到我们的同志。"

萧克忠瞄一眼歌谱，为难道："我不会唱啊！"

"我来教！"郑鸣英自告奋勇，当即对着歌谱教唱起来。

唱完头一遍，一战士问："这是外国歌啊，英特纳雄耐尔就一定要实现，是什么意思？"

郑鸣英挥舞着手解释："英特纳雄耐尔，就是共产主义，这是人类最美好的社会，在世界人民的共同努力下，它一定会实现！"

这堂课一上完，战士们私下议论：共产主义就是共产党的目标啊，这首歌肯定是从共产党那里传来的。共产党在哪里？难道，就藏在这支部队里吗？咱们郑连长会不会就是共产党？他思想先进，工作负责，作战勇敢，肯定是共产党！风言传进萧克忠耳里，再看郑鸣英，他心里便多了敬意。

8

行军路上，胜利的捷报与惨烈的消息如乱箭穿空而来。

北方，北伐军血拼奉系军阀，节节胜利。南方，国民党右派制造的白色恐怖迅猛蔓延。武汉国民政府也开始分化，曾经高喊"革命的往左边来，不革命的快走开去！"的汪精卫，如今却跟反革命同流合污，密谋与蒋介石、冯玉祥用共产党人的鲜血来实现"宁汉合作"。

长沙。1927 年 5 月 21 日，"马日事变"爆发。驻在长沙的国民党反动军官许克祥血腥"清党",捕杀了大批共产党人。刽子手天天在街头晃来晃去,只要看见剪着短头发的女人就当作共产党格杀勿论。他们以杀女子行禽兽之乐,将女子脱光,割去双乳,刀斩首级而且朝阴部开枪,甚或在阴部钉上一块木板,上写"共产种子"。杀男子则极尽酷刑,斩腰,割肢,剖腹。有的共产党人被杀害后悬头示众,直至腐烂生蛆,没人敢去收尸。杀红了眼的许克祥还派兵跑到韶山冲,挖掉了毛泽东家的祖坟。

北京。李大钊等 20 位革命者被奉系军阀张作霖绞死。

这些消息山洪般横空袭来,冲击着北伐战士的心。是向右还是向左?是退缩还是前进?是继续革命还是回头?谁是真正的革命者?今后该跟谁走?同样的问题拷问着从军路上的每一个人。同声的脚步里翻转着不同的心思。

部队经过一条战壕前的麦田,成熟的麦子成片成片割倒在地,被践踏得七零八乱,令人心疼。这是奉系军阀为扫清防御阵地前的射击区而干下的暴行。农民辛苦一年的粮食,就这样变成了泥土,战士们痛骂不已。萧克忠气愤道:"这些该死的东西,真该早点收拾他们!"抬头看见刻写在一堵颓墙上的岳飞词《满江红》,不禁大声诵读,以泄心头之恨:"怒发冲冠,凭栏处,潇潇雨歇。抬望眼,仰天长啸,壮怀激烈。三十功名尘与土;八千里路云和月。莫等闲,白了少年头,空悲切!"

郑鸣英连长走过来,悄声问:"指导员,我记得,你想加入共产党?"

"我是想啊,可找不到他们啊!"萧克忠望着郑鸣英,话中有话,"你能帮我找找吗?"

郑鸣英笑笑:"我试试吧!"

临颍大战,北伐军攻克奉系军阀主力,敌人败北,我军伤亡也很大。萧克忠所在的二十四师七十一团暂时归二十六师指挥,作为预备队也参加了战斗。血染沙场，尸陈遍野，处处触目惊心。萧克忠心中很不好受，无论是敌是友，都是从娘肚子里出来的血肉之躯，是战争让这些皮囊装进了不同的思想，选择了不同的路。他自己曾是那么狂热地向往战场，而今却又如此痛恨涂炭生灵的战争。如果天下太平，这山野上遍开的便是鲜花，而不是鲜血。

回到营地，修筑工事时居然碰见了老战友牛仔！他所在的二十六师七十七团营地紧挨在旁边。经历了真正的战场，两个战友都幸运地从枪弹中平安闯过，自是庆幸。说起打仗的感受，牛仔道，第一次端枪杀敌，心里紧张得要命，手脚抖个不停，站都站不稳，跟上次晚上传令遇到逃兵时差不多。团里多半是新兵，都没打过仗，有的人一听枪声就吓得屁滚尿流，比他还差。第二次上阵就不怕了，拿枪就跟拿鞭子抽牛一样顺手。

萧克忠的感觉不一样。战场是他做过无数遍的梦，现在无非是梦境再现，他并没觉得一丝害怕。

牛仔道："你当然不怕，你天生属于军营！属于战场！"

临颍大战结束，两天之后，萧克忠从三连调到四连当代理连长。其时四连连长生病，连队不能无首领，上级看中了萧克忠的军事指挥才能。

萧克忠去向郑鸣英告别。工作调动对他来说倒是没什么，他只是有点舍不得离开这个朝夕相处的良师益友。

郑鸣英哈哈大笑："去吧！我在三连，你在四连，咱们还在一营，一块干！"

"当连长要指挥打仗，我……怕自己不能胜任。"

"我早看出来了，你很有头脑，有谋略，当连长绝对能行！"郑鸣英拉住他的手,悄悄告诉他一个喜讯:"我帮你找到了共产党,代你表达了想加入共产党的意愿。共产党经过一段时间对你的暗中考察,同意你入党。"

"啊?太好了!我通过考察了!我怎么不知道有人考察我呢?我现在要怎么做?你快带我去见共产党!"萧克忠兴奋得热血上涌,头皮发麻。

"别急!估计不久,共产党就会来找你的。"

萧克忠便天天盼,天天等。每次有人找他谈话,无论是在战场上还是营地,无论谈的是军事还是其他,他都特别留意,会不会是共产党来找我了?

有一次,在营地与一位军官擦肩而过。那人伸手在他肩上一拍,惊喜地招呼道:"嘿!后生哥,还认得我吗?"

萧克忠回头打量此人,年约四十,是个团长,面目完全陌生,他想不起在哪儿见过,便不好意思地请教对方。对方提醒道,我们是坐同一条船从江西到武昌去的。

萧克忠使劲回想,那天与他同行的,除了牛仔便是一位副连长,并没有别人啊!

对方神秘地笑道:"你的朋友牛仔,还帮我提过行李啊!"

萧克忠恍然大悟。"你就是那位带箱子的……老人家?你的白胡子呢?"

对方笑道:"看来我化装还是很成功的。"当时他从南京脱离蒋介石部前往武汉,途经南昌取了一些重要文件,为免被人发现,才化装成白胡子老人。没想到在南昌靠岸时天上掉下一个"儿子",又提行李又搀他走路,"父子"同行,倒免了别人注意。

萧克忠差点脱口问出，你是共产党吗？拼命忍住才没说出口，只是点头，脸上满是惊讶、佩服。

对方道："这就叫志同，道合！关键时刻你知道该站在哪一队，有觉悟！好样的！"

这位团长大踏步走了，萧克忠仍怔在原地，望着那背影想，他肯定是共产党！是他来找我吗？

正恍惚，连队通信员温小四走到面前，望望四下无人，神色怪异地说，有件大事，想向连长如实报告。

萧克忠压住内心的喜悦，狐疑而又热切地望着面前这个通信员，假装无所谓地问："什么事？"温小四的底细，萧克忠是一清二楚的。温小四是江西宁都人，父母早逝，留下他和妹妹一对孤儿由姑妈养大。兄妹二人都只读过两三年书。为了自食其力，温小四跟村里人到广东潮汕的一个河滩上搬运沙石，由于工钱老是被工头拖欠不给，工人们忍无可忍，把工头和码头的大老板捉起来革了命，之后逃到广州。当时国民革命军正要北伐，温小四便跟一批码头工人一起参加了北伐军，打到湖南湖北。萧克忠在武汉加入第十一军二十四师七十一团后，跟温小四成为同一个营同一个连的战友。温小四比萧克忠小两岁，长得猴子似地瘦小又机灵，平时倒没看出他有什么特别。此时的温小四神色庄重，像是藏着一件天大的事要抖出来，萧克忠心下紧张起来，莫非，这家伙就是自己日日期盼的共产党员？

在萧克忠热切的目光中，温小四十分难为情地说："连长，我犯错误了……我对不起你！"

萧克忠急问："你吞吞吐吐的，到底有什么事？"

原来是，今天早上萧克忠带战士们操练回来，用小半张写过字的纸做了卷烟筒，剩下大半张舍不得扔，便随手在纸上写了半首诗。刚好营长来找他商量事，他把半首诗放在窗台上准备回头再写。温小四不知，当废纸顺手捡去上茅厕了。萧克忠回来找他未写完的诗，温小四当场没敢承认，憋了半天，良心不安，才来认错。

"我错了，我赔……"

"赔？你赔我一首诗啊？"萧克忠又气又好笑。

"我哪有那能耐呀！我是说，我给你赔礼。我知道，你写的诗都是宝贝……我以后有机会要赔你一件好东西。"

萧克忠饶有兴趣地问："什么好东西？"他又想到共产党。

温小四摸着脑袋道："我，我现在还没想好。"萧克忠被逗乐了，点着温小四的头，道："那我等着这份神秘礼物啊！"

行军的日子每天都被期待与猜想照得阳光灿烂。有天晚上，萧克忠梦见了第十一军二十四师的师长、他最崇拜的"铁军"领袖叶挺。他从没正面见过叶挺，只在广州东校场的北伐誓师大会和武汉的两次誓师大会上得望其身影。自从进了"铁军"，他感觉叶挺就在身边，在一个随时可能望见听见的地方鼓励他，关注他的成长。战士们私下猜测议论，像叶挺师长这么阳光、这么果敢坚定、这么出色的军人，一定是共产党！甚至，是共产党的领袖人物！萧克忠天天都在盼着等着共产党来找他时，叶挺果真以共产党的身份，走进他梦里来了。叶师长握着他的手，微笑着对他说：萧克忠同志，过去我们是生死兄弟，从今往后，我们就是革命同志了！萧克忠使劲点头，一笑开眼，看见满屋子晨光。

6月中旬，获胜的北伐部队顶着日渐升高的暑热向武汉激昂回师，途经许昌，驻扎下来休整几天。这天晚上，郑鸣英到四连来找萧克忠，通知他去参加一个会议。

萧克忠提高声音问："什么会议？"他感觉到一种好兆头。

郑鸣英低声道："不要声张，到了就知道。"

像有一只兔子钻进心里，萧克忠全身提着劲，却咬紧牙关憋着，跟着郑鸣英来到团部。

一进屋，两个上级已在等他：二营营长廖快虎，还有七十一团参谋长刘明夏。这气氛可不像是要商议军机大事，但显然也不是寻常小事。廖营长从公文箱里拿出一块叠得方方正正的红布，哗地展开，挂在墙上，竟是一面小小的红旗，旗上画有镰刀斧头。

啊，这就是共产党的党旗！

萧克忠这才明白，跟他相处三个月的郑鸣英连长，就是暗中引导他加入共产党的引路人，他的入党介绍人。他朝思暮想要找的共产党，其实早就在自己身边。而他直到今天才知道，早在 5 月 29 日，他就已被组织批准成为一名共产党员。

鲜红的党旗仿佛一团火焰，点燃了萧克忠周身的血液。党旗下，萧克忠举起右手，跟着廖快虎宣读入党誓词："努力革命，服从组织，阶级斗争，严守秘密，永不叛党！"

9

1927 年 6 月，北伐军胜利回到武汉。

傍晚，萧克忠坐在长江边，就着铁灰色的天光，在小本子上写诗：

二期北伐

誓师江汉讨奉张，

行看三军出武关。

一似狂飙扫落叶，

"铁军钢矣"凯旋还。

六哥萧武惠领着几个人跑来。来者是湖南嘉禾老乡，为头的黄益善原是湖南省立第三师范的学生，因为带头闹学潮，被当局开除，他和同时被开除的几位进步青年回到嘉禾，一边教书，一边暗中组织进步师生开展农民运动，在县城开了一家文化书社贩卖部，萧克忠就是在这个书社受到革命思潮的影响，并跟黄益善等人结识。他们这次专程来武汉，是找萧克忠兄弟搬兵的。家里出大事了。

"萧仁秋那个大坏蛋，现在是南区团防局长。6月23日晚上，他带着军队偷袭了我们小街田村农协，抓走了农协的好多干部。你姐夫……黄相璟，就被他们打死了！我们这几个也差点见了阎王，幸亏有老百姓的掩护才逃出来。"

啊？！萧武惠、萧克忠惊得倒吸凉气。

"还有，你堂哥萧克勤的内弟彭邦俊，也……死在这些坏家伙手下！"

黑色的天幕骤然塌下，悲愤填满兄弟俩的胸膛。又是萧仁秋！萧仁秋的脑袋，已在萧克忠心里被枪毙了无数遍。现在是四个亲人，四笔血债啊！萧克忠捶手跺脚道："此仇不报非君子！不亲手杀了萧仁秋这个大坏蛋，我誓不为人！六哥，我们回家去！当初我们当兵为了什么？不就是报仇雪恨？再不打回去，家里的天都要垮了！"

黄益善急切道："我们来，就是邀你们回家的。家乡的农协不能垮！如果你们能回去一块干，嘉禾的农运就能重新搞起来！"

萧武惠点头应允："回去也好。时下武汉的空气也不对，再跟着汪精卫跑，还不知道会跑到哪个方向去。不如弄些武器，我们回家拉一支队伍，自己干！"

"好！回家闹革命去！"

在带着腥味的河风中，黄益善低声唱起家乡农协编的革命歌谣："打倒仁秋，打倒仁秋，打倒仁秋！除钧立，除钧立，除钧立！革命尚未成功，齐努力，齐努力，齐努力！"钧立是老家的另一土豪萧钧立。几位热血男儿吼着歌，雄赳赳地走向腥风。

大家分头行动，两天时间兄弟俩就找到了几箱手榴弹。傍晚，萧克忠把一支驳壳枪别在腰间，回望军营，有点不舍。这一走，不知还能不能回到部队来。无论如何要跟亲密战友郑鸣英连长告个别。

一见萧克忠匆匆跑来，郑鸣英以为又是来讨论问题的，不待他开口，便开门见山道："你是不是闻到了特殊空气？对！如今整个湖南已经沦为反动派的白区了，直接威胁武汉，武汉国民政府不可能坐以待毙，看来，我们部队很快就会有大行动了。"他又附在萧克忠耳边悄声道："听说，马上就要东征伐蒋了！"

萧克忠语塞。他忽然意识到，这下走不成了。过去为追寻"铁军"，自己几次以请假为名离开部队，都不为过，但现在不同。他不仅是父母的儿子，嘉禾的家乡人，他还是共产党员，是组织的人！他向党旗宣过誓要服从组织的，如今武汉情势危急，部队即将要有大的行动，自己怎能为报一己私仇而擅自离队呢？当兵为了什么？这个问题他过去想都不必想，报仇二字已深烙在心。但现在，他不得不认认真真想一想，共产党员当兵是为了什么？

郑鸣英叮嘱道："你做好准备！把队伍带好！"萧克忠连连点头。

萧克忠和萧武惠终究没有走。

黄益善等人也没有走。回嘉禾要经过长沙，从武汉去长沙的路已被反动派封死，嘉禾一时回不去了。反正武汉这儿也急需人手做革命工作，就都留下。

　　几天后，部队果然行动，往东开拔江西。至于任务，连级以下干部均不得而知。萧克忠心中暗忖：东征伐蒋吗？会从哪儿下手？

　　出发当日，牛仔急匆匆跑来找萧克忠。他听说二十四师要去江西，而自己所在的团要留在武汉，便来求萧克忠帮忙把他从二十六师调过来，他一心想回江西老家打仗。一向最讲老乡情谊的萧克忠却是一副翻脸不认人的样子，说："你以为二十四师是我家开的呀，想要谁来就来？你就服从命令吧！"牛仔气恼而去，"你不帮我就算了，我会有办法的！"

第三章
参加南昌起义

10

从火炉武汉爬出来，一到九江，黏糊糊的汗就被庐山与鄱阳湖的魔力收走了。

九江满城都是部队，大街小巷处处驻扎着穿灰军装的士兵。除了叶挺的第十一军二十四师，还有贺龙的第二十军、黄琪翔的第四军。将士们心下明白都是为同一目的来的，却又都不明了具体的目标与方向。普通士兵以为，现在是来练练兵，为日后东征伐蒋作长远准备。听说，贺龙还约了叶挺、叶剑英几位高级军官到城中甘棠湖划船，游赏风光美丽的烟水亭，看似眼前不会打仗。

营地的日程，只是一天接一天地开会。团里营里都在开会，主题都是一个：批汪精卫。有时是公开，有时是半公开，评论一下老蒋的行径，评点武汉政府如何如何。显然，这是一场思想发动。萧克忠以名义上的国民党、暗地里的共产党身份，参加了这场真枪实弹前的思想斗争。

一日，萧克忠接到通知，傍晚去湖边的樟树林活动一下。樟树林离七十一团营地有一公里，中间隔着一座小山包，一到天黑，那地方就人稀鸟多，比较隐蔽。萧克忠如约赶到现场。来的全都是本团人员，士兵与各级军官都有。二营营长廖快虎点了一下人头说："到齐了，我们开始。"大家靠着树或蹲或坐，参谋长刘明夏站在中间当主持，直言不讳开言道："今天，我们大家议议汪精卫这个人。"萧克忠明白了，这是七十一团的共产党员会。虽然平日里谁是共产党从不公开，即使在这种秘密场合也从不明说，但谁不是共产党，人们凭直觉、凭一些特殊场合的活动可以猜知一二。七十一团的团长就从来没有参加过这种活动，萧克忠猜知他肯定不是共产党。

一说起汪精卫这个人，大家纷纷发言，骂的骂，数的数。

廖快虎嗓管里支了一支喇叭，一开声就哇哇叫。不断有人提醒他小声点，小声！他压抑着嗓子，说几句就狠狠跺一下脚，脚底的沙地很快跺出一个坑来。幸好树上的蝉儿们在比赛吹口哨，一个比一个叫得尖锐高亢，喧哗的蝉声掩盖了树底下的人声。

廖快虎道："汪精卫这个坏家伙，背叛了总理的'三大政策'，他在武汉的分共会议，已经宣布与共产党彻底分家。他现在跟蒋介石穿一条裤子，不是真革命，而是反革命了！"

另一人道："汪精卫宣布了，凡是革命军中的军官，都要脱离共产党！国民党党员不能加入共产党，否则就以叛党论处。"

萧克忠惊得张大了口。分共会议？他还是第一次听说。难怪政治部开了几次会都在骂武汉，原来国民党上层发生了这么重大的分裂！过去相依相融的兄弟党，现在竟成了不共戴天的仇敌。他感到自己的双重身份变成了两座火山在心里燃烧，这边的火焰要盖过那边的火焰，都不肯被对方吞没。

一位连指导员疑惑道："不见得有那么坏吧？汪精卫，他不是一直都跟着总理走吗？他是总理最赏识的人。就是现在，他也是反蒋的呀！他跟蒋介石从来就合不来。蒋介石总想拉拢他，他不干，我们不要把汪

精卫看得太坏了。"

另一位营长快步冲到他面前，双手一抓一握，恨不得要去挖心撕肺。"汪精卫已经向我们举起了屠刀，把我们共产党人赶出武汉，把工人纠察队的武装也解除了，杀了我们好多党员啊！这样的人还算是跟总理走的革命者吗？如果他是革命者，那我们这些被他清理的人又是什么？难不成我们倒是反革命了？你说，你说！他跟蒋介石和不和，那是他们狗咬狗的事，但他们两个狼狈为奸对付共产党，这是铁的事实！汪蒋是一个鼻孔出气的！"

大家应道："就是就是！汪精卫就是个反动派！"

萧克忠一直当听众，在心里跟自己作战。北伐战争开始时，他崇拜蒋介石，也崇拜汪精卫，那时候的汪蒋都充满了革命者的气概。汪精卫在辛亥革命前跟随孙中山先生游历南洋，还与黄复生等一起赴北京刺杀摄政王载沣，被抓入大牢，依然不改初心，以诗明志曰："慷慨歌燕市，从容作楚囚，引刀成一快，不负少年头。"萧克忠曾经是多么感动于这种"慷慨歌燕市"的英雄气概啊！只可惜，现在这个人也跟蒋介石一样，与过去人鬼两别。他萧克忠是个明白人，人就是人，鬼就是鬼，他是断然不会跟鬼走到一条道上去的。

有人发问："现在汪精卫和蒋介石都成反动派了，那国民党是不是也变坏了？"

马上有人答："一只大南瓜，心都烂透了，瓜也就是烂瓜了！"

萧克忠再不能沉默。他走到人群中间，走到刘参谋长面前表态道："国民党已经不是过去的国民党了，我要退出国民党，跟国民党彻底决裂！"

另一青年响应道："我也要脱离国民党！"

刘参谋长抬起双手示意大家暂停议论，他一手搭在萧克忠肩上，另一手捶了捶另一名青年，微笑道："不急不急！汪精卫和蒋介石变坏了，并不等于国民党全变坏了。国民党还有一些左派是我们的朋友。国民党这面旗帜，我们还是要举的。因为，我们还要继续执行总理的'三大政策'。"

萧克忠心里若明若暗。是的，不论国民党还是共产党，只要是真正为工农利益干革命的，就是好党员！好汉子！不过，既然国共两党已经分裂了，部队怎么办？跟谁走？去打谁？

刘参谋长道："打谁，上级自有安排，现在是军事机密，不要问也不必问。你们只需记住，服从命令！"

几天之后，一个喜讯传到七十一团，战士们最崇拜的"铁军"领袖、二十四师师长叶挺，要到七十一团来看望大家！

这是萧克忠第一次面对面见到叶挺。集合前，他把自己从头到脚整理了一下，以最虔诚的心、最好的精神状态来迎接心目中的大英雄。走到面前的叶挺，跟他梦中见到的一样英武，打着绑腿，军装严整，步履刚劲。却又不是他梦见的那般威严，他跟普通战士一样，没有前呼后拥，身后只跟着一个马夫、一匹马。但他走到哪儿，哪儿就被他身上的强大气场吸住。萧克忠屏住呼吸，望着叶挺走到自己的正对面，站定，目光落在他和七十一团所有战士的身上。那目光是慈爱而又赞许的，像对自己的亲兄弟、亲儿女。萧克忠从那目光里看到了一个军队统领的血性、勇气、智谋与真诚。叶挺训了一番话，萧克忠记住了最要紧的两句：要继续执行总理的"三大政策"，坚持革命;要发扬"铁军"的光荣传统，不论打到哪里，都要遵守纪律，爱护百姓！

萧克忠一听"打"字就异常兴奋，期待着下文。但是，这场酷似

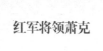

战前动员会的训话，叶师长却始终没有明说，打不打，什么时候打，打谁，打到哪里去。他自己揣摩，可能真是要打到南京去讨蒋？

1927 年 7 月底的一天，部队奉命开往南昌。竟然是南昌，而不是南京！不是说要东征伐蒋吗？蒋介石在南京而不是南昌啊！萧克忠揣着一个巨大的疑问，登上轰隆轰隆的火车，去赶赴他与南昌的第二次相聚。

11

"弟兄们，上级命令，今晚，我们部队要起义了！我们要向国民党反动派开火了！"营长廖快虎的话，像平地里跑出一只老虎，屋里的空气顿时炸开。二营所有连长、排长、班长耸然惊起，有的张大了口，有的伸直了脖子。

此时，萧克忠全身每一个毛孔都开出一枝花，齐声欢呼这一时刻的到来。原来贺龙、叶挺等高级军官共约九江甘裳湖，便是在湖光山色里孕育这一声惊雷。他暗自庆幸自己在武汉没有擅离部队回乡报仇，不然就错过这次重大行动了。向国民党反动派开枪，这是萧克忠当兵以来从未想过的事。当初加入国民党，是为追求"三民主义"，哪里会想到国民党里还会有反动派！

听说要起义，一位班长吃惊道："这里还会有反动派？都是北伐系统的部队，我们是要反水吧？自己人打自己人？"

廖快虎一拳击在桌上："什么反水？我们是起义！向那些拿屠刀架在我们脖子上的人开火！你说，那些大搞分共清党的人，是自己人吗？那些叛变'三大政策'的人，是自己人吗？我告诉你，从现在起，只有共产党人和国民党左派才是自己人！只有支持我们革命的人，才是自己人！"

那个班长不说话了，睁大两眼望着震怒的老虎。廖快虎朝他一挥手："不想革命的赶紧滚蛋去！还有一句，谁要投敌叛变，每一个革命士兵，都有权力将他就地正法！"

大家的目光一齐向此人射击。

"我……我是不会当逃兵的，也不可能叛变，我听上级的，上级指哪就打哪，我服从命令就是！"

廖快虎道："好！我郑重提醒大家，今天晚上务必通知到每一个战士。起义时间：明天凌晨4点。"

大家不由自主地同时看表，记住现在的时间：1927年7月31日下午4点钟。离起义时间，只有十二个钟头！

萧克忠请示道："营长，你说，我们怎么干？"

廖快虎示意他坐下，先把敌我双方的兵力分布情况告诉大家，以知彼知己。"现在驻扎在南昌的敌军有：第五方面军警卫团！第三军第二十三团、第二十四团！第六军第五十七团！第九军第七十九团、第八十团。一共是6000人左右。"

萧克忠掏出随带的小本子记下这串名单。驻扎在南昌的部队说起来都是北伐军这个大家庭的成员，穿的都是灰军装，戴的都是圆顶帽，谁是共产党谁是国民党，谁是革命派谁是反动派，门牌上没有写，胸牌上没有标，必须牢牢记住部队番号及其驻扎地点。

几乎每个人都在做笔记。有人问："第三军军长不是掌控江西的朱培德吗？他这两个团，也反动了？"

廖快虎将上衣的扣子全部松开，急速地要把胸膛里的火放出来。"朱培德是个两面派！表面上听武汉的，背地里却贴着蒋介石的屁股。汪蒋一喊清党分共，他就跟条狗一样立马响应。又想对共产党留一手，好给

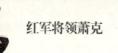
自己日后留一条退路。他打着什么'欢送共党先生出境'的标语，用刺刀，用枪弹，把南昌100多名我党政工人员全部请上火车，遣送出境了。这种人还不是反动派吗？正好这些天这家伙上庐山开会去了，我们瞅空打他个措手不及。时间紧急，闲话我不多说。"廖快虎以掌当刀劈在桌上，"我方兵力，有两万多人！"

大家忽地一下挺直了腰，无声的喝彩从心头哗哗掠过。

"参加起义的部队，有贺龙军长率领的第二十军，叶挺师长率领的第十一军第二十四师，朱德率领的第三军军官教育团，还有第四军第二十五师的七十三团、七十五团，第十师第三十团。今晚，我们一起行动！"

就着墙上的地图，廖快虎讲明了敌我兵力部署。他讲到七十一团二营的任务时，萧克忠感到胸膛里怦怦跳动，像有无数颗子弹在里面碰撞，迫不及待地要射向歼击目标。

接着，廖快虎交代各连马上给每个战士发一条白毛巾，晚上行动前将白毛巾缠在右手臂上，脖子上系一条红布带，手电筒透光玻璃上贴一个红十字。最重要的是记住口令："河山统一！"

二营军官开会的同时，各部队都在开着同样的会。短会一结束，大家分头行动，有的侦察地形，有的调整营地。萧克忠回到连队，与连长分别带了几个党员干部上街，察看地形。这些天在南昌接连着有通知下来，不准随意走动，大家都没有离开过营地，对南昌城的情况还真是两眼一抹黑。

街上还保留着前些天迎接部队进城的喜庆景象，到处张灯结彩，房屋上插着彩旗，挂着红色条幅，书写着"欢迎铁军到南昌！""拥护'三大政策'！"之类。江西大旅社就在洗马池附近，这条街道被群众用各色布匹搭起了凉棚，把太阳都给遮住了。人走在街上，就像走在天上的彩虹里。贺龙部队就驻扎在江西大旅社。这，便是起义的指挥中心。大家暗暗记下方位。

萧克忠在街上遇到几个熟人。先是黄益善，嘉禾老乡，他也随部队从武汉来南昌了，也在走街。二人相遇，会意颔首，欣喜与鼓励都在不言中。萧克忠想，打完南昌，就找黄益善一起回家乡去，也闹一场向国民党反动派开枪的革命，把萧仁秋之流打个落花流水。

走到贡院门口，有人大叫"萧克忠"，竟是黄埔军校的老同学。老同学格外兴奋，过来握住萧克忠要邀他进去坐坐。萧克忠心里悄悄盘算，同学不同学，现在他可是在敌人那边。双方交战在即，哪还有同学之情可叙？去不得去不得。这个院子是七十二团的歼击目标，自己的目标在匡庐中学，时间紧急。忙说还有事要办，下次再来拜访老同学。对方说，他在第三军二十三团某营当营长，欢迎有空来指教。萧克忠也恭维了几句，说老同学过去在学校聪颖过人，而今果然卓尔不群。对方马上表示出格外的关心，提醒萧克忠注意安全，最近局势紧张，共产党异常活跃，千万别被他们蛊惑。二人隔着肚皮打着哈哈匆匆告别。

萧克忠心里些许感慨。人这一生，聪明也好愚笨也好，千万别站错队。站对了，自己改变命运，站错了，命运改变自己。

最后察看的是七十一团的歼击目标。

从松柏巷进去，丁字路口有一条垂直的小巷道，叫罗家塘路，通向进贤门。罗家塘巷子有两处有名的地方，一个是天主堂，一个是匡庐中学。这儿已是城市的边沿，显得有点荒凉，幸好有这两处大建筑汇聚人气。天主堂规模很大，占地至少一万平方米，里面有座小洋楼，法国人建的，这种建筑利于守难于攻。在天主堂门口，萧克忠瞄见一张熟悉的面孔。那人挑着一担水从门口径直走向敌人的营部。细看，那不是他们二十四师七十一团三营营长黄序周吗？好家伙，混进敌营了！黄营长装作伙夫，走到一群敌兵面前，放下水桶，跟敌兵聊起天来。好在敌我军装相同，加之敌兵也刚到不久，营地混乱，谁也没注意这个伙夫的来历真假。黄营长假装马大哈，任着性子打听团部在哪里，枪支弹药有多少。萧克忠暗暗叹服，真是不入虎穴焉得虎子，今晚等着看三营的好戏了！

二营的目标就在天主堂旁边的匡庐中学与一所医院。匡庐中学与天主堂中间只隔着一条猪肠子般的小巷子，巷子口有一个杂货铺、一个棉花铺。学校已经放假，敌五十七团的部分兵力驻扎在校园。萧克忠走到校门口，装作找人的样子向敌哨兵打听，称学校有一个伙夫是自己的湖南老乡，不知道学校放假后他有没有回老家去。哨兵摇头道："回没回老家谁知道呢，反正学校的老师都走空了，这儿全是我们五十七团的人。"

萧克忠放心了，不用担心伤及无辜。他边走边将校门的结构、大小及哨兵位置牢牢记住。今晚他和他的八连将担任这儿的主攻。

"学校不大吧？听说只有百来个师生。你们住在里面够挤的。"萧克忠继续试探。

敌哨兵埋怨道："这么屁大的地方，我们一个营全在这挤着。这鬼地方，一丝风都没有，谁放个臭屁就臭烂整个学校。"

晚上9点，地形侦察工作顺利完成。敌人在哪里，我方在哪里，东西南北都装进了指战员的心里。

晚上10点，二营八连指导员萧克忠作战前动员。他用沉着的语气历数蒋介石与汪精卫背叛国民革命的罪行，宣布共产党和国民党左派合作举行南昌起义，要求同志们在行动之前一定要保守机密。他慷慨陈词：

"与其受死，不如战死！舍生取义，就在今晚！"

战士们用缠着白毛巾的右臂紧紧抱着枪杆，彼此用目光传递决心。一个战士系错了标识，将红布带缠在右臂，而将白毛巾围在脖子上，萧克忠走过去帮他纠正。

指战员们不住地看表。今天下午得知起义时间是凌晨4点时，感觉是多么近，多么紧迫，而现在，一切准备工作停当，时钟的脚步似乎也停下来。还有五六个小时，太漫长了！太难挨了！能干什么？对战士们来说，除了等，还是等。

战士温小四在队伍里寻找一个背影，他看见萧克忠勾着头在小本子上写画着，难道萧指导员这个时候还有心思写诗？

连长罗刚吐了一口长气，想把心里的紧张吐尽，笑问萧克忠："我们在这儿等着向敌人开火，不知道敌人这会儿在干什么？"

"他们在等死！"萧克忠坚定地回答。

12

此时，南昌城的各个角落，正上演着不同情节的故事。

大士院32号嘉宾楼，敌第三军第二十三团的几个正、副团长被朱德邀请到这儿，酒足饭饱之后又被朱德拉着打麻将。

国民党江西省政府附近的几家旅社，忽然住进了一支穿灰军装、背着米袋、全副武装的大部队，这是贺龙的人马。他们自称是来打野外暂停一晚的，暗中却将省政府卫队牢牢包围。

叶挺部第二十四师第七十二团第三营挑着行李、背着背包，浩浩荡荡沿着大街由西向东，行至南昌东门的大营房，向驻扎在这里的敌滇军第二十四团营地借宿。居然借到了！部队就在大营房前的空地露宿下

来，将整个敌营全部控制住。

一场生死对决的历史大戏，就这样伴着笑谈情节慢慢铺开。

晚上 10 点多钟，前委忽然传令来，起义提前两小时，改为 8 月 1 日凌晨 2 点！咋的啦？原来是起义军内部出了叛徒，第二十军一个副营长投敌告密了。

时间忽然跳跃前进。每个战士的心头都上紧了发条，嗒嗒嗒地飞跑起来。闷热的南昌城在悄然奔流的热汗中蒸腾，膨胀。时间的概念已经由不得人谈分论秒地把握，一切都在跟随情势动荡变化。二营的人马迅速从匡庐中学附近的营地悄悄冲出来，进入阵地前。

阵地就是罗家塘巷子，没有更多可供掩护的物什，墙脚下、树干后都趴满了人。萧克忠带着八连埋伏在离医院和学校最近的地方。人一伏地，时间也被汗水黏住了脚。蚊子开始肆虐，向黑暗中的不速之客发起疯狂进攻。萧克忠啪地一掌拍在自己脸上。

叭！叭叭叭！

尖锐的枪声刺破压抑的夜空。萧克忠循声判断，好像是西北方向在打枪。会不会是起义军总指挥部？不对呀！既定命令是凌晨 2 点开始行动，现在才午夜零点，离预定的起义时间还差两个小时！而且，约定是以三声枪响为令，而现在的枪声并不是明确的三声，却是一声响过接着密集不断。什么情况？

"打响了！打响了！我们怎么办？"两个排长跑过来请示。

枪声就是命令！萧克忠、罗刚即令部队准备战斗。时间不等人，枪声一响，敌人肯定会有反应，现在不抢占先机，难道还等敌人准备好了再动手？部队分成两路分头行动，罗连长带着一排二排向学校靠拢，萧克忠带着三排先去攻打学校附近的医院。

驻扎在医院的敌人有两个班，刚从睡梦中惊醒，互相打探情况，衣服没来得及穿，一排钢枪已指在床前。敌人稀里糊涂就被缴了械。萧克忠暗喜，还好没有机械地傻等命令，胜，就胜在这先行一着，不费吹灰之力解决了医院的敌人。

听听匡庐中学那边正打得热闹，萧克忠马上指挥人马增援罗连长，向匡庐中学正门发起进攻。

此时，几十米外的天主堂枪声大作。枪声给萧克忠抽了一鞭，他像一匹受到鼓舞的战马，朝学校的敌营猛冲过去。

"什么人？站住！"校门外的两个哨兵刚问完话便被乱枪放倒。门里的敌兵已经集合起来，在校门两侧的围墙上架起机枪横扫。敌人居高临下，战士们只能贴着地面还击。有人受伤倒地，旁边的战友连拖带拽把战友救出来。

萧克忠就地一滚闪到路旁一棵樟树后面，脑子里火速运转。冲，冲不过去，这条小巷子完全暴露在敌人火力下。敌人缩在高高的围城里，廖快虎带领 2 营的其他兵力围在墙周，也找不到攻击点，连敌营的人影都看不见。爬墙，敌在暗处我在明处，无论哪个方向，爬上墙便是送死。学校后墙远处有一棵树，一战士手脚并用爬到树上，观察一会后，指指校门西侧的教室，做了个射击的姿势。萧克忠会意，当即带了两个排靠近校门西侧，在墙下两人一组搭起人梯，朝着教室窗户一顿射击。十来个敌兵没来得及应战便被击毙。紧接着，其他方向的敌兵闻声聚合过来。萧克忠叫声撤！退回距离校门几十米远的巷子口。

双方隔着墙隔着门僵持一阵，继而在黑暗里这边打打，那边打打，耗了几个钟头。

眼看天将破晓，萧克忠示意战士们停止射击，悄悄向着校门摸过去，

埋伏在离校门二十来米的墙根下，静观形势。

躲在学校的敌人也停止射击。不久，墙内有一个湖北口音的敌兵开始声嘶力竭地喊话："北伐兄弟们，我是黄埔六期的，你们那边肯定有我的同学。我们是自己人！别打了！欢迎你们进来，我们和平相处！"

萧克忠鄙夷一笑。还自己人呢！

墙内还在一厢情愿地喊："我们第三军朱培德军长，对共产党先生一贯友好！你们不要怕，到我们部队来，我们部队共产党照样可以当大官！"

一听朱培德三个字，萧克忠就想冲上围墙把谎话连篇的人给毙了。忽然，他听到后墙大树那边传来一声熟悉的鸟叫，举目望去，树上趴着一人，是温小四，正朝他打手势，示意他注意某个方向。温小四所指的校门后侧围墙上，隐约冒出几颗人头。萧克忠一惊，该死的鬼崽子，在使诈呀，这边喊话吸引我们注意，那边却在逃跑！

后侧墙外蹲着一只老虎，廖快虎。一直蹲守在此等候战机的廖快虎带着战士们扑上去，以一排子弹接住围墙里拱出的人头。南昌工人纠察队来了，南昌市公安局的警察也来了，大家配合作战，弹雨浇灭了敌人逃跑的念头。他们乖乖地缩回墙内，再不敢轻举妄动。喊话的也消停下来。校园内外静寂无声。

远处，是东一阵西一阵的枪炮声，间或传来欢呼声。根据昨日走街看到的兵力分布和枪炮声，萧克忠大致判断出，部队各处歼敌都已成功，只有二营打了一整夜还没拿下匡庐中学。八连作为主攻，至今没有打开缺口，自己责不可推！他着急起来。北伐河南时他当过连指导员，也当过代理连长，指挥打仗已不是头一回，次次快刀斩乱麻，地形和敌情比这复杂得多的也都顺利拿下，没想到在这儿碰上一块看似好啃却卡住喉咙的骨头。要是有一挺机枪或一门大炮就好了，部队的武器装备一直落后，战士们手里只有一杆步枪，子弹也快打光了。老这么僵着，万一敌人外援赶来，麻烦就大了。不行！不能再等，提着脑袋也要撞进去，撞不进去也要把敌人引出来，好让其他连队的兄弟们施展手脚！

天大亮。8月1日的晨光把匡庐中学的每一寸围墙、每一棵树都照得清清楚楚，也把围墙下的钢枪照得亮闪闪的。萧克忠、罗刚把八连集合起来，分布在校门两侧。廖快虎营长则把其他兵力调整到学校各个方向的制高点上，准备向学校发起全面进攻。

这时，从天主堂方向跑过来一列人马。八连战士远远发现人影即端枪喝问："什么人？口令！"

"河山统一！"对方惊天动地地回答。自己人！

团参谋长刘明夏带着人马赶来增援了，带来了一个机枪排，还有两挺机关枪。萧克忠激动地迎上去，紧紧握住刘参谋长。机枪开路，四面响应，匡庐中学的敌营如同一颗被榔头砸烂的核桃，霎时碎裂开花。被围攻一宿的敌人士气锐减，明白援兵已是黄粱美梦，抵抗了一个多小时，气势越来越弱，最后从围墙里伸出一根竹竿，竹竿上挂着一件白衬衣，投降了。

战士们踹开校门，从正门冲入。萧克忠冲在前头。操场上的敌人零零落落地站着，惊惶张望，还有几个躲在教室里伸头探望。

"缴枪不杀！""举起手来！"

13

俘虏们被赶到操场上，挤挤攘攘列队缴械。战士们忙着清点武器，参谋长刘明夏朝操场旁的教室大喊："萧克忠！"温小四跑进一间教室

喊道："指导员，参谋长找你！"

正在搜查教室的萧克忠跑到操场。刘明夏道："萧克忠，你给俘虏们喊个话，是留下跟我们干革命，还是回老家种田，叫他们选择！"

"是！"萧克忠当即跑到操场中央，用他宽厚的嗓门大声招呼俘虏们站好队伍，待操场安静下来，便开始喊话："士兵兄弟们！你们不要怕，我们这次暴动，只缴枪不杀人。我们反对汪精卫，但不反对张发奎总指挥，张总指挥一直想打回广东去，你们跟我们的目标是一致的，欢迎你们加入到我们部队来，我们一起打回广东！"关于张发奎的话是他自己发挥的。上次在九江听叶挺师长讲话，叶师长亲口讲到要相信张发奎总指挥。他还听说叶挺与张发奎私交很好，是情谊很深的老同学，在战争中一直彼此信任和支持。这次起义之前，前委一直在拉张发奎参加，张发奎最后来没来，尚未得知。只要是叶挺相信的人，就是他萧克忠相信的。此时，他想借用张发奎的影响把其部队的士兵争取过来。

俘虏队伍一阵骚动。有人喊："我是共产党员，我要加入你们部队！"

萧克忠示意此人走出来，先站到一边，接着继续喊话："如果你们不想继续打仗，想回老家种田养老，我们不强求，回去的人，我们路费照发！"

俘虏队伍又发出一阵嗡嗡声。

"现在开始分开站队，愿意加入我们部队的站东边，登记好名字，想回家的站到西边！"

操场上立即转起两股漩涡，哗啦哗啦，有人站到东边又跑到西边，也有跑到西边又转回东边的。有个腿上流血的老兵歪着身子大声诉苦道："我们这些伤残的老兵怎么办？想继续打仗没有能力，想回家又没有活路。"

萧克忠立即叫两个战士把俘虏伤员送去医院治疗，又安慰伤员道："等你伤好了，路由你自己选！"

俘虏伤员刚被扶走，西边站着的几个俘虏便走到东边队伍。有个二十来岁的俘虏走到东边又冲回西边，居然跟另一个俘虏拉拉扯扯打起架来。战士们冲上去制止。先前冲过来的那人还在喊："你答应分给我一半的。你这个骗子！现在我告发你。他是我们的连长！他身上藏了好多钞票！是克扣的军饷！"

两三个年轻俘虏闻声冲上前，围住这个敌连长搜身，果然从他口袋、裤腰带、绑腿上搜出一大堆钞票。拳头擂鼓似地落在敌连长身上。有人连哭带喊道："我们都两三个月没发饷了，饿着肚子为你卖命，你却背地里喝我们的血！打死你！"

战士们冲上去把一群人拉开，把钞票没收了。刘明夏上前道："这些钞票既然是他欠你们的军饷，那我现在就发给你们！"他指挥战士们把搜出来的钞票点清了，按人头平均发给俘虏。一些俘虏当场痛哭流涕，有人喊着："我不回家了，我要跟你们一起干！"

西边的队伍一下子减去半截。

萧克忠十分自豪。他走到东边的队伍前，准备清点人数。队伍中有个人一直用奇怪的眼神盯着萧克忠，待他近前，那人惊喜道："萧克忠，是我呀！你不认得我了吗？"

萧克忠定睛细看，认出了对方。"李韶九！你怎么在这？"

李韶九是他的同乡，在湖南嘉禾甲种师范简习所读书时，他俩还是同学。从学校出来后二人就没再见过面，见面却是这个情形。萧克忠不知道，李韶九毕业后也参加了国民革命军，还随军北伐过，他所在的第六军五十四团归附汪精卫，前不久这个团被派往九江、南昌，专门来防止发生兵乱的，就驻扎在匡庐中学。昔日老同学，今日两阵营，李韶九可怜兮兮地求老同学拉一把，萧克忠遂动恻隐之心，问："你是党员吗？"

"什么党？"李韶九反问。

"共产党啊！"

"不是。"

"我们的部队你还认识谁？"

李韶九想了想，忽然道："我认识林伯渠！你快带我去找他吧！"

林伯渠是南昌起义前敌委员会成员。萧克忠当即应允。同乡加同学能从敌军归入我方阵营，他心里当然是乐意的，前一夜的对垒厮杀，就一笔勾销。

第四章
漫漫南征路

14

一举拿下南昌，屁股没坐稳，部队又要走。去哪里？广东。上级传令说，去开辟新的根据地。

出发前，有人给八连送来两个新兵。萧克忠一见傻了眼。负责送兵的战士，竟是老战友、南昌人牛仔！他不是留在武汉了吗？更惊奇的是，牛仔的脖子上也挂着一根红布带。

"怎么样？"牛仔得意道。

"阴魂不散啊你！"萧克忠狠狠捶了他一下。"你也回来了！参加起义了吗？"

"当然！这么大的事情肯定少不了我的份！"牛仔自豪地说，他所在的二十六师七十七团因在河南打得只剩下很小的队伍，后来在武汉整编到二十五师七十五团，这次也开到了江西，进驻在九江马回岭。8月1日凌晨，他们团长说部队要去打野外，连夜带了十多个连队跑到离南昌几十公里外的德安。这时候大家才知道，团长竟然是共产党！他把队伍拉出来根本不是打野外，而是到南昌参加共产党领导的起义！

"我们从德安赶回南昌时，仗已打完。虽然没有赶上起义，但总算脱离了师部。现在我们都是红带兵了！我们一起打到广东去！"

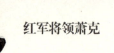

"红带兵"是南昌老百姓对起义部队的称呼，因为他们人人脖子上挂着一根红布带。萧克忠由衷地高兴，为了一头牛而被迫参军的放牛娃，在鱼龙混杂的时候能够站到革命阵营来，这是冥冥中的幸运，也是浑浑中的自醒。

8月3日下午，战士们喜气洋洋踏上南征之路。这支"红带兵"就像一个新生的婴儿，刚刚诞生，就要远征南下去迎接新的战争洗礼。

明知要远行，知道这炎天暑热里行军的不易，但胜利的喜悦使一切劳累变得轻松，一切困难不足挂齿。这次行军更像是一次搬家行动。扛着抬着从敌人手上缴来的所有枪支弹药，包括迫击炮和大炮，背着从敌营获得的各式衣服，挑着一担担的银圆钞票账本，一筐筐的宣传书刊和印刷材料，一箩箩的卫生材料和医药。除此，还带上了一批新兵。在南昌的两天时间里招募了一大批学生，还有附近村庄的农民，男女都有，分在各连队当宣传员和卫生员。

起义军一离开南昌，弥天而来的是白色恐怖。汪蒋的追随者朱培德咀嚼着自己的兵力被拉走、被打散、被剿灭的恶气，组织了惩共委员会、反共委员会，以及各种检查组、稽查队、执法队，看见戴白毛巾的就抓，看见系红布带、甚至红裤带的就视作起义军关进大牢，把南昌城搞得杀气腾腾。

与此同时，闽、赣、粤三省的敌军开始联手追剿起义军。

刚刚上路南征的战士们，还感觉不到隐藏在前头和背后的危机，一腔豪情往前冲。接踵而来的挑战，首先是部队日渐削减的士气，以及曾经不屑一顾的暑热天气与遥远的路程。沿途老百姓对待义军的反应，更是起义军不曾预料到的。这一路，逃亡的，病倒的，掉队的，天天都有，时时都有。抵达抚州地区的临川，休整数日后，情况才稍有好转。继续南下，往宜黄开进。

七十一团二营的官兵走到一座小山的半山腰上，一个小战士倒头躺下，如同下达一道命令，其他人相跟着横七竖八躺下来。枪支哗啦哗啦扔得满地都是，袋子里的子弹散落一地，在太阳下反射出刺目的光束。八月的江西暑热犹盛，又是阳光最烈的正午，低矮的杂树被晒得有气无力，给不出一丝阴凉。地面的碎石烙铁般烫脚。有的士兵鞋子磨穿了底，没时间打草鞋，光脚板走路。有的热得顾不上军容，扒光了上身的衣服，身上露出一道道被划破或抓破的血痕。

萧克忠一屁股坐在地上，倚着手中的枪杆喘气，心事沉沉地望着疲惫不堪的战士们。部队在临川休整时对干部作了调整，把可靠的人用起来，萧克忠从八连调回原来的四连当连长。四连的指导员在南昌到抚州的途中跑掉了，现在萧克忠是既当连长也兼做指导员的工作。过去他贯于做宣传，每遇士气低落，都会想方设法鼓动人，把战士的精气神提起来。然而，这一路走来，极度的疲惫，加上心头愈积愈多的疑团，他的话越来越少了。

部队粮食紧缺，连日来将士们每日只吃一顿，每顿只有清水粥。今天从早晨到现在部队还没开过锅。萧克忠想差人去附近看看有没有村庄，他连叫几声"温小四！"无人应答。萧克忠支撑着站起来，看见温小四在几米开外的地上横躺着，半眼微睁，脸上汗水奔流，嘴里咕哝着什么。前些天在抚州天天吃西瓜吃芋头，他一路上都在拉肚子，加上饮水不洁，病倒了。同病的还有不少。

萧克忠弯腰伸手在温小四脑门上一探，发高烧了！忙叫："卫生员，拿药来！"

半天不见卫生员，也没有人送药来。有人气哼哼地说："卫生员只

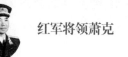

怕早就撂挑子跑了！"

萧克忠诧异道："新来的卫生员呢？卫生队不是有两个新兵吗？"

一高一矮两个学生兵歪歪倒倒走过来报告："我们没有救护箱，救护箱一直是卫生员背着，今天一早卫生员就掉队了，到现在也没跟上来。"

"药呢？"萧克忠问，"我们不是有一担子药品吗？"

学生兵道："医药品原是请了一个挑夫挑着的，挑夫昨天在路上说要解大便，趁人不注意开溜了，一担子药品全被他带走了。现在我们连队既没了卫生员，也没有任何药品。"

"那你们懂不懂医护？"

两个学生兵摇头。他们啥都不懂。

萧克忠憋了一肚子火没处发。自离开南昌，高温不降，部队缺吃少喝，又没有明确目标，这一路上开小差的、病倒的、叛逃的，每天都有。南昌出发行军第二天，蔡廷锴就带着他的第十师全部脱离了起义部队，直接投靠广东的反动派陈铭枢了。贺龙率领的第二十军里有个参谋长，刚走到临川就偷偷带了700多个人集体叛逃，投靠湖南军阀唐生智去了。萧克忠所在的七十一团也走掉了三个连指导员，有的开溜时还带走了兵。那些人，平时在一起开会时大道理讲得比天还高，一遇困难就像泥菩萨洗澡。萧克忠从心里鄙视他们。走到现在还能坚持下来的，已是不易。这些人里，能坚持到最后的会有多少呢？谁也说不清。他只能尽自己的责任，把身边的战士管好，看好，照顾好。

萧克忠拿出自己的水壶，给温小四喂了两口水，水壶便底朝天了。这半山腰没吃没喝的，气温又高，待久了会中暑。萧克忠吆喝战士们起身，爬过山去休息。队伍开始挪动。高个子新兵站在温小四身边，想扶他起来，但自己身上的一支枪和三个大包使他腾不出手来，包里都是从南昌带出来的四季衣服和二百多发子弹。

"扔掉两个包！"萧克忠道。

新兵摇头道："不能扔，出发前叶军长要求我们带的。"叶挺在南昌起义时代理前敌总指挥，兼第十一军军长。

萧克忠只得自己扶着人，让两个战士分担了温小四的背包与枪支。温小四软塌塌地站立不稳，萧克忠背着他走到山顶一棵树下，一眼看见山下两栋民房，顿时喜上眉梢。为了避敌，这一路尽拣山间小道走，看不到几户人家，更难得遇上老百姓。沿途百姓受国民党反动派蛊惑，说共党共妻见人杀人见财劫财，老百姓吓得躲进了深山，粮食全部藏起来或带走了。部队有钱也买不到东西，伤病员找不到歇脚处，一路上碰了无数次壁，不知这一次运气如何。

萧克忠令两个新兵带着温小四与另一个"打摆子"的战士在后头跟着，他自己带领队伍迅速下山，去村里接触老百姓，安排宿营地。

紧锁的屋门如同一只冷漠拒绝的手。队伍围着屋檐坐了三圈。大家分头去找水，找食物，到后山去找老百姓。找了半天，只找到一口井。

首要的是填肚子。在附近找了些野菜，和点大米，在屋外架起铁锅煮粥。如果破门而入，兴许能找着些粮食，晚上住在屋子里也舒服些，安全些，但部队没有进屋。萧克忠在黄埔军校时读过曾国藩的《爱民歌》，那些训令在他心里扎下了根。"三军个个仔细听，行军先要爱百姓。第一扎营不贪懒，莫走人家取门板。莫拆民房搬砖头，莫踹禾苗坏田产。莫打民间鸡和鸭，莫借民间锅和碗。……军士与民如一家，千记不可欺负他。"

清点人数时，少了温小四等四人。萧克忠举头一望，太阳已经落山，估计他们在下山途中。等了一会儿，感觉越来越不踏实。这儿人生地陌

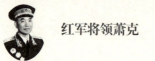

的，仇视起义军的土豪劣绅时时伺机扰乱。不行，得赶紧把他们找回来。

15

萧克忠带着两位战士沿路往回找，找到山顶仍不见人影。大家紧张起来。山顶还有另一条岔道，便沿岔道下山寻找。天已完全暗下来。隐约看见一颗杂树下有团黑影，近前，正是那个"打摆子"的病员。他胸口中刀，淌了一地血，人已断气。旁边树丛零乱，很明显此地刚发生过打斗。

糟了，他们遇到袭击了！会是什么人？敌人的大部队目前为止还没有出现过，不可能是大敌袭击。起义军的大部队都在朝这个方向走，第二十军走在前面，第十一军紧随其后，料想当地的反动武装也是不敢轻举妄动来袭击的。那么，极有可能是本地土匪，或者是土豪劣绅组织的民团。还有三人生死不明。萧克忠带着两个战士朝山下一路狂奔，边跑边喊温小四。

在一片竹林里听到一声微弱的答应。一找，找着了矮个子新兵。他肩膀被劈开一条血红的口子，腿也受伤了。新兵惊魂未定地说，太阳偏西时，他俩一人背了一个病号走，走到岔道口，感觉这条路离民房更近，便从这儿下山，谁知越走路越难。高个子新兵体力好，背着温小四走在前头。矮个子走得慢，越走掉队越远。忽然林子里冲出五个男人，手里拿着锄头、砍柴的弯刀与杀猪刀，模样像是本地人，口里还喊着"打死你们这些兵匪，叫你们共妻去！"一下将走在后面的矮个子及伤员撂倒。待矮个子回过神来，病号已在血泊里呻吟，他自己也中了一刀。趁那些人忙着抢拾地上的枪支和物什，他从一个土坎滚下去，一直滚到半山腰，在树丛里躲起来。那些人又去追前头的高个子与温小四了。

　　根据矮个子新兵的描述，萧克忠断定，袭击者是受反动派蛊惑而对起义军产生误解的当地老百姓，也可能是土豪劣绅。是土豪劣绅倒无话可说，如是老百姓，这真是起义军的悲哀。一路行军只顾向着目的地奔跑，根本无暇做群众发动工作，也没有帮助农民起来斗争，只是一个劲地叫士兵不扰民，不准打土豪劣绅，跟土地革命的初衷相去甚远，这才落得农民误解义军、土豪劣绅暗中得意的结果。

　　萧克忠留下一名战士照顾受伤的矮个子新兵，自己则带另一名战士向前搜寻。不敢鸣枪，也不敢大声喊，怕暴露自己。走到山脚，面前横着一条山涧，一股凉风扑上来。萧克忠几近绝望，朝黑洞洞的山涧叫了两声："温小四！温小四！"

　　"在这呢，我们在这里！来人啊！"洞底的回应如同一束星光，瞬间刺穿黑暗。萧克忠抓住树枝一步步往下滑。还好，洞底无水，只两三人深。见有人来救，高个子新兵高兴得喉头哽咽，说刚才被一群坏人追赶，幸好他跑得快，背着温小四连跑带滚冲进了山涧，才躲过追击。涧深，他一个人没法将病得软塌塌的温小四带出去，自己走掉又不忍丢下战友，只好坐等救援。

　　萧克忠道："兄弟，你好样的！你叫什么名字？"

　　"我叫何细狗！"

　　"以后别叫猫啊狗的了，换个响亮的名字，跟你做人一样响当当的！"

　　"连长你说叫什么就叫什么。"

　　名字的事先不说，摸摸地上直挺挺的温小四，气息依在。连呼几声，他神志不清地哼哼着，也不知有没有伤着。把温小四扶到何细狗背上，萧克忠在前面探路。左试试右爬爬，前拉后推，好不容易才爬上岸，回

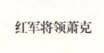

到营地。

温小四得了急性肠炎，幸好滚进山涧时只是手脚受了些皮外伤。司务长去野地寻了一把草药，煎水灌给他。

16

夜宿屋檐下。

下半夜，萧克忠巡查岗哨，看见哨位上端枪站着两个人，其中一个是何细狗。他既喜又怒。喜的是这个学生兵如此坚定地跟着部队干革命，是个值得栽培的好苗子，怒的是班长居然安排一个刚刚入伍从未受训的新兵放哨，这深山沟情况复杂，简直太儿戏了！一问，何细狗不以为然。他说，他家住在南昌梅岭，从小跟大人学打猎，是十多年的老猎手，枪法不比一般士兵差。这次参加部队，至今没有机会使枪，今晚是他自己争着来放哨的。白天被坏人袭击时，只顾背着温小四逃命，没机会开枪。如果他们再来偷袭，他定要好好报一仇。

萧克忠想起改名的事，笑道："细狗，忠诚！老实！这名字不错！"

何细狗道："我小时候也不喜欢这个名字，一直想改名。连长你帮我改个名吧。"

萧克忠道："不要改。乡里的说法，名字越贱命越大！"

"谢谢连长救命之恩！我这条命今后一定更硬！"

"我们都跟叶军长走，跟……"他还想说跟共产党走，又觉不妥。现在部队举的仍是国民党的青天白日旗，南征的思想路线也是继续国民正统，而且，共产党的身份在起义部队仍然是不公开的。

巡岗回来，萧克忠来看温小四。汤药服下去才几个小时，温小四便降了烧，神志也清了。睁眼一见萧克忠，便问这是哪儿。萧克忠答，你就当在家里吧。担心秋露凉，他将自己的上衣脱下来，盖到温小四身上，又给温小四喝了点温开水。

温小四笑道："我还没死啊？好！有件事情我一直想不明白，正好等我搞清楚了再死也不迟。"

"是什么生死大事？"

"连长，我们脱离了武汉国民政府，跑到江西来，算是跟政治领袖汪精卫彻底闹翻了。南昌起义，又脱离了南京国民政府，跟蒋介石也不共戴天了。现在南下，又跟我们的军事领袖张发奎总指挥分道扬镳了。我们这样走啊走，到底要走到哪里去？今后，我们要依靠谁？"

萧克忠沉默了。这些问题也在他心头盘旋已久。不仅是他，很多指战员心中都有这个疑问。南昌起义时大家喊的是继续国民正统，现在谁是国民正统？说不清。部队明明已掌握在共产党手中，却还举着国民党的青天白日旗，今后到底该依靠谁？说不清。

在战士们面前，萧克忠自知该保持一种信念。从南昌出发时，他衣物没多带，却带了不少革命委员会的文件、传单、布告，途中经常看一看，讲一讲。他记得，8月1日发布的《联席会议宣言》讲到近期革命纲领，有继续实现总理的"三大政策"和"三民主义"，打倒一切新旧军阀等，以这个为方向，他心中就有谱了，便回答道："我们这次去广东，是要借广东的革命力量，建立新的根据地，准备第三次北伐。孙中山先生的夫人宋庆龄，还有邓演达，都参加了南昌起义，也跟我们一起南下了。我们当然是听他们的。有他们在，我们还怕没有方向？"其实，宋庆龄与邓演达有没有南下，他心里根本不清楚，无非是借他们的威信来给自己的战士壮壮威，鼓鼓劲。

温小四摇头道："道理是这个道理。可是我们到了广东就一定能建立起新根据地吗？那里一定会有革命力量等着我们吗？天天就这么没完没了地走啊走，路这么难走，天天都在晒死人，饿死人，病死人，好像我们出来行军，只是为了跟老天爷斗，我都不知道自己的性命能保全到哪一天。"

萧克忠拉住温小四的手道："你不是想打退堂鼓吧？那可不行！我辛辛苦苦救你回来，你可不能叽叽歪歪地活得没有一点骨气。我想，既然前委决定了去广东，广东就一定有我们的活路，困难总是能克服的。那些遇到困难就当逃兵的，当叛徒的，只能说明他们不是真革命！这次行军，我们损失的同志的确不少，但我们的力量还在壮大！"他告诉温小四，中央军事政治学校武汉分校的政治部秘书陈毅，带了几百个革命同志从武汉赶到南昌，又从南昌赶到临川，终于赶上了起义部队。说到这，萧克忠觉得自己的劲头也被鼓起来，他说了一番鼓舞战士也鼓舞自己的话："当初我们来当兵，每个人有每个人的来由，每个人有每个人的目的，但是到了现在，个人的目的已经不重要了。为了国民革命的胜利，才是我们最大的目的！"

温小四点头道："连长你放心，什么时候我也不会当逃兵，当叛徒，我要跟着你，革命到底！"

萧克忠心如朗月。回到屋檐下，他掏出小本子和笔，就着月光写下一首诗：

咏铁军

去年北伐，今年南征。

北伐——打倒曹吴老军阀，

南征——打倒蒋汪假革命。

我们真是铁，旌旗猎猎。

> 颈上的红带，紧贴着心壁；
>
> 头上的太阳，像火一般地热；
>
> 脸上的汗珠，像雨一样地滴。

一阵秋风扫来，树叶沙沙地扑到人身上脸上，萧克忠收起纸笔，枕着自己的手臂躺下。不一会儿，又翻起身来，再次掏出纸笔，在诗末续上两句：

> 那长长的队列啊！
>
> 还有爽朗地笑笑说说。

17

部队开进宜黄。

一抹晚霞，恰似将士们心头的热望，牵引着他们跑向梦想中的粮食、热茶、床铺、满街的彩旗与老百姓的欢呼。起义部队几乎是雀跃着跑进县城的。宜黄，这座有着 2 万人口的繁华县城，为起义军准备了什么？

城门大开。但是，城已是空城。青壮妇孺全都跑走了，城里只剩下 48 个六十来岁的老人，漠然地望着部队。粮食军需全成泡影。空空的肚皮已成一张薄纸，一丝风过就摇得咣咣响。

再饿，再累，南征的步伐却不能停。一声长叹过宜黄，即向瑞金方向行进。

这天，部队经过宁都境内，行至一个小山村，在古樟树下的一栋房前，战士们把自己重重扔下来喘息。饥，渴，累，吸干了血肉，一副皮囊快要被太阳点着。一战士扔下背包扑向路旁莲田。八月中旬，正是采摘莲蓬的时节，满田荷叶托举着嫩绿莲蓬。吃过莲子的人，都记得莲子果白嫩嫩脆生生的模样，也记得它甜润生凉的味道。但战士没有去摘莲蓬，而是趴在田边，弯腰低头，对着田里的水一通牛饮。

大病初愈的温小四急得大叫："不要喝！这水喝不得！"他自己就是吃多了西瓜又喝了田里的水之后肠炎发作的。

那位战士充耳不闻，只顾眼前痛快。温小四仍在喊："田里的水有粪毒，粪毒会坏肠子的！"

几个战士去敲老百姓家门。门紧锁，无人应答。部队便在屋檐下歇息，继续保持王者之师秋毫无犯的风度。

墙上的布告吸引了萧克忠的眼球。布告曰：离此地五里路的某某村，有一个叫张仁杰的大土豪，部队可自动去挑谷。落款是：革命委员会保卫处处长李立三。李立三是起义军的名人，在部队负责筹集军粮。萧克忠记得他精干的模样与足智多谋的眼神。好家伙，宁都的粮食不用买，而用打了！萧克忠兴奋地指给战士们看。大家议论纷纷，欢喜得像打了胜仗。温小四趁机大大吹嘘："看！我老家这地方不一样吧？走过这么多地方，只有我们宁都，最革命！"

萧克忠心头大亮。自入党以来，他跟随部队转战江南江北，无时无刻不感到共产党在身边的存在。然而党毕竟是秘密的存在，没有公开与土豪劣绅势不两立。土地革命的旗帜虽然举起了，却没有将口号变为实际行动。这一路，天天跟地主讲买卖公平，连买个军粮都要受地主的气，他们不卖，我们就只能挨饿，而部队忍饥挨饿也没有向豪绅地主开刀。革命到底为了什么？为什么要对剥削者这么温情？如果贫苦大众继续贫苦，而地主豪绅继续豪夺，革命者依然与地主豪绅公平买卖、和平相处，连这些坏人的命都不革，还能革谁的命？革命的目的还能实现吗？宁都的共产党发出了公开打土豪的信号，开了个好头！这下好了，可以不交钱就去地主豪绅家里挑谷子了，这些谷子本来就是穷人的血泪，应该无偿交给穷人和为穷人谋福利的人。宁都，你真是一个让土豪劣绅居无宁日的革命之都！是革命者的安宁之都！

布告激活了战士们低迷的斗志，行进的步伐轻快起来。

宁都城开门迎客，景象完全不同于宜黄县。

国民党县长闻风逃跑，土豪劣绅纷纷躲避。起义军长驱直入，在县城待了三天。打开国民党监狱救出了一批革命者，处决了一批反动豪绅。部队吃饭不用愁，群众帮助部队打土豪，筹到了 2000 多担大米，3000 多块大洋。

温小四请了半天假回家去看望家人。萧克忠托他帮忙把自己的怀表带去修理一下，怀表像是受了人的情绪感染，自南昌出发，一直走不起精神，有时干脆不肯开步。他记得温小四说过他叔公在宁都城里维修钟表。

晚上，萧克忠在营地拟写标语，草稿上写着几条："没收大地主土地""耕者有其田""保护中小商业家""打倒土豪劣绅，铲除贪官污吏"。温小四回营，带回修好的怀表，身后还跟着一个十六七岁的小姑娘，说是他妹妹，叫温香玲。

小姑娘惴惴地走进昏黄的灯光，胸前垂着两条浓黑的大辫子，身材跟温小四一样瘦小。见了萧克忠，叫了声"萧大哥"，便四处望望不再作声，好像是来军营看新鲜的。萧克忠问："小四你妹妹在家干什么？"温小四道："跟姑妈学缝纫。"

萧克忠问修怀表花了多少钱，温小四答："没花钱，叔公说了，给我战友帮个忙，等于给自己家人帮个忙，哪还谈钱呢？"萧克忠不肯，"无功不受禄，这钱该付的。"

温小四道："怎么无功？我们部队保护了中小商业家，叔公说，感

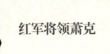

谢还来不及呢！叔公还说，你是我的好兄弟，又是我的连长，将来还要当营长团长师长的，他帮你修一下怀表，那是他的荣幸。"

萧克忠坚决不答应，说："你不帮我送去，我明天自己去。"

温小四道："上次在河南毁掉你一首诗，我这心里一直觉得亏欠。想赔嘛，我又没本事写，赔不起。今天帮你这点小忙，等于向你赔个礼。你在宜黄路上还救过我的命。你要是这么生分，就是不把我当兄弟。"

"谁跟你生分了？我们是生死兄弟，亲兄弟也要明算账啊！"

这边二人在推推搡搡，旁边沉默的温香玲悄悄拉拉她哥的衣角。温小四领会，即换了话题道："连长，我还有件事要请你帮忙。"

"说啊！"

"其实，也不是什么大事……我妹她想参加我们部队，省得老给姑妈添麻烦，我的家庭情况你早就知道的。父母都不在了，把她一个人丢在这里我也不放心，不如跟我们一起去闯生死。请连长帮忙找我们营长说说。"

萧克忠为难道："这种时候，行军路上这么艰难，还不知道到广东以后会怎么样呢？她年纪又小。"温小四道："打仗，哪里管得了以后呢？反正部队也有女兵，也要女兵。就让她跟我们走吧！"

萧克忠打量一下温香玲，见她长得瘦骨嶙峋，手无缚鸡之力的样子，让如此羸弱的女子进部队，这不是拿性命开玩笑吗？

见萧克忠不答应，温香玲开口了，她语音清脆，语速快如放箭："萧大哥，你是我哥的兄弟，也就是我的大哥，我也就说实话吧，我可不是不懂事的小丫头！"说着，从衣口袋里掏出一张折叠成小方块的毛边纸，展开来，竟是一张报纸——《孤灯报》。两个男兵不解地望着她。

"这是宁都地下党编印的革命报。三年前，我在姑妈的缝纫店里一边学缝纫，一边偷偷卖报。要不是报社后来被国民党政府关闭了，我现在肯定还在卖报。萧大哥，你说我算不算革命派？"

萧克忠暗暗吃惊，想不到这个小裁缝早就是革命的同路人。宁都这地方，群众发动起来了就是不一样，连香玲这样的小姑娘都自觉有了革命行为。他记得温小四说过他妹妹读过几年书的。

温小四赶紧道："我妹妹挺能干的。千难万难也请你帮忙解这个难，就带她一起去广东吧！"

萧克忠仍是摇头。不说这事他做不了主，就是能做主，南下途中居无定所，天天生死不测，怎么带得了一个新女兵？他断然拒绝。温氏兄妹大失所望。

萧克忠觉得愧疚，安慰温香玲道："其实在地方上、在家里，照样可以做革命工作，不一定非得跟部队走。宁都的革命势力越来越强大，香玲妹妹读过书，只要愿意为革命工作，肯定能找到使劲的地方。先在家待着。家里毕竟比外面安稳。等我们到了广东，如果那边形势好，小四写信来，香玲妹妹再去那里会合。"

温香玲擦着眼泪转身跑走。兄妹一别，就是一年多。

第五章
会昌恶战

18

1927年8月30日。一场恶战在会昌破晓而来。

蒋介石的嫡系、第一军二十师师长钱大钧，领着三个师驻守在会昌城。与此同时，从附近赶过来的"讨共第八路军"副总指挥黄绍竑领兵在城外策应，两股敌人里外呼应，妄图歼击长途跋涉而来的起义军。

昨晚，萧克忠所在的第十一军二十四师一得到主攻城西的命令，便趁夜赶到了会昌城下的战斗位置。战斗计划在拂晓打响，离开战还有一整夜的时间，将士们躺在山林里养精蓄锐。萧克忠精神兴奋，下半夜还没入睡。南下二十多天以来，一直平安行军，直到瑞金壬田才打了第一仗，赚了个小胜，但第十一军没有赶上那场战斗。对他而言，会昌才是他的开山之仗。强敌联手，这将是一个大仗，一场你死我活的恶战。他把战斗任务与作战方案在心里过了一遍又一遍。

一分一秒地等，等到天已大白，战士们的钢枪在手里汗湿了又干，干了又湿，开战的命令迟迟未下。急死人啊！

原来，周士第率领的二十五师没有按时到达预定阵地。昨天可是在一起商量好了战斗部署，并约好了会合的时间地点的。他们跟二十四师一样，也是右翼的主攻力量，现在一支主力没到位，这仗还打不打？

怎么打？

　　打！

　　早上 8 点，前线指挥所果断下达战斗命令。军机不可失，不打，等城里城外两股敌人反应过来，挨打的就是我方。二十四师从右翼单独上阵，冲向护城屏障岚山岭。这是敌人的主阵地，起义军占领了外围，由于兵力不足，局面一时僵持。双方阵前尸体累累。

　　前线指挥所，周恩来、叶挺、刘伯承、聂荣臻不顾头顶炮弹的轰炸，一边指挥战斗，一边派人去寻找二十五师。

　　县城东北方向，原定担任助攻的朱德部，此时竟被敌人当成了主攻部队，大部敌兵强压过来。部队抵抗吃力，边打边退，一直打到指挥所。眼看已无退路，朱德大声疾呼："同志们！上刺刀！跟敌人拼了！"

　　指挥所的官兵立即插上刺刀，准备与敌人来一场肉搏战。敌人近在几十米的高处，一敌军官手搭凉篷朝这边的指挥所打望，看见一片灰色军装，又回望一下自己的灰色军装，嘀咕道，这是自己人嘛！朱德打个手势叫大家别动，静观形势。只见敌军官一挥手，竟然带着敌兵往另一方向走了。免了一场肉搏。好险！

　　作为先头部队的第二十军第三师，从太阳东升打到烈日当午，子弹打光了，后续部队仍未赶到，只有硬顶死守，边打边撤。营长陈赓是最后一批撤离的。敌人追上来，肉搏中，两个敌兵围住陈赓，其中一个冲到面前，大叫："陈赓！他是陈赓！"

　　敌我之中有不少黄埔军校的同学，陈赓是黄埔一期的知名人物，还在军校当过区队长，认识他的人多，敬重他的人也多。一个敌兵抖索着举起枪对准陈赓，却不敢开枪。另一敌兵马上扣动了扳机。陈赓左腿中弹，膝盖处的筋被打断，脚腕也被打折。他一头栽在地上。两个战士

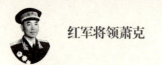

跑过来，架起陈赓杀出血路，冲向山坡。

敌人追过来。三人已无枪弹，只有分散隐藏。陈赓机智地脱掉军装扔进树丛，一身背心短裤从山坡滚下去，跌进田沟。一个战士跑过来要拉他，被他挥手赶走。水沟霎时染红。陈赓索性将腿上的血往身上脸上乱抹，侧身躺着装死。敌人搜查过来，踢他一脚，见无反应，以为他死了，又见他短衣短裤没什么油水可捞，便掉头而去。

在田沟里躺了两三个小时，山坡上又是一阵呐喊一阵枪炮，也不知是我军进击还是敌军溃退。陈赓的伤痛得要命，他拼命忍着，不敢有半丝动弹。下午四点，又一批人马搜查过来。他继续闭目屏息装死。忽然，身上被枪托猛击一下。他痛得牙齿都快被自己咬碎，心想这下完蛋了，我年纪轻轻就要葬身在这沟里。等人声过去，偷偷睁眼，看见几个人脖子上都挂着红布带。他哇地一下叫出来："自己人！我是自己人！"

搜查的部队正是叶挺的第十一军。打他一枪托的是温小四。

第三师的战士从草丛跑出来，手中扬着红布带大喊："我们都是自己人！他是我们营长。"

陈赓被人从田沟里扶起来。萧克忠闻声跑过来，问："你们是哪个部队的。"战士答："我们是贺龙部队，打赢了吗？"

"是的，我们胜利了！"萧克忠答。

陈赓咧嘴道："哪个小子打了我，下手太重了。我没被敌人打死，差点被自己人打死。等伤好了，我要好好回敬他一枪托！"

温小四羞愧地站在一边道歉："营长同志对不起！我看错了，以为你是敌人！"他走向陈赓，想去背他，一个女兵冲过来，三两下就将人背走了。

萧克忠在后面道："我来代你教训他！营长同志，你消消气，好好养伤！"

19

就在陈赓中弹受伤时，迟到的第十一军二十五师终于匆匆赶到。原来，他们在昨夜急行军时走岔了路，绕行了很远，幸而有周恩来派去的两批人化装成老百姓沿路寻找才找到他们。二十五师的官兵一夜没停脚，一天没吃没喝，一到战场即投入战斗。局面马上扭转过来。左边的朱德部，右边的叶挺部，以及策应各方的贺龙部，各部全线进攻，夕阳偏西时，拿下了敌人主阵地岚山岭，乘势攻入会昌城。

打了一整天，拿下了会昌，过足打仗的瘾，战士们想休息一下，然而敌人却不肯消停。

第二天一大早，二十四师七十一团奉命追击敌人，一追追出城门90华里，追到了筠门岭。追到傍晚，才在村里歇脚宿营。萧克忠安排了值班事宜，找出一把稻草准备补补鞋，他脚上的草鞋早已磨穿。房屋主人正在进进出出地寻找什么。一问，是一只鸡不见了。萧克忠赶紧帮他找，找了一个时辰，终于在屋后的竹林里找到。再回头补鞋，眼皮不支持，倒头便睡。睡到半夜，忽然接到命令，要求部队马上出发，火速赶回会昌城！萧克忠把战士们叫起来，在黑暗中集合出发。

队伍刚跑出村，一个年轻人追在后面喊："萧连长"。萧克忠脚下不停，回头问："什么事？"追上来的，是萧克忠宿营的那家老百姓。年轻人塞给他一双草鞋，说："我爸送给你的，谢谢你帮我家干了那么多活，还耽误了你补鞋的功夫。"

南昌出发以来，萧克忠还是第一次接收老百姓赠送的东西。这一路总是见不到老百姓，不明真相的老百姓，见了起义军也不够友好。难

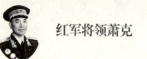

得遇上这么有觉悟、有情义的一家人！还好有这双新草鞋，不然，这90里夜路就要光脚走回去了。

回到会昌城，睡了个落心觉。9月2日清晨，枪声惊梦。萧克忠鱼跃而起，听见营长廖快虎在喊："敌人来了，快到西面的山头集合，抢占阵地！"

原来，钱大钧部被打跑后，城外布防的黄绍竑部见贺龙部去了瑞金，会昌兵力大减，乘机将瑞金与会昌的联系拦腰截断，引兵逼近会昌东门，想夺回会昌城。

会昌城只有第十一军二十四师、二十五师留守。二十五师师长周士第跑上山头，指挥作战。萧克忠所在七十一团二营作为预备队由周士第指挥。萧克忠以为，这次打仗又没自己份了。预备预备，很可能是一旁看戏，这种事情他在北伐补充团常常经历。

打到下午，敌我双方胶着难分，周士第急呼萧克忠，指着右边的山头道："你，马上带领二连和四连，警戒右边山头！一定要把这个高地守住！我们的主力要从这里居高临下打到敌人阵地去！"

"是！"萧克忠即率两个连旋风般冲上山头。刚站定，敌人也发觉了这个要害高地，马上来抢。一阵猛打，敌人退下去。追！叶挺部队最善于正面打硬仗，北伐战争时就以"三猛"著称：猛打、猛冲、猛追。萧克忠打仗就秉承了这种作风。猛追猛打，一直打到月满山头。敌人丢了阵地，残部逃向远方，萧克忠收兵返营。月亮照得他脸上的汗珠子发光。

会昌两场恶战，歼敌五千多人，俘虏九百余人，缴获大量武器和军需物资。我军也损失不少，伤亡了一千多人。几百名伤员无法安置。起义军没有后方，没有根据地，留在农村无医无药，没吃没喝的。留在城里吧，又担心大部队走后伤员会遭反共武装杀害。也不可能弃之不管，他们是为革命拼命的兄弟。只有带走。由战士抬着背着走。缴获的枪支舍不得丢，也带上。部队原计划走捷径从会昌直接南下到寻乌，再到海陆丰，然后夺取广州，由于伤兵多，辎重增加，为运输之便，只好改变路线，重新折回瑞金，经福建长汀、上杭，走水道去潮汕。

第六章
潮汕厄运

20

"潮汕在望!"

路边的标语牌激起一阵欢呼。南昌出发走了一个多月,终于快到潮汕了,我们的目标就要实现了!

萧克忠朝前面猴跃的身影道:"小四,回到你的老根据地了,要不要我们帮你去讨回工钱?"

温小四跃上土坎,拍着胸脯道:"我温小四又回到广东了!那些吃人不吐骨头的家伙,这回要是让我碰上,我就用子弹送他坐轿子上西天!"

萧克忠憧憬道:"只怕等不到你去收拾,这里的反动派早就灭光了。广东的农民王彭湃,搞了那么久的农运,这一带肯定全部赤化了。"

温小四露出惋惜的样子:"那我们以后都不用打仗了?可惜!我只在会昌打了一仗,还没打够哩!"

梦想恰似一挺机关枪,荡平了起义军心中的前路,一切似乎变得畅通无碍。但事实并非如此。潮汕在望的,没有他们想象的革命热潮,也不是他们期待已久的物资充裕的根据地,而是张牙舞爪的三大强敌。李济深,在广东拥兵自重的国民革命军第四军军长,过去的北伐名将,现在成为蒋介石任命的"讨共第八路军"总指挥，早已磨刀霍霍等着起义军。钱大钧，在会昌被起义军打败后，回到广东补充了元气，带领三个师10个团约两万人，进至韩江边，等着报一箭之仇。黄绍竑，同样在会昌受挫后，驻扎广东喘息舐伤，守在西江、北江一带。

其实，等着吃起义军这块唐僧肉的敌人远不止这些。张发奎，那个摇摆不定的假革命，他在领兵去广东的路上，还曾听从老同学与结拜兄弟叶挺的建议，有意避开起义军。一到广东，竟公然举起反共旗帜，与当地反动派沆瀣一气，对付起义军。盘踞广东本地的范石生、李福林等几派军阀为了争夺地盘，发展实力，也对起义军蠢蠢欲动。

还有一条暗藏的蛇。陈济棠与徐景堂、薛岳各拨一部分精锐新编了一支东路军，虎视眈眈盯着入粤起义军。不妙的是，起义军完全没有察觉到这股敌军的存在。

而起义军在此地可以依赖的革命基础刚刚崛起，力量犹弱。到达大埔县，二十四师作为先头部队占领了三河坝，当地国民党驻军闻风而逃。起义军决定拿当地的反动派开刀示威。

萧克忠带领连队走进一个村庄，向村里的老百姓打听，这儿有没有农民协会。老百姓都说，没听说过农协，不知道有没有。又问："有没有跟地主豪绅作对的人？"一个老伯把他们领到山沟，指着远处一栋小茅屋道："那个人是个猛子，全村只有他敢跟地主作对。"

茅屋主人是个年轻男子，绰号贵驼背。起义军一进门，他高兴道："来得正好，我跟你们一起干！先把村里那个逼死我娘的老家伙杀了报仇！"

贵驼背说，当地暗地里组织了一支工农讨逆军，有十来人，他也参加了，可惜没枪没炮，大家偶尔聚在一起，只是骂骂反动派的娘，没有动过手脚，更没舞过刀枪。

　　萧克忠让他开列一张当地反动派的名单，准备按名单拘捕。贵驼背欣然受命，让萧克忠晚上再来。

　　晚上，萧克忠摸黑带人再来小茅屋，并带来十多条枪，准备送给当地工农讨逆军。贵驼背家却只来了四个男子。萧克忠问："其他人呢？不是有十多个吗？"答："有些人不敢来，怕事。"

　　名单上列出了十来个名字。萧克忠一看名单，真是啼笑皆非。名单上写的：

　　"张大麻子，该处无期徒刑。

　　张二财主，应处五年徒刑。

　　李宗仁，杀头！！！

　　李汉林，杀他家两头猪，粮食全部充公。"

　　还有一些名字后面注明着要罚多少钱、交多少粮，甚至把女人还给某某。

　　萧克忠问了一下名单上这些人的劣迹，感觉都有血债可讨，都可拘捕，便给现场五个农民每人发一条枪。除了贵驼背，其余四人不敢接枪。有的说不会使枪，有的干脆说不敢用枪，怕搜出来丢脑袋。原本想让工农讨逆军拿着枪去打土豪，一看这形势，萧克忠心里凉了半截，决定自己动手。

　　贵驼背带路，一行人沿着山路赶往一个大地主家。另四个村民远远地跟在队伍后面，不敢露头。还没到地主家，那四人便躲进了树林，还反复叮嘱起义军：千万别告诉地主是谁带的路，拿到钱粮就算了，免得将来地主找我们算账。

　　一干人冲进地主家，根本不用动刀枪，地主当即交出钱粮以保性命。想到当地群众的顾虑，达到了筹粮目的，人也就不抓了。

21

汤坑，丰顺县东南部的一座小镇。这是梅州与汕头的交通要塞，历来为兵家常争之地。释迦山脉端坐一旁，在战乱中祈祷和平。

1927 年 9 月 28 日，周恩来率叶贺主力部队 6000 余人来到汤坑。

此前，部队在三河坝进行了一次大分兵。朱德率领第十一军二十五师 2500 人留守三河坝，警戒梅县方向的敌人，想在三河坝一带开辟新的根据地。独自深入汤坑的叶贺部队，经过长途跋涉，人疲马乏，加之弹药缺乏，战斗力已大大削减，当探知强敌陈济棠部布防在此，仍抱着"一仗打垮敌人，乘胜直下广州"的信念，向盘踞汤坑的大老虎发起进攻。

在距离汤坑镇 30 里的浮山，敌我交上了火。从下午打到傍晚，起义军打了个小胜。当晚，敌在高处，我在山下，双方隔着山林露营，彼此探测对方虚实。

晚上，几个战士抓了两个俘虏回来，萧克忠一审问，大吃一惊，先前侦察获知的情报误差太大，此地除了陈济棠部，还有薛岳部与徐景堂部，一共三个师 1.5 万的兵力，双倍于我，而且，敌人的武器弹药也十分充足。赶紧跟营长廖快虎一起去指挥部报告敌情。叶挺正与贺龙、刘伯承商量战事，一见这位圆头大眼的年轻人，似有几分眼熟，问道："你叫什么名字？"

"我叫萧克忠，二营四连连长。"

"哦，萧克忠！明天打仗有信心吗？"

"有！我们'铁军'，走到哪儿都一定能打胜仗！"萧克忠身上的"三猛"血性被他敬慕的首长激活。

"好！"叶挺赞许地点头道，"做好战士们的动员工作，明早发起

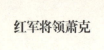

进攻。以我们'铁军'的锐气，不管敌人有多少兵力，多少弹药，一定要把他们全部拿下！敌人越是强大，越能证明我们的强大。'铁军'的荣誉，从来都建立在勇猛之上！"他目光朝大家一扫，将强大的能量注入每一个人身上。

次日清晨，枪炮声先于太阳亮相在汤坑的上空。这是起义军自南昌出发以来打得最激烈的一次战斗，也是决定起义军兴衰成败的关键一仗。

敌在山头，我在低处。担任主攻的二十四师官兵高喊口号："打倒蒋介石！打倒李济深！"向守在高地的敌人发起仰攻。萧克忠带着连队冲杀其中。当地农民赤卫队从四面赶来助威，浩大的声势吓得敌人丢下阵地就逃。起义军乘胜占领敌人阵地。

上午一时没有战事，就在阵地上修筑敌人留下的工事。休息时，萧克忠又掏出小本子涂涂画画。温小四擦着枪，望望连长。他敬佩这位有勇有谋的连长，也奇怪他心里总装着那么多诗词。

萧克忠正在修改一首诗。这是他在会昌大战后的行军途中写的，歌颂铁军锐气，对最后一句"铁军犹爱试其锋"总感觉不甚满意。刚才修筑工事时，他有了灵感，遂掏出纸笔，将"犹爱"改为"谁敢"，改完，他自己吟诵一遍：

会昌大捷

千军万马向南奔，

会昌大败钱大钧。

余勇尚堪歼桂敌，

铁军谁敢试其锋！

战士们鼓掌叫好。萧克忠激昂道："现在大敌当前，敌强我弱，正是显露我'铁军'锐气的时候，我们一定要打他个落花流水！"

中午，敌我再次交锋。两军在两座小山头你追我退，你退我追，展开了拉锯战。贺叶指挥部一会儿移到山前，一会儿移到山后，时常有炮弹落在刚刚撤离的指挥部址。

廖快虎指挥二营顶着弹雨冲向敌人阵地，萧克忠紧随其后，带领战士们一会儿跃起，一会儿伏地，艰难挺进。侧前方有个小土丘，萧克忠观察到那儿没有人，便率两个排冲过去。刚到丘前，敌人也从对面冲过来抢夺这个小小制高点，一南一北隔着土丘对射。我军从南边打几枪过去，即隐蔽下来。敌人从北面打几枪过来，也隐蔽一阵。双方对峙不下。

温小四急了，噌噌两下爬到土丘的一棵树上，举枪射击。萧克忠来不及阻拦，看见树上的温小四瞬间变成一块磁铁，吸来北面的一排子弹，人跌落下来，腿上手上流着血。

何细狗冲上去，摸一下温小四胸口，问："伤到要害没有？"温小四摸摸胸口，说："没事。"他想起身，却站不起来。何细狗立即将他架到背上，刚走两步却又将人放下，说："既然伤得不要命，那你等我一下，我去办点要紧事。"他朝萧克忠喊："连长，给我几颗手榴弹！"

"行吗？这么远。"

"我小时候在湖里扔叉子扎鱼，多远都能扎到。"

几颗手榴弹从何细狗手里接连着飞过土丘，落在北面。轰轰震响中烟雾漫天。萧克忠急喊："冲啊！"战士们借着烟雾的掩护冲上去，小土丘很快踩在我军脚下。萧克忠快意地站上山头，看着敌人像落叶般被风卷走。正要带人追击，背后有人大喊："别追了，守住阵地，隐蔽！"是廖快虎在喊，"敌人的大部队就躲在田那边，等会儿肯定要来抢阵地，我们人少，先守住这里！"

不久，田垄那边果然冒出一大批敌人，借着猛烈的火力掩护向小土丘冲来。我军伏地还击。敌人火力太猛，步步进逼。战士们有限的子弹打光了，人也越来越少。何细狗专门拣拾地上冒着青烟还没有炸响的手榴弹扔回敌人。廖快虎喊着"撤退！"萧克忠向后跑出几步，回头见廖快虎仍趴在一棵小松树下，从牺牲的战士身上翻找弹药。他跑回去拉住廖快虎，催营长快撤。廖快虎被灰尘和烟火弄得一身黑，只有牙齿是白的，左手握着一颗手榴弹，右手一拳击在萧克忠胸口上，喝令："快撤！你敢不听我命令？！"

萧克忠仍不放手："我不撤！我不撤！"一排子弹呼啸而来。萧克忠弯腰一躲，廖快虎乘机端他一脚，他身子一歪滚下土丘。

子弹射中了廖快虎的腿、手、腹部。他瘫坐在地，像一根燃干了油的灯芯。等敌人步步靠近，他忽地使出全身最后一分力气，拉响了仅余的一颗手榴弹，顿时红光惊天。

滚下土丘的萧克忠被何细狗一把拖走，撤到后面的工事。随着巨响回头惊望，土丘上腾起一团青烟，小松树不见了，树下的人也没了！萧克忠肝胆俱裂。廖快虎，那个曾经为他领读入党誓词的人，那个带领他从北伐到南征、引导他成为坚定共产党员的人，从此不再鲜活于世。烈士们的血肉之躯，已干净彻底地留在这块阵地上，实现了他们努力革命、永不叛党的誓言。

炸平的小土丘又成为无主之丘。经过一场血洗，敌我双方都不愿意再去碰那片死亡之地，只有青烟盘旋不散，仿佛不甘的亡灵飞舞其上。

天色在不经意中暗下来，又一天过去了。双方露营在各自的山头工事，仿佛一场游戏的中场休息。然而，你死我活的战斗还在酝酿。喘息，是为了更猛力地抨击敌手。

22

这天深夜，求胜心切的叶挺部队搞了一次突袭行动。

叶挺亲自带领二十四师七十一团、七十二团人员，趁着夜色，向敌营发动偷袭，目的是避开敌人精锐的火器，攻其不备。

未料偷鸡不成，反蚀一把米。当我军端着刺刀冲向敌营，却发现敌营早已有备。密集的枪炮一下吞噬了起义军。冲进敌营的战士，有的中弹牺牲，有的缴械投降，有的复又杀回来。萧克忠端着刺刀左挑右刺，在飞溅的血水中一步步撤出来。他看见一个熟悉的副师长被敌人围住，正要冲过去救他，却见副师长丢下手中枪，向敌人举手投降了。萧克忠大叫："快跑啊！冲啊！死也不能投降！"敌人围过来，他迅疾冲出敌阵。

至此，我军人员减损一半，弹药所剩无几。

1927 年 9 月 30 日上午，叶贺部队全线撤退。

撤退前，老伙夫挑着担子来送饭。汤坑战斗以来，两天两夜，这是唯一一顿正餐。老伙夫一看营地只有不到半数的人，以为其他人还在前线打，唠叨道："打仗也得吃饭呀！等下我送到前线去。"

有人哽咽着答："就这些人了，其他人……都回不来了。"

"什么？"老伙夫不相信，"你不要骗我老眼昏花啊！我这饭可是按人数做的。"

回答他的是一片低泣声。老伙夫明白过来，哇的一声哭了。

萧克忠和着泪水一口口强咽饭菜。他的四连原本有 70 人，经过这一仗，只剩下不到 40 人。一排长牺牲，二排长重伤。他忍住泪安慰战士道："不要哭！我们没有失败，到了潮汕，我们还要去打胜仗。我们的队伍，还会扩大的！"

有人问："既然仗没打完，为什么不接着打？撤退干什么？"

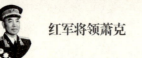

还有人不甘道："不应该撤退！我们从北伐以来，从来就没有后退过。难道我们要在汤坑丢掉'铁军'的荣誉吗？"

萧克忠也在艰难地爬着自己内心的坎。没分出胜负就撤退，这的确不符合"铁军"的"三猛"作风。虽说三十六计走为上计，走，也应该是有目的地走，有策略地走啊！现在二十四师已跟二十五师失去了联系，前委领导不知身在何方，部队要往哪儿撤也没有明确指令。显然，不走也不行。经过这两天两夜的拉锯战、车轮战，敌我力量悬殊过甚，再扛下去，就连基本力量都难以保住。

勉强说服了自己，萧克忠开始做战士的思想工作。他说："硬拼硬打，死在战场固然是荣誉，留得青山在，保证明年有柴烧，难道这就不荣誉了吗？什么闲话也别讲，服从命令，听叶军长的！叶军长往哪走，我们就跟到哪！"

23

"走！走！走！

南海刚到秋天，

也就感到凉爽。

一个流浪的青年，

露宿风餐，

飘零在海岸。

走！走！走！

哪能任尔浮沉！"

1928年10月，汕头的街头，坐着一个胡子拉碴的流浪汉，两道浓眉如生锈的剑刃奪拉着。秋风戏弄着他身上似灰似白的上衣与短裤，他哆嗦一下，起身来，漫无目的地继续走。

这个流浪汉，就是萧克忠。

他是从国民党军队的监狱走出来的。兵败如山倒，那种耻辱，是他一辈子的心痛。

那天，叶贺部队从汤坑撤到普宁县一个叫流沙的地方，又遭敌人突袭，猝不及防中被打散。萧克忠带着四连的二十来人突围出来，原想绕道去海陆丰寻找组织与部队，路遇反动民团阻拦，还被老百姓追抢，有的人灰心绝望离队而去，走到后来只剩下七八个人，不料又一次遇到国民党部队围追。当时，为掩饰身份，萧克忠吩咐大家丢掉军帽军装，身上只余一件军用衬衫，一条短裤或撕掉半截裤腿的半长裤，脚上一双黑皮鞋。大家彼此打量，发觉模样怪怪的。额头上明显留着军帽的印痕，以帽檐为界，上半部一截白肤，下半部一截黑皮。穿着打扮既不像学生，也不像商人，更不像普通老百姓。一行人硬着头皮拣山道走。敌人追上来，围住了这群衣衫不整行色仓皇的人，当即断定他们是起义军，先押到潮阳的监狱，不日又转押汕头。

审讯一场接着一场，同样的讯问几乎天天都在重复。

"你在部队是干什么的？"

"司务长。"萧克忠答。

"他是干什么的？"敌军官转头问其他被俘的人。那些人都是叶贺部队的官兵，有的认识，有的面生。温小四带头回应，其他人也跟着附和："他是司务长。"

萧克忠感激地回望战友们。这是兵败之后在逃亡路上大家的约定，决不能让敌人认出萧克忠的连长身份。

听说是司务长，一个敌兵惊喜地上前来，想搜查萧克忠，他猜想司务长身上肯定有钱。敌军官制止了他的部下："叶挺部队过去属于我们李济深军长统率的第四军，李军长有交代，凡是四军的兄弟，一律网开一面，不准搜身！"万幸，他身上的几块钱和写诗的纸笔得以保全。

"你是共产党吗？"敌军官又问。

"不是。我多年前就加入了国民党。"萧克忠答。

"这些人中间，有没有共产党？"

"没有。就算有我也不知道。"他说的后半句是实话。共产党员的身份在部队从不公开。

过了两天，敌军官一进监狱门就气呼呼地质问："萧克忠！你是叶挺手下的连长，还装什么蒜！"

萧克忠不吭声，静观其变。他猜想是有人告密了。

敌军官问："有人作证，叶挺、贺龙都是共产党，你也是！"

萧克忠依然稳稳地答："我一个下级军官，第一，不可能见到军长。第二，不可能知道高级军官的秘密。他们是不是共产党，我根本不知道！谁说我是共产党？让他站出来对质！我从加入国民党起，就跟着国民革命军走，走到现在，我也不知道为什么会被你们抓进来。不都是国民革命军的一家人吗？军装、帽子、旗子，我都跟你一样啊！"

没有人站出来对质指证，审问也就没有深入下去。

几天后，萧克忠患了痢疾，日日腹泻，脱水厉害，一下枯瘦如柴，仍然隔三岔五被提审。每一次，他都有气无力地做出同样的回答："我不知道。"

不知是可怜他，还是看他身上实在榨不出有价值的东西，一日清晨，牢门哗啦打开，看守把他往外赶，说他被释放了。他暗喜，虚弱的双腿却迈不动步子。温小四扶住他，向看守哀求："求求你，帮忙请示一下你们的官长，把我也放了吧！他病成这样，身边没人照顾，出门就是死路一条。"

何细狗也求情道："我们都是一起来当兵的兄弟，反正留在广东我们也做不了什么，语言又不通，放我们回家去种地吧！"

看守不予理睬。温小四掏出自己身上的几块钱给萧克忠，萧克忠摇头谢绝。想笑一笑，却无力调动脸部肌肉，只吐出三个字："坚持住！"他拖着不听使唤的腿，恍恍惚惚走出监狱。

街头满眼是灰军装的流浪汉，没有谁注意到这支流浪队伍新添的成员。不消说，他们都是被俘后又释放出来的起义军官兵。直到此时，萧克忠才深信不疑，所谓潮汕在望，望来的不过是全军兵败的现实，望来的是流落他乡的霉运。当初全军排除万难奔赴潮汕，何曾想到，潮汕地区竟会成为起义军的滑铁卢。后来回想，三河坝分兵是滑向低谷的开始，正应了胡林翼治兵所言："兵分则力单，穷进则气散，大胜则变成大挫。"分兵之后，叶贺部队在汤坑失利，周逸群部也在潮州受挫，接着是汕头告急而至不保。镇守三河坝的朱德部，也在一场血战之后踏上转战千里的征程。这部征战两个月、行程数千里的南征大戏，以起义军的胜利大逃亡凄然落幕。

汕头没一个熟人朋友。国民党的组织与部队显然是不能去触碰的。共产党在哪里？起义部队在哪里？

靠着身上没被搜走的十多块钱，他买了点药吃，止住痢疾，又吃了些东西，这具干瘪的皮囊才回复一丝生气，支撑他一步步挪到码头。真是天无绝人之路，正好一艘开往广州的船刚刚起锚，就要离港航行。他一个激灵，攒起全身力气追跑过去。轮船已离岸一米远，他纵身一跳。汽笛长鸣，驶往广州。

24

广州，是萧克忠的母校所在地，也曾是他燃情革命的热土，而今却在白色恐怖下肃杀一片。熟人、朋友、组织，都被秋风吹散。

坐在街头避风的角落，咀嚼着乞讨来的残羹剩饭，一边翻阅自己的小本子。这个宝物随他一同经历了牢狱，所幸片纸未丢，一如他未曾遗失的军旅记忆。过去的豪言壮语热度依在，却给不了一只失去方向的孤雁需要的温暖。他深深一叹，写下一首《孤雁》诗：

> 乌云密布凛风旋，
>
> 万里衔芦向远天。
>
> 世路多螬焉我惧？
>
> 不辞孤影奋翩翩。

讨了几天饭，觉得这样的活法等于死亡。活着的目的，不仅仅是为了性命，还有比性命更重要的事情。家仇没有报，老家的父老乡亲，还在大地主萧仁秋的压迫下煎熬，自己怎能就此沉沦？党组织没有找到，努力革命的誓言还没有兑现到底，怎能就此放弃？起义军虽然失败，但这并不是革命的尽头，怎能就此认命？不！不能这样活！

走到一个卖字画的小摊前，萧克忠停住了脚。他惴惴地向摆摊的老先生自荐道："我……能不能在您这儿做个伙计，混口饭吃？"老先生扶着眼镜，细看此人，面皮晒得油黑发亮，口音长相却不像是南方人，一副落难的样子，但眼神里透着英气。

老先生问："你会写字吗？"萧克忠点点头。

"你写个字给我看看。"

萧克忠便不客气地拿起毛笔，略一思索，写下一个大大的"正"字。这是他私塾启蒙老师、堂哥萧克勤教给他的第一个字。堂哥说，写字不仅是写字，也是做人，字如其人，写字必须要做到"四正"：身正、心正、纸正、笔正。堂哥的教导他一直谨记于心。即使流落街头，也不能靠打砸抢营生，更不会出卖组织和战友来谋取荣华富贵。

老先生端详着堂堂正正的"正"字，又瞧瞧他破败不堪的衣裳与诚实的眼神，当即允他留下。

在字画摊谋生的萧克忠，每天手里写着字，眼里守着摊，心里守着一份信念：找党！每一个经过摊前的路人，都是他寻找组织的一丝希望。希望与失望织成一张沉重的网，罩住暗淡的日子。有一回他终于碰见一位熟人。那是嘉禾甲师的老同学，一身灰军装。他热脸相迎，而对方却回以冷漠的眼神与匆匆走远的背影。其实这个老同学也是个地下党，只是彼此知面而不知心。

一日，字画摊前有客人闲聊。

"听说，方鼎英的部队要去湖南打唐生智，军阀混战又要开始了！"

"啊，湖南人不是又要遭殃了？"

"可不是？这些天看到部队一车车开出城。"

说者无心，听者有意，萧克忠立即有了主意。他马上收拾行李，告别收留他卖字画的老先生，登上去韶关的火车。他盘算着，从广东出征的部队入湘前必定会在两省交界地韶关驻扎。果然，在韶关，他追上了国民革命军新编第十三军。军长方鼎英曾任黄埔军校教育长，萧克忠便以宪兵教练所学员的身份去找第十三军的军官，被允许留下来候差。萧克忠可不是来候差混饭吃的，他希望能在这支部队找到共产党组织。

方鼎英部一到湘南，就跟唐生智打起来。党组织杳无音信，却日日目睹军阀混战给老百姓带来的灾祸。萧克忠看不下去。既然找不到组织，再待下去无非浪费时日。他便以请假探亲为名，离开了方鼎英部。

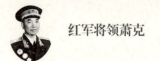

　　分外想家，想白发双亲，嘉禾老家日子虽不太平，却好过流落他乡一百倍。离家将近两年，这只受伤的孤雁，现在真想拍着翅膀回家好好疗疗伤。今后如果留在家里照顾父母，凭着外面闯荡的经验做点小生意，成家立业，小日子肯定红火。这念头一进脑袋立即被他抛开。自己是组织的人，是有鸿鹄之志的战士，志向与才华远没有得到施展，哪能草草收场去经营个人的安乐窝呢？

　　嘉禾老家先不回，他一路急赶来到湘南地区的临武县。

　　临武县沙田圩杉木桥村，萧大地主家来了一位不速之客。当门丁把客人带到萧老爷面前，萧老爷眼前一亮。这个瘦高的青年军人，半新的灰军装整洁利落，胸前佩戴着第十三军的证章，一见面就彬彬有礼地鞠躬问候："老前辈，您老还认得我吗？"

　　萧老爷愣了半晌，马上露出惊喜，他不是两年前在萧家住过几天，嚷着要去当兵的年轻人吗？看这一身戎装，他果真当兵去了，出息了！现在正是兵荒马乱，动不动就有政府官员或者什么部队来要钱要粮，萧老爷正需要一个当兵的人为自己撑腰，即回头朝屋里大叫："萧亮，家里来贵客了，你同学来了！"

　　富家公子萧亮应声而出，挺括的灰色中山装衬托着白净肤色，一副风流书生模样。两位高中同学欣喜相见，萧亮即拉着萧克忠躲进房中密聊。两年前萧克忠为免父母阻拦，是以探访同学的名义离家出门、又从萧亮家去从军的。后来萧亮也以出门求学的名义跑出家门，参加了革命，并暗中加入了共产党。而这一切，他的大地主父亲全然不知。

　　漂泊两个多月，苦苦执念于组织的萧克忠，终于在湘南找到了同志，找到了地下党组织。龙归大海，春回大地。回来了，这个地主豪绅的克星！

第七章
湘南地主的"克星"

25

1928年春节前夕，萧克忠秘密回到阔别两年的老家，嘉禾县泮头乡小街田村。

家里愁云惨惨。大哥萧克昌、堂哥萧克绥、三姐夫黄相璟、堂哥的内弟彭邦俊，四位亲人先后被萧仁秋一伙反动势力杀害，几个小家庭垮了栋梁。屡屡遭受丧亲的打击，父母显得衰老不堪。萧克忠的归来，父母犹如汪洋中抓住了一条船。母亲拉着萧克忠的手问："克忠啊，这次回来，你不会再走了吧？"萧克忠泪湿眼眶，没有回答。心里有个声音回答，他不可能在家久留。

恰巧，二哥萧克允也回来了。萧克允是从湖北逃回来的。汪蒋"清党"时，身为共产党的萧克允被组织安排离开武汉、离开北伐军队，去湖北洪湖、崇阳一带组织农民武装暴动。因起义失败，反动派追捕，萧克允被迫潜逃回来。分别一年多，兄弟俩惊喜获知，他们从军之后走的竟是同一条道路，都参加了南昌起义，都加入了共产党。

附近的茶窝村还藏着一个共产党员：黄益善。黄益善在南昌起义失败后也跑回了老家，因他曾经担任嘉禾县农协委员长及湖南省农协特派员，影响大，反动派一直在通缉他，回家后他哪也不能去，就躲在家

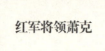

中阁楼里。

萧克忠、萧克允、黄益善，这三位与组织失联的党员一拍即合，决定就在本地组建地下党组织。他们昼伏夜行，暗中串联流散家乡的十来位共产党员，组建了中共嘉禾南区特别党支部，由黄益善任党支部书记。

嘉禾县城的城门上，时常挂着共产党人的头颅。恐怖，充斥着数九寒冬的嘉禾。中共嘉禾南区特别党支部沐着血雨，在幽黑的地底悄悄冒尖、生长。

小年之夜，萧克忠与萧克允兄弟顶着北风走在偏僻的山道上。刚从附近一个山洞开完支部会议，兄弟俩的脚步轻快无比。今天，支部的一个成员从临武县回来，带回了一个振奋人心的消息：朱德率领部队在宜章举行农民起义！朱军长到湘南来了，这正是搞暴动的好时机。刚刚，中共嘉禾南区特别支部决定，赶紧着手组织嘉禾南区农民暴动。为使暴动获得强有力的支持，支部决定派萧克忠带两位党员一起前往宜章，寻找朱德部队和宜章党组织。

兄弟俩快步走着，忽然，萧克忠发现前面有灯光朝这边游来，他警觉地停住脚。二人在黑暗中拉手示意，迅速往回跑了一段，躲进茂密的林子里。

灯光从林子经过，照见五六个男人的影子，个个手里拿着木棍、刀枪等器械。听声音是乡里的反动民团。一个粗哑的嗓子得意地说："这一桩买卖做得太漂亮了！仁秋大哥比他家萧老爷还爽快！有了这笔赏金，今年过年，老了就不用为小孩子的压岁钱发愁了！"

另一人哈哈笑着附和道："对，今后就这么干！捉不到共产党，就捉共产党他兄弟、他爹娘！仁秋大哥说，要扫净村里的共党毫毛。凡是萧老爷萧少爷看不顺眼的，那就是我们的财宝。没钱用了，就随便捉一个送进牢去。"

一伙人叮叮当当走远。萧克忠兄弟藏在林子里悄声商量。

"哥,我有个想法!"萧克忠道。

"嗯?"

"我们先把萧仁秋那个家伙除掉!他多活一天在世上,我们的人和老百姓就多一天危险!"

萧克允道:"很快就要暴动,到时,第一个拿他偿命!"见弟弟没反应,就用肘子捅一下,问:"你不会是想现在就动手吧?"

"是的,我想马上动手!干脆,今晚就动手!"萧克忠坚决道,"前两天,我专门到萧仁秋家前前后后观察了一下,他家每天都有民团的人出出进进,家丁打手一大群,别人根本靠近不了他家。但是我们可以在外面动手。萧仁秋喜欢看花鼓戏。听说他最近看上了县城一个戏园子里的花旦,每晚都去捧那花旦的场。我们就到戏园子去看看,有机会就下手。那儿人多,动手方便,退路也方便!"

"怎么动手?一没枪,二没炸弹。"

"这个!"萧克忠从腰间摸出一把匕首,银白的利刃在月光下吐着寒气。"我这次回来,想干的第一件事就是报仇!如果今晚有机会动手,正好报了这个大仇,再去宜章!"

萧克允叹了一口气,摇头道:"倒不是怕死,就怕不能死得其所!草率行动,太冒险了。不论结果成不成,肯定都会把敌人招来。现在嘉禾是反动派的天下,小街田村更是萧仁秋的天下。只要动他萧仁秋一下,他们就会把全村、甚至全县掀个底朝天,到时不仅家里人遭殃,我们支部也会暴露出去。万一我们两个有什么闪失,谁去宜章搬兵?益善兄又只能躲在家里避风头,出不了门。君子报仇十年不晚,我看最多十日吧!

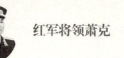

急不得。反正他萧仁秋是兔子的尾巴，长不了！"

萧克忠把匕首收回腰间，跟着哥哥默然走出林子。萧克允比他大五岁，见过的风浪也比他多。哥哥的话有道理，一个冒失行动可能招致组织的灭顶之灾，报仇的事暂且搁下。

几天后，萧克忠再次出现在临武县的老同学萧亮家。他是在前往宜章的路上顺道进来探探消息的。知道萧亮家往来者众，消息灵通。跟上次一样，他依然是那身整洁的军装，依然是国民革命军第十三军士兵的身份。

此时的萧家宾客云集。来客个个绫罗绸缎，戴着各式帽子，都操着宜章口音。萧老爷出出进进招呼客人，口里不时来一句"怠慢怠慢，将就将就"。礼仪确是能省即省，今天毕竟不是办什么喜事。客人们也不是来走亲访友贺喜祝寿的，而是从宜章逃来避避风头的地主豪绅。

一进门，萧克忠就落落大方地向豪绅们打听情况。"各位前辈，听说宜章来了一支部队，占领了宜章城，此言可是当真？"

地主豪绅们见萧克忠举止斯文，仪表堂堂，纷纷告知宜章险情：千真万确！是来了一支兵，为头的叫什么……王楷！

王楷？萧克忠暗自失望，难道不是朱德？萧克忠尚且不知，此时的朱德，已化名王楷。

萧亮的父亲双手抱胸，跷着二郎腿摇啊摇，以一副见多识广的老江湖面孔卖弄道："你们不知道吧？这个王楷可不是山里蹦出来的小土匪。他是带正规军的。听说……"他压低声音道："王楷是从国民党部队造反出来的，从广东一路打过来。现在不单是宜章县城成了他的天下，村里，乡里，到处都点火，煽动农民搞暴动，抓了不少大户。萧长官，你看看我的这些老朋友，老亲戚，他们何罪之有？却是有家不能回……"

萧克忠心底转忧为喜。看来在嘉禾听到的传闻是真的，这个王楷，十有八九就是从广东打过来的朱德军长，是朱军长把南昌起义的革命火种带到湘南来了。萧克忠故作着急的样子道："这可就麻烦了。我回来探亲时经过宜章，把行李放在宜章一位同学家，得赶紧去取！"

萧老爷摇头道："行李比命重要？千万别去宜章！去了还不知道遇上什么事情呢？你是萧亮的同学，就是我家的座上宾。萧亮不在家，你就住他的房间，安安心心等风头过去再出门。"

一个姓黄的地主极力怂恿萧克忠去宜章，他想托萧克忠打听一下他家在黄沙区碛石村的田产是否安全。萧克忠爽快地应允，称自己正好要去碛石村找战友。

当日，萧克忠暗揣欢喜赶赴宜章。

一进黄沙区碛石村，萧克忠便被当成可疑分子带到当地民团团长彭晒面前。

"哪里来的？"

"嘉禾。"

"叫什么名字？"

"萧克！"萧克忠毫不犹豫地回答。为了隐蔽真实身份，此行宜章，他给自己取了这个萧克的化名。过去的双重党派身份已不复存在，他已经彻底脱离国民党，是一个完完全全的地下共产党了。从此，他要以一个新的名字，去开启新的人生。萧克之名，寄寓着他的志向：消灭敌人，克敌制胜！

"来我们碛石干什么？找谁？"

"找周攸华。"年轻人平静地回答。

彭晒双目一振。"周攸华"不是真人，而是碛石党支部的联络代号。

他定定地审视这个叫萧克的年轻人。此人是什么身份？他怎么知道我们地下党的联络暗号？

萧克是通过临武地下党组织获知这个暗号的。他辨析的目光回望着彭晒。二人对视数秒，彼此读懂。

这个彭晒，表面上是国民党的人，实则是中共黄沙区党支部书记。借着白军的身份，他以办团防的名义，掌握了30多条枪。萧克来得正是时候。碛石，这个四五百户的大村子，一面烧着热炉准备过大年，一面酝酿着一场革命的地火。

确定了身份，彭晒即邀萧克留下来一起干，这儿正缺少他这种在正规军里带过兵的人。萧克一时犹豫。嘉禾家人在急盼他平安归来，家乡党组织也在急等他搬兵回去引爆农运，大仇人萧仁秋随时可能逃之夭夭。不回去，他心有愧疚。回去，错过眼前这出好戏也是遗憾。哪里的革命都是革命，哪里的反动派都要杀，那就先在这里跟反动派干一场再说吧！索性捎信回家，叫黄益善、萧克允他们也到宜章来。

26

1928年1月19日，农历一九二七年十二月二十七日，一场风暴将碛石村掀得天翻地覆。

早上，全村32名土豪劣绅分别接到了民团团长彭晒的邀请，说是去村里的玉公祠开会，商量买枪防"匪"之事。近日宜章各地农民暴动四起，豪绅大户惶惶不可终日，一听说要集中力量防匪，事关身家性命与家业未来，土豪劣绅们趋之若鹜。

一个地主摇着肥胖的身体骂骂咧咧赶来，在祠堂门口见着彭晒如见救星，大喊："我儿子被朱德抓走了，彭团长啊，这可怎么办哟！"

彭晒仰头答："我不就为这事情来跟你们商量吗？"

萧克站在彭晒身旁迎接客人，忽然一个熟面孔走进来。正犹疑，那人朝他拱手作揖道："萧长官啊，你也来为我们村的防匪大事出力啊！多谢多谢！有你们这些英雄豪杰在，我们碛石村就有救了！"萧克即刻反应过来，此人就是两天前在萧亮家里见过的黄地主，遂拱手回礼："长辈过奖了！不才愿意为各位效微薄之力！"他心里回的却是另一句话：要我当你们的救星？做梦！我是你们的克星！

彭晒身佩匣子枪，环视祠堂，点清人数，见猎物全部到齐，即朝萧克使了个眼色。萧克便朝屋后大喊一句："贵客到齐，上茶！"

埋伏在祠堂周围的300多名赤卫队员得令，猛然从房前屋后冲进来，拿在手中的可不是茶，而是明晃晃的梭镖土枪。来一个"关门打狗"，地主豪绅全部被捉。玉公祠里一片号声，地主们惊惶失措地大叫："这是怎么回事？你们这是干什么？"

彭晒朝桌子上一跃，雄立堂中哈哈大笑："怎么回事？暴动！听说过吗？识相一点的，就跟我们配合。不识相的，直接放油锅里爆了喂狗！"

求饶声不绝于耳。黄地主眼睛一滴溜，想从侧门开溜，被人一把捉住，扒了棉袄绑在堂前柱子上。他哭喊着："萧长官！贤侄救命，贤侄救我啊！"萧克瞪他一眼，回道："要命就老实点！"即将手中大刀一挥，领着赤卫队员奔下山，去地主家开仓分粮。梭镖大刀的白刃，晃得地主眼睛滴血。萧克心中好不快意。萧仁秋那坏蛋多活一天，我就要向天底下的恶霸地主多讨一笔血债。

碛石暴动一举成功。

三日之后，便是大年三十，村里炊烟飘香。一直被农民口口相传的朱德，果真天兵神降，率领工农革命军开进了碛石村。碛石村从来没有来过这等大部队大人物，赤卫队和农民都去村口迎接。不巧的是，萧克没赶上这件盛事。他带着新成立的碛石独立营离开村子，进山打游击去了，未能见到视为"知兵"的朱德军长。南昌起义部队转战赣闽的路上，萧克一直跟随朱德的队伍，却无缘与朱德相见相识。他们的相见，留待在三个之月后的井冈山上。

独立营呼啸在宜章县西南山区。这支农民军，是碛石村的100多名农民赤卫队员武装起来的。独立营的确是金鸡独立，只编了一个连队。彭晒既是营长又兼连党代表，萧克任副营长兼连长，负责军事工作。大家习惯称萧克为萧连长。此时的独立营，全部家当武器就是30多支步枪，加上30多支梭镖。步枪是土枪，号称"土快枪"，却是土而不快，准星不精确，要歪瞄才能正打。每打三四颗子弹就要擦油，不吃油就不吐子。对萧克来说，找到了组织，又拉起了自己的队伍，有枪没枪反正已经开张，而且开得响当当的，这已足令他自豪。

一日，独立营来了十来位嘉禾老乡，他们挑着打铁的风箱和大锤，指名要找萧克。这些铁匠是从宜章过来的，他们听说萧克在这儿带着起义军干革命，便专程赶来，请求为起义军打造武器，以此支持革命。萧克自是惊喜。即在碛石村开办了一个小小兵工厂，梭镖、大刀、五响步枪，在这儿造出不少。萧克时常帮工人师傅拉拉风箱，抢抢大锤，铁匠活干得像模像样的，湘南苏区便流传起这样一首歌谣："萧克连长不简单，会打梭镖能造枪，农军有它威力大，打得敌人喊爹娘！"

27

春节期间，趁着老百姓都忙着走亲访友过大年，独立营出入山林村寨，一边游击打土豪，一边整训部队。

　　一日上午，太阳慢腾腾地爬上山坡，破庙前的地坪里零零散散站着几十个人。有的将梭镖倒插地上，抱着梭镖杆跟人闲扯。有的将土枪横在地上大卸八块。更多的人围成一堆，听其中一人眉飞色舞地讲"五少爷"衣锦还乡的故事。萧克正要教训那些不爱惜武器的人，一听到五少爷的名字，也来了兴趣，凑过去听听。

　　五少爷的故事萧克已有耳闻。五少爷真名胡少海，在家排行老五。他父亲是宜章本地的恶霸地主。胡少海在外面读书接受了进步思想，同情革命，跟李赞易一起在嘉禾晋屏山当过绿林军，绿林军被国民革命军收编后，他又随部队参加了北伐。蒋介石发动"四·一二"政变后，胡少海脱离国民党部队，重振旧部，又当起绿林军。年关前，为支持朱德暴动，这位五少爷打着国民党第十六军第一四〇团先遣队的旗号，以保护桑梓的名义，堂而皇之把乔装打扮的朱德部队带进了宜章县城。

　　"那些地主老爷，包括五少爷的父亲和兄弟，真以为五少爷带了正规军回来保护家乡，一个个跑到城门口迎接。他老爷子还得意扬扬地跟人讲，现在宜章城就靠我们家老五了！当天晚上，县长专门设宴给朱德和五少爷接风洗尘。酒喝到半醉，朱德那好汉，好家伙！一下站起来，把个酒杯摔在地上。他的卫士啪啪几下就缴了县政府哨兵的枪。起义军的大部队海水一样哗！哗！冲进城来。城里全是扛红旗的兵。宴会厅也被包围了。地主老财吓得要命，问：'这是怎么回事？哪里来的兵？'胡少海黑着脸说：'这可不是国民党的部队，我们是共产党领导的工农革命军！宜章城，解放了！'地主老爷当场屁滚尿流。"

　　听者问："老九你怎么知道得这么多？"

　　老九得意道："我是县政府扫地的，县长接风那晚，当差的人手不够，把我叫到县政府二楼设宴的地方端盘子送茶水，宴会厅的事情我什么都

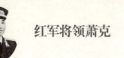

看到了。五少爷我也是打小就认得的。我当时还不知道那个大胡子好汉就是朱德，后来听人说那就是他。"

大家向老九投去羡慕的目光，他一个扫地的竟然见到了朱德这么响当当的人物。萧克想象着朱德在宜章拍桌而起的情景，跟南昌起义之夜朱德假意宴请国民党军官的情形一模一样，真是虎胆狮威啊！

等老九的故事讲完，萧克招呼大家整队，准备练兵。老九嬉笑道："萧连长莫急，时间还早哩。我再讲一个五少爷跟六少爷打架的故事。"刚站好的队伍哗啦一下围作一团。

萧克厉声道："排好队，准备训练！"

大家不情愿地回来站队。老九仍然笑嘻嘻地说："李铁、李五都还没到哩！先听我讲完吧！保准你们不吃亏。"

萧克不答，昂立队前，瞪着老九。老九无趣地走回队伍。

点名时，李铁、李五兄弟一个扛梭镖一个扛土枪赶来。他们家就在附近，每日白天来训练，晚上回家住。独立营还有一些人亦如此。

萧克问："干什么去了？说好今天 8 点钟训练的。"

长得跟秤砣一样墩实的李铁摸着乱杂杂的头发答："我堂客事太多了，帮她做完灶屋的事，还要干地里的活。"

老九弹着指头嘲笑他："只怕是房里的事做不完吧！年轻人，怪不得哟！"

大家哄然一笑。李铁将梭镖杆抵住老九的肚子，笑闹着要放掉他肚子里的坏水。萧克又气又急。这支刚刚组建还没有形成规矩的农民军，与他当过的"铁军"真是天壤之别。就这么一支松松垮垮的队伍，打几个土豪还可以，打一个村庄也能行，能打大仗吗？能打天下吗？断然不能！唯一的办法，就是训练！"铁军"不是天生，而是严明的纪律训练出来的。靠着严明的纪律，春秋时期的兵家孙武，斩杀了两个不听命令的美妃队长，而不管她们是吴王阖闾最宠爱的爱妃，最终把一群宫女训练得进退自如。同样靠着严明的纪律，明朝抗倭名将戚继光，把四千农民军训练成威名远扬的戚家军。独立营必须脱胎换骨，不然就不是他萧克的队伍。

"铁军"要从铁的训练开始，铁的训练始于铁的规定。萧克当场宣布了几条纪律，从今天开始，建立连值星、班值日制度；早晚点名、按时操练；爱护武装，保持梭镖洁净锐利，不准倒插梭镖，不用枪支挑东西。有事要报告，未经批准不准离营，回家办私事不准带枪支走。办公讲礼节，不讲本地土话。

萧克刚讲完，有人问，要是违反了纪律怎么办？

"罚！"

"怎么罚？"

"打屁股！"

哄笑声滚落一地。

傍晚整训。点名报数时，又少一人，还是李铁。他匆匆忙忙从外面跑回来，溜进队伍。

萧克质问："干什么去了？"

"报告连长！我……我堂客叫我到山上找鸡。鸡婆子丢了。"

"你的梭镖呢？"

李铁摸着脑袋道，用梭镖赶鸡时不小心扎断了杆，丢在家里没带来，叫老弟帮忙换根杆。

"记得今天早上我宣布的纪律吗？"

李铁张口结舌地问："什么……纪律？"大伙都被他的迷糊样子逗乐了。

萧克虎着脸问："一班长，李铁离队回家是你批准的吗？"

一班长道："我不准他走，他偏要走，说是顶多半个钟头就回来。我想反正他家不就在庙对面？有事情喊一声就能喊回来的。"

萧克从墙头拿起一根晒衣服的竹竿，交给李铁的弟弟李五，命令道："打屁股，李铁四十下！一班长二十下！"

真打？大家望着这位长相斯文的萧连长，以为他是吓唬吓唬人。萧克指着李五道："想包庇是吧？要不要连你一起打十下？大家都看清楚！数清楚！想清楚！"

打完李铁的屁股，再集训，就没人拖拖拉拉了，队伍整齐得像刀切豆腐一样。

数日后，又一个士兵吃了萧克的板子。

连队正在院子里训练，忽听后院传来女子叫救命的哀号。萧克急忙冲过去。后院关押的是一个土豪婆，昨天独立营下山打土豪，土豪逃跑了，就留下小老婆在家。什么值钱的东西都没找到，独立营便捉了她带上山，留下一张纸条，叫土豪送钱来换人。土豪婆由战士轮流看守，今天值守的是一个姓吴的士兵，小吴见土豪婆水白粉嫩的便动了邪念，扯脱了土豪婆的衣服，欲行不轨。萧克冲过去，喝令士兵们拿下！

战士们面面相觑，不知道该拿谁。小吴嬉皮笑脸地朝萧克道："连长，这女人想调戏我，我可不吃她这一套！"

萧克拉长了脸，命令全连集合。

人员都在院里集合，看小吴的屁股一下一下挨板子。小吴趴在板凳上直叫冤枉："她是个土豪婆呀！是我们的敌人啊！你们不保护我，反而保护她！这叫什么弟兄呀？"

萧克气愤道："她是人质，是我们手中的银子！没有人，我们拿什么换地主的钱？叫你看住人，你倒好，尽想着祸害人！我宣布的纪律难道是放屁吗？先打屁股！不服，再打手板！"

人人都听明白了，萧连长的纪律可不是放屁。

28

独立营在宜章西南山区游击两个多月，边打仗边寻找朱德部队。朱德没找着，却在白沙区汇合了欧阳祖光与王政领导的另一支农民军。两部合编为宜章独立营。兵强了，马壮了，有六百多人、六七十支枪和三百多杆梭镖。彭晒调去宜章县委工作，独立营营长由朱德派来的老部下龚楷担任。谁来当副营长？龚楷与彭晒不谋而合，再合适不过的人当然是萧克。

三月春寒，下了一场雨夹雪，骑田岭上结着冰，山里的夜空仿佛一块冰罩在头顶。躲在山林间的战士们却不敢点柴烤火，附近有敌人嗅来嗅去。朱德的起义军离开宜章后，敌军卷土重来，占领了县城，追剿起义军与农民赤卫队。为躲避敌人的追剿，独立营被迫藏进这五岭山脉之中，边打游击边撤退。黑暗中，有人在哈气、搓手、跺脚。有人抱怨发牢骚，说现在这日子过得还不如以前，干脆回家算了。另一人呵斥道，你想回家去送死啊！上了这条船你还想下去？

龚楷和萧克对着一张简易地图，在山洞里就着火把盘算着。

龚楷忧虑道："大伙都想留下来，不愿转到外地去。唉，这骑田岭本来是个藏身打游击的好地方，可叫狗日的敌军这么一围，我们眼看就像火盆里的泥鳅——没地方钻了！"

萧克声音沉沉地回道："骑田岭这么大,也不见得钻不进去。问题是，钻进去了，也一时不能在这儿立脚，这儿的群众没有发动起来。不等我们站住脚，敌人就会嗅到风声围过来。彭晒走的时候讲过，县委可能要

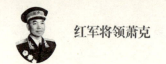

跟朱德的队伍走，走的方向是朝东，也就是湘赣边界。我们要脱离眼下的险境，也只有往东走，到湘赣边界去。"

龚楷默想一会儿，表示赞同。独立营是好不容易拉扯起来的队伍，一定要保存实力，壮大下去，而现在这样单打独斗，决然壮大不了，一定得找到大部队。对于这一点，龚楷和萧克都是明了的。

一位姓彭的副连长插话道："我也听到过一个消息，说是湖南人毛泽东的队伍就在那个叫'金钢山'的地方活动。既然朱德他们都往那儿去，咱们当然也去！"

大家兴奋起来，湘赣边界武装斗争的火焰正旺，就往那儿走！可眼下的问题是，怎样才能从敌人围得铁坚的骑田岭突围出去？

就在独立营进入骑田岭的第二天下午，梅田的挨户团从坪石搬来一个团的敌军进山抄剿，开进骑田岭。敌人熟悉骑田岭的地形地貌，搜查队伍一字排开，沿着山脚向山上整体推进。一张搜捕大网向独立营藏身的山林步步逼近。

龚楷与萧克带领独立营向骑田岭主峰方向撤退。天色暗下来，走在前头的战士报告，左边石崖下发现一个大山洞。萧克跃上一块稍高的石头朝来路观察，隐约听见嘈杂的人声。显然，敌人很快就要搜查过来。再看看石崖下的山洞，洞口不大，有几棵树掩着，天黑之后不易被发现。他抿着嘴想了想，翻过主峰往湘赣边界走就是出路，但脚下这座山离主峰还远着，如果继续往山顶走，敌人很快合围过来，到时恐怕难以冲出去，不如先进洞去躲一躲，只要敌人漏过此处，或者洞里能找到出路，即可马上转移出去。龚楷一听，这个法子太冒险，但眼下别无他法。二人即令队伍摸进洞去。

洞口小，肚子却大得很，几百人进去都不觉拥挤。战士们在漆黑中向深处摸爬，一直爬到洞尾。完了！没有出路！这是个死洞，没水，没粮，没天日。战士们着急起来。有人喊道："得赶快冲出去！不然，敌人放火一烧，我们就会憋死！要是扔几个炸弹进来，我们就直接埋在里面了！"一个女子开始低声哭泣。

萧克叫大家别慌，别急，还没到绝路，总有办法的！

守在洞口的战士急报，敌人已经围住了洞口！

往里跑，没有出口。往外冲，不是被枪击，就是被活捉。敌人的火把在洞口闪动，并朝洞里哇哇地喊话："萧克出来投降！""共产党出来，缴枪不杀！"由于不明情况，敌人也不敢轻易进洞，他们架起机枪守住洞口，想等天明调来迫击炮再说。

萧克借着火把的微光环顾洞壁熔岩，岩石龇牙咧嘴，一副要吞人的样子。他想，这种岩石易被水冲蚀，假如洞顶靠近地表，或者临近地下河，就有可能被水侵蚀而形成缝隙或缺口。即命一部分人把守洞口方向，另一部分人点着火把，一寸一寸察看洞壁，不放过任何一线缝隙。

时间一分一秒地过去。洞里所有人都做好了最坏的打算。有人用衣袖一下一下地擦拭梭镖，生怕有一丝灰尘影响武器的锐利。有人在地上挑选尖锐的石头。女子们整理身上的头发衣装，即使将要变成炮灰，也要以最美丽的姿态化为火花。

一个多小时后，终于有了惊喜的发现。在洞尾的头顶，两人高的石壁上，居然挂着一缕微弱的白光，仿佛是老天爷的旨意。萧克闻讯赶过来察看，确定那是一条细小的露天石缝。这一线天光，真是一道救命线！希望线！即叫战士举起梭镖插进石缝，撬动石头。哗啦一声，几块碎石落下来。大伙喜出望外。

战士们轮流干了一个小时，撬出一个水桶大的洞口。马上采取人骑人的办法,一名战士踩着另一名战士的肩膀,从新凿的洞口爬了出去。第一个爬出去的战士在地面猫腰蹲了一会儿,细听细察。四周一片黑静,唯有月光无拘无束地行走在披雪的山林。他慢慢直起身来,渐渐看清了,脚下竟踩着山顶。而敌人,全都守在半山腰的那个洞口咋呼着。

翌日清晨,敌人将调来的迫击炮对着洞口狂轰,炸塌了石洞的口子,却不见里面一丝动静。又扛着机枪朝里扫射一阵,再顺着洞口往里搜,一直搜到洞尾。敌人大惊:出鬼了!里面的几百号人不翼而飞!这明明是一个死洞,他们是怎么逃出天罗地网的?难道,共产党还有上天入地的遁地法?

敌人没有发觉洞里有任何异常,因为那新凿的洞口,已经被突围出去的独立营用石头封住。

急行了一夜,清晨,宜章独立营登上骑田岭主峰黄茅岭。此时已是日上三竿,太阳喷射出万道金光,驱走了笼罩山峰的轻烟雾气,把雄伟壮观的景象呈现于眼前。有人展开了独立营的营旗,旗子在晨风中猎猎作响。被称作"彭家将"的十多个碛石村女兵,头一次领略这旖旎壮观的景象,一个个兴奋地指指点点,啧啧称奇。

萧克用手指理理有些零乱的头发,俯视山下沃野平川,心潮如这起伏的山峦,当场吟诗一首抒发胸臆。

> 农奴聚义起烽烟,
>
> 晃晃梭镖刺远天。
>
> 莫谓湘南陬五岭,
>
> 骑田岭上瞩中原。

旁边的龚楷点头赞许道:"好气魄!冲过了这一关,我们的路更远了,也更宽了!好景好心情啊!可惜我不会吟诗。"

第八章
梭镖营上山

宜章独立营翻越骑田岭，登上五盖山，继续向东走。四月初的某个清晨，到达湖南资兴县东南方向 30 多里外的龙溪洞地区。

龙溪洞并没有洞，而是几个相连的村子。宜章独立营不敢贸然下山，就借着山深林密在山腰稍事休息，打探情形。萧克快步爬上小山坡，李铁与"故事大王"老九紧跟上来。

三人刚在一棵樟树下站定，就发现异情。山那边竟然走来一支不明身份的队伍，距此仅仅几百米远！萧克即令李铁速速回头命令独立营做好战斗准备，自己就地隐蔽，将子弹推上膛。老九眯着眼睛，梭镖紧端在手。

对方有 30 多人，穿着灰色军装，头戴荷叶帽，大部分人手上有枪，少部分人拿的也是梭镖。队伍前头打着一面醒目的红旗。萧克仔细辨认旗子上的字，看到"中国工农革命军"字样，不禁大喜，朝老九道："是大部队！自己人！通知部队集合迎接！"老九一愣，旋即乐癫癫地叫喊着跑下山坡："大部队来了！我们赶上大部队了！"

来者不是朱德陈毅部，也不是宜章县委机关，却是毛泽东率领的工农革命军，连长陈毅安受毛泽东委派，从井冈山下来寻找迎接朱德陈

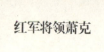

毅的湘南起义部队。他们迎面瞧见一支队伍举着梭镖欢呼跳跃冲过来，不明就里，即持械相向。两位连长隔着两三米的距离对话。

陈毅安发话："什么人？"

"我们是宜章独立营！"

"哟，是宜章独立营来了！自己人！"原来宜章独立营的名声早已传到了井冈山。陈毅安欣喜地走过来："我们是毛委员的队伍！"

萧克大喜过望，毛委员就是毛泽东。不待细说，双方队伍磁铁般靠拢。独立营像失群已久的孤雁见到了雁阵，迫不及待地归队。

萧克简单谈了下情况，急着要见毛委员。陈毅安安排独立营就地宿营，自己领着萧克与十来个战士走进山下的村子。一进村，师部通信员跟陈毅安简单交流了几句，便惊喜地奔向一间小铺子，大叫着："宜章独立营来了！"

小铺里坐着一位身材高大的人，蓝布夹衣，肩头破了一个洞，头上蓄着久未修剪的长发，腿上打着绑腿，脚上一双草鞋。此人就是毛泽东，正与何挺颖商量事情。见通信员雀跃着跑进来，笑对何挺颖说："看来，是接到人了！"朝通信员道："接到人了？"

通信员答："接到了！接到了！哦，没接到朱军长……"

"到底接到没接到？"

"接到了！接到了！接到了另一支队伍。他们跟土匪一样，五六百号人，个个拿着梭镖，没几支枪！"

毛泽东道："原来接到的不是朱德！那也不错。只要是朋友，多多益善。说呀，到底接到谁了？"

通信员欢喜道："是宜章独立营！为头的营长是龚楷，朱德军长派过去的人。还有一个副营长叫萧克！碛石暴动就是他为头搞的。"

"哦，那我要见见这个萧克！"

毛泽东走出铺子，铺子前已围满人，不少是凑过来看热闹的老百姓。一个虎头虎脑的年轻人急匆匆走来，把陈毅安甩在后面，朝人群左顾右盼，急不可耐地问："毛委员在哪里？哪个是毛委员？"众人大笑，远在天边近在眼前呀！

"萧克来了？"人群中的毛泽东上前一步，握住这位年轻人的手，哈哈大笑："没接到朱德，接到个萧克！不错不错！我们一起上山搞革命？"

"一起……一起搞！上山！"萧克兴奋得说话都结巴了。关于毛泽东，他心中早就有一个学富五车的大先生形象。去年在武汉参加北伐时，他偷偷读过毛泽东写的《湖南农民运动考察报告》，毛泽东对农民运动的评点，就像一首气贯宏宇的诗，每读一遍，就热血上涌。那些句子他至今记得。"很短的时间内，将有几万万农民从中国中部、南部和北部各省起来，其势如暴风骤雨，迅猛异常，无论什么大的力量都将压抑不住。他们将冲决一切束缚他们的罗网，朝着解放的路上迅跑。一切帝国主义、军阀、贪官污吏、土豪劣绅，都将被他们葬入坟墓。一切革命的党派、革命的同志，都将在他们面前受他们的检验而决定弃取。"

萧克兴奋地回头朝独立营的战士道："同志们，这就是中央的毛委员！毛委员来接我们了！"

大家伙围拢来，争着一睹毛委员真容。毛泽东看着面前这支农民军个个背着梭镖，梭镖上扎着红缨带，黑压压的像片小树林，情不自禁地赞叹："嚯，真是揭竿而起呀！"

"揭竿而起"这四个字，深深烙进萧克的记忆。

这天夜里，萧克在自己的小本上记录道：1928 年 4 月 20 日，资兴

龙溪洞，第一次见到毛泽东。

30

跟着毛泽东往山上走，三天后，走进罗霄山脉怀抱，山城宁冈生机勃勃地迎接远道而来的人。

宁冈县是工农革命军在湘赣边界武装割据的中心区域，1927年10月，毛泽东率领秋收起义部队放弃湖南汝城的计划而转兵宁冈，在宁冈茅坪安下了家，就是依托这儿丰饶的物资与群众基础，借助王佐、袁文才的地方武装力量支持，在四周展开武装割据。经过将近半年的努力，营建了一个初具规模的根据地。

这是萧克第一次确切地知道"井冈山"三个字，以前只听说过"金刚山"。第一次来到这块共产党的红色割据地，感觉什么都新鲜，眼前的一切欣欣向荣，仿如世外桃源。湘赣边界党政军领导机关与红军后勤机关设立在距离宁冈（龙市镇）15公里的山麓。这儿位于黄洋界东北向的山脚，四面群山为屏，一片狭长的肥田沃土盛产粮食、蔬菜。初来乍到，几乎每一天都会遇着一些可喜的人和事，每天都在体味他乡遇故知的滋味。革命，使亲人成仇成为常事，革命，也使志同道合者成为比自己生命还重要的亲人。

数日之后，井冈山迎来了一件盛事：朱毛胜利会师了！

1928年4月24日，天气晴朗，山野清新如洗，稻田葱绿油亮，从黄洋界奔流而来的龙江水哗啦啦地欢跳而下。在龙市河西的一座古建筑——龙江书院，朱德、陈毅与毛泽东的手紧紧相握。军号齐鸣，声震群山，龙江河鼓着掌，把朱毛会师的喜讯带出深山。

毛泽东是中央委员，大家都习惯称他为毛委员，叫顺了便难以改口，以致后来毛泽东当上党代表、前委书记，大家仍称其为毛委员。上山以来，部队每天说及最多的人，就是毛委员。萧克在会议场合亲耳听过毛委员两次讲话。一次是讲"三大纪律、四项工作"，另一次是讲"打圈子"的游击战术。每听到精妙之语，他都记在小本上。他明显感觉到，无论军事还是政治，毛委员都是部队的主心骨，是井冈山最高的山峰。

在龙市，萧克终于认识了敬仰已久的首长——朱德。

宜章独立营营长龚楷是朱德的老部下，闻知朱德部队上山后就驻扎在龙江书院，即兴冲冲地带着萧克去见朱德。二人相握时，朱德用和绵的四川口音对萧克说："我早就听说过你，在宜章我专门去碛石找过你，你们藏在山里，'避而不见'啊！还是毛委员的东风更有劲，一下把你给送过来了！"

萧克激动不已，南昌起义部队在广东失败后，他就在找党组织，找朱军长，找大部队。他的革命之路，一直都在找啊找。他的脑袋里永远竖着一个遥远的目标，使他不能停歇，不能松劲，不能退却，好像找寻就是他的宿命，艰辛就是他的人生滋味。而今，他体味到了寻得其果的巨大喜悦。他一心要找的人，毛泽东、朱德、陈毅、胡少海……一个个都做梦似地出现在眼前。

还出人意料地见到了二哥萧克允。年前萧克允和黄益善都去了宜章，当时想请宜章独立营去嘉禾支援暴动，宜章县委没同意，嘉禾的农民暴动便流产了。反动民团到处捉拿共产党，大地主萧仁秋风闻萧克兄弟在搞地下活动，派人紧盯萧家。萧克允只得再次逃离老家，往长沙走，随秋收起义部队走上井冈山。兄弟俩谁也没想到会在井冈山相聚。欢喜之余，都为家里的父母亲人深深担忧。萧克允说："当初我就叫你别从军，我们哥俩应该留一个在家里侍奉父母的。"萧克默然望着二哥，心下凄然。

井冈山英雄荟萃，但有一位，萧克视为灯塔来敬仰、又一直挂念担忧的人，当年的"铁军"将领叶挺，却一直杳无音信。萧克真希望有那么一天，叶挺军长忽然就出现在井冈山，出现在这支红军大部队当中。

　　会师不久，中国工农革命军第四军在井冈山成立，不久改名为中国工农红军第四军，简称红四军。毛泽东任红四军党代表，兼第十一师师长。朱德任军长，兼第十师师长。陈毅任红四军士兵委员会主任。宜章来的农民军，全部编入红四军第十师第二十九团，团长便是宜章人、"五少爷"传奇故事的主角——胡少海。宜章独立营的两位营长各自有了新任，龚楷调任二十八团当连长，萧克则在二十九团七营七连担任连长。

　　好不容易找着了大部队，一心巴望编入正规红军，现在，身份是红军了，但萧克心里却是说不出的气馁。这个红十师，当中的二十八团是原"八一"起义部队的正规军，武器精良，而二十九团则是地地道道的梭镖团，萧克的七连更是上山前原汁原味的梭镖营。枪少梭镖多，只有不到三分之一的人配了枪。军装也没有发。部队钱粮吃紧，先填肚子再穿衣，现在根本没钱买布料。大家身上的衣装比上山时更加破旧不堪。装备上唯一改观的是，团里多了两门迫击炮。萧克望着别的团战士身上背的"来路货"五响枪，羡慕又不服，自己这个样子哪像红军！没有"来路货"，光靠梭镖怎么打大仗！

　　一日午后，萧克在营房外墙上刷写宣传标语。团部宣传处的张际春打着哈哈走过来。萧克迎上去问："张科长，有喜事吗？看你笑得合不拢嘴的样子。"

　　张际春拍掌道："当然有。我们军长今天给大伙补发喜糖！"

　　"好啊！他堂客，那个……麻子妹子，你见到了吗？"

　　张际春用指头朝萧克狠狠戳了两下："你敢说她是麻子妹子？看我

们军长怎么收拾你！她可不是个简单人物啊！"

"伍若兰嘛，我当然知道。她是我们湖南老乡，耒阳人。也是搞暴动出来的，耒阳有名的双枪女侠！"

"既然认识，你还说人家麻子妹子。"他转而自语道，"一个女侠，一个军长；一个胡子，一个麻子，确实般配得很！"

萧克道："补什么喜糖，应该喝喜酒嘛！"萧克酒量不错，很久没闻到酒香，心里痒。

"有啊！国民党军队那里有好多好酒，就等我们去拿。马上要打仗，打赢了，我们好好喝一顿，补上朱军长的喜酒！"又叮嘱萧克："听说你是个笔杆子，多写几条带劲的宣传标语，给大伙鼓鼓劲！"说完，就去了营部。半个小时后，张际春折回来，看见萧克蹲在石灰墙根下，手里拿着笔在墙上写写画画。以为是画漫画，近前一看，却是一首打油诗："朱伍才貌正相当,邂逅相逢于耒阳……"他拍了一下萧克的脑袋道："你这小子胆子太大了！敢把朱军长的家事写在墙上！"萧克吐吐舌头，用一块湿抹布把墨汁未干的打油诗擦掉。

天天盼打仗，这一天终于来了。

5月初，部队改编不久，红二十九团即接到命令，每个人带上五天的粮食，到山下去打朱培德的部队杨如轩部，把会剿井冈山的敌人御于门外。五百里井冈，哪儿都是山，哪儿都是林荫蔽日。翻越大小五井，还在井冈山上。夜宿山上的小行州，萧克连队负责警戒军部。

傍晚，军部通信员来找他，说首长要见他。哪个首长？通信员不明说。萧克一路猜测，该不会是朱军长，或是毛委员？这么重要的军事行动，一定有大首长指挥。

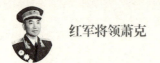

到了军部，通信员通报："萧连长到了！"

屋里站着一位相貌堂堂神色威严的首长，萧克不识此人。首长朗笑着招呼："你，就是宜章来的萧克？"

萧克怔在原地。通信员提醒他，首长是我们红四军士兵委员会的陈主任。陈主任，陈毅？眼前这位，真的是跟朱德一起威震湘南的陈毅？

陈毅笑着对萧克道："你在宜章名气不小啊！我们在郴州暴动时抓到一个大地主，是从宜章逃过去的。他一见我就一直叫倒霉倒霉，说是刚逃过一个克星，又碰到一个克星。我问他，你逃过了哪个克星？他说，就是萧克那个克星！"

萧克心里暖暖的。

第九章
血洒井冈山

31

早晨，部队沿着朱砂冲的羊肠小路，赶往遂川县一个叫黄坳的镇子，阻击国民党军队对井冈山军事根据地的第二次"进剿"。这是萧克走上井冈山打的第一仗。

一到黄坳，枪声大作，红二十九团举着明晃晃的梭镖冲杀过去。萧克高举一柄两米长的梭镖，带领连队向山下冲。林立的梭镖刃白缨红，浸着烈日焰火呼啸成风。农民军上阵不管队列，不顾死活，只知道猛冲猛杀，杀过河，又杀上山。敌人被这阵势吓到，仓皇退却。萧克感觉这一仗像是猪八戒吃人参果，味都没尝到，囫囵一下就把果子吞进肚了。

打完仗，才知道打的是朱培德部队的一个营，战士们好不自豪。这支农民军从建立至今才三个月，走到井冈山，头一仗就把国民党的一支正规部队打垮了，今后谁也不敢小瞧咱们农民军！战士们像过年吃肥肉一样得劲。打扫战场时，农民军的坏毛病就暴露无遗。有的把从敌人身上拣来的子弹塞进裤腰，藏到裤脚，不愿意交公。有的把枪背在身上就不肯放下来。个别士兵是湘南起义时从地方民团俘虏过来的，只想趁机发洋财，抓到俘虏就搜腰包，把搜到的钱财塞进自己口袋。七连的战士李铁把一支枪抱在怀里，看看不行，又偷偷跑进树丛，藏在一棵树底下，

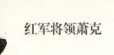

用泥土和树枝盖上。老九在背后喊："你个傻瓜，想把枪留给敌人啊？"李铁赶紧从土里刨出枪，极不情愿地抱走。

萧克费了大半天口舌，才把缴获的枪支子弹从战士们手里集中起来，交到团部。团长胡少海请示上级，五十多条枪大半交给军部，一小半留在团里，分给各连队。萧克领到五支枪，分发给枪法比较好的战士，其他人便一肚子意见。萧克道："谁也别小娘子似地哭哭啼啼，枪还会有的，敌人那儿好枪好炮多的是！我们跟上了毛委员的大部队，以后大仗胜仗经常有打。我保证，不出三个月，每个人都会有一支好枪！"

第二天，红二十九团跟在王尔琢率领的红二十八团后面继续向山下追击敌人，追到遂川县另一个山镇——五斗江。紧赶猛追，赶到五斗江时，走在前头的红二十八团已打完一仗，正在打扫战场。萧克指着一座横立田间江边的小山，跟一战士说笑："这山，像不像一块肉？原来老天爷早就给我们准备了一块肥肉！"战士乐道："哪是肉？这是老天爷给国民党准备的一副大棺材！所以它叫棺材岭。""真叫棺材岭？""的的确确，它就叫棺材岭。今天我们在这座小山打死好多敌人。神不神？"大家笑道，棺材岭上葬来敌，真是天意！

随后，军部带着两个团一路进击，冲进永新县城。直到此时，萧克方才明白，原来打黄坳、打五斗江，明着是要打进遂川县，焉知项庄舞剑，意在沛公。部队此行的真正目的，是迂回侧击，相机夺取永新县城。而黄坳之战，是一打永新的第一场战斗，也是开启井冈山斗争全盛时期的第一个战役、第一场战斗。

打进永新县城后，就地做了半个月的群众工作。有一次，连以上干部开会，由红十师党代表宛希先宣讲毛泽东的"游击秘诀"，这就是后来总结形成的"十六字诀"："敌进我退，敌驻我扰，敌疲我打，敌退我追。"萧克联想到毛委员有一次在干部会议上讲的"打圈子"战术:"既要会打仗,又要会打圈","打得赢就打,打不赢就走;赚钱就来,蚀本不干",顿觉豁然开朗,如同坐上了直升机,眼界一下子提升了几百个高度。过去他总认为,只有北伐军"铁军"的"三猛"——猛打、猛冲、猛追,才是当兵的最大法宝,现在明白,这几样东西在井冈山的游击战场已远不够用。

这段日子,萧克深切地体会到"游击秘诀"的神力。敌师长杨如轩带着四个团从吉安向永新进犯,驻守县城的红二十九团向龙源口方向撤退,萧克连队担任后卫。撤退并非真的撤退,而是调虎离山,在敌人的视线里边退边打,打打停停,有意把敌人两个团吸引到烟江。红二十八团与红三十一团乘机由外而内,在澧田和县城分别歼敌,成功实现二打永新,击破了敌人的第三次"进剿"。

红旗在井冈山周边地区越插越多,党的组织越来越壮大,山下的敌人也越来越害怕,进攻越来越疯狂。1929年6月中下旬,国民党军队对井冈山革命根据地发动第四次"进剿",江西敌师长杨池生带领三个团从永新县南部的龙源口进逼井冈山,朱毛红军被迫三打永新。

龙源口是龙源河边的一个山口,七溪岭群峰将永新与宁冈隔开来。山中有两条路连接永新县与宁冈县,一条在新七溪岭,另一条在老七溪岭。这两条小路各有三四公里长,如同两条咽喉从龙源口伸出。龙源口阵地便成为国民党军队与朱毛红军争夺的要塞。敌杨池生从吉安进占永新后,企图兵分两路从新、老七溪岭翻过山去,合击宁冈,消灭红四军。为保卫井冈山根据地,红军在新老七溪岭阻击敌人,指挥部就设在新七溪岭上的望月亭。

萧克连队负责驻守新七溪岭。1929年6月23日清晨,浓雾被枪炮一把撕开，战斗打响了。战士们摩拳擦掌都想上阵杀敌，萧克也想从这批优势敌人手中搞到大家伙，早日实现人手一支枪，却不料，刚刚冲到前线，一枪未发便接到撤退的命令，叫他们当预备队。肥肉在前，撤退很是不甘，萧克连队几乎是一步三回头。刚刚撤到宁冈这边的山脚，又奉命上山进攻，便旋风般地跑回山头。一看，敌人已经占领了另一个稍矮的山头。大家惋惜不已。要是刚才不撤退，阵地就不会被敌人占领。战士们按捺不住，想立马操起家伙冲杀出去，而开战的命令迟迟未下，在等大部队到来。萧克急得大汗如河。战士们生怕敌人会跑掉，恨不得甩了梭镖，赤手空拳追过去抢敌人的枪支。终于，大部队赶过来了，预备队上！萧克得令，当即鼓动战士们："缴枪的机会到了，兄弟们，逮着了敌人别客气啊，把'进口货'抢过来！冲啊！杀啊！"

战斗没有预想的简单。拼杀了一个钟头，敌是敌，我是我，两军对峙，谁也打不下谁。萧克连队又被抽出来，放到侧面当预备队。萧克向胡少海团长抗议道："我们连队哪个怕死？哪个杀敌不如别人？别总让我们当预备啊！"团长没有二话："少啰唆！快带你的人走！"

萧克仍然不死心，缠住胡少海请求道："团长，我答应让战士们每人弄一支枪，请给我们机会！"

胡团长不领情，手一挥，萧克只得怏怏地听命。一到山侧指定地点，战士们马上炸开了锅。

"完了完了，到手的肥肉飞了，没我们的份了！"

"看不起梭镖队吗？怎么说我们也是一路打胜仗过来的，不是吃干饭的！"

一战士抱怨道："我早就知道，我们不是亲娘生的！说是正规军，哪里把我们当正规军？枪不给发，连缴枪的机会也不给。我干脆不在这儿干了，我去找我叔叔袁文才！"

萧克也是一副苦瓜脸。望望山下，龙源口那座面目沧桑的单孔拱桥映照在清水中，半桥半影合成一轮满月。他心中惆怅，缴枪的梦想什么时候能够圆满呢？侧面山上的望月亭里人影晃动，他知道那是指挥部的首长们。军长团长都对他萧克那么欣赏器重，今天却叫他当预备队撤来撤去，他真不能理解。但见战士们情绪这么大，担心影响大局，遂令大家静下来，安抚道："预备队就是机动队，机动队就是突击队，首长叫我们预备，就是叫我们准备突击！说不定等敌人打疲了，就叫我们去追。大家养养精神，随时准备战斗！"

果然，不到半小时，通信员来传令，调七连回火线冲锋。萧克哈哈大笑，终于轮到我们了。"弟兄们，这一仗很快就要收工了，咱们不能两手空空地回去！等会儿上了火线，每个人只管往前冲，冲得快的就是老爷！跑不动的就是狗爷！上啊！"战士们如蛰伏的山鹰，猛一下冲上山坡，又顺势追着敌人冲下山去，如一把剃头刀，哗啦啦剃光了拦路的敌人，将残敌逼到山脚。

子弹嗖嗖扑来。扑在树上，树叶坠地。扑在地上，腾起一线烟尘。萧克冲在队伍前头，忽然右脚被什么东西击中。不觉得痛。他边跑边回头看，发现脚下跟着一线血水，以为是石子划破了脚，不管它，继续冲。不一会儿便感觉脚下不对劲，痛感顺着脚腕蹿上来。他痛得龇牙咧嘴，一把剥下袜子，才发现，脚腕被一颗子弹贯穿，鲜血从伤口汩汩外冒。身边的李铁见状，回身来救。扶着萧克走几步，不行，右脚痛得不能支地。李铁即刻背起萧克要撤出火线。萧克急了，前面几百米就是敌人阵地，这节骨眼上他可不愿意离开，当即从李铁背上挣脱下来，大叫："冲啊！到敌人那里抢枪去！"但脚痛得难以开步。李铁连忙扛住他的连长，往侧面拖，硬是把萧克拖下火线，又忙不迭地喊："老九！老九！帮我选一杆好枪带回来！"

从军两年多，出入战场几十回，这是平生第一次受伤。没有伤到要害已是大幸。萧克仍觉遗憾，最后的胜利就在眼前，自己却没能坚持到缴枪收弹的那一刻。不然，他要亲手挑一支"来路货"换掉手里的土枪。

他被送到井冈山上的小井医院。

32

小井是一个四面环山的小村庄，红四军的医院就设在这里。小井医院是我军第一所正规医院，由大井、茅坪两个医务所扩建而成，取名红光医院。当地老百姓称之为红军医院。

几间茅草屋，就是病房。地上直接铺一层稻草，周围用四根木头围起来，就是病床。如用门板架成床，上面再铺些稻草，那就是高级病床了，只有重伤员才能享受到这种待遇。萧克伤口大，失血多，但没有伤到骨头，算轻伤，睡的是地铺。

可容200名伤员的小井医院热闹非凡，每天都有从战场送来的伤兵。跟萧克同一天住进一间病房的，还有三个人，有两个伤的都是胳膊大腿，睡地铺。另一个睡在门板架的"高级病床"上，成天趴着，屁股上绷着纱布。

闲时，萧克主动跟伤员们交流。"你们打的哪一仗？"

"永新。"睡地铺的两人同时回答，唯独趴在"高级病床"上的那位不吱声。萧克见他伤势较重，便凑过头去追问："同志，你也是从永新战场下来的？"那人支吾着，似答非答。

医生走进来，帮助趴在床上的伤兵翻转身来小解，萧克等人同时看清了，那个伤兵灰色军装上别着国民党的徽章。啊？原来这人不是红军，是国民党！是永新战场抓获的俘虏！

两位红军伤兵立即变色，怎么也不肯跟刚才还在战场上血拼的敌人同住一室。他们嚷着，山上的药材跟命一样贵，弄点盐多不容易，还是地下党员和革命群众冒死从周边白区偷运上山的，怎么能分给这些坏蛋治病？要么赶走他，要么给我们换病房！

医生解释，俘虏也是人，要发扬人道主义精神。两个红军伤兵根本听不进去。"他是俘虏，俘虏就是阶下囚，怎么倒成了座上宾？还给他睡这么好的病床！"

萧克帮忙做工作，说毛委员讲过红军优待俘虏的政策，一不许打，二不许骂，三不许搜腰包，有伤的给治疗，愿留的当红军，不愿留的发路费放走。

一位伤兵道："毛委员说什么，我都相信，都遵守。但是要我跟这个家伙住一个屋，我这心里受不了。半夜里不是他把我杀了，就是我把他杀了！"

另一位指着俘虏兵骂开了："我最好的战友今天中了枪，死在我面前，就是你们这些天杀的干的！说不定就是你！你还想在这里治病，我咒你祖宗八代死光光！"

医生见劝解无效，只得请示上级。一个长相清秀的年轻女干部跑过来，她是红光医院党总支书记曾志。萧克认识她，他被抬进医院的第一时间，曾志就带着一位医生来查看过他的伤情。听完两位伤兵的轮番抗议，曾志为难了。萧克解围道："如果还有病房，可不可以先把他们两位调整到别的地方，我和这个……就不动。"曾志点头应允。

病房只剩下两个人。为安抚俘虏兵的情绪，萧克跟他聊起家常。"老

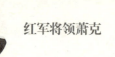

家哪里？"

"莲花。"萧克知道，那是江西西南部的一个县，跟湖南交界。

"莲花口音跟我们湖南接近。叫什么名字？"

"杨海。"声音很小，头又埋在床板上，萧克没听清，追问一句。俘虏兵用力回答："别人叫我……黑羊！"

萧克看看他露在外面的腰和大半个屁股，确实黑得像头羊。"当兵多久了？打过哪些仗？"

"前年当兵的。没……没打过几次仗。"俘虏兵显然不敢在胜利者面前宣扬自己的战绩，萧克便也不再继续这个话题。二人相安无事。

大山环抱的医院显得格外安宁，七月的暑热都被绿色莽原击退，早晚的清风更让人感到爽利。萧克时常拄着竹杖走出病房，到院门口去看风光。侧面山上有一丛黄色的野菊花，如扎堆游戏的孩童。萧克想起老家，想起那几个围着大人转的侄子们。想双亲。去年年关前他离开父母前往宜章时，父亲知道留他不住，也没有留他。父亲年轻时也是个血性男儿，是反袁运动的激进分子，坐牢三个月从不后悔，他知道儿子身上继承了自己这一反叛的性格。母亲絮叨着媒婆介绍的姑娘还在等他回话。萧克请娘赶紧回了那门亲，他说自己现在没条件成亲，还有大事要干。父亲支持道："去吧，你自己去闯天下吧！枪子不长眼，你自己要小心。家里没事的。"二老要是知道如今儿子中了枪子，不知该如何心痛。

又想到仇人萧仁秋。那简直是插在他心上的一把刀。也不知现在家乡的农民暴动搞得怎样了，那家伙是不是还在耀武扬威欺压百姓？回想自己从军的初衷和经历，是萧仁秋种下的仇恨，逼他选择了与刀枪为伍，是萧仁秋这样的反动派肆虐天下，逼他在革命这条路上越走越远。除掉家里那一个萧仁秋，难吗？难！到现在，他也没能付诸行动了却这块心病。但是，从军两年多，他却杀了几十上百个萧仁秋之类的反动派。日后他仍将继续驰骋天下而不能囿于一家一事。走上井冈山后，他深知，一个革命者的生命意义，不仅仅是为父母家人，更是为了天下千千万万穷人百姓。朱德、毛泽东、郑鸣英、廖快虎、胡少海也都如此。他的家仇，只能交给家乡的革命运动去报了。

　　一日，萧克被一股浓香引到窗口。窗外有两个妇女在卖茶叶蛋。他掏掏口袋，口袋里装着刚发的两块钱负伤营养费。井冈山的日子，天天都是红米饭南瓜汤，还没开过荤，鸡蛋是什么味道都忘了，肚子里馋得伸出手来。这有限的几块钱他是想积攒下来买书的，舍不得吃掉。卖茶叶蛋的妇女见有人盯着货，就叫卖得更欢。"买一只吧？你们这些当兵打仗的，天天都吃南瓜饭，好久没见过茶叶蛋。一只茶蛋一毛钱，买一只不会丢大钱。茶叶鸡蛋喷喷香，吃了保你身体棒！"

　　萧克被她的顺口溜逗乐了，就叫："来一只茶叶蛋。"妇女将热得烫手的茶叶蛋递给萧克。萧克捧在鼻子下吸着大气闻闻香，抬眼看到趴在床上的俘虏伤兵，犹豫一下，又掏出钱来买一只。

　　"黑羊，吃一个！"

　　黑羊仰头一望，一阵惊喜，旋即摇头道："谢谢萧连长，我不饿，您自己吃吧。"

　　萧克将茶叶蛋丢到他臂弯里。黑羊连连道谢，剥开来吃。这回，他主动开口问萧克："萧连长，听口音，您是湖南宜章人？"萧克答："离宜章不远，嘉禾。"黑羊又问："萧连长，您参加过北伐吗？"

　　"参加过，我是叶挺部队的。"

　　哦。黑羊若有所思。"您有没有……参加过打南昌？前年秋天……"

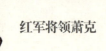

萧克嘴里含着鸡蛋黄，鼓着腮帮望着黑羊，不明白他到底想打听什么。听他一口一个敬称"您"，听起来怪不顺耳的。红军部队官兵平等，大家都你来你去叫惯了。他告诉黑羊，自己虽然参加了打南昌，但没上阵，只在补充团押过辎重。又反问黑羊："你问这个干什么？"

黑羊道："随便问问。"萧克追问："你参加了打南昌？"黑羊赶忙摇头表示没有。萧克觉得他心里藏着掖着东西，想拿出来，又有所顾虑。

吃完鸡蛋，黑羊请教萧连长大名。萧克大方回答他："我行不改名，坐不改姓，萧克！"

"萧……克？"黑羊念着这个名字，暗自在心里对照着另一个名字，贴着床板的脸露出别人看不见的惊喜神情。这个俘虏，就是萧克前年在打南昌途中夜间传令时抓获又释放的孙传芳部逃兵。黑羊确信，这个萧克，就是放他一命的萧克忠，但他不敢相认。上次逃回莲花老家后，原打算在家伺奉娘亲，因家里太穷，日子混不下去，今年春天国民党军队招兵买马，为了能领到几块钱军饷，他参加了杨池生部队，没想到刚混了两个多月就当了红军的俘虏，再次以敌我身份与萧克相见，他没有脸面相认。

萧克没有认出对方。他发现这个黑羊似有跟他交往的愿望，便趁热打铁，想把这个俘虏争取到红军队伍中来。黑羊问："你一个月能领到多少军饷？"萧克答："不一定，有时有，有时没有。"

黑羊不信。"你们军官还会没有军饷？"

萧克道："军费紧张时，只给士兵发饷，军官不发饷。如果部队有钱，士兵军官都发一样的饷钱，军官不多发一分钱。"

黑羊不作声。

萧克问他："你伤好以后有什么打算？"黑羊不答。

"是回家去种田，还是到外面做工？"

"田没什么种的，做工没有手艺。"

"那就继续当兵啰！到我们红军来吧？红军队伍官兵平等，不打人不骂人。"说到这，萧克停顿一下，"不过，犯了错是要受罚的。"

见黑羊不回答，萧克便不逼他。"如果你还要回去当白军，我们也不拦你。人各有志。但是，你要记得今天是我们饶了你一命，还救了你一命。你将来在白军里，枪口不要对着红军。红军是穷人的队伍，天下穷人一家亲。说起来我们都是兄弟。"

黑羊咬着嘴巴不回答。碰上个顽固分子，萧克也不气馁。他有心慢慢磨，争取一个是一个。即使争取不过来，让他多了解红军，将来回到白军队伍也可能成为红军的宣传者。

休养已经半个多月，萧克脚伤渐愈，只是走路还不灵便，走快了骨头就痛。黑羊是腰股骨两处中枪，恢复得较慢，勉强能自己翻个侧身，还不能下床行走。

一日早晨，萧克照例扶黑羊下床小解，两人都弄得满头大汗，七连的战士李铁忽然出现在病房门口。萧克急问："我们连有没有弄到好枪？部队现在在哪里打仗？"

李铁肩上背的"来路货"已经回答了萧克关心的第一个问题。李铁说，宁冈已经被湖南敌人吴尚占了！他们打进了永新，还想进剿井冈山，被我军打退后，缩在湘赣边界的茶陵县。我们二十九团从莲花向宁冈进攻，一路追，追到酃县（今炎陵县）、茶陵，现在守在酃县。二十八团的兄弟也从安福追到了这儿。"团部叫我来送信，后方所有的同志，能走的都走，赶快离开这个地方，走到酃县去。不能走的，就地转移到附近老百姓家。敌人调集兵力来会剿井冈山了！"

听说要去打仗，萧克一下来了劲。李铁说："你是伤员，首长是叫你转移，不是叫你去打仗。"萧克不理，一跳一跳地收拾好随带的几样物品，马上跟李铁出发。刚走到门口，回望床上趴着的黑羊，有几分不舍，更多的是担心。回身走到黑羊身边，安慰道："黑羊我先走了。别担心，我们的人会帮你转移的，一切等你养好伤再说。希望不要再在战场上刀枪相见。"

黑羊支吾了一声，抬手朝门口挥了挥，算是作别。

李铁问："这个伤兵是谁呀？"

"新同志。"萧克答。红军把俘虏都称为新同志。

"他……已经争取到我们这边来啦？"

"这个……还说不准。"

"那就不要待他太好了，说不定帮他养好了伤，他又来打我们。"

"毛委员说我们要给俘虏伤兵治伤，他并没有说，只有答应参加红军的俘虏才给他治伤。"

"话是这么说，可是……"

33

"连长，你回得正好。我们马上要回湘南，打到家乡去！"老九等人迎上来，一个个兴高采烈，好似金榜题名就要衣锦还乡。

"回湘南？太好了！"萧克心里跃起一串火花，这正是自己梦寐以求的愿望。不管是回宜章，还是嘉禾，对他而言都是家乡。随口问："营部下了命令吗？"

老九道："营部没有下达命令，是今天傍晚士兵委员会来通知的。大家都想回去啊！鄙县离宜章不远，我们这些人，都是从宜章被敌人逼着离开家乡的，现在我们兵强马壮，打回老家，一定要好好收拾那些反动派！"

打回老家当然是好事，如果能回嘉禾，一定先收拾萧仁秋，讨还血债，去除多年的一块心病！萧克乐过了，又敏锐地觉察到情况不对劲。既然部队将有这么重大的行动，应该由营部传达命令，怎么会由士兵委员会来通知？士兵委员会是红四军建立的民主管理组织，负责维持军纪、监督军队经济、做群众工作与士兵政治教育工作，而军事工作则由军事机关掌管。士兵委员会越俎代庖，这里面一定有情况。

萧克是个对组织纪律十分敏感的人，这事必须弄清才能心安。天黑下来，他瘸着脚，一跳一跳跑去向营长报到，同时请示回湘南的事。营长惊诧道，我根本没有接到团部的这道命令呀！赶紧请示军部！

军部的回答是，军部从来没有下达回湘南的命令，千万不要盲目行动！

士兵委员会竟然脱离军事机关擅自做出军事决定，这还叫民主吗？这让士兵们到底听谁的？肯定要出大事了。萧克火速回到连队。战士们正在叮叮当当收拾东西，叽叽喳喳议论，一些人乐滋滋地谋划着回家娶妻生子的事。也有人发誓要报冤仇并与人商量计策。萧克找到二营的其他几位连长，商量怎么办。连长们意见不一。有的说，随大流，回家就回家！听说这个决定是湖南省委代表作出的，我们是湖南人，听湖南省委代表的没错！有人埋怨道，总留在江西，我连讨堂客的机会都没有，回去是英明的！有人则主张等待军部命令，既然军部没有下达过这一命令，士兵委员会擅作主张，军部一定不会坐视不管。

第二天，天刚亮，二十八团与二十九团的队伍就已集合完毕，战士们满怀期待站在晨风中等首长下令开拔。连长、营长、团长个个都在，却没有人敢下这个出发的命令。本来就没有命令。

这时，某连士兵委员会的一个士兵走到二十九团团长胡少海面前，请求下令出发，进军湘南。年轻英俊的"五少爷"胡少海皱着眉头，反问："到现在为止，军部并没有下达进军湘南的命令，谁敢擅自行动？"

士兵又走到湖南省委巡视员杜修经面前，请求命令。杜修经见胡少海虎着脸，干脆不跟他商量，自己鼓动战士们："现在，罗霄山脉四面受敌，江西、湖南的大股敌人都已围攻过来，我们留在这儿等敌人会剿，是没有活路的。我们这支部队，绝大多数是湖南人，趁敌人在湖南的兵力空虚，我们打回湖南去，一定能把湖南老家的革命搞得轰轰烈烈。士兵兄弟们，你们都是有胆有识的战士，回去定能担当大任！"

战士们齐声欢呼："打回家乡！""打回湘南！"

胡少海挥手阻拦，想说几句，但他的神情被狂热的欢呼声忽略。这支队伍已完全被农民意识胀昏了头，团长不团长都不看在眼里了。萧克见状，决定先管住自己的队伍。他一个箭步冲到自己的连队前头，喝令："没我的命令，谁也不许走出半步！"胡少海也双手叉腰站在团队前。

紧急时分，红四军军长朱德匆匆赶来。他用惯常的大嗓门诙谐地说："是不是有人想另立山头？走什么？罗霄山这座大山，还可以装得下几尊大菩萨嘛！"

杜修经尴尬地笑笑，说战士们都想回家，留也留不住。

朱德道："谁说罗霄山形势不好？这里好得很！需要我们继续大干下去！我知道，二十九团有很多兄弟是从湘南来的，湘南是个好地方，我也想打回去！但现在不是时候。军部有军部的计划，大家不要乱来！"

有人请求道："既然军长也想打回湘南，那就带我们打回去吧！"

一个宜章士兵喊道："我们独立营要回宜章。宜章的敌人还在等着我们去消灭！我们的父母兄弟都在宜章受苦呢！"

朱德心生失望，好好一支部队，怎么被想家的情绪给绑架了呢？他自己也是在湘南起义中重振旗帜的，打回湘南，固然有革命基础支持，也有巩固根据地的军事意义，但眼下最大的任务是击退敌人的"会剿"，守住宁冈这个中心，再逐步拓展根据地。毛委员已经下山，率三十一团去永新切断湘赣敌人联系，按军部的部署，由朱德、陈毅带领二十八团、二十九团去袭击酃县与茶陵之敌。现在居然有这么多湘南籍战士执意要回湘南，勉强留住也难以作战，还得机动一点。他试探性着问："今早毛委员派人飞马传信，永新吃紧，军委要求我们进攻永新，增援三十一团！我看这样，二十九团回湘南去，二十八团留下来跟我走。"

二十八团团长王尔琢本来就是个顾全大局的人，马上响应朱德道："我们并没有要求回湘南。是省委代表说要进军湘南。"

杜修经指着王尔琢气哼哼地质问："王团长，我问你，是你听省委的，还是省委听你的？"

此言一出，二十八团一片哗然。不少人喊："我们不想去湘南，我们要去赣南！打回自己的老家去！"二十八团是南昌起义余部组成的正规军，有一些战士是赣南人，这些人本来就有自己的想法，更受不了杜修经对他们团长的指责。

二十九团也议论纷纷。二十九团是新组建的农民军，平时一贯与二十八团联手行动，如果离开二十八团单独回湘南，今后能不能有所作为，委实心中没底。要走，肯定是两个团一起走。

军心涣散，各有各的小算盘，都拿打回老家说事。朱德陈毅相对无语，如同荆棘在手，松不得，紧不得。还是朱德灵机一动，找了个台阶。他指着特务连道："特务连，你们平时最守纪律。特务连带头，往东走，先回沩渡再说！"沩渡是酃县的一个镇子，它的东部就是井冈山。朱德故意不说回井冈山。

特务连领命而去。特务连一走，两个团自然跟着走。二十八团在前，二十九团在后。队伍磨磨蹭蹭，边走边闹别扭，走了半天时间，才走到水口镇，又坐下来打了一通口水战。湖南省委代表杜修经的意见得到大多数湖南籍战士的拥护，二十九团绝大多数人仍执意要回湘南，二十八团团长王尔琢则极力反对。军部犹豫再三，在民主第一的观念下，勉强同意两个团一起回湘南，先打郴州。

二十九团欣喜若狂，一出发就以急行军的速度掉头往西。7月下旬，头顶烈日，一步一把汗。二十九团却似拧紧的发条放开了劲，根本不觉累，日行七八十里，把二十八团远远甩在后面。

1928年7月24日，部队在湘南重镇郴州打了一仗。

当时，郴州守敌是国民党第十六军的一个新兵团，战斗力不强，当侦察员把这一情报报告团部，胡少海皱着眉头道："这是范石生的部队。范石生是朱军长的老朋友，以前给朱军长的南昌起义部队救过急，对起义军有恩，他的部队，打不得！"

村经修厉声道："现在还讲什么老朋友，他既然是国民党，那就要打！趁着城里兵力空虚，我们赶快行动！"

胡少海犹豫着。"军部的命令还没下达，打与不打得听军部的。何况，二十八团还在后面。我看，还是等他们到了郴州再商议。"

"还等什么？机不可失！你们就那么胆小？离开二十八团就打不成仗？我看，就你们二十九团也一定能打赢这一仗！"

在杜修经的怂恿下，二十九团擅自打响了战斗。这些归心似箭的战士，以十倍百倍的干劲向着郴州长驱直入，一下扫除了通往家乡的一道障碍。

郴州一战，势如破竹。然而，一场厄运也在等着二十九团。

34

驻扎在城外苏仙庙的敌第十六军四十七师师长接到报告，城里的新兵团被不讲情义的朱德部队击溃，他大为恼火，带着两个团反击红军。

当晚，红军在郴州城中休整。住在城南的红二十九团，个个兴奋得如同打了鸡血。从这儿再往南50公里，便是日思夜念的老家宜章。黄昏中，那条通往宜章的公路，看去是从娘肚子里出来时带在身上的脐带，脚一伸就能沿着它回到娘怀。这些农民军，祖上几代都没有离开过家，故土难离，这一次出来小半年，把几代人做梦都没梦过的路给走完了，也把几代人没吃过的苦给吃了，而今回到了家门口，心里头还能平静吗？

萧克带着七连的一部分战士露营在野外。半夜时分，听到有人在说梦话，接着响起细细碎碎的声音。他警觉地翻身查看，见七八个人慌手忙脚地卷毡子，打包袱，其他人也陆续跟着爬起来。萧克大喝一声："干什么！发疯啊？"站着的人如同被点中穴位，木呆呆地不动了。萧克命令："不要乱动，继续睡觉！"大家复又睡下。

夜空血色未尽。骤然响起的密集枪声惊破了回家梦。战士们跑到街上观望，听说是住在城北的红二十八团跟敌人打上了。街头旋即人影杂乱，那些紧抱着回家一念的战士根本不听命令，不管战事，直接往城外宜章方向跑，还边跑边喊："快跑啊！敌人来啦！快回宜章去啊！再不跑就没命啦！"一些不明就里的人被裹挟着胡乱跑，有的往南，有的往北。一枪未发，部队已是连不成连，营不成营，队伍七零八乱。

干部们紧急组织应战。团长胡少海在人群中呼喊："不要乱！不要跑！队伍集合！"没人听他的指令。他艰难地逆着人流往北冲。

萧克也夹在混乱的队伍中声嘶力竭地喊："七连！七连集合！"李铁、老九等人闻声跑过来。萧克急得脸上青筋暴出。二十八团在城北打仗，军部也在城北，我们二十九团不去增援，只顾往南逃命，还是人吗？不行！得先把队伍拉住，不拉住队伍，一切都是零。他令李铁等人在自己身后排队站定，然而人潮冲击力太强，很快把小队列冲开了。萧克的脑子急速转动。局面太乱，各连人马互串互插，普通的列队集合方式已不能实现，只有采取另一招：以静制动！他朝战士们喊道："七连在这里！我是七连！七连不要走！靠路边坐下！坐下！"

李铁、老九帮着传令拉人，拉到三五个，便在路边示范性地坐下。本连的战士们闻声靠过来，一个接一个坐在路边排成队，任由混乱的人潮在四周冲击。

别的连队的战士见路边有队伍坐下来，也稀里糊涂跟着坐进队伍。萧克拦住道："这是七连！不是七连的不要进来！赶快去找自己的队伍！"他明白保持部队建制的重要性。孙子曰："纷纷纭纭，斗乱而不可乱也；混混沌沌，形圆而不可败也。"建制不乱，则阵脚不乱，能以不变应万变。建制一乱，如同散沙，再多的人也是乌合之众。

看着自己连队的战士陆续归队，萧克渐觉欣慰。为了让更多盲目奔逃的战士回归队伍，必须把号令传出去。不少战士已经跑散，靠他一个人喊，几个人拉，不济事。他灵机一动，指挥大家唱起《国际歌》。在宜章独立营练兵时，他经常教战士们唱这首歌，每天的训练都以《国际歌》结束。上井冈山后，他又教会了连队的新兵学唱。他手下的人没有谁不会唱《国际歌》。在萧克指挥下，大家可着嗓子把自己变成一支高音喇叭，不管声调，不管韵律，攒着劲把歌声往天空送，往远处送，去唤回那些迷茫的狂乱的心。此时此地，《国际歌》变成了招魂歌。

"这是最后的斗争，团结起来到明天，英特耐雄耐尔就一定要实现！"

人潮退去，只有席地而歌的队伍，黑压压地似长龙卧地。

眼看自己的人员差不多到齐，萧克集合队伍训话："二十八团在城北跟敌人打仗，我们团有些人却不听命令，带头往南面跑。敌人还没到跟前来，就自己吓自己。这明明是发谣风！"发谣风是湘南一带的方言，意思是谣言惑众。

大家面面相觑，回过神来，是的，身边一个敌人也没有，的确是发谣风！

"那些带头跑的人，是懦夫！胆小鬼！敌人来了是假，想回宜章是真。现在敌人在城北那边攻打我们，如果让二十八团去单独对付，让军长留在前线抵抗，我们自己却跑掉，这样的行为，你们说应该不应该？"

"不应该！""我们只顾自己，将来还能指望二十八团舍命帮我们吗？""得赶紧回城北增援！"

"七连的战士们，我们活要活个好样，死要死得其所。现在我们跟团部、营部都失去了联系，只能靠自己了！听我的命令，全连所有人员火速前进，向北面进军！迎战敌人，增援二十八团！"

35

次日中午，在距离郴州四五十公里的东江，一片收割完的稻田，红二十九团的人员稀稀疏疏集合于此。

团长胡少海站在形如鸡肠子的田埂上，脸色青灰。昨夜敌人从城北方向来偷袭红军，住在城北的二十八团抵抗失利，郴州重落敌手。而自己的二十九团呢，根本没跟敌人接上火，一千人马却在一夜之间跑得剩下不到两百人、百来支枪。这其中，只有萧克的七连保持了完整建制，带回六七十个人、四五十条枪，其余便是团部与通讯排、特务连的人。至于其他营连，基本上散了。他曾亲眼看见一个姓朱的营长带着部队往南逃，他拉住朱营长，那家伙全然不听命令，竟甩手而去。

胡少海一拳击在掌心，重重一叹。

萧克的脑袋上全是灰尘，看去白发苍苍。他安慰团长道："团长，我们在这儿等等，说不定还有掉队的人会跟上来。"

胡少海摇头道："不等了！天要下雨，娘要嫁人，要走的就让他走吧！怪我胡少海指挥无能，没有带好这支队伍，才落得今天军心涣散，人员叛逃。我回去向军部请罪！"又转向队伍："弟兄们！感谢你们信任我，追随我！哪怕形势再坏，我胡少海也绝不会逃跑！我们一定要坚持到底，一定要回到井冈山！回到红军大部队去！"

回井冈山，萧克由衷赞同，虽然他心里也想回宜章故地看看，回自己的老家嘉禾看看，但他更清楚，眼下这样一支组织纪律涣散、战斗力低至极点的队伍，回到湘南也干不成任何事。回到井冈山大部队去，还能指望得到锻炼和成长。宜章人胡少海，兵败至此依然不忘大局，毫不气馁，令萧克油然生敬。曾经听老九讲过一个故事。上井冈山之前，胡少海率宜章农军与民团在他的家乡打过一场特殊的仗。敌手是他的同胞弟弟，人称六少爷。兄弟俩都是指挥官，只不过一个是红军一个是白军。这一仗红军得胜了。胡少海率部追着白军打，边打边骂："老六，你这个败家子，我今天要打死你！"这样一个彻底的革命者，大义灭亲，大难不惧，正是萧克心中的楷模。

敌军在后面追得紧，部队继续撤退。路上汇合了朱德陈毅率领的军部机关，可算找到了主心骨。再撤到资兴的布田圩，朱德决定瞅空整编部队。

"撤销二十九团番号！"

仿佛空中一刀削来，胡少海、萧克等人心头一痛。

"原二十九团所有人员，连同军部特务营一起编入二十八团！二十九团的干部，带兵不力的，降职使用！"

胡少海羞愧地低下头。

"部队搞成这样，我自己也是有责任的，回去后我会向毛委员请求处分！"朱德深叹一声，接着宣布，"现在二十八团团长空缺，团里的事情暂时由我负责！王尔琢同志为参谋长。"

萧克望着队伍面前的朱德军长，看不清他脸部表情，只感觉他的胡子在抖动，声音也在抖动。部队自伤成这样，谁都心痛啊！红四军组建之初共有九个团，可谓兵强马壮。三个多月下来，队伍越来越少，到现在只剩下三个团：二十八团、三十一团和留守井冈山的三十二团，红四军的规模跌到了前所未有的低谷。当初，湘南农军八千子弟浩浩荡荡跟着朱德陈毅走上井冈山，成为红四军中人数最多的一部分，大家曾以湘南军自豪。后来经过两次返湘，这支大农军所剩无几。前一次返湘是5月份。不少湘南士兵一到井冈山就叫屈，看到这儿地少山高天又寒，吃饭穿衣都成问题，手中的武器仍是梭镖，就吵着要回老家去。军委考虑到山上经济确有困难，而且强扭的瓜不甜，便把农民军的两个团共五六千人一次送回湘南。当时，护送那支梭镖队下山的正是萧克连队，八十里相送，复杂心情至今不能释怀。在他心里，这是湘南军的耻辱啊！

宣布干部安排时，朱德走到萧克面前，拍拍他肩膀道："这次回湘南，整个二十九团，只有你这个连保持了完整建制。你果然是个带兵的好手！我把你调到二十八团一营二连去当连长。你一定要把这支队伍带好！"

萧克眼底一热，使劲地点头。

朱德说的这个二连，可不是普通的连队，而是南昌起义部队七十三团的一个营缩编的，追溯到更早，前身就是北伐时期叶挺独立团的一个营。萧克曾经苦苦追求要到真正的"铁军"中当一名"铁军"，真是皇天不负苦心人啊！没想到竟然会在这里，他从农民军一脚跨入了"铁军"中的"铁军"。今日的萧连长还是昨日的萧连长，却已不是过去当连长的感觉了，他感到了更加重大的责任。

胡少海暂时没有安排职务。朱军长狠狠剜他一眼，那一眼，交织着恨铁不成钢的痛惜。胡少海低垂的脑袋如同落地的冬瓜。

见大家面色阴沉，气氛凝重，身患重病的陈毅努力搬动步子，走到队伍前面，给大家打气："这次失利，我也要检讨自己，对错误倾向没有坚决地制止。吃一堑，长一智，大家都要汲取这次的教训。最重要的是，不要总是垂头丧气！半年以前，我们在湘南搞暴动时，还没有现在这么多人呢。打个败仗要什么紧！拿起枪再干就是。哪怕是打得只剩一个营，朱德当营长，我就当营党代表；剩下一个连，朱德当连长，我当连党代表；剩下一个排，朱德当排长，我当排党代表；剩下一个班，朱德当班长，我当班党代表。总而言之，革命到底！"

新生的红二十八团重新鼓起斗志。

36

萧克向一营营长林彪报到。林彪瘦削的脸微微开颜道："好好干！年初我在湘南参加起义时，就是你这个位置。不过，那时我们二连属于中国工农革命军第一师。"看着萧克肃然起敬的样子，他又鼓励这个同龄的新部下："你那七连的人，都是宜章独立营的吧，挺过硬啊！"

萧克诚恳道："是的，他们都是不怕死的硬骨头。今后，请营长多多指点！"

林彪哈哈笑道："听说你带兵还喜欢打屁股。现在这个二连，你不用打屁股，他们都很过硬的！有不少人，是我在南昌起义时带过来的老兵，一路跟着我打到现在。"

啊，原来林彪也参加了南昌起义，当时是排长。萧克敬佩不已，又不好意思道："打屁股搞体罚是旧部队的老作风，我们团长和军长都批评过我，今后不会再犯了！"

重整队伍，坚定者更加坚定，投机者仍在动摇。部队朝着井冈山方向走，开到湖南的资兴、汝城和桂东一带，路上又发生一件令人气愤的事。二营营长袁崇全与党代表二人密谋叛变，企图带走六个连。还好其中有两个连队的党代表发现异情，半夜偷偷带出三个连和机关枪连回到军部。其他两个连队则跟着袁崇全投敌去了。

趁着湖南桂东的敌人势力较弱，军部命二十八团攻打桂东。林彪率一营打先锋，一举攻进桂东城。部队就在桂东城一边休整，一边做群众工作。现在部队急需的不仅是粮食，更需要精神上的提振与思想意志的统一。连续几个月离开根据地冒暑征战，部队已疲惫不堪。加上二十九团的解体与袁崇全的脱逃，战士们心里蒙上了一层挥之不去的阴影。

1928 年 8 月下旬的一天。大清早，营长林彪交给萧克一个任务，命二连加强警戒，有首长要来。一营驻扎的这个村子紧靠县城，群山环抱，森林茂密，几个小村落分散在山坳里，既便于隐蔽又便于进退。首长到这儿来肯定是有大事。

到底是谁要到这儿来？

上午9点钟，朱德与陈毅率军部机关赶来，靠近一营驻扎下来。红四军军部设在一栋老屋里。团参谋长王尔琢、党代表何长工、湖南省委代表杜修经等人都在这儿。首脑们的到来，使那栋黑沉沉的老屋大宅一下子活泛起来。

军部刚刚安顿好，山坳那边走来一小队人马，领头的是个高大个子，头发中分，灰布衣服，肩上挎着斗笠。放哨的战士仔细一看，立即惊呼着往军部跑："毛委员来了！毛委员来接我们了！"

几个战士簇拥着毛泽东走进军部。军部马上召开会议，总结"八月失败"的原因，研究红四军的行动方向。为保证首长们的安全，萧克把岗哨布到山坳前，自己则全副武装值守在军部门前。

屋里不断传出熟悉的声音。萧克想，部队肯定是要回井冈山的。那是大局所需，大势所趋。谁都有老家，谁都想念家乡，所谓树高千尺不忘根，但作为组织的人，组织至上，命令至上，这是无可选择的选择。原二十九团有不少干部是湖南人，正因为原则不坚定，才在恋乡情结与服从组织之间犹犹豫豫，甚至跟着士兵们的感觉走。失去组织观念与坚定信念的部队，必败无疑。

下午两三点钟，首长们的会议还在继续，突然远处响起枪声。会议当即中止，军部首脑马上转移。通信员飞奔来报：从城北方向打过来一大股敌人，约有一千多人。而此时，毛泽东带来迎接红四军主力回山的三十一团三营还在县城的西北面，没来得及会合。

军部命令：林彪率一营攻占城东南的山头，阻击敌人，掩护军部和其他部队转移，并派人传令三十一团三营，令其迅速抢占城西北山头制高点，两个营以鸣枪为号，同时向敌人开火。

一营与三营的兵力加起来约有 700 人，然而分处城市南北两面。敌人以两倍于我的兵力，将我两个营隔开来，分别包围压缩。红四军十余名军部首长尚未突围出去，情势十分危急！

一营迅速集合起来，林彪陈兵布将完毕，只剩下二连没有安排。萧克暗自揣测，听闻林彪善用疑兵，毛委员都赏识他这一点，我们二连应该另有重任。

林彪道："二连跟我来！"

萧克连队跟着林彪从山脚迂回到一个高地，这儿不是敌人进攻的正面，却是离三十一团三营最近的地方。林彪想寻找机会冲过去接应三营。对面的三营被敌人死死堵住，冲了好几次都没法杀出重围冲过来。林彪大声骂着娘，狠狠道："今天老子得提着脑袋硬拼了！"他朝空鸣枪，指挥队伍朝山上敌人冲去。

信号枪一响，一营与三营分别从东南角与西北角向城中的敌人发起冲锋。既想冲向对方会合，又得死死咬住敌人，争取时间让军部机关护卫首长们往山上撤退。冲杀持续了两三个小时，胜负难下。

傍晚时分，萧克带领连队再次发起冲锋。刚冲到一处小高地，脖子一侧被子弹穿过，鲜血流了一肩。他仍然高喊："冲啊！"发觉自己还能喊出声音，喉咙没有断，放心了，继续带头冲。跃过一道战壕，又一颗子弹扎进左肩。他扑倒在地。

卫生员赶紧跑来扶他，就地包扎。林彪大步跃过来，关切道："萧克，你还行吗？"

萧克答："左手是拿不住枪了，右手没事，还能打！"林彪朝卫生员道："送他到后面去！"卫生员背起萧克往后走。萧克扭头想坚持，脖子痛得不行。他瞥见林彪的脸上有一块血印，他也挂彩了。

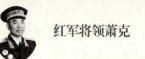

　　敌人周旋于红军两个营及湘赣边区游击队的火拼中，三个方向的战斗持续了一天一夜。红四军军部及首长们安全转移了，但一营与三营终未能会合。一营牺牲了几十位战友。三十一团三营见打不过来，便于次日撤离桂东城，原路返回江西。军部命令，部队向南撤退，回师井冈山。

　　撤离时，一副担架放在萧克面前。所谓担架，其实就是一张竹躺椅，从老百姓家弄来的。伤员太多，能拿来抬的都用上了，还不够用。萧克摆摆右手道："给重伤员吧，我自己能走。"战士道："你已经是重伤啊！"

　　萧克倔着性子不上担架，把担架让给另一位伤员，自己挂着一根竹杖，摇摇晃晃跟上队伍。头、脖子、脚，处处不听使唤，每走一步，全身就扯得钻心痛。尤其是受伤的左肩，好像压着一块大石头，沉得难以开步。不一会儿，他就掉队了。

　　忽然枪声再起。敌人从后面追过来，青天白日旗在树林里如蛇吐信。卫生员牵着一匹马跑过来，叫着："连长，快上来！"萧克想翻身上马，但他太虚弱了，人软得像块面团，试了几次都没爬上去。只有跑。跑出几百米，人就虚脱得抬不起脚。卫生员已跑出好远。萧克回身一看，敌人的先头部队离他只有百来米。敌人狂喊着："站住！抓活的！"

　　萧克右手一摸身上，身上没枪。枪已被战士背走。今天是回不去了，他想。握紧拳头，准备赤手空拳拼个你死我活。

　　危急时刻，不期然从他身后伸出一只手，拉住他的腰带，朝部队方向猛力向前拽。萧克木偶似地跌跌撞撞跟着跑。同样掉队的还有几个伤兵。拉住他裤腰的人喊："快跑，前面有救兵！"果然，前面的副营长龚楷，萧克在宜章独立营时的好搭档，带着队伍回来救他了。他们来了个反冲锋，打退了敌人的先头部队，落在后面的伤兵们全部得以脱险，冲进一片树林。

树下喘息，萧克定下神来，才看清伸手搭救他的，竟是二十八团四连的党代表彭葵，从宜章碕石暴动一起战斗过来的湘南老战友。萧克感激道："多谢救命之恩！"彭葵一笑："你在我老家宜章搞暴动，救了我们彭家不少人的命，今天就算是我代家乡还你一个人情吧！"

37

回山路上，赤脚与草鞋踏落一地桂花。

毛泽东朱德带着红四军主力打打停停，丢兵折将，路上还痛失一名将领：二十八团团长王尔琢，于 1928 年 9 月中旬回到了老家：井冈山革命根据地。

从湘南回井冈山的这二十来天，路上有大家照顾，吃的有保障，还有几次喝上了鸡汤，那是打土豪的收获，萧克的伤养得差不多了。

主力部队回到井冈山当日，留守根据地的战友们特地演了一场节目表示庆祝。有一个剧目很有意思，据说是陈毅安编的词，叫作"毛泽东的空山计"。几个人拿着破烂铁桶和洋子碗敲敲打打，当作鼓乐班子，另一战士身披破旧的毯子，站在人群中有板有眼地唱将起来。那戏文听得大家笑翻了天。

"我站在黄洋界上观山景，忽听得山下人马乱纷纷，举目抬头来观看，原来是湘赣发来的兵。一来是，农民斗争经验少，二来是，二十八团离开了永新。你既得宁冈茅坪多侥幸，为何又来侵占我的五井？你既来就该把山进，为何山下扎大营？你莫左思右想心腹不定，我这里内无埋伏、外无援兵。你上得山来我别无敬，我准备了红米南瓜、南瓜红米，犒赏你的众三军。你来、来、来！请你到井冈山上谈革命！"

萧克从戏文里听出个大概。空山，是指红四军二十八团、二十九

143

团于 7 月跟着朱德陈毅离开井冈山去了湘南，8 月份，毛泽东带着三十一团主力去桂东迎接朱陈主力了，山上留守的只有 31 团党代表何挺颖带着少部分兵力，以及袁文才、王佐部队，当时井冈山几乎成为一座空城。湘赣敌人乘虚而入，向井冈山发起第二次"会剿"。大敌当前，留守部队坚守井冈山，誓死不亡根据地。他们利用山形地势之险，在井冈山主峰北面的黄洋界迎战来敌，取得了黄洋界保卫战的胜利，为红四军主力回师井冈山扫除了障碍。

山上的战士们演完，接下来是拉歌，让回山的战士唱。有人提议萧克来一个。萧克也不推辞，他经常给战士教唱歌曲，嗓门又大，唱歌是顺手拈来。他斜着肩膀站起来，大家这才注意到他左肩顶着鼓囊囊一大包，伤口尚未痊愈。萧克清清嗓子道："我给大家唱一首我老家嘉禾的民歌。"即起调开唱："拎着一支小水竹……"一句没唱完便没了声。大家惊讶地望着他。萧克歉意地摆手道："今天不行，我下次再唱吧！"原是伤口在整他，平时说话尚不觉得，喉咙一扯脖子就麻麻痛。

萧克被安排到小井医院继续治疗。

第二次来小井。小井的天地如同千年化石，莽莽绿野不减半丝宁静。而山间跳跃的色彩，已由上一次的菊花黄换作喜气洋洋的枫叶红。萧克心里揣着喜悦，在红军队伍历练了半年多，他觉得自己比过去任何时候都更加坚定，也更加明白，他这一生将全部属于革命，属于组织，他未来的人生之路，必定会在这片赤色汪洋里伸展。

想起俘虏兵黑羊，问医院人员，听说上次那个伤兵被转移到附近老百姓家养了一段时间，能下地走了，敌人突袭村子，村民死伤不少，那个伤兵下落不明。也不知是自己跑掉了，还是被敌人抓去了。

伤愈归队，好消息在等着他。林彪担任二十八团团长，萧克也就地升职，担任该团一营副营长，不久又调整到二营任党代表和党委书记。曾经的二十九团团长胡少海，自湘南撤销二十九团番号后一直没安排职务，这时才明确由他接替林彪原来的营长位置。升升降降中，林彪与胡少海二人的职务来了个上下对调。

这段时间，敌人进攻紧，红军在山上山下打进打出，根据地时而缩小时而扩大，部队有时驻扎在山上的茨坪，有时回到宁冈的茅坪，艰难地打开湘赣边界工农武装割据局面。

一日，井冈山来了一支前来投诚的国民党部队，萧克带队去哨口迎接。来者有一百多号人，人人手里拖了枪。双方刚交接武器，对方队伍里有人大叫："连长！"萧克一愣，以为是湘南来的同乡。那人跑过来，喊着"我是温小四呀！"一把抱住萧克，哇哇大哭。

萧克奇怪温小四怎么会在这支投诚队伍，这可是会剿井冈山革命根据地的国民党部队呀！温小四抹着鼻涕说："你从汕头监狱出去后，没几天，我跟何细狗也放出来了。他回了南昌，我也回了宁都老家。后来我听说朱军长带兵打到了罗霄山，我就一边做工一边往这边靠，在遂川待了一段时间。国民党部队在那里拉夫，有天晚上我在外面瞎逛，被拉进了敌营。听说要会剿罗霄山的朱毛红军，我正愁找不到朱军长的队伍，就在他们部队待下来。我真是命好啊！我们的连长想投红军，夜里趁黑把我们往山上带，我稀里糊涂以为要来打仗，本来还想找机会开溜的，走到半路，才知是来投靠红军的。这不是称心如意吗？老天爷呀，我真要感谢他老人家，一下子把我送到了你这里！"

劫后余生，老友重逢，萧克欢喜至极。没想到温小四这个瘦弱的小兵也有如此强大的内心，就这么胡闯瞎碰地上山来了。以前他老觉得温小四没读过多少书，文化水平低，身上还带着点市侩习气，难成大器。

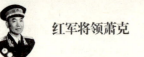

现在看来，温小四的骨气，并不亚于自己。

萧克请示首长同意，温小四就留在他身边当通信员。这段时间战事纷纭，盘旋在头顶的疲倦与暗沉，让温小四的猴精活泼给冲淡不少。

山上的风寒一天比一天重，日子一天比一天过得紧张。寒风穿过两层单衣切割着皮肉，棉大衣如春天般遥远。寒湿之气常常冻得战士们夜里无法入眠。穿在身上的东西不敢解下半根丝，床上垫的盖的，都是晒干的稻草，从头到脚冷风嗖嗖，整夜都捂不热身子。

深夜，上山不久的温小四缩在稻草里哆嗦着自嘲："这金丝被多暖和呵！热得我都出鼻血了！"

一战士怂恿道："小四，你跟萧营长说说，带我们下山去弄些棉衣吧？"

温小四问："到哪儿弄？"

有人答："打土豪呀！"另一人道："要不，派人给宁冈婆婆送个信，叫她老人家想办法送点棉花来。她老人家总是有办法的。上次我们在七溪岭打了胜仗回来，她还送了好多吃的穿的来慰问我们。我脚上这双袜子，还是她送的。"

温小四问："宁冈婆婆是谁？"

"是个神通广大的人物啊，你见了就知道了。"

第二天，温小四果然到萧克面前嘀咕，听说有个"宁冈婆婆"，对红军挺仗义的，我们是不是可以去找她帮个忙，弄点棉被来？

说起"宁冈婆婆"，萧克脑中浮现一张明净如月的脸。那是个寻常老百姓，却是个知名的小人物。她在宁冈新城镇开饭店，当地人把饭店叫作伙店，那个伙店几乎是红军度苦度难的圣地，给红军支援不少。这段日子部队离开宁冈，驻扎在遂川茨坪，高山之巅冷得够呛，前两天就有个年岁大的战士冻病而死。萧克也在为棉衣棉被发愁。想想，是得寻找机会下山，为御寒衣被好好干一场。宁冈婆婆那儿，国民党军队与红军拉锯似地驻防，红道白道她都要周济，她也不是神仙，不能总去麻烦她。

连日来，部队在乔林、柏露几个地方挑粮食，把筹集的粮食从宁冈往大小五井挑，准备固守井冈山，与敌人长期抗衡。山路有 30 多里，战士们一天往返两次，有的挑箩筐，肩背磨出了红块和水泡。有的把粮食装在长裤脚里，挂在脖子上，身上短衣短裤还热汗腾腾。萧克肩上扛着一只鼓鼓的麻袋，从山脚爬上黄洋界山顶，长吁一口气。最后一趟终于挑完，他把空麻袋搭在肩上，用衣袖抹着脸上的汗。温小四走过来问："我们什么时候下山一趟啊？"

萧克道："急什么？"其实他心里也挺急的，马上到团部去请示团长林彪。这些天林彪一直待在团部没出门，因为身体有病，出虚汗，怕冷，没去黄洋界挑粮。

萧克说出下山打土豪弄点棉衣棉被的想法，林彪吸了吸鼻涕，用手揩一下，不急不慢地吐着字："总不能，在山上冻死，饿死。去吧！别走远了。敌人盯得紧。带好你的队伍。三天之内，必须回来。"

萧克关心地问团长身体好些没有。林彪一脸乌云，摇头道："好不好，也就这样子了。"又忧戚戚地说："现在敌人进攻得紧，边界也很困难，五井山上就更犯愁了。红米饭、南瓜汤，不能解决长久问题。守山，能守得住吗？这红旗，到底能打多久？"

萧克安慰道："一定能守住的！请团长多保重身体！"

38

萧克带了二十多人下山。不敢把声势搞大了，山下的敌人蜂窝一样密集，只能悄悄搞点小动作。一行人摸到遂川与泰和交界的山区。现

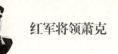

时的遂川，一半是红区一半是白区，红军经常在这一带游击，敌人也在这里集结。当地的土豪劣绅都走向了反动派一面，这里便成为红军打土豪的重点区域。

派出两名遂川籍战士假扮老百姓去白区买棉花，其他人员由向导引路，进入一个偏僻村庄，找到当地秘密组织的农协。之前部队打遂川时，萧克曾来这里做过群众工作，认识这儿的地下党。农协的同志说："你们来得正好！上次你们来时村里那个老土豪跑掉了，今天正好在家。他家还来了几个做生意的大老板，估计那些人晚上会走。"

在山林里猫到半夜，开始行动。二十多人冷不丁包围了土豪的宅院。原本打算只要钱物不索命，老土豪不老实，佯称做生意亏了本，一个银圆也不肯交出来。萧克记得毛委员说的一句话：遂川的地主豪绅有的是钱，钱都埋在地下。便指挥战士们挖地窖，果真在屋后挖出一个地窖，下面埋着一只大缸。掀开盖子，银圆、地契、银票什么都有。老土豪一见家底被抄光，号叫着往地窖里一跳，拖出来后就没了气。

萧克给当地农协留了些钱作经费，还给土豪家属留下一点活命钱，余下钱粮与十多床棉被全部收缴，趁夜往山上撤。

到了约定的时间地点，派去买棉花的两名战士回来了，一朵棉花也没买着，却带回一个情报。距此地五六里的村庄发现敌人一个营，敌人出去执行任务了，现在营地空虚。

"为什么没买到棉花？"萧克问。

"弹棉花和卖粮食油盐的铺子全都被敌人控制了，要么是关了门，要么有敌人的便衣把守，我们根本不敢进店。人生地不熟，也不敢轻易到老百姓家去收购。"

"情报哪里来的？"

战士说，他俩在集市上转了几圈，见买不成棉花，便向路边一卖山货的汉子打听哪里有卖酒的。不想空手回山，如果能买几斤酒，喝两口暖和一下也好。卖山货的汉子道："哪还有卖酒的？卖酒的就是我！酒都被那些饭桶抢走了，铺子也砸了，我才卖起山货。"他气愤地说："前不久附近驻扎了一股白军，有一百多人。那些家伙一来就杀了一批搞暴动的农民，还扬言要灭了红军的种。今天早上，他们离开营地从这儿经过，不知又到什么地方去干坏事了，到现在也没回来。"二人闻讯暗喜，赶紧摸到敌营旁去侦察。果然敌营空虚！守营的只有一个班。二人走到敌营前，对哨兵自称是在山上犯了事逃出来的红军，想投靠国军，要找他们的长官。哨兵说，长官们全都办差去了，估计后半夜才能回来，要不你们在这里等，要不明天来。他俩赶紧跑回来报信。

萧克分析了一下，这可是个打猎的好机会，只是有点冒险。去吧，天黑路不熟，时间紧急，敌人随时可能回来，自己这一小队人马，对付守营的一个班自然不成问题。要是遇上回营的敌人，麻烦就大了。不去？眼看一块肥肉唾手可得，如果能抢到敌营的物资带上山，那就大赚了。

战士们跃跃欲试，都要求去。

萧克道："那我们就赌他一把！马上出发！"

大家把打土豪收获的物资藏到一棵树底下，沿着羊肠山路飞奔前进，一口气跑到敌营后面的小山头，悄悄向敌营靠近。

39

夜已深，敌营里呼噜滚滚。房前屋后各有一名哨兵游动在昏暗的灯影里，冻得一边跺脚，一边骂骂咧咧，对渐渐靠近的红军毫无察觉。如今井冈山下是国民党的天下，到处是国民党部队，红军主力已回到山

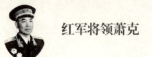

上的茨坪。在白军看来，料想不会有红军自己跑下山来送死。守营的敌兵自己给自己上了一道安全锁，入夜就呼呼大睡。温小四爬上一棵树观察了一番，证实附近没有敌人的游动哨。

事不宜迟，马上动手。四个战士摸过去，悄没声息地分别干掉了屋外的两个敌哨。一个哨兵临死前"啊"了一声，萧克担心惊醒屋里的敌兵，一个箭步冲到营房门前，踹开门。十几个敌兵还没反应过来，耳里就灌满了"缴枪不杀"与枪栓拉动的声音，吓得魂不附体，稀里糊涂地举起手来。一敌兵滚下床去拿枪，被我战士一枪射倒。其余的就老实了，乖乖听命脱掉身上所有衣服，只剩下一条裤衩，被战士们捆起手脚，螃蟹一样串在一起。萧克不放过这个宣传机会，边捆边对他们训话："愿意加入红军的，马上跟我们走，不愿意走的，今后上战场，子弹不许打红军！"

马上有人响应："萧连长！萧长官！我跟你走！"

大家吃一惊，敌营里竟然有人认识萧克。萧克定睛一看，此人不是别人，正是小井医院共过一间病房的俘虏兵黑羊，他居然又回到白军了！

没时间解释，也不及问明详情，萧克只简单问一句："你真想当红军吗？"

黑羊哆嗦道："真的！我真跟你们走！我回到这里也是没有办法，他们在山上抓住了我。"

萧克看他一眼，不理他。他不相信这个家伙。

解决了敌兵，接下来是物资。

萧克令道："先拿枪！"几个战士一齐去拿墙上的枪支。有的背了好几支枪，身上有口袋的地方全部装满子弹。有的干脆把裤子脱下来，用两个裤管装子弹。上次在湘南跑掉的二十九团人员带走了不少武器，枪支弹药对红军来说真是太宝贵了！

有几个战士对枪支不感兴趣，一个劲地搂棉被，抱大衣。萧克不住地提醒："把衣服丢下！我们只拿枪支弹药，其他东西不要拿！"

他看见温小四抱着一床棉被不管不顾地往外跑，叫也不理，心想这家伙牛皮大了，敢不听命令。正要冲上去逮住他是问，温小四一个趔趄扑倒在地。嗵的一声，他整个人就像一颗发射的炮弹，子弹从他裤脚、衣袖、口袋，以及棉被里哗哗地蹦出来。萧克斥道："叫你别拿棉被你偏要拿，这不是捡了芝麻丢了西瓜？"

温小四鼻青脸肿地辩解："我芝麻也要，西瓜也要！不是专门为棉被才干这一场的吗？"说着翻身爬起，将地上滚落的子弹一把把扫起来，丢到棉被上一把卷起。原来他是把棉被当作弹药包袱。好办法！

萧克立即叫大伙都学温小四，把敌人的棉大衣、棉被、床单都找出来，包着子弹背在身上。大家如法炮制，能拿得动多少就拿多少，拿完了马上出门。

黑羊仍在苦苦哀求："萧长官！带我一起走吧！我留在这里也是死路一条！"萧克停脚片刻，回身解开黑羊身上的绳索，丢给他一件棉衣，叫他背上两支枪，跟上队伍。

临走，萧克发现床上丢着一本国民党印的《步兵操典》，心头一喜。他在嘉禾甲师时就读过这本书，黄埔军校也把它作为教材。毕业时他随身带着这本书，后来丢在追寻北伐军的路上。真是天赐我爱！连忙将书塞进胸口衣襟。

这一场买卖干得太漂亮了！不损一枪一员，缴获颇丰。战士们奔回山上，转过几座山，才隐约听见山下敌营方向传来枪声。窝被端掉，可把那些龟孙子给气炸了！

第十章
赣南险途

40

曾经誓死守卫的井冈山，未曾想竟要离它而去。冰天雪地寒彻了红军将士的身心。

1929 年 1 月，国民党组织了 18 个团的兵力，对井冈山发动了第三次"会剿"。1 月 1 日，国民党湘赣会剿总部在萍乡成立。1 月 10 日，敌各路部队进入指定地点，对井冈山形成包围之势，井冈山四周杀气腾腾。

1 月 14 日，朱毛主力红军 3600 余人离开井冈山，向赣南进发，只留下彭德怀指挥的红五军及红四军第三十二团，在当地群众配合下守山。下山迫不得已，留得青山在，才能有柴烧，红军主力必须保存。此举还有一个战略考虑，便是引开围攻井冈山的敌人，以达到"围魏救赵"的目的。

下山的队伍一直向南，向南。尽管不甘不舍，将士们还是乐观地面对现实。南方似有一轮无形的太阳在头顶照着，相比井冈山上的高寒，山下暖和得令人心怀感激。单衣单裤的战士们笑称，原来天底下最轻便、最暖和的不是棉袄，而是这个天老爷呀！

再暖和，也毕竟是冬深春未临，冰雪将大地银装素裹，脚下的草鞋没出几天就沤烂穿帮，脚板被冰碴和山石划破。脚踏处，雪泥沾血，一地红梅。

走得并不安宁。敌第七师李文彬二十一旅在后面跟踪追击。

红四军下山第九天，攻占了第一个县：赣南地区的大庚县（今大余县）。攻入县城没太费劲，明知后有追兵，部队还是在城中作短暂休整，抓紧时间做两件事：打土豪筹钱粮，做群众宣传工作。

这天一大早，一支三十多人的队伍踏着雪泥走出县城，往山间走去。刚下过一场雨，泥泞的地面如一张西瓜皮，又滑又烂。战士们脚底打滑，却始终保持队形。走在前头的是温小四，他现在是红二十八团二营的排长。前面那位眉目俊朗的人，正是萧克。下山前夕，萧克被任命为红二十八团二营营长。二人领着队伍前往县城附近的村庄胡家坳，去找乡绅富豪筹款筹粮。温小四信心满满。历经劫难，再度跟随萧克出生入死，在小四的心里，萧克就是他的方向，萧克就是他的信心。

行至山包拐弯处，迎面拉拉扯扯地走来一大一小。穿灰长衫的中年男子长手长脚，瘦瘦干干，手里拽着个七八岁的小男孩。小孩嘶叫着不肯依从，两人走得别别扭扭。灰长衫一个耳光子刮过去，男孩的脸顿时变成一块红烧鱼。

温小四冲过去将男孩夺过来，朝灰长衫道："小孩子不懂事，你好好教育嘛！下手这么狠！"躲在身后的男孩望着温小四，如见救星，连叫："叔叔，叔叔，救我呀！"

灰长衫、温小四与小男孩一抓一挡一躲，像玩老鹰抓小鸡的游戏，一旁的战士禁不住哈哈大笑。温小四回身护住小男孩问："你干了什么坏事？你爹为什么打你？"男孩哽咽道："他不是我爹……他是胡家的先生……是来买我的。"

"买？谁要买你？"

"就是胡家坳的胡四老爷！他要买我做孙子！"

萧克从队伍中走出，摸着小男孩的脑袋问："你说的胡四老爷？是不是开赌场的胡老板？"小男孩一点头，温小四的双手立即钳住灰长衫的手臂。战士们哗啦一下端枪围上来。灰长衫面白如纸，缩着脑袋连叫："误会，误会！我是替人办事的。"又哈腰解释，是胡老爷家要买孩子。自觉说漏了嘴，改口道："不是买不是买，是胡老爷的大儿子没有生育，想抱个继子去续香火。胡家大少爷在东北做大生意，可有钱了！就缺个继承人。老早胡老爷就托我跟路家打了招呼，商量好了的！完全自愿，不是买！我手里有帖子。"他抖索着从衣袋里掏出一张折叠的纸，展开来捧给萧克，又指点着纸上的"过继帖"三个字给萧克等人看。萧克小声念起来："立过继帖人路秋生，我因家贫欠债，无力偿还，膝下儿多，无力养育，愿将小儿子过继给胡开洋为男，当得身价银洋五十元。胡家路家两方甘愿，并无胁迫。立此为据。"

"还说不是买，这不是卖身契吗？"萧克戳着"银洋五十元"几个字，目光横扫在灰长衫脸上，"一般过继都是宗亲兄弟之间，这个姓胡，那个姓路，根本就不是宗亲。"又低头问路家男孩，"你愿意去胡家吗？"

"不！我不愿意！我要回我自己的家！"男孩仰着泪花花的脸大叫。

"小孩子懂什么，他父母是一千个一万个愿意的！白纸黑字写着呢！"灰长衫脸都气歪了。

萧克问男孩家住哪里？男孩指着来路方向的一座山道："你看你看，樟树那儿！"

"看来，我得亲口问问小路子的父母。"萧克叠起过继帖放进自己口袋，又朝灰长衫道："走吧，这事不弄清楚你也走不了！"灰长衫牢骚满腹地直叫："倒霉了！倒霉了！天啦！这叫我怎么回去交差哦！"

樟树下有两户人家。第一户人家正在地坪里跟一头猪较劲。三个男人捉住一头大肥猪，一把掀倒，猪四脚朝天躺在地上嗷嗷号叫。另一个男人拿着特制的草鞋麻利地一只只套住猪的四蹄。穿上草鞋的猪翻身爬起，极不情愿地踢着脚跑开。战士们从未见过这种事情，一个个笑歪了腰。一问，猪是准备卖到广东去的，一路上要牵着它走几十里山路，所以穿上草鞋以防磨破猪脚。

路家是另一户木板房。大门被风雨和猫狗钻开了一条大口，活像龇牙咧嘴的鳄鱼。门开着，屋里正吵得热闹，女人哭男人叫。萧克与温小四带着灰长衫、小路子进屋，其余人在树下等候。屋里的人方才还在激烈争吵，猛然看见两位荷枪的军人带着孩子进来，全都愣住。女人泪珠子挂在腮帮。小男孩叫声娘，却不敢近前，怯怯地望着他爹。他爹路秋生，惊讶地伸出冻得发僵的手指，茫然发问："你们……怎么回来了？"

屋里的另一男子衣着体面，戴着生意人流行的大帽子，手里抓着一把银圆，见有人进来即飞速将双手插入袖管。

萧克环顾一下家徒四壁的路家，温和地点头道："老表，我们是红军，到村里来做革命工作的，顺便把你儿子送回来了。"

一听红军二字，屋里所有人都露出惊讶之色。

"你们当兵的，打你们的仗去吧，管我的家事干吗？家里欠了一屁股债，不让他去胡家，难道要我拿命抵债吗？"路秋生并不领情，气恼地背过身去，不理萧克。

温小四鄙夷地质问："你一个大男人，手不短脚不瘸，难道就靠卖儿子养家吗？"

路秋生抬起手臂，用磨得露出黑脏棉絮的衣袖揩着眼睛道："哪个

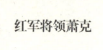

做父母的会心甘情愿卖掉自己的亲骨肉？我实在没有活路啦！你看你看！"他指指旁边那个体面男人，"全还债了。卖了儿也是没活路呀！"

萧克明白了，原来这位债主袖管里揣的银圆，正是路秋生的卖儿钱。卖妻鬻子，过去耳闻为虚，今日是眼见为实了。看着眼前这个逼着人用卖儿钱还债的体面商人，他恨不得撕下那张掩盖唯利是图本性的斯文面皮。想到身上的任务，今天筹款第一，其他且忍，便礼貌地问："这位先生贵姓，看样子是做大买卖的老板吧？"

那人赶紧将抓着银圆的手往口袋里塞，鞠躬道："不敢不敢，免贵姓张。经营一点……一点油盐。"

萧克暗自一笑，果然是个大主。在赣南一带，不管是开杂货铺，还是米行、油行、盐行、火店，都是大本钱的生意，大户人家的字号。今天来筹款，要找的正是这些人。

"张老板，你应该知道的。前年，我们朱军长率领的南昌起义部队从广东来到大庾地区，在这一带颁布过革命政策，凡是高利贷一律废除！民国十七年以前私人欠的账，规定是不要还的！我们的法律政策在你这个村应该是照执行的吧。"

"是，是，照执行的。"

萧克又问路秋生："今天你跟他清欠的是什么账？"

张老板抢话道："入冬他借了我的口粮，说好现在还的，又没粮食还，就拿钱抵了。"

路妻眼泪鼻涕涌出来，点着他男人的鼻子骂："是四年前入冬时借的口粮，年年还利息，年年还不清哟！我那没用的男人，想卖了崽来还债。"

萧克想起老家农协编的一首民谣："农民头上三把刀：税多、租重、利息高；农民眼前三条路：逃荒、讨米、坐监牢。天下农民一般苦啊，地主恶霸不除，农民怎么翻身？"他犀利的目光投向张老板："你还在放高利贷吗？"温小四则拍着手中的步枪道："营长，对这种人，我们照老规矩办吧！"

张老板吓得腿根发软，以为要办了他。"长官，我……我我……这债不要了！清了清了！废了！"说着使劲朝口袋里掏，掏出所有银圆，全数塞还给路秋生。路秋生捧着银圆，望望萧克与温小四，不敢收下。

萧克朝温小四道："照老规矩！你带一班二班马上去办！"

张老板发出猪嚎的声音，求请红军老爷开恩，他知错了，愿意接受罚款，只求不要杀头。温小四厉声道："你们公然违犯我们的法律，等于是跟革命作对，那就是反动派了。是留头还是留钱，是罚款还是查封，到你家去再算账！"

一旁的灰长衫早已面无血色。那二人一出门，他就像条抽了筋骨的鱼瘫在案板上，大气不敢出，眼巴巴地望着面前这个不怒自威的红军军官，听候发落。萧克把过继帖朝灰长衫的脸掷过去："这个东西，你要不要带回去交还胡老爷？！"

轻薄的纸片竟有子弹的威力，灰长衫被击中，脑袋一歪，人就从板凳上栽下去。他强撑着半站半蹲，捡起地上的过继帖用手一揉，左拧一把右扯一把，将碎纷纷的纸片扔在地上。旁边的小男孩小声问他娘："娘，真的不卖我了吗？这些钱真的归我们家吗？"他娘拍了儿子一把道："走！跟我泡茶给客人喝！"小男孩欢叫着跟娘走开，厨房里传来锅碗在水里跳舞唱歌的声音。

萧克起身道："我们还有要事要办，茶嘛，下次有空再来喝。路大哥，我跟你说句话，家里再穷再困难，你也要好好养大自己的儿女。相信我

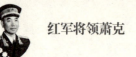

说的，不要多久，天，就要彻底变了，我们穷人很快就能自己当家做主了！"他背朝灰长衫，在路秋生眼皮下悄悄做了个刀切的手势。又对灰长衫挥手道："走，去会会你家胡老爷！"

萧克一出门，樟树下的人马唰地整队出发。路秋生忽然反应过来，紧跑一阵追上战士，将手中银圆哗啦一下倒进战士手中："这钱本来就不是我的，我不能要，交给红军充公吧！"一回身，怀中撞进自己的儿子，小家伙嚷道："你把钱给了红军，那我跟红军走！"

"你想干什么？"他爹凶他。

"你把我卖给红军了，我当红军去！"

路秋生一巴掌扇在儿子屁股上："你个兔崽子！红军缺你这个吃干饭的吗？"

笑声水浪一样荡漾开来。

一骑飞来，团部通信员送来急令，距县城十里发现敌情，赣敌李文彬与刘士毅率部追来了，命萧克火速回城迎战。队伍急速回到县城。刚走到团部门口，团长林彪朝萧克道："军部叫我们二十八团担任主攻，马上集合队伍，出城迎击！"

萧克回身往背包里掏，掏出从敌人手里缴获的赣南地区地图，欲看地形。林彪摆手道："不用了！敌人是追着我们屁股来的，这一路的地形我们都清楚，直接往来路走！"

萧克又问："要派人去打探一下敌人的情况吗？"

"还打探什么？他们既有胆量来追，我们就大胆迎嘛！来多少干多少！"

41

一场无准备的仗，其结果是显而易见的。1929年1月的大庾（今大余）之战，迎战变成了迎败。

在大庾城北的天柱峰，追击而来的赣敌李文彬部向城外警戒的红二十八团发起猛烈进攻。红军部队冲锋数次，都被强敌压回。二十八团党代表何挺颖身负重伤，被抬下火线。部队撤退路上，迎面碰见毛泽东与陈毅军部机关人员冲过来，林彪报告道："敌人太猛了，压不住了！"

毛泽东怒对林彪："你不能撤！你是主力，你撤了谁来挡敌人？"

林彪面有难色："部队已经退下来了……"

"退下来了也要拉回去！"

陈毅也愤然道："你们打主力，就要坚决顶住敌人！拖住敌人，才能争取时间让后面的同志集合起来！"

林彪似有所悟，决然地带着队伍重新杀回去。营长萧克指挥二营一次次向天柱山上的敌人发起冲锋，又一次次被强敌逼退，阵地始终夺不下来。此时，红三十一团从县城附近赶过来，一块投入战斗。打到傍晚，已是天昏地暗，不少将士尽忠于此。

二十八团渐渐不支，一些战士慌了神，没头没脑地在阵地上来回乱跑。萧克寻找团部，团部不知去向。又寻找军部，军部也不知在何方。要撤也不能乱！萧克记住上次"八月失败"的教训与经验，大声疾呼："二营保持建制！保持队形！不准乱插队！其他营的人员，跟在二营后面走！"听他这么一喊，几位干部便在队伍中拉人，把本营的人拉进队列，把别营的人拉出队伍。如此，二营在混乱中重新恢复建制，在萧克的指挥下有序撤退，避免了自伤自乱。

撤了一段路，萧克停下来观察局势，一心想找团部。走走停停，打打退退，整夜没有消停。第二天天亮时分，终于见到了林彪率领的团部。二十八团全部人马撤出大庾，往梅岭方向走。行军的队伍里有几副担架，其中一副，抬着身负重伤的何挺颖。

　　一路上不停地遇敌，且战且退。敌人像苍蝇一样紧盯不舍，红四军根本无法在市镇上落脚，只能在农村进行"打圈子"的游击战，折向"三南"地区（全南、龙南、定南），再转战安远、寻乌。

　　一日，部队走到赣粤边界的九连山，敌人从后面追来。担任全军后卫的正是萧克率领的二营。来敌是谁，萧克完全不知，更不知敌人兵力强弱。打，还是避？萧克一盘算，追击红四军的敌人有多股，既然红四军自己都不知道自己要撤向哪儿，敌人就更不可能预知我去向。追上来的这股敌人，打的也就是遭遇战。既是遭遇战，敌人势必没弄清楚我方部队的来历与兵力。记得曾经读过的一本兵书讲到，假如不期然遭遇敌人，在双方都不明对方情况之时，宜先发制人，以"争取先机之利"。他拿定主意，马上打！有选择性地打，只打他前卫！

　　萧克指挥全营力量迎着敌人冲锋。时机正好，敌人的先头部队是一个连，兵力不多。这是广东军阀王应榆的部队，他们原以为红军下山后一路被追，处处被动挨打，这次遭遇，红军肯定会避之不及，没想到红军居然回头反击，倒把敌人吓蒙了，连连后退。遭遇战速战速决。二营缴获了敌人一些枪支，抓了几个俘虏，一问情况，敌人大部队就在后面。战士们还想乘胜追击，萧克及时叫停。战士们不解。萧克道，不可恋战！敌人大部队很快会赶到，我们这几十个人是对付不了的，赶上主力要紧！于是，部队见好就收，马上撤退去追赶红军主力。

　　当晚，红四军宿在九连山脉的一个村子里。连日来马不停蹄地行军打仗，将士们十分劳累，早早睡下。半夜时分，萧克被人叫醒。一个年轻的地方党员，急匆匆地从四五里外的村庄跑来报信说，敌人天黑后到了他们村，距此只有四五公里，很可能拂晓就会来袭击红军。萧克马上向团部报告，团部即向军部报告。不多时，集合的号音响在黑夜里，全军迅速转移。

42

继续游击，继续撤退。

到达寻乌县吉潭乡圳下村是 1929 年 2 月 1 日。晚上 10 点前，部队陆续驻扎下来。按照中共寻乌县委书记古柏的建议，暂休一晚，明晨前往大山深处的项山甑腹地——罗福嶂。那儿适合大部队安心休整。

寻乌，江西东南部的偏僻小县。这是江西、福建、广东三省交界之地。项山甑是寻乌境内最高的山，一脚踏三省，群山如尖尖斗笠、朵朵莲花，密密丛丛簇拥苍穹。山脚的圳下村，民房散落于平缓的山冈，两山相夹的田塅平原盖着一层冰雪，恍若白茫茫的海洋。

部队分成三个区域驻扎在村中。

担任后卫的二十八团宿在圳下村大营岗。这是一条山坡。从名字揣测，此地古时或是军营。民房如同晒得半干的蘑菇趴在树丛中。

田塅中有一条小河，由东向西穿过田野。小河南面是山，北面住着十多户人家，按家族聚住在客家人独有的方形围屋。最大的围屋叫恭安围，为刘氏宗祠，24 间屋组成的外围，拱卫着中堂中厅。围屋形如碉堡，内部宽敞，防卫严实，可容上千人。红四军一来，当地百姓还没分清是什么部队，便带着粮食跑进了项山甑。兵荒马乱的年代，村民们已成惊弓之鸟。空荡荡的围屋兀自开门纳客迎进了红军，成为军部所在地。朱德与结婚不到一年的妻子伍若兰住进了恭安围。

放下行军包，伍若兰随即掏出一双即将完工的新布鞋，穿针纳线。行军途中要么住在老百姓的屋檐下，要么住在树林山洞，根本做不了细活，今晚难得住进真正的屋子，她得赶紧把这双布鞋做好。朱德脚上的布鞋已经磨穿了洞。

朱德忙着发出军部的命令：明天凌晨，三十一团走前卫，三点钟出发；军部、前委直属部队四点半出发，二十八团走后卫，天亮出发。

恭安围西边的文昌阁，成了红四军司令部、政治部驻地。文昌阁是这一带有名的私塾书院，原名叫刘氏书院。这个斯文之地，平时书生秀才出入，今天，书生出身的毛泽东佩着匣子枪，与贺子珍一同走进来。贺子珍站在文昌阁前确认了一下自己的住所，便转身去找前委妇女部主任曾志商量明早出发的要事。在这支2000多人的红军中，有20多名年轻女性。

担任前卫的三十一团，驻扎在恭安围的东边，与担任后卫的二十八团隔着四五里的距离。

安顿下来后，大家沉沉睡去。自从走下井冈山，敌李文彬、刘士毅部一直尾随追击，红军人困马乏，连日来的疲倦死死将人往睡梦里拖。根据昨天侦察员的报告，尾追而来的刘士毅部估计会在明天赶到，这一个晚上的间隙，正好睡觉。

翌日凌晨四时，前卫三十一团按原计划出发，开往项山甑。接着，军部机关开早饭，一部分人还没起床。一切似乎平安无事。

突然，一阵枪啸，刺破晨雾下的安宁。睡梦中的红军还以为是村里老百姓在燃放过年鞭炮，仍不舍得睁眼。

驻扎着军部核心人物的恭安围、文昌阁，转瞬之间被一团团人影包围。

文昌阁里的毛泽东被枪声惊醒，他机敏地拔出手枪，叫醒贺子珍。贺子珍翻身下床，第一个反应是冲向墙角，抓起一个大纸包。那里面可是部队的机要文件。三四名警卫人员大呼："快跑！敌人来了！"前门已被敌人的枪弹堵住，警卫班掩护着毛贺二人从后门冲出。横过后门口一条小溪，就是山林。大山宽阔的怀抱迅疾将危难中的人掩住。毛泽东与贺子珍侥幸脱险。

恭安围四周围满了荷枪实弹的敌人。一条冲锋枪冲开一条血路，里面跑出十来个人，领头的正是朱德。两个女子紧随其后，一个是他妻子伍若兰，另一个是曾志。警卫排护卫左右。有冲锋枪开路，人是出来了，而危险却是一条穷追不舍的蛇。队伍不一会就被敌人打散，数名战士先后喋血田野。朱德身边只剩下五名冲锋枪手，伍若兰与曾志也远远落在后头。追敌发现这边有冲锋枪，认定必有大官在这里，遂猛追过来。眼看就要追上，一战士大叫："军长，快把大衣脱掉！目标太大了！"

朱德犹豫着。这件黄呢子大衣是去年从敌人那儿缴获的，陪伴他在井冈山度过了一个寒冬。山上没有棉被，只有一条夹绒毯，如果没有这件大衣盖在身上，他朱德说不定早就冻伤甚至冻死在山上。在他心里，大衣是自己的亲密战友，不到最后关头他绝不肯抛弃它。他心生一计，把衣袋里的几十块大洋掏出来，左边丢一块，右边丢一块。果然，敌人在后面争着抢钱。仍然有几个想捉红军军官去领大赏的拼命追上来。长大衣缠裹着朱德的腿脚，使他无法迈开大步。战士急得大叫："军长，快丢掉大衣！"眼见保得了大衣保不了命，朱德才忍痛脱下大衣，扔在身后。

他腰间拴着一双布鞋，是行军路上妻子给他做的，昨晚才缝完最后一针。从恭安围突围时，他一把将鞋子扎进腰间。在布鞋扑扑打打的声音里，朱德快步冲向山头。天色尚未彻明，追击朱德的敌人不见了大衣，一下失去了目标。朱德脱险了。

一直紧盯着朱德的黄呢子大衣奔跑的伍若兰，跑着跑着，突然，黄大衣不见了，机枪声停了，最熟悉最安全的目标不见了！她猛然坠入迷茫恐惧。穿行枪林弹雨多年，她从未为自己的生命安危担心过，但现在不同，她的身上，怀着与革命伴侣朱德的爱情结晶。四个月的身孕使她脚步越来越沉，捧着腹部，她大喘着命令自己坚持到底，又默叫着孩子别怕！跟着妈妈快跑啊！爸爸一定在前面树林子里等我们！

一阵狂奔，越过结冰的水田，山林已然不远。不料，一道高过人头的土坡横在面前。她看见曾志抓住一根树枝，双脚一跃，羚羊般敏捷地爬过土坡，随后消失在山林中。她也一口气冲过去，眼看就要爬上坡，一颗邪恶的子弹飞来，在她腿上狠咬一口，她跌落下来。土坡顿时变成不可逾越的天堑。追到近前的敌人发现她军帽下露出齐耳短发，大叫："有女红军，抓活的！"她用力撑起身子，背靠土坡，掏出腰间短枪，向来敌瞄准。呼！应声倒下一个。呼呼！倒下两个。

伍若兰的枪法在女兵中数一数二。在湖南耒阳打土豪时，她经常随身带着两支枪，有"双枪女侠"的美名。在井冈山担任红四军政治宣传队队长时，有一次，她和两个女兵在村子里刷标语，遭遇敌人偷袭，伍若兰双手举枪，左右开弓，一下打死四个敌人，吓得敌人落荒而逃。跟朱德结婚后，战士们都说她是朱德的贴身保镖。这会儿，她明白自己是跑不脱了，但枪还能使，今天我和孩子就在这里给孩子他爹、给战友们打个掩护吧！

身上的重伤使她体力渐乏，她挪动身子，趴在地上，用腹部支撑身体继续举枪射击。血，一滴一滴淌在地上，汇成细小的红河，寒气顺着血色小河向身体侵袭，她打了一个寒噤，神智有些恍惚。

一个大块头敌人从背后扑上来，将她按住，夺下她的枪。她死死抱住敌人，拼命抢夺武器。敌人举枪朝她头顶狠砸，伍若兰头上血流如注。

伍若兰被俘了，当日被押往寻乌县城接受审讯。

43

寻乌突围时刻。

枪响时，军部首长陈毅正在吃早饭。他丢下饭碗，披着大衣往外走。一个敌人冲进门来，揪住陈毅的衣领。陈毅奋力将大衣一甩，大衣不偏不倚正罩在来敌脑袋上。陈毅趁机脱身，与谭震林等人从前门夺路而出。

宣传科科长毛泽覃在水田中奔跑，被一颗子弹击中。他脚步不停，忍痛冲上山。

激烈的枪声传到项山甑，刚刚进入深山腹地的前卫三十一团感觉情势不妙，赶紧掉头回来接应部队。

担任后卫的二十八团，也是在毫无觉察中遭到敌人袭击的。团长林彪想把队伍集合起来，却发现自己的部队已被拦腰割成两个部分。他朝军部方向一望，看见军部四周全是敌人，遂大呼："一营、三营，快去保护军部！其余的，跟我撤！"

二十八团一营与三营奉命还击敌人，同时向军部方向冲过去，打散了一批袭击军部的敌人。四周的敌人气恼了，纷纷朝他们围来。眼看情势不妙，两个营赶紧冲出重围，追着二十八团主力向河边撤去。撤退中，一排排子弹追在后面，抬着何挺颖的担架员中弹倒地，何挺颖当场牺牲。

林彪带着部队一口气跑了十多里，跨过一条河，枪声渐远，敌人是甩脱了，军部机关也看不见了。就刚才一下子，二十八团就损失几十人。林彪举起望远镜，看见有人向河边冲过来，后面追兵跟了一群，他判断那是自己人在突围，即向传令兵道："叫萧克来！"萧克跑过去，肩上一枝长枪，腰间一把手枪卡在瘦得只剩骨架的腰上。

林彪道："交给你一个任务！"

萧克挺直身子响亮回答："是！"随即望着林彪，等待明确指示。林彪望望河对岸，又望望自己的部队，迟迟没有下文。萧克急得心里头长出无数只脚，全身都要跳起来。

"你马上，带……两个连去。在河岸上阻击敌人，掩护军部突围。差不多了，就到项山甑会合。"

林彪率主力旋即开往项山甑。萧克带着20多个战士冲回河岸，抢在敌人之前占领了有利位置。

此时的萧克，心里有些愧疚。二十八团担任后卫警戒任务，危急之下主力先撤出来了，固然是为了保存实力，但终究是没有履行好护卫军部的任务。毛委员和朱军长他们可能还在危难之中！但愿现在还来得及补救。

远处，横田过水冲过来几个人，后面追着一队人马。萧克命一个连守住河岸，自己则带了另一个连借着半人高的田埂作掩护，冲过去截住敌人。敌人被打得掉头逃跑。守在岸边的战士赶紧把突围的人接过来。果然是军部机关的人。一问，军部首长们各自突围，不知情况如何。

萧克命令："军部还没有全部突围，我们必须守住河边，不让敌人靠近！更不能让敌人过河追击我们的人！"

又有三个人向河边跑来。萧克命一挺机关枪架在高高的田埂上，盯住突围者后面的一大群敌人。突围的三人惊慌中以为守在河边的也是敌人，眼看前后夹击，便不择深浅地跳进河里。河水虽浅，河岸却高，跳进河的人想顺水游走。岸上的战士们急得要命，大呼："我们是二十八团，来掩护你们的！"有人脱下衣服，将衣服当绳子丢下去牵拉。衣服够不着下面的人，又找来一根枯树，这才将河里的人拉上岸。获救的也是军部机关的人。军部首长们呢？可能还在后面。继续掩护！

萧克带着两个连在河边坚守了两个多小时，打退了敌人的一次次扑击，掩护军部的几批人过了河。远望田野无人，枪声已稀，萧克判断，军部能突围的应该都已突围，没突围出来的，靠自己这点兵力也不能贸然行动，还是先与大部队会合吧。

追着大部队的方向撤退转移。一路上又有两次遇敌，好在敌兵也是散兵，不太费力就收拾干净。

跑进项山甑，来到一个叫圣公堂的村庄，一条令人沮丧的消息在等着大家：军长失散了！毛委员不见了！担忧焦虑的情绪一下扩散开来。天，好像就要塌下来。没有了军长，没有了毛委员，方向在哪里？仗还怎么打下去？

打散的部队渐次集结山中。等啊，等。只有等。等，心里头是迷雾，不等，前路是更大的迷雾。

下午4点，朱德的身影终于出现，回来的还有特务排和两名负伤的机枪手。部队一片欢腾，这下好了。萧克冲上去紧紧握住军长的手。

一见萧克，朱德问："毛委员呢？"

萧克面露惭愧："毛委员……可能还没突围出来。"其他战士回答道，毛委员可能走另一条路上山了，毛委员应该不会有事的。

朱德可不买账，他挥手令道："马上叫三十一团派一个营，打回山下，把毛委员接回来！"

一队人马领命而去。朱德猛然想到妻子伍若兰。随队妇女组的人员，贺子珍突围出来了，曾志突围出来了，康克清突围出来了，独独不见伍若兰。朱德心头一沉，坏了，紧急中只顾还击敌人，也不知道什么时候落下了若兰，若兰难道没跑出来？

不待命令，几个战士自愿请命下山去找伍若兰。

暮色中的莽莽大山，如同一位孤独的老人，沉郁而哀伤地坐在黑暗里。朱德在口袋里摸烟，口袋空空如也，他伸手扯下一片树叶含在口里嚼着。

萧克坐在一棵树下，盯着怀表不停地看。他想起一段往事。去年春天，红军将士们在井冈山上编过不少打油诗来戏说朱德与伍若兰这一对革命伉俪。因为朱德留着胡子，伍若兰脸上长着麻子，就有这样一段顺口溜："麻子胡子成一对，麻麻胡胡一头睡，唯有英雄配英雄，各当各的总指挥。"大家多么希望，这对患难夫妻能够顺顺利利地白头到老。

一个小时后，派下山去接应毛委员的人回来了，找回了两位战士，却没有见到毛委员的影子。也不见伍若兰。

朱德将队伍集合起来，叫大家打起精神朝山中前进。他自己心里暗沉沉的，明知若兰凶多吉少，还是抱着一线希望，希望若兰能逃过此劫。走着走着他就侧耳细听，感觉若兰在叫他。真希望前面树林里忽然钻出一个人影，黑里透红的麻子脸朝他一笑，"我回来了！"

44

罗福嶂是一个四面环山的小村庄，二三十户人家聚居在深山之中的狭小盆地。进入村口的山路居高临下。从山脚仰望，只见群山不见村，山上荒无人烟。而从山头俯视，盆地平原一览无遗，人马动静尽在眼底。

古柏的建议没错，此处是易守难攻之地，便于部队安营扎寨。

是夜驻扎罗福嶂。一夜过去，毛委员仍然没有回来。

士气低到极点。这一仗牺牲了100多名战友，弹药全部打尽，部队已经断粮，山中天气恶寒，伤病员剧增。

次日上午，萧克在扎营的百姓家中洗衣服，温小四喜气洋洋地跑过来："报告营长，好消息！毛委员回来了！"萧克丢下衣服跑出门，看见战士们的脸上已被春风荡涤过，纷纷传递着同一条消息：毛委员回来了！

萧克跟着大喊："毛委员回来了，太好了！太好了！这下，罗福嶂真是我们的福地了！"

温小四却又面露暗色，朝萧克耳语道："还有一个不好的消息……我们军长的妻子，伍若兰同志，被敌人抓走了！"

萧克问："消息准确吗？"

"我也不敢相信。刚才听特务排的人说，朱军长拿着一双布鞋走进树林子，哭得肠子都要断了！"萧克着急道："那得赶快去营救呀！"

温小四摇头道："有人请示朱军长下山去营救，朱军长说，现在不是时候，先安顿好部队再说。"

大家原以为，罗福嶂是一道安全的大屏障，能让部队好好休整一段时间。到了才知道，村里只有几户大户人家可以充点军粮，供部队休整两三天还过得去，却不是久留之地。粮食成问题，更糟糕的是，敌人怎么会让红四军在这里安享太平呢！

毛泽东一回来，前委就在村中一座老祠堂改成的乡公所抓紧开会，研究下一步行动，并对部队进行整编。毛泽东、朱德、陈毅、粟裕、罗荣桓、朱云卿、林彪、谭震林等人都参加了这次会议。

乡公所周围布满岗哨,萧克的二营安排在最外围。无数次护卫军部,警戒会议,有的会议一开三四天,甚至十天半个月,萧克从不敢掉以轻心。会议,在他心里就是部队搏动的心脏,只有心脏正常搏动,部队的肌体才能血脉畅通,维持活力。今天的会议尤为特别,部队走下井冈山以来,一直在饥寒交迫与迷惘中摸索,今后何去何从,就靠前委的智慧与决心了。虽然看不见乡公所的大门,听不到屋里的任何动静,萧克的心却紧贴着那厚重的墙壁与高挺的大门。

乡公所里热气腾腾。屋子中间烧了一大堆木柴,炭火熊熊,青烟被漏进屋的风吹动,一会儿扑向这边,一会儿冲向那边,熏得屋里的人不住擦眼睛。身上渐渐暖和起来,严峻的脸色也放松了。有人从老百姓家里弄了点黄酒,想烧热来喝,却找不到合适的器物。朱德就把他随身携带的搪瓷茶缸拿出来,斟满酒后架在火堆上烧,烧滚了,大家你一口我一口地轮流喝。几只被烟火熏黑的烤红薯吃得大家嘴上脸上全是烟灰,活像化妆演戏。有人笑得被烟呛住,半天顺不过气来。有人边开会边在身上摸虱子,摸到后就往火里丢,火里不断发出细小清脆的啪啪声。

一个个重大决定就在火堆边问世。为适应当前紧张情况,精简指挥机构,军委暂时停止办公,由前委直接领导红军。部队不再称团,分成三个纵队,以迷惑敌人。毛泽东、朱德、林彪各带一支纵队分头行动,到一个叫东固的地方去会合。约定万一失败,则化名分头潜往上海。

虽知前路多艰险,每个人心里都亮堂堂的,今天终于有了一盏指路明灯:去东固!

整编之后的第一纵队由林彪担任纵队长,陈毅任纵队党代表。这个纵队由四个支队组成,原属二十八团的三个营分别改成第一、第二、第三支队,特务营为第四支队。原二营营长萧克任第二支队支队长,与党代表胡世俭搭档。萧胡二人是湘南老乡，早有接触。萧克在宜章碛石组织暴动时，胡世俭担任中共宜章县委书记。正是胡世俭争取了"五少爷"胡少海的配合，朱德陈毅部队开进宜章才那么顺利。后来上了井冈山，二人又在宣传工作中有过共事经历。接到整编的任命，两个战友紧紧相握。

黄昏，会议还在进行，争论要不要停止军委权力的问题。两条黑影匆匆穿越山林爬上罗福嶂，担任警卫的二十八团二营战士一发现动静就悄悄围上去，捉到两个农民打扮的人。一盘问，是敌人派来的探子，而且是今天与红军交过手的敌兵。押到萧克面前，萧克审问老半天，两个探子死活不肯说出山下刘士毅部的具体行动计划。请示团部怎么处置这两个俘虏，要不要关起来慢慢审问。团部首长回答："大敌当前，哪有闲心关押这两个废物？让他们即刻见阎王去！"

深夜，会议还在开，商量去东固的细节。放哨的战士又捉住两个摸进山来的人，差点动枪。萧克闻讯冲过去，火把照见一张似曾相识的脸，来人竟是中共寻乌县委书记古柏的通信员与县委的另一名干部。通信员说："快！古书记派我们来，有要紧事报告毛委员和朱军长。"萧克当即把人带进屋去。

县委的同志带来了一个至关重要的情报，国民党军队正在集结力量，向罗福嶂包围过来，妄图一举围歼红四军。

时间紧急，一道命令即刻传达到人：明天凌晨4点出发，路上任何人不准掉队！不准打手电筒！不准带有响声的东西！不准说话！不准咳嗽！

1929年2月4日拂晓，部队在呼呼狂叫的寒风中悄悄出发，雪地上，一行脚印沿着崎岖山路伸向远山。翻越罗福嶂的莲花寨，朱德抚摸着拴

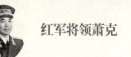

在腰间的新布鞋，回望山下，心里念叨着：若兰，你要挺住啊！我一定想办法救你！

温小四问萧克："营长，你去过东固吗？那是什么好地方？"

"没去过。听说，东固有个李文林，他创建的革命根据地，群众基础好得不得了！"

"好呀，到了东固，我先睡它几天！"

萧克道："你只想到睡觉！听说东固离井冈山很近，有机会我们还得打回井冈山，恢复我们的老根据地！"

第十一章
为荣誉而战

45

1929 年春节前的宁都城。

小巷深处藏着一排灰扑扑的棚房，住了些做小生意、当小职员的普通人家。门前横着的地沟散发阵阵腥臭。一间小屋门口摆着缝纫机，门框上贴着对联，红纸被雨水刷褪了色，字迹却还清楚："金针堪度世，玉尺待量才。"

店里的老裁缝正跟两个客人结账，为了一笔钱争执不下。温香玲从里屋走出来，头上包一条绿头巾，朝老裁缝道："姑妈，我到同学家去玩一下。"姑妈不悦："你还有空去玩？年关就要到了，鸡鸭还没杀，你赶快烧一锅水。""我打个转就回来。"话音未落，人已出门。

店里的客人望着温香玲的背影道："时势乱得很，三天两头打仗，大姑娘家早点嫁出去好。"老裁缝应道："是咧，已经定在正月初二订婚。"

温香玲一出门就朝城外狂奔。找同学只是个借口，她是离家出走，逃婚，去瑞金。

决定是前些天才做出的。近日宁都疯传消息，南面在打仗，快打到瑞金了！瑞金与宁都相距仅六七十公里，如果真打到瑞金，宁都也太平不了。别人被这消息搅得心神不宁，温香玲却心下暗喜。她猜想，瑞金来的部队，说不定就是哥哥和萧大哥他们。一个疯狂的想法咕咚一下冒出来，打着漩涡，把她整个心思都卷了进去。如果顺着打仗的方向走，就有可能找到他们。这次要是找到了哥哥，说什么她也要跟部队走，再不能像两年前那样错失机会。这一次是非走不可了。一个月前，姑妈就忙着张罗温香玲正月初二订婚的大事，对象是叔公钟表维修店的新伙计。她见过那伙计两次，是个小胖子，每次交谈，他满口说的是自己的赚钱计划。她故意问："假如要你去革命，你去不去？"小胖子的脸色立刻像放光了血的猪皮一样惨白，压低声音道："砍头要命的事，你一个女孩子胡说什么？干什么革命，还是赚钱养家最踏实。"温香玲当即看轻了他。别说现在不想嫁人，将来真要嫁人，也不是跟这个眼睛只盯着钱财的人，而是像哥哥、像萧大哥那样有志向的堂堂男子汉。

前年冬天，哥哥温小四从广东只身跑回来，几乎不愿对外人提起他的经历，却经常跟香玲提起一个人：萧克忠，他的连长，从此她脑中刻进了一个清晰的军人形象：他喜欢吟诗作词，他会唱很多山歌，他爱兵如兄弟，他勇猛过人、足智多谋。温小四在家只待了几个月，就去湖南寻找他的连长他的部队了，当时她也想跟哥哥走，却没敢开口。

这一次，无论如何她都不能待在家里等命运来捉拿。

结冰的路上走着一波一波的逃荒者。一家家、一村村的，都背着家什牵着牛抱着鸡朝宁都方向走。宁都、瑞金，一北一南，温香玲是逆着人流朝南走，稍不注意就被逃荒的人群裹着往回退。为免家里来找，走了十多里路才敢搭乘汽车。搭一程又下车走。一路打听哪里在打仗，谁跟谁在打，有说是国民党与国民党打，有说是国民党与地主武装打，还有的说是红军与土匪打，谁也说不清。她根本不清楚哥哥现在在什么部队。

正月初一。温香玲来到距离瑞金县城十多公里处的一个小镇。镇上家家门窗紧闭，了无年味，连个问路的人都难找。想继续往南，车船全部不通。听人说，现在瑞金城里城外全是兵，在大柏地打起来了！

46

大柏地是瑞金与宁都交界地的一个村庄，距离瑞金城30公里。出村唯一的路，是一条形如口袋的山沟。硝烟代替鞭炮，在大柏地的寒冬里迎接新年。

大年之日，红四军从寻乌到达瑞金东，正月初一进入大柏地，饥肠辘辘地在山沟里熬过了一个黑灯瞎火的新年之夜。村子已空，人跑光了，几乎家家闭门，户户清壁。疲乏的战士在屋檐下冻得上牙切下牙。走出井冈山一个来月，天天餐寒风，披冰雪，还被敌人追得屁股都坐不稳。现在敌刘士毅部已追到山沟边。下午，萧克与胡世俭率第二支队在通往大柏地山沟四五里远的来路上阻击，敌军怕中埋伏，没敢轻易前进。天黑下来，敌人停止进击，萧克才率部退回大柏地营地。

饿着肚子，抱着寒冻，憋着对追敌的痛愤，对前景的担忧怀疑，士气如同悬挂屋檐下的冰凌，节节下降。就着雪光，萧克清点完人数，就在屋檐下搓手呵气。身边议论纷纷。

"这样等着饿死，冻死，还不如跟他们拼死算了！"

"是啊，干吗一天到晚当炮灰被敌人轰来轰去？干脆，我们冲出去打一仗，谁死谁活，听天由命！"

"再不打就是无能！是缩头乌龟！"

一个战士冲到萧克面前请命："支队长，你带头吧，我们今晚就冲出去！"

萧克心中烧着同样一把火。是的，再不打，人都要憋死了！战士

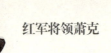

们说得对，不能这样坐等挨揍的命运，必须有所作为。当即去找第一支队的支队长胡少海。胡少海正有此念，二人一拍即合。走！请战去！

正商量是先找团部还是军部，恰巧军部通信员来送信，通知营以上干部都到军部去开会。萧、胡二人预感到有事，直奔军部。

原来军部早有考虑。会议决定：明天，我军要与敌刘士毅部决一死战！前委书记毛泽东还特别指示：为了让部队有足够体力打好这场山地肉搏战，今天可以动用群众家的粮食，好好吃一顿，但必须留下借条，保证日后偿还。

大柏地顿时腾升出过年气息。柴火烧旺了，腊肉香得人流涎，辣椒辣出滚滚热汗。饭桌上，趁着士气上升，萧克抓住时机向战士们作战前动员，他慷慨陈词道："同志们，不要看敌人那么嚣张，现在形势对我们非常有利！刘士毅是什么人？大家还记得遂川一仗吗？他在我们红四军面前是吃过败仗的。这个家伙是个蚂蚱，只会蹦跶两下，冲起来吓人，却打不了持久战！这一次，他一支部队孤军深入，没有外援响应，只要他敢进大柏地，我们就来个瓮中捉鳖！同志们，打这一仗有信心吗？"

"有！"

"好！我们下山以来，一直被刘士毅这个家伙追着屁股打，那么多弟兄被他们夺走了生命。今天，是血债血还的时候了！我用这杯热茶代酒，为我们每一个不怕死的战友壮行！"

瓷碗相碰，奏出清脆的乐音。

吃得饱饱的，劲也鼓足了，红军各部趁夜进入预定阵地，唯有第一纵队二支队萧克的部队留在大柏地按兵不动。战士们开始抱怨，别人都上阵地了，为什么把我们留在屋里看戏？几位连长来请命，萧克胸有成竹道："不急！谁说我们是看戏的？军部命令我们作为总预备队，听候朱德军长亲自指挥！"一听是朱军长亲自指挥，大家乐了，直接听朱军长调遣，那还有什么说的！

1929 年 2 月 11 日，正月初二。蒙蒙细雨送来了拂晓。埋伏在林间的红军战士冻了一夜，年夜饭的热量难抵彻夜高寒。战士们紧咬牙关，靠着玉树琼枝紧盯山谷动静。

终于，雨里出现大队人马，嚓嚓嚓，朝着大柏地急速行进。敌人来袭了！他们以为，此时的红四军，一定在疲惫不堪地睡大觉。大柏地以南的山谷口走着几个老百姓，有挑担的，有背麻袋的。敌人紧追上去，那些人立即掉头回跑，转眼跑进山中不见了。敌人并未生疑，行军中吓跑几个过路的老百姓，这是常事。继续前进！走在前面的敌兵刚拐入山谷，便发现异情。山谷之中竟然走过来一支部队！远望有一两百人，几杆红旗飘飞在灰色雨空。敌指挥官狂喜不已，拔枪一指："共军就在前面！弟兄们，追！"

敌人迎头追过去，对方立即正面阻击。两军在山谷之中来了一场火热的新年见面。没打多久，红军那边好似不支，打着打着就往后退。狂傲的敌兵穷追不舍。

此时，西侧山上风摇树动，一支部队正顺着敌人的屁股方向迅疾移动。胡少海率领一支队迂回到敌人后侧，以期截断敌人退路。

刚才在山谷作正面佯攻的部队，是第一纵队三、四支队。他们边打边退，轮番上阵掩护，故意将一些原本不好使的枪支与伙食挑子扔在地上，假装败兵溃逃，把敌人一步步引入了伏击圈。

狂妄的敌人不知中计，所有兵力全部扎入我军布设的大口袋，梦想着红四军的命数就在今日。

上午 9 时，我军前后左右兵力全部到位，扎住了袋口。信号枪一响，

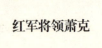

各路红军向着山谷发起进攻。敌人被四面枪声和喊杀声吓慌了神，方知中计，急忙后退想逃出山谷。然而，后面的退路也被火力封住。

"我们被包围了！"敌军官绝望地呼喊，指挥部队就地火拼，企图以自己数倍于红军的兵力与充足的枪弹来抗衡。他们知道，经过长期游击，红军的枪弹已是极为有限。如果原地拼火力，红军一定拼不了多久。而且红军兵力不足，既没有游击队接应，也没有当地群众助战。生死一搏，胜负难料。

果然，四面围攻的火力渐渐弱下来。敌军官哈哈狂笑，指挥部队继续向大柏地深处进击。一场肉搏战无可避免。冲下山来的红军打完了子弹，手里拿握的是刺刀、石块和枪托。山谷里血雨飞溅，石头与木棒绽放出鲜艳的血花。一场激战后，敌人退到山谷一角，我军也暂停进击，局面一时僵持。

时近正午。含冰带雪的冻雨越下越大。山林里，一位重伤的小战士张口大喘，不肯闭上眼睛。一腹部受伤的战士脱下衣服扎住腰部，用衣袖擦着刺刀上的血。好几个人忙着在地上挑选尖锐的石头。有个老兵砍下一根竹子，削尖竹竿当作刺刀，他手中已没有其他任何武器。毛泽东手中握着一根粗短的木棍，警卫员递给他一根更长的，他摆手道："这个更有力！"

忽然，半山腰里冲出一支红军队伍。敌人仓促应战，以为还是刚才打光了子弹只有刺刀石头的那一支，却不料枪声震天，猛烈的火力直扫敌阵。红军从哪里搬来了援兵？

这哪是援兵，正是朱德军长亲自指挥的总预备队。关键时刻，第二支队支队长萧克带领三个连队同时冲击敌左翼，打破僵局。山上各路红军立即响应，再次冲下山来。

萧克跑得快，一下冲到队伍前头，扔出一颗手榴弹，开出一片火花。温小四紧跟其后，也扔出一颗。敌人不及抵抗，拖枪逃窜，混乱中分成了数堆，蜂群似地在山谷中滚过来滚过去。我军总预备队上阵肉搏。萧克块头不大，但身手灵活，一会举枪射击，一会挥起枪托猛砸。200多个敌兵被萧克部队团团包围，缴枪受俘。

此时，迂回敌后的一支队由胡少海率领着俯冲下来，包围了退缩中的另一股敌人。拳打脚踢，头撞手拧，冲天气势吓住了敌人。200多个敌人束手就擒。三纵队的勇猛也发挥到极致，将退守一隅的又一股敌人一举击溃。

胜利了！红四军胜利了！大柏地一片欢腾。这是红四军下山以来打下的第一场胜仗。这一仗，第一次彻底摆脱了屁股后面的追兵。长久以来郁积在战士们胸中的闷气一扫而光，红军不可战胜的荣誉又回来了！

萧克指挥一部分人收缴枪支，一部分人押送俘虏。"太快了，太快了！"温小四一边收缴枪支一边大叫，"我还没打够，他们就举手了！"

战士们第一次觉得，枪支太多了，多得拿不动，背不完。这一仗击溃了刘士毅部第十五旅两个团，俘敌800多人，缴枪800多支，还有六挺水旱机关枪。另有一些九响铳，性能差。萧克命令司务长："把这些性能不好的枪支砸烂，再不好用的枪也不能丢给敌人！"

回到村中营地。萧克发现，民房的外墙上有一些褪色的白色标语，字迹依稀可辨："万户欠我钱，千户不管闲，百户跟我走，月月八块钱。愿来的跟我去，不来的在家就种田。""打土豪分田地！""打倒土豪劣绅！"显然，这些标语，是1927年秋天南昌起义部队南征途中写下的，部队在此地做过群众工作，或打过土豪，打下了一定的群众基础，可惜这次

没来得及提前做宣传，不然群众不会跑光。

他叫温小四烧了一壶开水，自己则找出几个饭碗，倒满几碗热腾腾的茶水，摆放在门口地上。温小四奇怪地看着支队长，不明白他到底要干什么。萧克双手抱拳，眼望大柏地青山，心中默念了一串名字，一碗一碗将茶水泼洒在地。

胡世俭啊，我的好兄弟！我没有保护好你！昨天阻击时你受了重伤，我叫人把你藏在林子里暂避枪火，天黑时撤退，却找不到你了。今天打完仗才在山里找到你，哪知道你已经先走了。是我失职，对不住你！这么冷的天，没有酒敬你，就请你喝一杯热茶。你安心上路吧，早日魂归故里，回到你的郴州老家！

彭葵啊，我的老战友！自从碛石相识，我们一起参加湘南起义，同上井冈山，生死患难到今天。我在桂东遇险，是你救我一命。救命之恩还没报答，你却走了！今日分别，没有别的敬你，只有一杯热茶。安息吧！将来我回宜章，再好好祭奠你！

李见林，我们的好连长！记得你是湖北汉川人。王宝元，副连长，你是北方来的好兄弟。你二位跟着我出生入死，并肩战斗，今日不幸血洒青山，我代战友们敬你们一杯热茶，愿你们魂安大地，光照后人！

祭完热茶，收碗进屋，萧克从随带的小本上撕下一张纸，写下借条放在灶台上。

"乡亲：今日红军借宿你家，借粮打仗，动用你家大米十斤，茶叶五两，今后定当寻找机会，据此偿还。红一纵队第二支队。"

47

1929 年 2 月 12 日，农历正月初三。

凌晨，瑞金城里脚步杂沓，车笛尖锐。喧哗声惊醒了客栈里的温香玲，她掀开窗帘一看，街头一团团人影拖着枪支弹药慌慌张张地跑来跑去，一副败逃的样子。这两日在城中打听到，城里驻扎的部队是白军，在大柏地跟他们打仗的是红军。哥哥去湖南后，曾在遂川给她来过一封信，说要去找红军，找朱军长的部队。她真希望哥哥就在这支红军部队里。

天明时，街上的白军忽然没了影，城里显得格外空荡。温香玲走出客栈，听到人们在传言：红军打胜了！红军部队正往宁都方向开去！

温香玲莫名地狂喜，急忙出城，顺着大柏地与宁都方向抄小路狂追。傍晚时分，在宁都赖坊追上了一支部队。她发现，这些军人跟城里的白军很不一样，他们衣衫破烂，长袍短褂，一个个瘦而精干，精神抖擞的。沿途老百姓躲在窗后偷看，不敢开门，路人纷纷避让，温香玲却没有一丝害怕，紧跟着队伍往前走。

走在后头的战士发现有老百姓跟着，警觉地盘问。她喘着粗气答："我是宁都的！打听一下……"

战士端枪一横，拦住她。温香玲道："我问一下，你们是红军还是白军？"

"我们是红军！你要干什么？"

"红军！太好了！那你认不认识一个叫温小四的？他是我哥。"

"不认识！"战士利落地回绝，行军要紧，他不想惹麻烦。温香玲仍然紧追不舍。战士紧跑几步报告连长。连长回头来，温和地问她有什么事，找什么人。温香玲道："我找我哥，他可能在你们这里当红军。"连长见她累得上气不接下气，劝她别瞎找了，部队要去打仗，时时有危险。

温香玲不依，坚持道："你们是去宁都吧？我家就在城里，我正要回家。"

"别跟着我们！"

"大路朝天，各走一边！你走你的阳关道，我过我的独木桥。难道你们还不许别人去宁都吗？"

连长瞪她一眼，跑步向前，叫来一个女兵，交代女兵看好这个姑娘。温香玲高兴地道谢，马上跟女兵热络起来，一个劲地问这问那。

"我哥叫温小四。你听说过这人吗？"

"没听说。"

"那你听说过朱军长吗？"

"我们军长也姓朱。"

"太好了！"温香玲还想再问认不认识萧克忠，忽然想起哥哥叮嘱过，不要随意跟外人说起萧克忠。

当晚部队宿在赖坊附近。温香玲跟女兵们一起住在老百姓家。

正月初四。温香玲雄赳赳地跟着红四军从宁都城郊石榴村进城来。她担心的攻城一仗竟没有打起来。驻守宁都城的国民党第十四军军长赖世璜的弟弟赖世琮，一听到大柏地红军获胜的消息，吓得腿软，在朱毛红军到达前，带着保安团弃城逃跑了。

城门口排起长队迎接朱毛红军进城来，街道两旁的窗口插满了红旗，鞭炮从街头放到街尾。杂货铺前围了一堆人在看耍猴。耍猴人敲着小锣，锵锵锵，指挥一只红衣绿裤的猴子翻跟斗。他一边敲，一边用本地方言念白，念的是一首顺口溜："正月年初二！大战大柏地！打败刘士毅！缴枪八百二！"

进城部队放下背包便分头行动。刚打了大仗，为避免再遇强敌，尽快将队伍拉到东固，宁都不能久待，部队必须抓紧筹集军饷。

温香玲一口气跑到叔公的钟表维修店，想去炫耀一下自己的经历。

一个背枪的红军在店门口张贴布告，仔细一看，啊！这不正是她哥哥温小四吗？兄妹相见，喜出望外。温香玲立马帮着哥哥干活。她跟女红军住了一晚，又有了一个红军哥哥，感觉自己已是红军。

布告贴完，温小四进店去看望叔公。温香玲瞄了一眼店里的伙计，那个原本要成为她夫君的小胖子正低头写着账目，她没有勇气面对他，毕竟是自己对不起他，遂悄悄离开。

布告前围来一堆人，边念边议论。"城市商人，积铢累寸，只要服从，余皆不论。跟上次叶挺的部队一样，是保护商人的。"

"还不是得花钱消灾？"

"交点钱粮也是应该的，那么多地主老爷，家也抄了，命都没了，我们这些做买卖的没受到什么打击。上次来的国民党军队可比这支部队狠多了！"

温香玲一路小跑去城西姑妈家，那是她寄居了十多年的家。经过温家大屋，看见屋子周围布满岗哨，红军进进出出，猜想肯定有大官住在这里。姑妈家就在温屋后面的小巷子里。她飞快地绕过温家大屋，冲进巷子，不料跟人撞个正着。两人同时抬头，同时惊喜道："是你？哎呀，萧大哥！""香玲妹妹！"

萧克身后跟着一个战士，二人刚刚察看周边地形回来。虽然部队未发一枪便进了宁都，但此地并不完全太平，逃跑的赖世琮在城里留了特务当眼线搞破坏。温家大屋驻扎了前委与军部机关，萧克的第二支队担负着温家大屋的警卫任务，布完岗哨，他又在周围全面察看一番，以防疏漏。

温香玲一把拉住萧克，叫着："太好了，萧大哥请帮个忙。"萧克是个热心肠，何况是温小四的妹妹，就先答应了，才问帮什么忙。

"帮我去姑妈那里说几句话。"

"说什么？"

温香玲不语。红军要在宁都招募新兵，她铁定了心要参军，走之前，想向姑妈正式告个别。父母去世后，姑妈辛苦把她兄妹俩养大，她的逃婚肯定让姑妈伤透了心，这个错她是要认的，还得让姑妈知道她想当兵的志向。自觉底气不足，临时捉住萧克当个说客。怕萧克不答应，便编个理由道："我哥忙得没时间回来看姑妈，你是他兄弟，就代表他，跟我一起去看望一下姑妈吧？"

萧克似觉不妥，既已答应，不好再拒绝。跟着温香玲走到缝纫店，看见门框上的对联，念道："金针堪度世，玉尺待量才。"他朝温香玲赞赏道："这家主人挺有志向嘛！"

温香玲应道："写得不好，萧大哥别笑话。"她抬起一脚走进屋，后脚还未跟进，忽地急退出来。一中年女子手持量衣尺，气哄哄地追出门。她就是温香玲的姑妈。看见门外的持枪男子，姑妈吃一惊，旋即讥讽道："怪不得撒蹄子跑了，原来跟了一个当兵的私奔！"

温香玲急得嘴都歪了，解释道："他是我哥的战友，代我哥来看望姑妈的！"

姑妈气恨难消，只顾把人往外赶："走走走！莫来气我这个老婆子，你们眼里哪还有我这个姑妈？一个跑到外面去当兵，一个跑到外面去瞎混，我等于喂大了两条没心没肺的狗！滚！"木板门砰的一关。

萧克一个字也没说，赚了一身臭骂出来。温香玲泪眼婆娑，说声对不起，就哽咽无语。跟着萧克走出小巷，回望一眼木板房，心里满是不舍与羞愧。

48

回到营部，见一群人在营部门口嚷嚷什么。温小四也在场，拉住其中一个白发长者劝着。温香玲跑过去朝那位长者道："叔公，您在这里干什么？"

温叔公白发直竖，气咻咻地："来干什么？我来问问这些口口声声保护商家的人，到底讲不讲道理！"

温香玲生怕叔公闹出什么事情让他们兄妹蒙羞，使劲拉住叔公往外走。叔公甩开温香玲，骂道："你这个小丫头管什么闲事？你连自己的终身大事都当儿戏，给我滚一边去！"

萧克上去调停，招呼来客到青石长凳上坐。那些人依然站着，个个言辞激烈。温小四向叔公介绍萧克："这位是我们的萧支队长，以前救过我命的。您有事情可以向他反映。"

萧克上前握住温叔公道："叔公您坐下说话。我是小四的兄弟，萧克。早就听说您是一位心肠特好的长辈。您看我这块怀表，还是两年前您帮忙修好的，一直用到现在都走得分秒不差。我还没当面向您道谢呢！"

温叔公疑惑地看看萧克，又望望他的怀表，良久，回想起来，这就是温小四过去常提起的军官萧克忠？看他相貌堂堂，稳重刚毅，顿时找着了依靠，拉住萧克诉苦道："你给我们评评理！我们这几个人，都是开小店做小本生意的，他们却不管店大店小，搞平均摊派。说句良心话，红军来宁都闹革命我们不是不支持，但也要让我们这些小门小店承担得起啊！凭什么那些大行大号不多派点呢？"

萧克问："他们是谁？谁在摊派？摊派什么？"

商人们七嘴八舌地反映，是县里的招待处，他们为筹集红军军饷，摊派给每个店铺一百块大洋。小店本钱小，交了这一百块，有的店就开

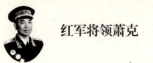

不下去了。

"招待处是什么人？"

一问才知道，以前国民党部队一到宁都，都要向商家筹集军饷，几个大商家为此专门成立了招待处应对军队。这次红军来，招待处又拿出过去应对国民党的一套，向大小店铺平均摊派。还说谁不捐款，就叫红军捣毁谁的店铺。温叔公不服，便领着几个小店主来军营陈情，问问红军的筹款政策到底是怎样的。

萧克安抚大家道："大家别急，这种摊派行为绝对不是我们的主张。请叔公作代表，跟我一起去向首长反映一下，其他各位先生请回去等候消息。这事我们一定会公正处理的。"

情况逐级向上反映，最后反映到了毛泽东、朱德面前。此时，朱德正在毛泽东面前痛哭。刚刚从宁都党组织负责人那里得到消息，伍若兰在赣州城就义了！

伍若兰被敌人抓住后押进监狱，六甲之身经受了严刑拷打。敌人用车轮战法，一连数日施以踩杠子、灌辣椒水、坐老虎凳等酷刑。伍若兰在炼狱里一次次死去，生还。她咬紧牙关，对于敌人想知道的红军内部情况、行动计划、当地共产党的情况，只字不吐。刘士毅亲自审问，同样一无所获。最后，刘士毅逼她向外界公开声明脱离与朱德的夫妻关系，伍若兰回答："要我和朱德脱离关系，除非太阳从西边出来，赣江水能倒流！"就在昨日，2月12日，太阳从东边出来时，遍体鳞伤的伍若兰被敌人割首示众。

朱德泣不成声，拳头一下下狠砸在石墙上。毛泽东一边安慰朱德，一边命人把陈毅找来。陈毅匆匆进来，见屋里情形，不明就里。毛泽东指示道："有个情况交给你去处理，筹款是大事，保护商人也是大事，千万不能因为个别商人的不良行为，损害了红军形象。"

　　陈毅跟着萧克等人来到温叔公的钟表维修店前。接到通知的宁都县招待处的几位执事陆续赶来，周围的小店主闻讯也围过来，店门前的人头排得跟芋头一样密集。陈毅现场做工作，他的四川口音一字一句送进在场人耳朵里。

　　"红军是为工农谋利益的军队，为穷人谋利益的军队，保护商人是我们的纪律。我们要镇压的，是那些与反动派一个鼻孔出气的反动商人！各位都是公平买卖的商家，千万不要有任何顾虑，红军是不会侵犯你们的。这次到宁都，因为军饷拮据，部队已经缺钱断粮，才特请几位先生帮忙筹款筹粮。大家有钱出钱，有粮出粮，能者多劳，弱者尽力。绝不能强行摊派！"

　　人群发出欢呼。温叔公朝商人们大声道："听清楚没有？不搞摊派，是愿捐多少是多少！"

　　温小四心有顾虑，悄悄朝萧克耳语："自愿好是好，就怕……没人捐，也可能捐的不多。商人重利，他们会自愿支持革命吗？"

　　萧克一笑。上次南征时，宁都是第一个公开打土豪的地方，这儿的革命基础牢实，群众的觉悟不必怀疑。

　　果然，宁都的中小型商家居多，一发动，一呼百应，当天就筹集到现洋5500元，草鞋、袜子各7000余双，棉布300多匹，大大超出了预期。部队给每人发了四角小洋，一双新草鞋、一双新袜子。

　　第二天，红军将士们带着满身精气神离开宁都城，经黄陂、小布镇，迎着西北风赶赴东固。新招募的几个女兵在队伍里格外引人注目。温香玲也在其中。她的绿格子头巾系在脖子上，脸蛋被北风吹得红彤彤的，如同破冰绽放的花蕾。

第十二章
东固的天空

49

山，越进越深。路，越走越远。连天的毛竹好像没有尽头。

一男一女在竹林里挖春笋。女的蓝色对襟衫滚黄边，发型奇特，远看是山包上插着一支鱼叉，近看是竹篙撑龙船。男的青衣青裤，脚上打着灰白色绑腿，看衣着便知是少数民族。奇怪的是，他们见了部队居然不躲不跑，不惊不怕，该干吗干吗，见怪不怪的样子。这一路走来，与国民党追追打打，军队在老百姓门口走马灯一样来来去去，沿途百姓大都是一见兵来就关门清壁，躲进山里，没想到这深山老林里还有不怕兵的地方、不怕兵的老百姓。

受到太平景象的感染，队伍行进的速度明显慢下来。挖笋的情景，引发了萧克心中蕴藏已久的诗情，他小声吟诵起宋代诗人黄庭坚的《咏竹》诗：

"竹笋才生黄犊角，蕨芽初长小儿拳。

试寻野菜炊香饭，便是江南二月天。"

队伍里有人问："这是什么民族？"

"畲族。"答话的显然是江西人，他说起畲族人的特殊习俗，婚嫁时男方迎亲要带歌手去，连夜与女方家对歌，对不赢就麻烦了，新娘都娶不回去。有人打趣道："你什么时候娶媳妇，如果媳妇长得丑，你不想娶回家，我就帮你去对歌！包你赢不了歌也娶不回媳妇！"

正玩笑，前方传来命令：原地休息十分钟，整理好行装。

这是到哪儿了？整理好行装干什么？打仗，还是迎接贵客？战士们猛然意识到，东固！马上到东固了！已经到东固的地盘了！部队心心念念的方向、那娘亲一样召唤游子的东固，终于就要到了！兴奋之情从每个人心头冲泄出来，又相互感染，放大。

山腰里即时甩出一串歌，有人领唱有人和，唱的是客家山歌。

"哎呀嘞——哎！

唱山歌来唱山歌，山歌一唱心开锁。

今日逢春又逢喜哎，开口一唱箩打箩。"

领唱的女声尖细高扬，像钻天的雀子，翅膀一振，打几个旋子便冲天而去，长长的尾声在山间回旋不绝。战士们驻足回望，原来是宣传队新来的女兵。

萧克隐约看见一条绿格子头巾，微微一笑，提醒战士们整理好衣装，别让东固的战友们笑话我们像个流浪几十年的乞丐。

其实衣装也没什么可整理的，部队一直没有全部配发制服，一部分人穿的是灰色军装，其他则是杂七杂八的衣服。有的穿麻布褂子，有的是从地主豪绅家收缴过来的绸缎。那些从国民党军队投靠过来的人，仍穿着国民党部队的军装，只不过摘掉了帽徽肩章。经过一个多月马不停蹄的转战，大家身上的衣服都已破旧脏黑。头发长期没打理，长长短短乱纷纷的。单从外表看，委实跟流浪汉差不多。所谓整理，不过是把腰带勒紧一点，背包打实一点，头发上抹点水往后捋一捋。就这样，战士们也感觉自己跟过去大不一样，换了一个全新的自己去迎接全新的天地。

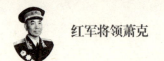

　　转过山，到达一个叫南隆的村子，部队住了一晚，再向大山行。大家的心情越来越迫切，神秘的东固啊！遥远的东固啊！你到底是不是真实的存在？

　　走到山道口，远远看见黑压压的人群排着长龙。是来迎接部队的当地群众与游击队！霎时心花齐放。红四军将士惊喜之后便是惊讶，过去多次被群众迎接，多次与友军会合，唯有这次景况不同。这儿没有如潮的红旗，没有掀天的口号，只有热情的双手与真诚的笑脸。

　　到家了到家了！不想走了！希望就在这个叫东固的地方稳固下来，不再有追敌，不再打游击，不再过风餐露宿、天为蚊帐地为床的日子。

　　红四军驻扎下来后，不必忙着去筹款，当地苏维埃组织与群众主动将粮食和衣服送到了营地。这是红四军下山以来享受到的最安心最舒服的一次休整，回家的感觉，不亚于回到井冈山，而新家的气息，又有别于井冈山。

　　东固是个镇子，比井冈山根据地中心宁冈的龙市还要小得多，却让人大开眼界。萧克曾在井冈山通过报纸得知东固这个地名，也听说过根据地创始人李文林，听说过这里的游击战争。但是直到身临其境才知道，不只是井冈山才有苏维埃，东固也早就建立了苏维埃政权，这块根据地，是参加赣南地区暴动的农民组织起来的红二团，以及地方游杂部队与绿林武装联合组织起来的红四团打下的江山。他们人员少，团不设营，加起来不到10个连。1000人的部队，却使这个2000平方公里、近20万人口的地方成为全红区域。真是山外有山，天外有天！

　　东固与井冈山，一样的苏维埃，不一样的天空。在萧克过去的认知里，苏维埃赤区必定是红旗招展，赤白对立，唱着革命歌谣，干着除暴锄恶的革命行动，空气里充满火药味。不曾想，东固这儿竟然看不到这些景象。这里与白区保持着正常的通商通邮，人们在白区与红区之间自由往来，工农商贸秩序井然。老百姓都知道这里是苏维埃政权，却并不把革命二字挂在嘴上，也不公开打出红旗。他们照旧耕作，照旧开店经营，以正常的劳作支持革命。萧克明白了，难怪毛竹林里挖春笋的农民对军队不躲不避。东固这地方，军队不是战乱的因子，而是消除战乱的守护者。没想到，苏维埃政权也可以如此风平浪静地存在啊！

扎营之日，萧克率战士收拾停当后，几个战士正浆洗衣物，萧克坐在窗下，用毛边纸装订成的小本子记录行程，忽听有人叫："支队长，有人找你！"走出门，温香玲站在屋前一棵大树下。从宁都出发到现在，十多天来还是第一次正面见到温香玲。温香玲今天的打扮有点特别，衣服还是寻常的衣服，但绿格子头巾没有扎在头上，也没有系在脖子上，而是扎在腰间，这使她看起来特别精神，特别干练。虽是入伍不久的新兵，却已不是原先那个冲冲撞撞的小姑娘，沉着老练的样子颇有几分老兵的味道。萧克高兴地招呼道："温香玲同志，来找你哥哥吧？不巧，他今天在军部值勤。"

温香玲双手叉腰，大大方方朝萧克道："我哥不在，找你也行。萧大哥，你们这儿有衣服要缝补吗？都交给我。"

萧克局促道："温香玲同志，以后就不要哥啊妹的了，军营里都叫同志。"

温香玲惊讶道："以前我一直叫你萧大哥啊！"

"以前你是普通老百姓，现在你是红军战士。"

"好吧，萧大哥同志！"温香玲吃吃地笑起来，改口道，"支队长同志，请把你们需要缝补的衣服拿给我。"

"我们的破衣烂裳太多了，反正补不完，就自己对付一下，不麻烦你们了。你们宣传任务也挺重的。"

"不相信我这个裁缝的手艺？还是不想跟我们女兵有往来？"温香玲反驳的口吻不容分辩，萧克只好招呼战士们把要补的衣服收拢来，交给温香玲。有人认出温香玲，知道她是会唱山歌的宣传队新兵，便夸她山歌唱得好，客家山歌特有味道。温香玲望着萧克道："你们支队长的嗓子那么亮，他歌肯定唱得好！"

一战士道："那当然，我们支队长是从山歌之乡来的。"

萧克自豪地："我老家，嘉禾，男女老少都喜欢打山歌。温香玲同志听说过嘉禾吗？"

温香玲老实地摇头。

有人提议："温香玲同志的客家山歌唱得真好，反正现在没事，唱一首给我们开个小灶。"

"好啊！等下你们支队长是不是也唱一首嘉禾山歌？"

战士们兴致大发，以掌声代替萧克答应。

温香玲将衣服放在一块大石头上，拣了个高一点的位置一站，营房前的空地立即变成她的舞台。她毫不扭捏，一开嗓，歌声如清泉出洞。

"要我唱歌就唱歌，要我下河就下河。

唱歌唱得月西落，下河下到龙王阁。

世人笑我风流多，不知我心花一朵。

为你敢上千丈岭，为你敢走虎狼窝。"

温香玲唱得泼辣似火，明明一首情歌，却唱出一种革命者的豪气。掌声响过，几双目光唰唰射向萧克。萧克心想，唱就唱吧，让他们见识一下嘉禾山歌。遂理理衣装，手搭凉棚朝远一望，扯开喉咙打了一个长长亮亮的引子:"哟——喂！"接着用湖南山歌小调加湖南方言唱将起来：

　　"拎着一支小水竹，骑着一条大水牛。

　　走过弯弯石板路，唱着山歌找朋友。

　　坐上一块大石头，捡根树枝当笔头。

　　写满五六七八九，悄悄学着把书读。"

　　鼓掌不绝，战士们没想到支队长真会唱山歌，而且唱得有板有眼，有情有趣，直叫再来一首。萧克却腼腆起来，不接茬。温香玲挑衅道："萧大哥同志！支队长！我再唱一首。有来有往不许耍赖，你准备着！"不待萧克答应，兀自开唱。这一回，她声音明显低缓下来，眼睛望着远处，好像有意回避什么。

　　"夜半三更盼天明，寒冬腊月等春临。

　　十天下了九天雨，问哥想晴不想晴？"

　　战士们起哄，怂恿萧克再唱。温小四刚好换班回营，看见这般景象，好不惊讶。平日不苟言笑的支队长，竟然跟自己的妹妹对起歌来了。

　　萧克说啥也不肯接歌。他结巴起来："我我……讲个故事好吧，罗四姐的故事。罗四姐是唱山歌的。我老家的。嘉禾的。她会唱山歌，跑到广西跟刘三姐对歌，对了三天三夜！"

　　战士们支起耳朵听故事，萧克却一摊手，讲完了。温香玲道："不许耍赖！支队长同志，你答应过的。"

　　萧克一脸无辜："我没答应呀，是你一厢情愿嘛！"自知失言，忙称还有事要办，疾步走远。

　　温香玲抱起石头上的衣服，望一眼远去的背影，怅然离去。温小四望望萧克，又看看温香玲，他闻到了一种特殊的味道。妹妹确实是长

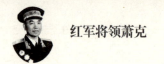

大了，得找个机会试探一下支队长，说不定能成就一桩好事。

50

第二天，部队聚集在螺坑石古丘河坝上，会师相庆的烈焰，将烈烈北风驱赶在人群之外。

陈毅主持大会。红二团、红四团的代表向红四军表示欢迎，讲话的正是东固苏维埃根据地的创始人——李文林。他介绍道："别看我们红二团、红四团人少，但我们有坚强的战斗力，我们有我们的战术。我们的战术是：打得赢就打，打不赢就走！"

红四军以哗哗的掌声表示信服。

接下来是毛泽东讲话。他披着长大衣，一手叉腰，一手挥舞着。"从井冈山出发，我们天天讲，到东固去，去见红二、四团，有的同志认为，根本没有什么红二团、红四团，是吹牛的，骗人的，现在你们看到了，我没有吹牛吧！"

河坝上笑声掀天。

"红二、四团勇敢的战斗精神，我们要学习。红四军是铁军，红二、四团是钢军！钢铁战士是战无不胜的！我们走出井冈山，又到了东固这个新的革命根据地，现在，东固山与井冈山联结起来了，我们最终还要联结全中国！建立全国的红色政权！"毛泽东握紧拳头，任狂乱的北风与内心的激情交织燃烧。

最后是朱德讲话。战士们熟悉他的讲话风格，喜欢他骨子里的幽默劲，心里都准备了一个快乐的包袱等他来抖开。果然，四十出头的朱德胡茬一动便抖开笑料："国民党反动派天天喊打倒'朱毛'打倒'朱毛'，'朱毛'倒了没有？不仅没有倒，反而是越打越多了，现在……"他转身指指红二、四团的代表，"你们也都成了'朱毛'了！"

全场哄然大笑。"红军万岁！""打回井冈山！"口号震荡河谷。

不日，接踵而至的消息给东固的天空蒙上阴霾。井冈山失守了！赣敌李文彬部、金汉鼎部正以包围之势迫近东固，向东固发起进攻！

萧克把井冈山失守、前委决定不再固守一处公开割据、准备开展"打圈子"游击战的情况传达给战士们，战士们震惊之后便是长久的沉默。当初离开井冈山，许多人就一直想不通为什么要下山，也舍不下心血铸成的根据地，"围魏救赵"的道理讲了一遍又一遍，终于把一个"救"字烙进每个人心底。一路转战赣南闽西，大家心中抱定一念，一定要打回井冈山，夺回根据地，难道，这个梦想竟要放弃了？破灭了？

井冈山的血雨腥风，闻之心寒。红四军主力下山后，固守井冈山的红军将士与地方赤卫队及边界群众，在彭德怀、滕代远的率领下，与三四十倍于我军的敌兵鏖战了三天三夜。大雪纷飞，炮弹如雨，战士们吃炒米，啃雪团，睡稻草，扼守八面山哨口的红军有100多人壮烈牺牲。桐木岭哨口粮药打尽，红军没吃没喝没睡，在泥泞中坚守了四天四夜。黄洋界哨口的八百多军民打了三个昼夜，被偷袭的敌人追至数丈悬崖，最后解下绑腿结成长绳攀崖撤出。小井红军医院的130多名重伤员全部喋血稻田。红军生死相依的井冈山，被敌人烧光、杀光、抢光，在"石头要过刀，茅草要过火，人要换种"的残暴里受虐！

"这些畜生，一定要让他们血债血还！"

"我哪也不去，就要打回井冈山！"

"支队长，打圈子不就是逃跑吗？真要逃，我们也要逃回井冈山呀！"

萧克一面安抚，一面引导大家情绪。"当初我们下山，做出这么大的动作，目的就是围魏救赵，守住井冈山。现在井冈山落到了敌人手中，我们谁都不会甘心，谁都不愿弃家不顾。收复井冈山，这个信念绝不能丢！但是，现在大敌当前，形势紧张，东固也不能固守了，按照前委的指示，红二、四团也将离开东固去打游击。前委要求我们出击赣南、闽西，我们一定要坚决执行前委的决策，学习东固经验，该打圈子就打圈子！打圈子是避，不是逃！避实就虚，历来就是兵家常用之术。'十六字诀'也讲过这个战术，敌进我退，敌驻我扰，敌疲我打，敌退我追，是同一个道理！眼下形势对我们极为不利，靠'三猛'是夺不回井冈山的。革命远没有成功，难道我们就先拿自己的性命硬生生去碰死吗？"萧克一席话，把泄气的迷茫的心重新团拢来。

有人问："打圈子打到哪里去？"

"闽赣交界地区。"

辛辛苦苦从那儿来，又要回那儿去。有人则担心，又要打游击，这么多伤员怎么办？

萧克道："伤员全部留下。这里有牢固的群众基础，有坚强有力的党组织，毛泽覃同志、周子昆同志也留下来不走，这些同志以后就充实到红二、四团。"

才待了一个星期的新家，又要告别，这种滋味的确不好受。临行之前，战士们把门板上好，稻草捆好放进杂屋，归还了群众家的用具，清欠了杂货铺的赊账。

1929 年 2 月 25 日，3000 多名红军在晨雾里整队出发。

温小四对萧克道："打圈子就打圈子吧！说不定又能回宁都。再见到叔公，我要问他要一样宝贝。"

"什么宝贝？"

　　"怀表。我要把怀表挂在脖子上当护身符，为我挡挡枪子。听说有人就遇到过这种好运气。"

　　萧克朝远山一指道："东固的山上到处是花岗岩，你随便拣一块，凿个洞挂在脖子上，就是最好的护身符。"

第十三章
"白袍小将"攻宁都

51

经过一场暴雨，宁都城湿气腾腾，在四月的春阳里吐故纳新。护城河梅江变胖了，长脾气了，像一头毛发高竖的野兽，昼夜咆哮发威。江边，七八米高的城墙形如黑蟒，每隔一段，就竖着一座炮楼瞪着江对岸。

黑漆漆的夜里，杂沓的脚步混着雨声快速向城墙靠近。行军的人，腰背上都扎着一块白布，模糊的白影成为特殊的"灯"，指引着后面的方向。"灯"显奇效，黑夜里的急行军居然没有人掉队。队伍潜入离城墙一百米左右的村庄，似雨水落进江河，即刻隐匿不见。

一栋两层楼的石墙小院，门槛上挂着"梅江客栈"的招牌。急促的敲门声惊醒了女主人。门吱呀开出一条缝，露出门拴上横挂的粗链条，链条后面露出半张女子警觉的脸。

"青青，是我！我是香玲！"

"香玲？这么晚了你还在外面跑？快进来！"女主人哗啦一下将门把上的铁链子扯下，拉开门。一个白色身影闪入，旋即掩上院门。

温香玲将身上裹着的白色塑料布解下，露出湿淋淋的头发和一身灰色军装。青青惊讶道："真是香玲啊？你姑妈说你订婚前两天跑得没影了，你去哪里了？这身打扮，你这是……"

昏黄的油灯下，温香玲军装严整，八角帽上镶着红帽徽，打着齐膝高的绑腿，腰间插着一支匣子枪。长辫子不见了，肩上的短发如蹲着一只鸟，双翅一振就要腾空。好不威风！这是一个月前红军打下福建长汀后缝制的新军装。军装在身的温香玲完全不似从前那个包着绿格子头巾胡冲乱撞的小姑娘。

从小一块长大的青青半天反应不过来："天啦，原来你逃婚去当兵了？！你这当的是什么兵？"

"红军呀！"温香玲拍着身上的衣装，"以后你看见这种军装，就知道是我们红军，红军是穷人的部队，是自己人！"

青青道："我当然知道红军是穷人的部队。上次过年的时候红军来过这里，但是衣服不是这衣服，帽子也不是这帽子。好多人头上缠着布，蓝布白布都有，跟打猎的少数民族一样。"

"我们部队是第一次穿上这种军装。"温香玲压低嗓子道："这次来，我们要打宁都！"

青青张大了口。

"你怕什么？打下了宁都，宁都不成我们穷人的天下了？你这小客栈就可以太平地开下去，没人敢向你收那么多苛捐杂税了。"

青青忙解释："我不是怕。我怕什么？我是怕你们……吃亏。你不知道呀，上次你们红军来宁都，宁都掌权的那个癫皮狗……赖世琮，早早被吓跑了。你们一走，赖世琮转背就回来，杀了一大群人啊！那些天我都不敢到梅江洗衣服，码头全是血水！他们到村里拉夫修城。这城墙已经不是年前的城墙，高多了，宽多了。白天你能看见的！我男人家顺也被他们拉走了，修完城墙修炮楼，修完炮楼还不放回来，听说这些天又逼着装运什么仓库物资，睡觉都不准回家。哎呀！这些挨枪子的家伙！

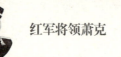

早点打了好！”

温香玲道：“这一切很快就要过去，红军拿下宁都后，你们夫妻俩好好开客栈！”

青青忽然想起什么，问：“打宁都，你们人呢？”

温香玲朝院子外面一指：“我们几个探路的先到了，都在院子外面等我，大部队还在后面。”

“外面还在下雨，快叫他们进来。”

第二天大清早，城东门的保安团拦住了两个年轻女子。短发女子手里挎一只包袱，脚上一双特大的雨鞋，走路一瘸一瘸。长辫子那个挑着一担蔬菜。士兵横枪过去，喝问：“干什么去？城里现在只准出，不准进！”

长辫子恳求道：“我男人在城里给你们干活，修炮楼，昨天捎来口信说他的哮喘病发作了，你们也不让人回家，叫我送点草药去煎给他喝。干活干活，也得让人活呀！”

“你男人在哪里干活？叫什么名字？”

“叫何家顺，他那哮喘病厉害得很，拉风箱一样，每天呼呼呼，谁都认得他。听说以前在城西修城墙，现在是给大仓库搬运东西。”

士兵又朝短发瘸腿的女子横一眼，问：“她是什么人？”

“我妹妹！”长辫子答，“听说可能要打仗，村里种菜的、卖药的，都不敢往城里走。这兵荒马乱的，我也不敢一个人进城，叫我妹妹来做个伴。这些蔬菜是送给我男人吃的，还不知他哪时能出城回家。再怎么干活，人总要吃喝啊！”

两个士兵仔细翻查了包袱和菜担子，没发现异常，吆喝道：“快走！办完事快点出来！”

"好咧!"长辫子一声答应,二人快步入城。瘸腿的短发女子如同一只欢跳的兔子。二人拐进一条小巷子,消失在民房中。

不一会儿,守城的士兵得到一道命令:即日起,所有城门一律关闭,严防死守,没有团长手谕,任何人不得放行!

沉重的关门声在宁都城东南西北各个方向响起。

52

检查完各道城门,回到赖府,国民党宁都县县长赖世琼心里总算踏实下来。经过三四个月昼夜不停地加固加防,城墙修到了八米高、两米宽,双道城墙,还加修了一道外壕,三龙盘踞,宁都城可谓坚如铁桶。他相信,即便是一只野猫,也找不到缺口溜进城。只要自己坐守城中,红军就休想打进来。

上次红军到宁都来,赖世琼慑于红军在大柏地得胜的威势而弃城逃跑,被他的主子骂得狗血淋头,骂他不仅丢了国民党的脸,也玷污了他哥哥的一世英名。他哥哥赖世璜是国民党第十四军军长,在北伐战争中立下战功,由于蒋介石与桂系军阀的矛盾,双方都对他有猜忌。1927年,赖世璜被桂系军阀白崇禧、李宗仁杀害。国民党政府为抚恤烈属,才让赖世琼当上了宁都县县长、国民党第五师第九旅二十五团团长。没想到赖世琼完全没有他哥哥的勇武,竟然不战而逃。赖世琼挨了骂,很想挣回脸面。这一次,他是带着戴罪立功的决心,誓与宁都共存亡。今晨获知红军已兵临城下,雪耻立功的机会终于到了。

一个身穿绸缎长裙的肥胖女人推门进来,悄声问:"老爷,要不要叫人把家里值钱的东西打好包,藏起来?"这是赖世琼的大老婆。

赖世琼不悦道:"藏什么?这里是老子的天下,谁还敢进来偷我抢

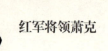

我？"

"还是放进仓库吧，万一红军打进来……"

赖世琮一拳击在桌子上，一只茶杯震得跳起来。"你这个乌鸦嘴！胆小鬼！仗都没开打你就喊红军打进来。再说瞎话，我把你丢进江里喂鱼去！"

大老婆委屈地退出。赖世琮感到兆头不祥，即命书记官到后院传令：老爷有军机大事在身，家中女眷一律不许去前厅打扰。

后院一阵嘈杂，一大群女人和孩子纷纷躲进自己的房间，以免招惹麻烦。赖世琮别的不行，在女人堆里却有战斗力。城里人传闻，他先后娶了30个老婆。

接着，赖世琮又让书记官传令守城的六个连队，城里店铺一律停止买卖，所有食物充公作军粮，仔细盘算清楚城内储存的食物，按一个月的计划安排伙食！

书记官刚传出前一道命令，又接到赖世琮的又一道令：把仓库里一半的枪支弹药运送到各个城门，各城门备好沙包，随时做好迎战红军攻击的准备！

傍晚时分，副团长谢益生挺着将军肚跑来报告军情："城里一切安顿停当，城外几个制高点翠微峰、莲花峰、石鼓峰都已构筑工事，只要'共匪'来袭，护城部队先打他一场持久战，拖垮'共匪'，山头上的寨主们再来个猛虎下山。到时候，团座您就等着高升吧！"

团副的吹捧让赖世琮很是受用，二人在赖府共进晚餐，小酌一杯以示预祝。女眷们见老爷神色怡然，都把白天压抑的情绪释放出来，有的过来敬杯茶，有的来唱支小调解乏，一时春情浓烈，好像战事远在天边。

忽然，尖锐的枪炮声划破黄昏。声音好像在东，又像在西。接着，各连队的通信兵纷纷来向团部报信。

城东发现"共匪"！

西门外有大部队行动！

城北方向的山头有红旗飘动！

城南门外枪声密集，有部队朝城门冲杀过来！

慌乱中，赖世琼瞥见墙上挂着的皇历，1929 年 4 月 24 日。4，谐音"死"，这是他最讨厌的数字。但此刻，这个数字让他感到异常兴奋。他戳着日历上的 4 月 24 日恶狠狠地叫道："死月！尔死日！"随即发出命令："所有城门加堵沙包，全军出动，严防死守！"

这一夜，赖世琼和喽啰们忙得团团转，城外的枪声一会儿东，一会儿西，始终没有明确的主攻方向。越是这样，赖世琼越是心神不宁，每一道城门都不敢掉以轻心。有的连队沉不住气，冲上城墙还击，却连个人影都找不见，只好朝城外各个山头乱放空枪出出气。一直闹到天明，春阳大放，昨夜的枪声炮声人声，竟如同梦境般消失了。

赖世琼勾着微驼的背在赖府前厅不安地走来走去，像背壳探路的乌龟。他思量着，这里面一定有诈！说不定"共匪"趁昨夜把我们折腾累了，白天便大摇大摆来袭击。这一想不免心下暗惊，即令各连全天警戒，不得疏忽懈怠。

谁知，一个大白天过去，平安无事。

入夜，城外的枪声炮声呐喊声再次在四周响起，一阵紧似一阵，直逼城门。赖世琼再度应战。昨日重演，又折腾一个通宵，仍没打着半个人影。

第三天，守城士兵耷拉着红肿的眼皮在城门口晃，有的把值勤任务丢到一边，直挺挺地瘫在树下睡大觉。一个士兵睡眼惺忪，恍惚中听见街上呼的一声响，吓得跳起来大叫："'共匪'来了！'共匪'来了！"其他士兵稀里糊涂端起枪四下张望，哪有"共匪"？只见街上一个店铺的木板门哗地拉开，丢出一只烂铁皮桶，又哗啦一下关上。

两天两夜没睡觉，总算熬到第三日晚上，前两日出现的夜半枪声竟然没有了。赖世琮团部解下装备，倒头便睡。暴突的眼球还没落进眼窝，枪声再次把人拎起。南门、西门、北门，三个方向都在喧闹。等士兵们慌手慌脚冲上城墙，夜，又复归死一般的静寂。

赖世琮站在城墙下，对蔫不拉叽的士兵破口大骂："饭桶！蠢猪！你们就这样被'共匪'戏弄来戏弄去！侦察队的人吃屎去了？"

有人飞奔来报："搞清楚了搞清楚了！这三天在城外骚乱的，根本不是红军，而是本地的游击队在瞎胡闹！"

赖世琮脸上一会儿紫一会儿青，气哼哼地回家睡觉去，再不理会城外的枪声。连着三日的闹腾，人也疲了，心也乱了，看来红军早有预谋，自己一不小心就掉进了红军的圈套，接下来肯定要动真格的了。手下这帮疲乏的人马能不能抵得住，靠得住，他真不敢问自己的真心。立刻把大老婆叫来，吩咐她连夜将这些年在宁都搜罗来的金银财宝全部打好包，运回百里之外的石城老家去。大老婆以先知先觉的口气应道："我早知道会有这样一天！前两天就把要紧的东西全部打好了包，搬进了弹药库，一共三四十担。"赖世琮道："你也跟车走，回去好好守着这笔家产，等我打完这一仗，回去接你！"

大老婆即刻差人带车去弹药库取货。

守库的士兵又累又困，不愿再费一丝力气，朝仓库旁的工棚吆喝道："你们几个，过来搬东西！"工棚里睡着三四个人，都是被保安团拉夫修城墙之后扣留下来搬运物资的农民，白天累得要命，半夜三更还要干活，大家一顿埋怨。倒是一个大块头主动站出来，招呼另一年轻人："何家顺，快起来跟我干活去！"

何家顺应声而起。二人走出工棚，进了仓库。两天前温香玲和青青混进城来，找到工棚，分别给这两个汉子留下话。温香玲告诉大块头：舅舅过两天就要来了，你要设法把他接进城来。何家顺则记住了青青的叮嘱：不论发生什么事，随时跟紧大块头。

弹药库堆满了清一色的木壳箱，箱里却装着不同的货。大块头仔细一看，左边一堆是金银财宝，有个木箱装得太满，合不上盖子，露出一截在外面。右边一堆则是枪支弹药。士兵朝左边的金银财宝一指，命二人把这些箱子搬进车，右边的不要动。大块头连声答应："没问题，您到车子边数着就行。"士兵走开了，大块头朝何家顺一示意，叫他从右边的枪支弹药堆里搬一箱出去，自己则迅速从左边的金银财宝堆里搬一箱填在右边。如此，一箱箱搬，一箱箱填，枪支弹药搬走了几十箱，金银财宝却留在了仓库。

装完车，士兵朝仓库环视一下，未见异常，便关门上锁，将车开往石城。

53

城里赖世琮被地方游击队玩得团团转，城外红四军主力部队悄悄从于都向着宁都快速奔来，会集于城郊的青塘墟。

1929 年 4 月 25 日，朱德率第一、二纵队到达。

4 月 27 日，毛泽东率第三纵队到达。

4 月 28 日，毛泽东、朱德到宁都城西察看地形，回到驻地，攻城

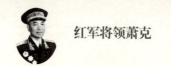

方案成竹在胸。黄昏，红军与赣南游击队共 2000 多人的兵力在城外排布开来。

距离城西门 100 米的村庄，两层楼的梅江客栈，萧克临窗瞭望，粗黑的剑眉拧成城墙。由他率领的红四军第一纵队第二支队部署在此，担负着主攻西门的任务。自从三天前到达宁都，他就在暗暗研读地图，将整个宁都城里里外外的道路、桥梁和主要建筑的位置全部装进了脑里。宁都是一个大粮仓、大兵站、大州城，只有把宁都从反动派手中夺过来，红军才可能在此地立脚扎根。

登城必具的木梯、烧城门的稻草、轰击城门的土炮和火药、甚至捆绑敌人的麻绳，附近老百姓都主动送过来了。现在最大的难关是，如何突破敌人的守城防线。兵书里有《筑城学》，却从来没有攻城学。对于攻城者，每一座城就是一道没有固定答案的难题。这条城墙长达 10 里，布有 3000 多个垛口，每个垛口都设有居高临下的火力点，而我军既无重型武器，又缺乏攻城经验，硬冲硬打无异于送死。

这两天，萧克脑子里反复回放着一个历史故事，他读过无数遍的《三国志》所述陈仓之战。诸葛亮曾经两次北伐魏军，第一次败于祁山。第二次，他率领百倍于敌的数万人马围攻陈仓，士气冲天地发起强攻，而守城魏军只有 1000 余人，结果却仍是败北而去。当时的情形是，诸葛亮架起云梯攻城，云梯被敌人投掷的火球烧着，梯倒人亡；驾着冲车冲击城门，冲车被敌军用绳子投掷出来的石磨击成碎片；搭起百尺高的井字形木栏向城中射出排箭，敌兵躲在石屋里安然无恙；又抛土填沟，想越过护城河直登城墙，守敌竟然在城中另外筑起一道城墙。最后，上天不行就入地，诸葛亮挖了一条地道直通城内，谁知，守敌也在城中挖了一条地道横向拦截。攻守相持 20 多天，诸葛亮部粮食耗光，士气尽失，只得引兵退去。湘军统帅曾国藩评论诸葛亮陈仓之战失败的原因,萧克至今记得那句话:"诸葛武侯之攻陈仓,初气过锐,渐就衰竭。"眼前的情景何其相似!只不过攻守双方的士气换了位。前些天,赣南游击队不停造势缠打,守城之敌每日以高度警备状态应战,已是初气过锐,接下来,敌人必将是渐就衰竭。想到这,萧克心里有了主意。

梅江客栈连着一排民房,都是上下两层的,萧克决定寻找机会继续骚扰敌人,迷惑敌人,一定要把敌人的锐气打得无可复原。他发现,这些民房的墙体是火砖砌成,这种砖墙十分坚硬,可以开凿而不会整体碎裂。小时候他常拿铁钉在家里的火砖墙上敲打出一些小洞眼,存放小蛐蛐。现在他想再玩一次墙上打洞、猫捉老鼠的游戏。

一夜之间,枪眼如同蜂窝,悄悄出现在梅江客栈一带的民房墙体上。

次日拂晓,守城的敌人在城墙上巡查,望过来望过去,城外毫无动静,而隐蔽在第二层楼窗口下的红军战士却把城墙上的敌人看得清清楚楚,他们迅速奔到楼下的枪眼处,呼!呼呼!几个敌人应声栽下城墙。战士们手上的枪,是前不久打长汀时缴获的武器,汉阳、金陵兵工厂造的,火力还不错。城里的敌人呼啦一下围向这边,集中火力朝客栈射击,客栈却再无反应。过一会儿,另一处的民房子弹又飞出,再毙数敌。敌人旋即蜂群般冲向那边。折腾数回,敌人被捉弄得疲乏了,不再应战,红军的枪声也停歇下来。

萧克叫来温小四等几名赣南籍战士,让他们用本地方言对着城墙喊话。

"白军士兵弟兄们!你们都是工农出身的穷苦人,赖世琮是压迫工农的反动派,你们不要替他送死卖命!"

"白军士兵弟兄们!赖世琮喝你们的兵血,扣你们的军饷,你们再

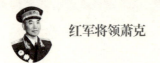

也不要给他当炮灰！"

"白军弟兄们！我们是红军，红军是共产党领导的穷人的部队，穷人不打穷人，欢迎你们拖枪到红军这边来，我们一块打土豪，分田地！"

"白军弟兄们，士兵不打士兵，穷人不打穷人，放下你们的枪，投降吧！红军优待俘虏，想当红军的当红军，要回家的发给路费！"

躲在城墙下的敌人听见红军喊话，有人心动了，也有人听出喊话的是家乡口音，忍不住站起来看，城墙垛口陆续露出几十颗人头。机不可失。萧克一声令下："放！"二三十支枪一齐射击，城墙上的敌人稀里糊涂就做鬼去了。

时近中午，阳光在头顶晃动。萧克想起一位江湖郎中告诉他的规律，人体如同一朵花，其机能与精神每一天都有两次自然闭合，正午十二点是小闭合，晚上十二点大闭合，这两个时段人体最感疲乏，精力最不济，最好攻其不备。这些天游击队都是晚上活动，守敌习惯于晚上应战，白天睡觉，此时的敌人正处于最疲劳最松懈的状态。萧克看看怀表，太好了，总攻时刻已到，即刻下令："准备攻城！点火！"

西门瞬间火焰腾空。与此同时，北门也是火焰冲天。一场子弹雨从城门各处飞落城中。

待在城里一直摸不着头脑的赖世琮这下找着了北，慌忙调集东门、南门的兵力增援西门、北门。援兵刚刚到达集合点，猛见小东门、南门方向也冲起火光。有人大叫："'共匪'火烧城门了！"赖世琮慌忙改令："快，快撤！东门、南门的连队，全部撤回原位去！"

东西南北四个方向都在强攻硬守，城墙内外火力对峙，拼的是气势，耗的是弹药。西门口的敌人很快弹药将尽，忙把仓库里的弹药运来，撬开箱子，弹药箱里竟然是白花花的银圆、金灿灿的财宝，把他们眼睛都晃花了。敌人傻了。咋回事啊？枪支变金银了！调包了！有人抱起一只镀金的瓷器往街上狂奔而去，其他人受到启发，纷纷丢下枪支，去抢银圆珠宝。眼看城将不守，不如抱个金银财宝逃命去。敌连长气得嗷嗷叫，一枪击倒一名逃窜的士兵，才把人镇住。

这当儿，萧克的人马兵分三路开始行动。他把诸葛亮在陈仓之战中采用的空中射击、城墙爬梯、地下暗道等法子借来施用。一支临时组成的突击队往地下走，摸进城墙脚下一个涵洞口，沿着通向城东的沟渠，神不知鬼不觉地钻入城中，从敌人背后来个突然袭击。另一部分战士则从正面以猛烈的火力压得敌人抬不起头。敌人腹背受击，阵脚大乱。其余战士乘机扛起木梯从民房冲出，直抵城墙。梯子还没挨着城墙，萧克憋着一口气灵猴般跳上去，第一个跃上城头。一排子弹呼啸着迎客。

西门城头插上了红旗。红军登上城墙垛口，即刻向两边延伸进攻。主攻北门、南门的部队也爬上了城墙。敌人溃退如水。一道道城门迅疾打开，冲杀的喊声吓得赖世琮逃回家中，躲进衣柜夹层。负责搜索的红军战士拿枪托往衣柜一敲，赖世琮吓得一声惊叫，乖乖爬出来就擒。他的副团长及500余名官兵，全都缴枪为俘。

萧克横立城门，看着战士们如灰色闪电一道道闪过，快意十分。忽然温小四拉住他喊："支队长你受伤了！"萧克的裤腿在渗血，鞋面染得一片鲜红，像缠了一块红绸带。战士们赶紧找来一副担架，将萧克抬往城外的战地医院。

担架路过临时设立的军部，毛泽东看见，抬手一指："这不是萧克吗？伤得怎么样？"萧克忙摇手："没事没事，脚上擦掉一块皮肉。"毛泽东脱下自己的外衣盖在萧克身上，赞叹道："萧克，你好样的！今天神勇破城，真是我们的白袍小将！"

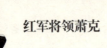

　　温香玲从巷子里小跑着寻来，此刻她不用装腿瘸，追上萧克的担架，一眼看见萧克腿上的血迹，眼泪就滚下来。"支队长！你的伤要不要紧？"

　　萧克笑道："我没事！包扎一下就好了。你赶快去做你的宣传工作，编一首歌，唱唱我们打宁都的事情。"

　　温香玲抹着泪道："我刚编了几句顺口溜，你听听看行不行：大炮砰砰呼，捉到赖世琮；赖世琮吓得脸墨黑，捉去见朱德！我还没编完哩。明天去看你，保证给你一首完整的！"

第十四章
流血又流泪

54

打下宁都半个来月，部队又要走。攻城拔寨对于红四军而言已是家常便饭，转战游击也成常态。虽然渴盼着能创建一块新的根据地，但以眼前实力和形势，无法在任何一座城市站稳脚跟。

宁都的游击梅花点很多，为壮大当地革命力量，部队决定留下一批人员帮助当地党组织打牢基础。温香玲也在留守之列。她一万个不愿意离开红军大部队，但地方组织选中了她，她能写会说，又是宁都本地人，适合做群众工作。部队临走时，温香玲带了一双新布鞋来向哥哥道别。

温小四拿着鞋子一比试，遗憾道："太大了！太大了！撑船一样，一只鞋子装得下我两只脚。"温香玲即刻建议："看看你们支队长能不能穿。"兄妹二人找到萧克，一试，刚刚合脚，好像专门为他做的。萧克被迫收下这份"捡来的"礼物。温香玲刷地向萧克敬礼："支队长，等着你们早点打回来，我还要请你教我写诗哩！"萧克笑道："你已经是一个优秀的革命诗人了！多保重！"与哥哥拥别时，温香玲眼噙泪花。温小四明白她心里痛别的人是谁。萧克似有所感，却佯装什么也不知。作为一个转战南北的军人，儿女之情根本就是奢谈，更不能像常人一样按部就班地娶妻生子享受天伦之乐，那就麻木这根神经，今后只当她是

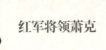

自己的妹妹。

部队离开宁都后，在福建与江西、广东三省边界来来回回地打。与此同时，部队内部产生了一些矛盾，天天都在为一些思想认识问题争论不休。"要不要设立军委？""党应不应该管理一切？""要不要一切归支部？"这些问题跟子弹一样盘旋在征战途中，每个人一不小心就被卷入、被击中。浓厚的民主空气里，言词难免擦伤、砸痛一些人。1929年6月召开的红四军党的"七大"，在思想的摩擦中选举产生了新的前委书记陈毅，落选后的毛泽东便去了福建上杭蛟洋养病。陈毅马上去中央汇报工作，而闽赣粤三省"会剿"红四军的大敌已经压过来。大胡子朱德独自担当指挥重任，还要调停内部矛盾，他的胡子一天比一天更加纷乱。

一日，萧克拿着缴获的《步兵操典》去找纵队长林彪，请示他是否可以把这个本子的内容翻印给战士们使用。林彪正在跟纵队党代表熊寿祺吵架。不知道为什么事，最近他二人经常吵。萧克不敢进屋，听见林彪道："他是英雄！我跟不上他，我不在这干了！我请求军委派我到上海去工作，到苏联去学习也可以！"有人一拍桌子，接着是朱德的大嗓门轰然响起："你们两个不要吵了！都是个人英雄主义！从今天起，给我收起你们的小肚鸡肠，多想想自己有没有错。敌人就在眼前，大家要好好地拧在一起，有什么意见，等打完仗再说！"

萧克默默退去。战争与政治就像一对连体兄弟，古人云："上下同欲者胜。"如果上面的脑袋各持己见，下面的腿脚又怎么能步调一致呢？大敌当前，无原则的纷争无异于内耗。他暗下决心不去参与那些争论，不搅和到别人的是是非非中，凡事以大局为重，以团结为主。

在打广东东江的路上，萧克受命为第一纵队参谋长，给林彪当副手。

新任的高参依然冲杀在前，攻打梅县时左肘又吃进一颗子弹。他脖子上吊着一块白布，挂住胳膊，右手单手持枪，指挥战士们向闽西撤退。去东江的目的本来是要扩大红色区域，构建闽赣粤边界的大割据，如今希望落空，部队损兵折将连连失利，大柏地以来连打胜仗的好形势再次急转直下。

清晨，行军一夜的部队稍事休息。大南方 10 月的天气依然湿热，萧克左肘伤口发炎，肿得无法穿上衣服，只得扯掉一只袖子。他放下枪，去摸腰间的水壶，才发现水壶不知何时弄丢了。一位战士停下脚，取下自己的水壶递给他："参谋长，你喝口水吧？"萧克接过水壶，朝这位一身黝黑的人打趣道："黑羊，你小子还在啊？"

"我干吗不在？有你在，我命大着呢。"

萧克的意思是，你这次没有跑掉？这一路上伤亡不少，还有些人趁机开小差离队，减员厉害。在萧克的印象里，从白军那边俘虏过来的黑羊是个摇摆不定的投机分子，他至今还跟在自己的队伍里，反让萧克觉得奇怪。

萧克喝完，黑羊收起水壶准备返队，临了又说："参谋长，你救了我三次，我以后三辈子都跟着你！"萧克问："什么救三次？不就是小井医院见一次，遂川敌营里把你带回来一次？"

黑羊羞愧地小声道："三年前，你跟着北伐军去打南昌，有天晚上我赶路逃命，是你抓住我，又放了我。"

"哦。是有这事。原来……那个俘虏兵，就是你？"萧克惊异地望着黑羊道，"你小子不讲仁义啊！我放了你，你却回去投靠白军了！"

"我这不……回来了吗？"黑羊嘿嘿地笑着，"以后，你在哪里我就跟到哪里！"

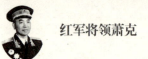

"走吧！相信你是个有良心的人！"萧克拍拍黑羊。他心里十分高兴。从军路上生死无常,怕死的靠边站,不怕死的跟我来,这是他对俘虏、对投机者的态度。那么多怕死的、投机的呼啦啦跑掉了,居然也有曾经怕死的、投机的人,如今在红军低潮时期却铁定了心跟着红军走。他坚信,红军的队伍终究要壮大,红军的前途终究是宽广的。

这年年底,身上的皮肉之痛刚刚愈合,萧克的心里又被狠狠地刮了一下。在一次重要的会议上,萧克挨了批评。

55

1929 年 12 月 28 日至 29 日,红四军党的"九大"在福建省上杭县古田镇一所祠堂召开。代表们围着炭火边烤边开会,热烈的讨论增加了炭火的热力。此前 11 月,经陈毅恳请、中央批准,毛泽东已回来主持红四军工作,就任前委书记。毛泽东在会议决议中旗帜鲜明地批评了党内错误思想。会议代表围绕决议展开了讨论与批评。

热烘烘的会议室里,萧克被炭火烘得身上冒汗。起初,他没有发言,只是默默地对照决议细细拷问自己和自己所带部队的表现。

"在我们红军中存在着单纯军事观点,流寇思想！"

萧克想,前段时间讨论"要不要设立军部"的问题,有人认为,大敌当前,军事高于一切,而政治部是卖狗皮膏药的,没必要存在,有司令部对外就可以了,这的确是严重的单纯军事观点。有的人不赞成花大力气去开展群众宣传和组织工作,主张"走州过府"攻打城市,打了就走,四处游击,满足于那种"天将晚矣君何住？鸡既鸣兮我不留"的游移状况。这怎么能建立起稳固的根据地？确实是要克服的。

"有的人存在绝对平均主义、极端民主化思想！"

萧克想到士兵委员会。这个民主组织让士兵群众有机会参加军队的民主管理，建立了上下平等的新型官兵关系，却也闹出了一些与民主愿望背道而驰的结果。部队的军事行动也要由士兵委员会来讨论决定，打湘南便是如此，军部的命令还没下达，士兵委员会就擅自通知全团集合开往湘南，终导致"八月失败"。红二十九团的极端民主化思想，教训不可忘记。

"有些人，脑子里是有些小团伙主义、个人主义的！"

萧克想起一件事。今年4月初，红四军与红五军在于都会合，他见到了从他原来的连队抽调到红军学校的几个战士，那都是他从湘南带到井冈山的得力骨干，后来编入红五军。他曾想把这几个人调回红四军来。去找毛泽东，毛泽东狠狠批评他道："红五军正缺人，你怎么只想着自己，不顾全大局呢？"萧克觉得，是人都会有好恶，会有个人情义，对于那些他欣赏的人、器重的人、信任的人，尤其是自己一手栽培起来的骨干分子，总是想放在身边发挥作用。一起从南昌起义走出来的除了温小四，还有牛仔、何细狗这些兄弟，他总想有朝一日能与他们再次在一条战壕里并肩战斗。这说明自己思想上存在小团体主义、个人主义。

"在我们中间，有的人还存在着军阀残余思想！"

军阀残余，这四个字一鞭鞭抽在萧克心上。他曾经借用旧军队的体罚法来治理军队，打过人手板，也打过人屁股。他心里认为，自己带的农民军之所以能走向正规，体罚起了很大的威慑作用。后来体罚过于泛滥，把打手板看成了解决内部矛盾的最灵武器，战士不听话，连长排长就打战士的手板。过些天士兵委员会开会讨论，认为连长打得不对，士兵便倒过来打连长的手板。部队形成这种打骂习气，他作为带兵的干部起过推波助澜的作用，负有不可推脱的责任。

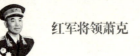

会议讨论到最后，开始点名道姓地批评。"我认为，萧克同志身上存在军阀残余思想。"萧克一听自己的名字便不由自主地站起来，隔着青烟红焰，听对方一件件点数完，马上敞开胸襟检讨自己。自己身上有污点，别人帮忙清理，他心悦诚服地接受。却有人说着说着就往歪处偏，明着指责萧克根本不会带兵，只会讲蛮劲。

萧克没有反驳。一顶"军阀残余思想"的帽子已经戴在头上，他不服也得服，毕竟自己一些治兵方法不符合现代军事管理思想。至于会不会带兵，他想这不必靠口舌来辩论，而要靠行动与结果来证明。谁要说就随他说去吧！他把心里的委屈咽进肚里。

在红军的思想大洗礼中，1930 年挟春而来。

统一步调的部队在风展红旗中翻越武夷山，回到江西，往来闽赣边界继续与国民党军队进行拉锯战。

阳春如一条犁铧，翻耕出一地青翠。人的精气神也跟着气温一道升起来。一日，纵队长林彪找萧克商量："我们第一纵队的干部有两多，一是老兵多，二是俘虏兵多。不少班排长都是俘虏兵。这些人，不论是军事上还是思想上都有些问题。我想成立一个教导队，你呢，既当参谋长，又兼教导队队长，把这些人好好教育教育！"

萧克摇头道："我……我来教？不行吧？"他想起自己刚被批评有"军阀残余思想"。

林彪开脸一笑，他平时一贯板着脸。"先把过去的事情抛开！我知道你带兵有一套。我们边行军边训练，相信你能教好这批干部！"

得到肯定与鼓励，萧克信心猛涨。他在宜章独立营时也是边打游击边整训，当教官不是问题。但这一次，做的是军队干部的教育工作。大姑娘上轿头一回，要求也更高了。唯一的军事教材，就是从敌营缴获的《步兵操典》。教学的武器，还是步枪。好在教官好请。毛泽东、朱德得知第一纵队成立教导队，都答应只要有空就来讲课。

　　不久，毛泽东真的抽空来教导队上课，一见萧克他就半认真半打趣道："今天我来讲讲，士兵的屁股为什么打不得！"

第十五章
又带农民军

56

"猛烈地、猛烈地、猛烈地扩大红军！！！"

萧克驻足在红四军军部墙上的标语面前，并排站立的三个感叹号仿若千军万马排山倒海而来。中央向红军做出了扩红100万的决定，为攻打中心城市、举行全国总暴动并夺取全国政权做好准备。1930年6月，部队在福建长汀再次大整编，成立第一路军，不久改为第一军团。赣西南、闽西地区的红军全部编入其中。整编后的红四军由林彪担任军长，萧克仍为林彪部下，担任红四军第三纵队司令。

新官上任，萧克心里喜忧参半。新第三纵队有1000人，由原红十二军第二、第三纵队合编，其中有不少闽西农民军。他带过宜章独立营的农民军，十分清楚带农民军的不易。部队马上就要去攻打大城市，上大战场，几百号没有经过正规训练的农民军，拿着梭镖和本地铁匠自造的土枪，怎么去完成攻打大城市的任务？真是猴子拣到一块姜呀！他来军部想跟首长谈一谈。

军长林彪和现任军委书记罗荣桓招手道："萧克，你来得正好！你的三纵队要抓紧整训，还要继续扩红，争取在离开长汀前，再扩大上百人！"

见萧克不作声，罗荣桓道："怎么？新官上任，没信心烧出三把火？"

萧克低头道："感觉……有点困难。"

"什么困难？你是来跟我讲价钱的吗？"林彪不悦。

罗荣桓见萧克脸色不爽，便问他有什么顾虑。萧克捂着想法不敢说，他脑子里有几条虫子在跳：军阀残余、小团体主义……

林彪不耐烦了。"你这小子，到底有什么事嘛？一个大男人怎么扭扭捏捏作小女子态？"

萧克长吁一口气，豁出去道："军长，我认为我们三纵队眼前最大的困难，不是武器少武器差的问题，也不是农民士兵军事基础不好的问题，而是缺少有素质的军事干部。打枪靠兵，指挥靠官，如果给我们一批好干部，这支部队就能带出来！"

林彪闷闷地吐出一句："你问我要人啊？我又到哪里去要人？"

罗荣桓道："人，的确是个大问题。现在各个部队都是新编的，到处都在要人，要干部。从其他部队抽调是不可能的。"

萧克终于倒出自己的真实想法："能不能把第一纵队的教导队员调整到第三纵队来？"

林彪盯着萧克几秒钟，忽然点点头。第一纵队的教导队就是他林彪创办的，教导队队长就是萧克。那五十来个学员，原都是俘虏兵，经过萧克三个月的训练，现在军事素质政治素质都还过得去。用这批人来补充农民军的干部队伍，当当连队指挥官，虽是有点冒险，却也不失为眼前的救急良招。

于是，教导队的老学员补充到了第三纵队。萧克拟定了100小时军事训练计划，而集中整训的时间只有两个星期。《步兵操典》再次搬出来作为教材。用兵为政治，而兵法作为一门科学却是无敌我无国界无古今，敌人能用，我亦能用。萧克手中的那本《步兵操典》每一页都磨破了边，翻得快要散架。一想到国民党辛辛苦苦印制的兵书竟成了红军用来克敌的法宝，真是快意。

第一堂课是射击教学。举着梭镖的士兵们嘻嘻哈哈，像看西洋镜。"司令，我们学这个没用呀，梭镖里面射不出子弹呀！"

萧克问："你们就想一辈子用梭镖，不用枪吗？"

"想是想啊，哪里有枪！""要是给我一杆枪，我保证一个人顶两个人用！"

萧克训道："告诉大家，我们马上要打大仗，去打大城市，敌人给我们准备了很多枪，等着我们去缴！要是现在不学会射击，明天你有了枪也不会用，那就只能吃枪子了！"

一听马上要打仗，群情激昂。

萧克接着道："课堂就是战场，每一分钟都是宝贵的。现在我们开始一对一互帮互学，每个有枪的战士，跟一名带梭镖的战士结成一个对子，有枪的教没枪的射击，有梭镖的，教带枪的刺杀！等上了战场，每个对子并肩走，你梭镖我步枪，轮番杀敌！"

新兵老兵马上结成对子，互相教学。部队开拔时，100 小时的训练还没完成，延续到长汀出发后的行军途中。上午半天行军，战士们累得屁股落地就瘫软如泥，下午这半天仍然不能休息，还得进行军事训练。

红四军一步步开回江西，去实现攻打大城市的梦想。第一个目标：南昌。

57

边走边训，横穿赣南，绕到赣西南。途经瑞金时，按照总前委毛泽东的指示，萧克派人专程回到大柏地，向群众偿还了正月打仗时借用的钱粮。

这天，部队来到吉水与吉安交界的乌江镇。江南七月河水正涨。一条滚胖的河流躺在山下，这便是赣江的支流乌江。从乌江镇顺江而下数公里即达赣江，而赣江是吉安、吉水通往南昌的水运大动脉。乌江河道不算宽，渡江却不那么简单。河水湍急，水深过肩。为阻止红军过河，地主武装活跃河边，在每座桥头都设置了火力点。距此30公里外的吉安县城与八公里外的吉水县城都是白军天下，布满军事据点。乌江一有动静，敌军马上可合围而来。

白天，部队潜伏在距离乌江两三里远的山头等候时机，敌人的侦察机轰然而来。萧克急令隐蔽，意想不到的情况出现了。敌机刚过头顶，两个闽西籍战士竟然跑出林子，冲到空旷处仰头观望。有一人还高兴地大叫："飞机啊！快看，这就是飞机！怎么跟只老鹰一样？"隐蔽在林中的另几名战士也掀掉军帽上的树枝，伸出脑袋看新鲜。萧克又急又气，老鹰似地冲过去，捉住那两只不知死活的小鸡，一手一个拎回林中，扔在地上。

敌机渐渐消失，一颗颗人头从树枝里钻出来。大家惊奇地发现，一位五六十岁的农民不知何时走到了人中，热情地招呼战士们："喝水，喝口水！"他身边放着两桶清水，水面浮着一只木瓢。战士们欢叫着跑过去，来一阵畅快的咕咚。萧克问："大叔您家在哪？您怎么知道我们在这里？"大叔却不回答，问道："你们是来打吉安的吧？"

"打吉安？"萧克更加惊异。这儿是吉水境内，吉水是赤白交界区域，此人如此关心几十公里以外的吉安大事，他到底是什么人？萧克心里有几分警惕。

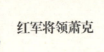

农民道："你们来得好啊！就等你们来收拾那些白军！你们是来打吉安的吗？"

喝完水的战士纷纷回答："不是。我们不打吉安。"

农民马上显出失望。"不打吉安啊？我们都在等你们啊！那谁去收拾那些家伙呢？"

萧克断定这就是个地道的农民，便仔细问来。大叔说，他姓刘，是吉安人，家在吉安县城旁边，房子被白军烧了，粮食也抢空了。他夫妻俩只好到吉水的女儿家来避难。今年这几个月时间，方圆百里的男女老少都在帮红军打吉安，已经打了六七次。刘叔家的三个儿子，次次都跟着村里人一块参加了打吉安，后来参加了赤卫队，两个媳妇也进了卫生队。前不久又去打了一次，连十岁的孙子都参加了儿童团，还是没打下来。女儿家就在山腰，今早听见山上的动静，看清是戴红袖章的红军，就挑了水送上山来。

"听我儿子讲，哪次打吉安都是上十万人，站在河边喊啊，叫啊，杀啊！吉安的白军吓得不敢出城。"大叔颇为自豪，好像身临其境。又叹道："怎么就次次打不下来呢？就是少了你们红军大部队！你们这么多人，又有枪，要是一块去打，保准能打下！我逃难两个月了，天天都想回家去！"

战士们纷纷叫嚷：这么大的战斗，让我们也去赶个热闹吧。今年2月份那次调我们打吉安，只在水南打外围的唐云山旅，我们不是也打得很漂亮，可惜没让我们打进城去。干脆这次去掀掀吉安城的老底！

萧克一面安慰刘叔，一面制止战士们："已经有别的部队负责打吉安，还有那么多革命群众支持，吉安这次肯定能打下来。我们有别的任务要去执行，不是自己想去哪就能去哪的。刘叔是赤卫队员的父亲，也是红军的亲人，您好好保重，等着革命成功，红军一定会帮您在吉安建起一个新家！"

刘叔握住萧克道："这里的老百姓都见过红军。差不多每个家里都有当红军的，有当赤卫队员的。你们要住就住到村里去！"

萧克点着头，这一带曾是红军根据地，如今虽被国民党占着，但赤色思想早已扎根。十多万群众参战打吉安，这是多么令人振奋的事情！

傍晚，部队向着乌江方向悄悄行进，第三纵队为后卫。老远就听见河边有枪声，是前卫部队跟地主武装接上了火。部队走走停停，似打非打，磨了一个晚上才靠近乌江南岸。天将亮，正要抓紧时间渡过乌江，忽然后续支队的一名副官惊慌跑来报告："司令，后面的人都跑光了！"

"跑了？跑了多少？"萧克跳起来问。

"走在后面的三个连，差不多都跑光了！"

"跑哪去了？"

"一听到前面的枪响，好多人就往山上乱跑！跑的都是新兵，只剩下班长排长和连长没有跑。"

又是发谣风！萧克急忙下令："各连连长、排长、党代表，全部上山去找人，把跑散的人喊回来。直属队就地休息！一支队火速前进，控制乌江南渡口，等后面找回来的人到齐了，再一块过河！"

萧克自己也往回找人。在山里喊了几个小时，跑散的人陆续归队，一个个勾头缩脑。萧克恨铁不成钢，回来了还不能骂，先安抚人心，把队伍整顿齐整，带往乌江方向。

折腾了一夜，天已大亮。不能贸然过河，只得潜伏在村子里，等又一个黄昏来临，才火速冲过河去。这场"谣风"真是妖风，耽误了足足一天一夜的行程！

58

萧克成天眉头不展，眼看着这样一支部队，枪不会使倒也罢，心理素质这么差，能不能走到南昌都成问题，更别说去打南昌。以过去的教训与经验，要制止"发谣风"，控制战士虚惊的情绪，必须采取简单易行的办法。那几次队伍发生混乱时，他是急令自己的连队席地而坐，以静制动。这种方法毕竟是治标不治本，效果有限，如何才能使部队在动荡的局势中保持坚定不摇的军心呢？

一路冥思苦想。想到史书记载的明朝治军"连坐法"，那些号令从记忆的地洞里呼啸而出，震响在耳畔。

"凡守城将士，必英勇杀敌，战端一开，即为死战之时！"

"临阵，将不顾军先退者，立斩！"

"临阵，军不顾将先退者，后队斩前队！"

在军校也学过革命军的"连坐法"。叶挺治理北伐军"铁军"，用的就是"连坐法"。那些条文他记得清清楚楚。"班长同全班退则杀班长；排长同全排退则杀排长；连长同全连退则杀连长……"依次类推。反之，"军长不退，而全军官兵皆退，以致军长阵亡，则杀军长所属之师长；师长不退，而全师官兵皆退，以致师长阵亡，则杀师长所属之团长……"依此类推。"连坐法"的重点是干部，干部是部队的纽带，只有强化干部的责任心，才能把所管的战士紧紧抱在一起。他心里渐渐有了眉目。

部队打进樟树镇，就地休整两日。萧克悄悄试行了一个新方法。他让连长排长睡在门口，战士们睡在屋里，一旦"发谣风"就把门关上，不准任何人跑出去。哪个连队跑掉一个战士，就拿这个连长排长是问。此举果然奏效，驻扎樟树的两个晚上，夜夜都有人"发谣风"，次次都被连长排长死死控制住。跑了你一个，我就没命了啊！

纵队委员会议上，萧克把使用"连坐法"治军的想法和盘托出。纵队政委张赤男长着一副娃娃脸，平时总是面带笑容，无时无刻不显现着真诚与善意。他跟萧克一样，也是农民军领袖，也是黄埔军校毕业，也接触过"连坐法"。听了萧克的建议，他点头道："这法子肯定好，北伐军也用过这法子。只要能把部队带好，我们就用这一招试试！"

萧克又向军长林彪请示。林彪抬眼直视萧克，反问："你还记不记得，有一次会议上，也有人提出用'连坐法'治军，当时毛泽东同志表示反对，朱德同志也是不赞成的。"

萧克沉思良久，问："那就不叫'连坐法'吧，改个叫法。"

"叫什么名称都一样。"林彪道，"'连坐法'是旧军队的治军制度，正常情况下我们是不能使用的。但是，现在是非常时期，治理这支非常部队，当然得用非常手段。只要你能快速把这支队伍管起来用起来，我看，用什么法子都不是问题。"

有了搭档与上级的支持，萧克即向部队宣布："从今天起，部队使用'连坐法'。凡上战场，务必确保上下同心，官兵同在。唯军令是从！以全局为重！今后，我萧克的命就交给你们每一位。如果我在该前进时带头后退，每一个战士都有权直接取我的性命！'连坐法'的实行，由火线委员会来监督执行！"

59

1930年8月1日，正是南昌起义三周年纪念日，部队开到了南昌城边沿。

站在赣江边的牛行车站，远望对岸灰蒙蒙的城市，萧克想起自己几次到达南昌的情形，备感振奋。第一次是随北伐军补充团攻打南昌，仗没打着，但分享了胜利果实。第二次是从浙江回来，途经南昌，去武汉寻找北伐军"铁军"。第三次是参加南昌起义。南昌就像是他的人生加油站，每一次来，都能让他获得满满的动力。这一次，他希望能与南昌有更深厚的交情。他认识的几位南昌籍战士，爱搞怪的牛仔、擅长扔手榴弹的何细狗，从广东溃散后就没再见过他们，也不知人在何方。

正当战士们跃跃欲试等待攻城命令，形势急剧变化。一军团总指挥部决定不打南昌了！这消息真令人沮丧。后来才明白，此举实为明智的选择。情报得知，南昌城里驻扎着国民党六个团的正规军，根本不是行动前判断的什么"国民党很脆弱""不攻自破""一攻就破"。红一军团虽号称军团，有上万人，所辖红四军、红三军、红十二军，其实多半是农民武装与游击队的集合体，武器装备也差。攻城，无异于鸡蛋碰石头。

按照中央"窥袭南昌"的新指令，红一军团就停在牛行车站，隔着赣江向城里打了一阵枪，算是向敌人发出一个警告：我们又打回来了！小心你们的脑袋！记住"八一"南昌起义的教训！

接着，部队掉头向西，到赣西发动群众，扩大部队，之后打向湖南浏阳县的文家市镇。

敌扼守文家市的是戴斗垣旅三个团。南昌没有打成，战士们一直觉得有劲没处使，又在赣西休整了一段，部队整训也有一个多月，现在是求战心强，求胜心切。部队决定打它一仗。

检验第三纵队整训成果的时候到了。战前，萧克与张赤男一道召开大队以上干部会议。萧克动员道："上了战场，纪律就是生命！命令没有下达，谁也不准抢先行动。命令一出，胆子再小也不准后退！尤其是党员干部，更要冲锋在前，退却在后。'连坐法'不是儿戏，火线执法，立见立行！"

开战了。红三军正面进攻，红十二军迂回敌后，红四军打的是敌侧。第三纵队这支农民军，跟着红四军大部队发起进攻。萧克暗中担忧的事情竟然没有发生。他的部队上阵后，按照战斗部署勇猛冲杀，进退有序，上下同心。战士跟着班长冲，班长跟着排长冲，排长跟着连长冲。冲在最前面的，是纵队司令萧克与政委张赤男。同仇敌忾，焉能不胜？

文家市战斗是红军主力自闽西出师以来第一个胜仗。第三纵队缴获步枪三百多支，重机枪四挺，子弹三万多发。萧克当初承诺给每个战士发一支枪，已经兑现了一大半。

第十六章
战长沙

60

1930 年 8 月的最后一天，火炉城长沙暑热难当，湘江成了一条烤焦的长蛇，扭着身子挣扎在夜里。蚁群蚊堆围过来，盯着地上的人死咬。有人啪地一巴掌拍在脸上，摸到一只虫子，随手丢进嘴里，又一口啐在地上。

另一人低问："什么味道？好吃吗？"

灰黑的树影里有人戏谑道："好歹也是一块肉！干吗不吞了它？"

埋伏在阵地已有好几个时辰，攻城的命令仍未下达，战士们等得有点着急。尤其是文家市招募的新兵，对于这次攻打省城长沙又好奇又害怕。一些老兵开着玩笑。反正敌人藏在河对面的城中，这边的小动作都被水声树影掩盖。

第三纵队司令萧克的心里并不轻松。打下文家市之后，红一军团在浏阳永和市镇会合了彭德怀率领的红三军团，合编为红一方面军，全军攻打长沙。这是二打长沙。不久前，彭德怀率红三军团 8000 人一度攻占了长沙，还成立了湖南苏维埃政府。然而，由于国民党军队四面合围，红三军团只在长沙呆了九天又被迫撤出。这一次再战长沙，三万红军凭着文家市克敌的干劲与会师的威壮，抱定了一举成功的决心。按照总前委的命令，部队于三天前就包围了长沙，而攻城却无从下手。面前的长沙，一条城墙牢牢围护，城墙之外是天堑湘江，江边修筑了层层防线，从南郊的猴子石，到北郊的捞刀河，布设了巨型鹿砦、密布的竹钉和高大的电网三道封锁线，层层重兵把守。看来湖南军阀何键对上次红三军攻破长沙仍然心有余悸，每一道防线都是他内心恐惧的余波。只要红军冲破这些防线，守城之敌就必死无疑。问题是，如何冲破这些防线？

没有重型武器。最好的枪是从敌人那儿缴获的重机关枪。最好的炮也是上次打长沙时缴获的几门野炮、山炮，还有当地赤卫队自造的土炮。这种土炮叫松树炮，用松树杆掏空当炮筒，塞进铁砂、钉子、沙石、泥巴之类，射程几十米，打几炮就会自己炸开膛。敌人把红军的这种土炮叫作"烧火棍"。在井冈山上红军也用过，杀伤力不敢恭维，但声威大，造造势是可以的。萧克曾写过一首打油诗：

> "一门土炮轰轰响，
>
> 打死白匪没商量。
>
> 引子一点手脚快，
>
> 欢送白匪见阎王。"

9月1日凌晨，总攻的命令终于下达了。部队沿河摆开，朝着敌人的防线硬打，硬冲。一时间，城里城外枪炮齐鸣，长沙成了一个发光吐焰的火球，似要引爆地球。

附近的男女老少都来参战。有的扛着门板准备架桥用，有的上次参加过打长沙，很有经验地拿着梭镖跟在红军队伍后面冲。地方游击队与赤卫军都来助阵，群众自发组织的运输队、慰劳队扛着红旗挑着物资守在火线旁边。

声威是够大了，然而声威毕竟不能代替火力。部队推进缓慢，三

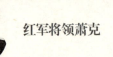

天激战下来，只突破了第一道与第二道工事。敌人安安稳稳躲在第三道防线——电丝网里，战斗成胶着状态。

战斗间隙，萧克回望自己的队伍，心中欣慰。城里飞出的炮弹时常落在我方阵地上，在地上炸出一个个大坑，把一棵上千年的大树连根炸起。农民军虽是第一次见到这种炮弹，定力还不错。尤其是，今天在猴子石歼击东渡湘江迂回到我军侧后的敌人，第三纵队个个勇猛向前，没有人往后跑，也没有人胡乱打枪浪费弹药，让红四军首长对这支队伍刮目相看。

萧克走到机关枪连。一个刚炸断胳膊的战士正在哭叫，几个人竭力想把他送到后方，伤兵死活不肯走，滴着血狂跑狂喊地寻找自己炸飞的胳膊。萧克冲过去将他抱住，道："命要紧还是胳膊要紧？听我的命令，到后方去，把命保住！"几个战士乘机跑过来，七手八脚将伤兵架走。

绰号叫"长脚"的连长跑上来向萧克报告。萧克朝他点点头："打得不错！弹药够不够？"长脚连连哈腰："谢谢长官夸赞！弹药还多着。"萧克道："跟你讲过多次了，丢掉你在国民党部队那一套，以后再不要叫长官，不要低头哈腰。我们都是同志，官兵平等！"

温小四拿着一只大饼走过来，将大饼掰作两半，一半给长脚，一半给萧克道："连长确实表现不错。今天要不是他指挥火力强力掩护，后面的战士哪敢冲那么快？"

长脚一再受表扬，激动得手脚没处放，朝温小四鞠了一躬。大家哈哈大笑。

长脚是在文家市抓获的俘虏，原是敌中尉排长。那一仗缴获几挺重机关枪，萧克的部队里却没有人会使，动员了几个使过机关枪的俘虏参加红军，就留在机关枪连。长脚是自愿当红军的，也学过一点文化，便被任命为机关枪连连长。为加强机关枪连的领导，萧克把自己最信任的得力干将温小四派到这个连队当党代表。刚开始温小四还担心长脚会不会真心向着红军，上阵这些天，长脚的表现赢得了他的信任。

61

9月9日，第二次总攻命令下达："强攻该敌，夺取城垣！"所有的弹药都搬到了阵地，所有的粮食都送到前线，所有的担架都紧跟着战斗部队，所有的战士都抱定一念：胜败只在今天！但是，高高的电网拦在每个人心里。

前委部署战斗任务时，红三军团想出了一个绝招：火牛阵。萧克得知又喜又疑。火牛阵，这是战国时期齐国名将田单发明的一种战术。传说田单率兵守城，燕国人来攻城，围住了城。田单挑选了1000多头猛牛，牛角上捆扎两把尖刀，牛尾上系一捆浸了油的芦苇草。夜间，田单下令凿开城墙，在牛尾巴上点着火。牛队受到惊吓，即从城墙洞门冲出城，冲向城外的燕军兵营，捅死、踩死燕兵一大片。齐军"敢死队"乘势跟着牛队冲杀上去，大败燕兵，解了围城之危。这次我们是攻城，敌人的电网防线那么长，此法能行吗？

红三军团一位首长信心十足道："泰和独立营的同志花了几天时间，也花了不少钱，在附近农村买了100条身强力壮性子烈的水牛，已经调教了好几天。有个战士过去给地主当过放牛娃，会识牛，也会管牛，鞭子一抽，他指向哪儿牛就跑向哪儿。到时候我们朝着电网把火车阵放出去，保准能把电网冲垮！"

萧克问："这放牛娃，是本地人吗？"

"这个不重要。重要的是他放过牛，会管牛！"首长忽然想起什么，

道，"好像是……江西的！"

萧克心头一喜。这个放牛娃，会不会是那个曾跟他一起夜间送信、又一起从南昌投奔武汉、一起北伐河南、一起参加南昌起义的南昌籍战友牛仔？部队从南昌出发南征之后，他就再没见过牛仔，说不定那个古灵精怪的南昌后生参加了红三军。本想再问个仔细，又觉不妥。现在不是寻故访友的时候，还是等打完仗再说。何况，革命队伍中同样经历、同样特长的人很多，不一定是牛仔。

敌人的炮火经夜不息，红军行进艰难。半夜时分，距离电网一华里处，红三军团阵地上鞭炮声大作，旋即冲出一大排黑壮壮的家伙，拖着火把挂着鞭炮横冲直撞。火牛阵！火牛出来了！红三军团阵地上响起呼声："快冲啊！冲向敌人！"红一军团这边，战士们惊奇观望，见红三军团冲过去，将士们跟着鱼跃而起，端着枪，举着梭镖，追着火牛的方向往前冲。

情势不妙！冲出去的火牛并没有按命令行动，它们完全失控了，有的一头撞到电网，当即电死在地，有的冲向电网两边的空旷地，有的竟然撒蹄往回跑，在冲上来的战士们中间夺路逃命，踢倒了人，就从人身上踩过去。电网丝毫未破。敌人的炮弹呼啸而来，暴雨般砸在我军阵地。队伍霎时混乱。

萧克站在人群中大喊："第三纵队！三纵队靠左边走！保持队形！"纵队各级干部拔枪传令，战士们立即跟紧自己的上级，很快整队成形。

前委传来命令，部队退守阵地。

火牛阵一时成为战士们唾弃的糗事。谁出的馊主意？谁放的牛？回头把他给宰了！还什么火牛阵，纯粹是吹牛阵！牛皮阵！祸牛阵！

城内城外的僵局持续数日，红军粮食已绝，弹药不济。9月12日中午，红一方面军总前委下令,全军收兵,撤离长沙。"一战而得天下"的梦想,在长沙化为乌有。

萧克清点自己的第三纵队,除了牺牲的几十人,无人脱逃。十天围城,如此艰苦的作战,这支组建不久的农民军没有气馁,没有打散,反而涨了斗志,练了技术,俨然正规军作风。这真是他没有料到的奇迹!

一位战士举着梭镖问萧克:"司令,您答应过的,到底什么时候给我换枪啊!"

萧克笑道:"急什么,快了快了!"

第十七章
打吉安

62

"爸！打吉安了！打吉安了！"

刘叔停下手中的活，望着大喊大叫跑进菜园的女儿，问："又打吉安了？你从哪里得的信？"

"村里人都在传，红军大部队打到吉安了！马上打大仗，村里好多人都往吉安跑。"

"啊？太好了！"刘叔把手中的锄头往肩头一扛，"走，回吉安去！"

"爸！"女儿叫住他，乞求道，"我跟您一起去！"

"你去干什么？一个女孩子能做什么？留在家里！"

"我嫂子她们，上次不也去打吉安了？我也想去看看……"

"打仗又不是看热闹！"刘叔吼道，"你就陪你娘留在家里，哪也别去！等打下了吉安，我回来接你们。今天打下了我们就今天建房子，明天打下了，就明天建房子！"

女儿失意地望着父亲扛着锄头急匆匆走出菜园，奔村头而去。

村头大树下聚集了一大堆人，都操着家伙，锄头、弯刀、竹棍，什么农具都有。有人左手一把菜刀，右手一根麻绳，像是要去捉鸡杀鸭。一个年轻人在领头召集，给每人发一面小红旗。有人嫌旗子拿在手中碍事。年轻人道："举着旗子走，人就不会走散，等到了战场，就把旗子插在裤腰，不耽误杀敌的。"刘叔走过去领了一面小红旗，跟着大家兴冲冲往吉安赶。路上不断汇合人群，队伍越来越大，一路狂喊："打吉安啦！"

这群吉水人赶到了吉安城附近的一座山前。简直是人山人海！一堆堆举旗子拿农具的人热烈地讨论着怎么打吉安，要做什么，红军打哪里，是他们先打还是红军先打。每个村都有领头人在维持秩序。还有一些戴红袖章的赤卫队员穿梭其中。刘叔逮住一位赤卫队员问："我们能帮什么忙？"赤卫队员丢下一句话就不见了人影："等命令！"

这是 1930 年 10 月 3 日下午。

此时的吉安城郊，埋伏在城北山中的红一军团正在逐级传达总部的命令：10 月 4 日拂晓总攻吉安城！

山林里一阵骚动，战士们议论着：听说已经打了好几次了，那这是第几次了？

七次！八次！九次！

每个人点出的数字都不一样。

树林里开着会。萧克用略带沙哑的嗓门对第三纵队连级以上干部作动员："为什么打吉安？吉安是赣西南的一个重要城市，又是敌人的据点。时机正好，敌人只有一个师驻防在城里。一年多来，我军和当地群众曾经八次攻打吉安，虽然没有打下，但是削弱了敌人兵力，扩大了红色区域，现在的吉安，已经是一座孤城！打下了吉安，我们的苏区就能连成一片红了！这次打吉安，总前委书记毛泽东同志说，我们红一方面军是向中央立了军令状的，只许成功，不许失败！"

机关枪连党代表温小四激动道："第九次！这是九打吉安，九九为

功，这次一定成功！"

萧克告诉大家，这一仗，军部派我们第三纵队当前卫。干部们兴奋起来："啊，打前卫！让我们打前卫，太好了！""我们也能打前卫了！以后再不用当跟屁虫了！""好好打，好好打！让敌人见识一下我们三纵队的威风！"

"同志们，这是我们纵队第一次打前卫，如果不好好打，以后就难有出头之日！"萧克抹一把脸上的汗水，"大家要记住，上了战场，军令如山！官兵一心，同进同退！我们的身家性命，是连在一起的！"

天黑之前，部队提前进入阵地，埋伏在距离敌人防线最近的山头。正面是红二十军，右翼是红三军与红十二军。红四军的任务是攻击左翼骡子山、真君山之敌。红军的后面，则是十余万人的赤卫队、少先队以及普通群众。

纵目望去，从北到西靠近城市的各个山头，碉堡像砍掉竹子的竹蔸，密密麻麻布在林中。四面炮台对准各个方面。山下，七道壕沟形成环形的防线。壕沟之外，还有竹钉阵、铁丝网。吉安城的东南方向，则是一道天堑——赣江，亦有重兵把守。如此严密的防守，难怪守城的敌军头子邓英称之为"金城汤池"。

吉安这碗汤，红军这次到底能不能端起来喝掉？有过之前八次攻而未克的经历，一些官兵心里仍是没底，另一些人则求胜心切，恨不得即刻来个飞鹰扑食。

第三纵队盯着前面的骡子山，这是他们的攻击目标。远处，那座被赤色包围的孤城吉安，仿佛死去的蛇，只剩下尚未合眼的探照灯有气无力地睁一下眼，又闭一下眼。

等候命令的时间永远是漫长的，肚皮也拉开了吵架的阵势，一阵阵狂叫"饿了饿了"。有的战士干脆将脑袋藏在草丛里打瞌睡，有的大唠家常。有人说起某次打吉安的情景："听说呀，那一次，我们这边的秘密武器是土坦克。什么叫土坦克？就是独轮车呀！你们都见过那玩意的。车子上搭一个架子，架子外面用棉絮里三层外三层包装起来，棉絮可是吸饱了水、还裹了沙子的。干什么用？防子弹呀！三四个人站在架子里边，外面两个人推着架子车往前走，还有几个人抱着炸药跟着走。这样掩护着冲到铁丝网下面，跟敌人去肉搏。可惜，还是没有冲过铁丝网。不知道这一次我们能不能冲过去。"

一个小土坡上，温小四向长脚说起他跟萧克经历的战斗。长脚听得连连点头表示敬意。温小四又附在长脚耳边道："我有个妹妹，很喜欢我们司令！就不知道司令对我妹妹的印象怎么样。我呢，总开不了这个口去问，你找机会帮我问问司令。"

长脚摇头道："我，这不合适吧？"

温小四想一想觉得确实不妥。"算了，你跟司令没有一点交情，还是我找机会说。"

此时的萧克，把战斗方案在脑子里过了好几遍，又沿阵线察看了各处准备情况，他看到红军阵地后面树影摇动，人影绰绰，联想白天所见群众参战情形，脱口自语道："十万工农下吉安，赣江两岸红一片！"

10月4日拂晓，天刚微微开眼，真君山上总部一声令下，总攻开始了！

前头军号一响，后面喊声掀天。憋急了的群众舞着旗子、农具，紧挨着红军往敌人的防线冲杀过去。

正面，真君山不多时便发生阵地争夺战，敌机嘶叫着飞来助阵，却好像专门挑着没人的地方扔炸弹，地上炸出一个个大坑，而我方人员

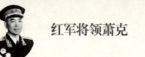

没一人受伤。

左翼，骡子山白天看起来防守功夫吓人，却也是个纸老虎。红四军很快攻下这座山。萧克和张赤男领着打前卫的第三纵队一路猛冲，乘胜进击，直插敌人要害。他们跨越壕沟，用刀棍冲破铁丝网，一路打败防线上的守敌，占领了城北的雷公桥。红旗插上桥头的碉堡，再往前，便是吉安城的北门。萧克指挥机关枪连集中火力，对准北门开路，派出一个连队冲击北门，其他连队向左向右扫除城墙上的敌人。

机枪嗒嗒，战士们扛着梯子直冲城墙。萧克紧盯前方。有人一头栽下城墙。冲杀声一浪接一浪，人影在眼前一个一个闪出去。轰然一响，城门洞开。好家伙，攻城的连队冲进城去了！

吉安城被白军占据多年，躲在家中的老百姓第一次看见穿灰军装、戴红帽徽、红袖章的队伍。啊，这就是听闻已久的红军！城里的白军天天叫老百姓筑城，修工事，家里值钱的东西全部没收了。这些天还封船，封店，闭户，老百姓的日子被搞得乱七八糟，早就盼望着有人来收拾他们。这下可好了！一个姑娘急不可耐地从床底下翻出一只小布包，打开，展出一面小红旗。她的父母一把夺过，重新卷进布包塞进床底，骂女儿："你急什么！等仗打完呀！"

见自己的连队杀进了城，萧克令道："机关枪连，火速占领城门制高点！三连五连跟我来，进城增援一连！"温小四欢喜地大叫："搞定了搞定了！走，我们杀进城去！"

刚冲到城门前方，不期然城门顶上冒出敌人一个火力点，朝城墙猛烈扫射。冲在前面的战士来不及寻找掩体，饮弹倒地。后面的人赶紧往回撤，撤回雷公桥。这时，红四军军部机关人员已聚集桥边。萧克请示军长林彪："怎么办？我们的一连冲进城去了，城门被敌人阻断。一连的兄弟们有麻烦了！"

林彪的衬衫已汗透，衣服紧贴胸口，绷得他呼吸更加紧张急促。他转身朝后面右侧城南方向望望，又望望前面的城墙，城墙上的敌人火力点越来越多，越来越猛。他愤恨道："不知道三军跟十二军干什么去了，城南那边基本上没有动静！光靠我们四军在这里拼命，这怎么行！"

"怎么办？得赶紧进去增援啊！军长，我再带两个连冲进去！"萧克请命道。

林彪瞪他一眼，道："你去有什么用？看样子敌人已经把城里各个方向的火力都集中到这边来了，谁去都是送死！先等后面的增援到了再说。我们这里连一门像样的炮都没有！"

萧克无奈一叹。的确，没有其他部队响应，光靠红四军这边的力量显然扛不住。也不知负责攻击城西南那边的红三军与红十二军出什么状况了。

正当此时，城门口人声呼啸，一队人马哗地冲出城来。是一连！他们边打边撤，正在努力摆脱城内敌人的追击。

第三纵队马上就地展开火力，掩护一连撤退。空中响起几声尖锐的鸣叫，敌人的炮弹从城里腾空而来，落在红四军阵地上。十多个红军战士即刻倒在血泊中。撤！率先打进吉安城的红四军第三纵队，因后援不及，就这样无功而返。

下午 2 点钟，城西南方向终于打响了。原来，红十二军迟至现在才赶到阵地。现在东西南北四面开花，吉安城在炮火与呐喊声中颤抖。红军步步进击，再一次突破一道道封锁线，逼近城市。十万群众跟随其后呐喊助威，一有机会接近敌人就挥舞手中农具冲上去痛打。一天下来，虽然没有打进城，但敌我双方的威势已发生了明显变化，现在是我强敌

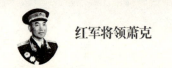

弱。傍晚，双方暂时熄火，各自计谋招数。

63

城外，红军总指挥部在西郊召开军事干部会议，准备夜战。

听说要临时组织一支突击队，战士们纷纷报名，一下超过了预定数。萧克将一名四十多岁的老党员减下来。虽然不明说减他的理由，但大家心下赞同。他一只手受过伤，左手只剩下两根指头。老党员不服气，马上嚷着要跟人比试力气和枪法。萧克说了半天，他就是不依，最后只得让他留下。

城内，守敌在东门与北门换防。接替守城的是保安团与警察队。撤下去的敌军没有继续备战，而是悄悄潜至城东南。那儿正是吉安的一大出口，赣江。江边有座白鹭洲。十多船只集中在此。不消说，他们准备逃之夭夭。白天，敌头目邓英亲眼看见城外的红旗海洋，知道自己气数将尽，所谓"金城汤池"，已是风雨中的孤岛。既然城已难守，眼下保命要紧。

晚上9点钟，红军再次向吉安城发起猛烈攻击。

城西，突击队顶着敌机枪扫射，带着木板、楼梯、禾草，拿着砍刀，冲锋上去扫除障碍。遇壕沟，将禾草一捆捆填进去，再架上木板楼梯，壕沟上瞬间架起几十座桥。后面的部队鱼跃而进。再往前，又是高到半空的铁丝网！大家挥起柴刀，嚓嚓嚓一顿砍。然而，铁丝网摇晃几下，不断一丝。

正着急，天华岭一带鞭炮炸响，随之是急促零乱的嗒嗒声。一片跳动的火光冲破黑暗直冲过来。近了，看见一群怪物拖着火把跃过壕沟，冲向铁丝网。啊，"火牛阵"来了！

张赤男和萧克带着部队在赣江附近待命，火牛的出现令大家吃惊不小。这个招法上次在长沙已经出丑，怎么又来了？萧克心惊肉跳地望着火牛阵，发现这次跟长沙那次不同。这些火牛好像有组织，有头目，一门心思朝着铁丝网方向冲。细看，果真前面有条头牛在领跑。奇怪！头牛的火把怎么举得那么高？不像是拖在尾巴上，好像是绑在牛角上？

有人惊叫："是人！是人在前头跑！"

萧克惊出一头汗。啊呀，真的不是牛，而是一个人举着火把带着火牛往前冲。萧克的心悬到了嗓子眼，心里骂着：猛子！傻瓜！你不要命了吗？

哗啦！哗啦啦！牛群疯狂撞向铁丝网，铁丝网如同被风撕破的蛛丝网，飘摇几下便倒塌在地。上啊！冲啊！战士们乘势而上，沿着火牛扫平的道路通过铁丝网，直冲城西门。西门居然空虚，接替国民党军队守城的本地保安队与警察队显然是饭桶，战斗全然没有白天那般激烈，红军冲击几下，就长驱直入。

群众组织的土炮队、土枪队、梭镖队、救护队、交通队、给养队一齐跟上来。山上山下，城里城外，遍地是打着红旗的人潮，呼着口号："消灭国民党！""打到吉安去！""杀啊！""冲啊！"

第三纵队正沿赣江向城东进击。一名战士带着两个群众侦察队员来报，赣江白鹭洲附近发现不少船只开出，正向下游走。不好，敌人要逃跑！张赤男与萧克马上分头行动，各带一队人马，一路继续进攻城市，一路沿河追击逃敌。

月光照着的江面上，隐约可见一支船队向下游方向快速移动。追！萧克带着队伍朝船只射击，敌船便紧贴岸那边走。江面开阔，河水滔滔，敌船距离远，子弹打不准，越打火轮跑得越快。一些战士急得往江中跳。

河水深及脖子，水拖住脚，行进不得，又爬上岸来。

追了十多里路，看见江边泊着一条小船。船上无人。温小四和长脚连长指挥机枪连在岸边架起机枪扫射，萧克带十来人跳上船追击。沿岸人群越围越多，都在喊叫，或打土枪，扔石头。半路又找到两条小船，大家配合着追近敌船，喊话："不要跑了！再走就打死你们！""靠过来！靠过来就不打！""红军优待俘虏，你们投降吧！"

群众也喊着缴枪不杀。前头岸边竟然还有人亮开嗓子，打起山歌：

"哎哟喂，

吉安的国民军不拉夫，嫌老了！

吉安的国民军不封船，嫌小了！

吉安的国民军不住民房，嫌矮了！

吉安的国民军不派饷，嫌少了！"

船上的敌人又惊又怕，红军都在唱山歌庆功了！两三个敌兵互相示意，欲投降。敌军官拔枪吓唬道："谁投'共匪'就叫他脑袋开花！快！靠那边岸走！"另一边岸上，围观人群越来越多，都在喊打，还有人射击。再往前，岸边又响起炮声，是赤卫队的松树炮在发威。敌船战战兢兢走在河道中间，敌兵缩着脑袋躲在舱中，不敢出来抵抗。

萧克指挥小船拦住中间一条敌船，带头纵身跳上敌船。一敌兵道："别开枪，我是你们的新同志！我早就想要过来的，我没有向你们开过一枪！"一船敌人全部缴械。走在前面的敌船狂逃而去，后面的三条敌船见大势已去，老实地停靠过来。岸上的军民立即冲上船去缴械，押俘虏。

四条敌船，200多名俘虏，100多条枪，这一网收获不小啊！红四军第三纵队人人背上了步枪，梭镖队之名终于摘除了。

张赤男笑道："这个邓英，不是'剿匪'总指挥吗？怎么变成了送枪总指挥！这次让他跑了，下次，他会在哪里给我们送枪呢？"

萧克喜不自禁道："我早说过有人等着给我们送枪！这不来了？吉安这一仗，我们这支队伍打出声威来了！从今天开始，我们第三纵队是能打大仗的正规大红军，再也不是'土共'，不是梭镖队、农民军了！"

64

1930 年 10 月中旬。吉安城，一条小巷在细密的秋雨里睡去。

温小四还在外面忙，带着战士在小巷里挨户检查，清查城里的漏网之鱼和敌特分子。每检查完一户，就用粉笔在门上写下"肃清"二字。离开前由一名战士检查全体官兵身上，以防有人拿走老百姓的东西。

刚检查完一个小铺，战士们列队自查，温小四瞄见一名小战士握着拳头藏在身后，就朝他一指："伸开手来！"小战士迟疑着。温小四两步跨过去，掰开他手。一只熟鸡蛋啪地掉落在地。温小四正要发落，四十多岁的店主急忙走过来捡起鸡蛋解释："不要怪他！是我给他的。我看这位后生哥瘦成这样，忙到这么晚了还没吃饭，就塞给他一只鸡蛋。"

温小四："我们在执行任务，不能拿老百姓的任何东西。"

"一只鸡蛋有什么要紧！又不是他拿的，是我给的。"店主三两下把鸡蛋壳剥掉，直接往小战士口里塞。战士难为情地拒绝。温小四道："都沾了你口水了，那就吃了吧！"小战士面红耳赤地咽下鸡蛋。

队伍刚出门，与两个风风火火的女红军擦肩而过。忽听有人大叫一声"哥！"战士们齐回头。温小四也回头。啊呀，那不是他妹妹温香玲吗？

"你怎么在这？"

温香玲脸上热乎乎地滴着雨水和汗珠："我们刚到外面办事回来。

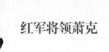

我早听说，今年正月你们部队从福建打回了宁都，可惜我那时候调到东固去学无线电报了，错过了见面。这次打吉安，正好要从东固调干部过来，我就报了名。早就料到你们部队会在这里！"停顿一下，又道，"我从发给中央的电报上看到，萧大哥……他现在是红四军十二师的师长了，了不得啊！你呢？"

温小四道："我嘛，现在是我们连的党代表。你知道吗？这次打吉安，就是我们三纵队的司令，也就是现在的萧师长，带着我们部队第一个打进城的！"

"啊，太厉害了！"温香玲双目放光。

同伴催温香玲快点回营地去，还有事要办。温香玲边走边回头朝哥哥道："明天我想去见见你们师长！看看这一年多来他是不是长了三头六臂！"

次日下午，温香玲果真瞅空去红四军营地，但人去屋空。红四军一早便离开吉安向北进发了。温香玲怅然而返。在一栋民房门口，她看见一张褪色的宣传单，上书："打到吉安去，红军才有安全的休息！"这是红军刚刚打进吉安时张贴的。望着这张宣传单，记起毛泽东在10月7日江西省苏维埃政府成立大会上说的话，他说：现在我们打下了吉安，赣西南的红色区域已经连接成片，纵横六七百里、31个县，都是我们的红色区域了！温香玲闷闷地想，既然打下了这么大一片根据地，他们还要去哪里？她心中一片惶惑，又隐隐觉得，自己是追不上他们的脚步了，而她心中那个人，更是可望而不可即的星辰。

第十八章
负重飞翔

70

隆隆炮火惊醒了地下冬眠的虫子，送来了第一次反"围剿"的胜利。

1931 年 3 月，江西与福建的交界地广昌，一支红军部队行进在田野上。油菜花给田野铺上厚厚一层金粉，让人从眼里暖进心窝。人从菜地走过，空气中的香味便跟着游动，阳光也染了金粉香味，扑得人脸色格外明艳。几个农民立在田间，笑眯眯地给红军让路。由红四军第三纵队改编的红十二师，转战到广昌，做了一个多月的群众工作，现在又要转移，老百姓对这支部队有了感情。

几个入伍不久的福建籍战士边走边扯闲话。

"我家也种了油菜。这次往福建方向走，看看能不能请个假回家看看。"

"哪有空回家？萧师长说了，我们得赶紧准备第二次反'围剿'。"

"剿剿剿！他蒋介石怎么就打不怕？两个月前我们打败了他的第一次'围剿'，干掉他一员大将张辉瓒。他不会这么快又卷土重来吧！"

"哎，你说，国民党搞了这么多名堂来对付我们，'进剿'啊，'会剿'啊，'围剿'啊，这些名堂有什么区别吗？"

被问的战士摇摇头，一眼看见走在前面的连党代表温小四，便紧

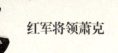

追几步向他讨教。

跟在萧克身边这么多年，温小四政治理论水平提高了一大截，也成了做思想工作的老手。新兵有疑问，他趁机做宣传："我们在井冈山时，一个月时间，国民党江西部队对我们根据地发动了四次进攻，次次都被我们打退了。他们死不甘心，湘赣两省的敌军又对我们搞了三次联合'会剿'。那时你们几个还在老家种地？还是搞暴动？总之没有来。国民党的招数是这样的，一支部队进攻，叫'进剿'。两支部队一起进攻，就叫'会剿'。'围剿'呢，当然就是三支以上部队来围攻啦！他们仗着人多势众，恃强欺弱。那又怎么样？搞不倒我们的！现在，他们还搞什么'清剿'，花样多着啦！占了我们的红区，就进行拉网式清查，对我们的人赶尽杀绝。红军是杀得完的吗？上次打吉安，我们红一军团光在吉安就补充了一万多新兵。"

一战士道："广昌也新建了好几支游击队。这些游击队厉害得很，听说我们来之前他们就打土豪分田地，搞得轰轰烈烈。"

温小四说，广昌有两支游击队已经编进了我们十二师，这次也跟我们一起出发，我们的队伍更大了。

一战士担忧道："那时我们在地方搞暴动打游击，最希望红军大部队来。大部队一来，反动派就闻风丧胆。最担心红军大部队走，大部队一走，敌人就反攻倒算。尤其担心游击队也跟着大部队走。他们一走，地方上的革命力量就更弱了……"

温小四道："别担心，我们很快会回来的。罗坊会议不是说，诱敌深入嘛！现在我们离开广昌，就是故意让敌人钻进来，到时我们再杀个回马枪！"

传来上级命令，部队加快行军速度，赶往宁都。

　　成立不久的苏区中央局军委就设在宁都，军委首长们项英、朱德、毛泽东等会聚于宁都城外几十公里处的黄陂、小布、青塘等村庄。

　　萧克部队来往宁都多次，以往总是打进来打出去，唯独这一次没有打。宁都境内已是中央苏区。萧克明显感觉到，此时的宁都，政治空气格外浓厚。部队天天都在抓政治讲政治，但这次的政治空气有点特别，夹带着浓烈的火药味。

　　这段时期，红一方面军正在开展肃清"AB团"运动。所谓"AB团"，是"反布尔什维克团体成员"的英文缩写，说白了就是反共反革命特务组织。赣西南特委的文件说，"AB团"是江西的地主豪绅的集合场，是赤色区域下的奸细。至于这个"AB团"怎么反共，是怎样的团体，谁也说不清。大多数人甚至连这股风是怎么刮起来的都不知道。在第一次反"围剿"之前，红一方面军就在宁都"黄陂肃反"中杀掉几十个总团长，打掉4000多个"AB团"分子。这场肃反风暴，很快从宁都黄陂刮到了地方。先是东固革命根据地的创始人、中共江西省行动委员会书记李文林被指为"AB团"的首领，在宁都黄陂被逮捕。接着是红二十军在吉安发动"富田事变"抵制肃反，被定为反革命暴动，红二十军的几乎所有干部均被作为"AB团"分子处决。红二十军的番号也被撤销。

　　萧克提醒自己，到了政治中心可得凡事谨慎，千万别惹祸上身。

　　一日，萧克在黄陂遇见一位特殊人物，他的嘉禾老乡李韶九。二人正面相遇，同时一愣。

　　萧克恭敬地跟这位老熟人打招呼。眼前的李韶九是名噪一时的红人。李韶山掌握着总前委的肃反尚方宝剑，生杀予夺大权在握，引爆1930年12月"富田事变"导火线的，就是他。李韶九自跟上南昌起义部队，他的命运就大写好运。他曾被派到李文林创建的红二团工作，还当过红二团的团长，颇有声名。红军两次攻打长沙时，担任红三军一纵队政委的李韶九率部捣毁了军阀许克祥的家，其军事才能得到总前委的器重。现在的他，是红一方面军总政治部秘书长兼总前委肃反委员会主任，大首长身边炙手可热的人物。

李韶九也认出，面前这位便是当年南昌起义时把他从俘虏队伍里带出来、并帮他找到林伯渠的萧克忠，现在的红十二师师长萧克。但他没有显出一丝他乡遇故知的喜悦，因为，现在的他并不愿意触及那段并不光彩的历史，更不愿跟一位知根知底的下级热络感情。他朝昔日恩人略略低低下巴，就在一前一后两个士兵的护卫下凛然而去。

萧克站立一旁目送李韶九远去。

苏区中央局军委设了政治部，红四军军委也专门设了政治委员，由军委书记罗荣桓兼任。罗荣桓戴着眼镜，一副斯文书生模样，比萧克年长五岁，仍是个单身汉。萧克对这位湖南籍的首长很有好感，并敬佩他的才高八斗。听说，罗荣桓出生于富豪人家，是个满腹经纶的大学生，后来他放下诗书，参加秋收起义，带着队伍上了井冈山。1928 年 8 月，红四军二十八团、二十九团冒进湖南遭受"八月失败"，毛泽东带着红十一师三十一团三营到湘南去接应受挫的二十八团，当时罗荣桓便是三营的党代表。萧克也是那次回湘南的路上认识罗荣桓的。

红十二师在宁都驻扎下来不久，罗荣桓代表红四军军委来红十二师检查政治工作。萧克对自己的政治工作自是有信心，正想把自己带的这支农民军蜕变进步的过程报告一下，刚报告了人员扩充情况，罗荣桓一推眼镜，脸色陡变，劈头盖脸将萧克一顿狠批。

"什么？你把广昌的两支游击队也带过来了？这怎么行？你……你这是典型的本位主义！红军本位主义！只想把自己的队伍搞大来，却不顾地方的死活。你也不想想，地方力量本来就不强，你还带走他们的队伍！地主武装来了他们怎么办？就你的一亩三分地重要？你想过广昌县委的难处吗？"

萧克完全没有思想准备，申辩道："不管游击队在不在，地主武装反正是要来的。我们不是很快要打回去吗？"

罗荣桓一巴掌拍在桌上，骂了一句湖南话："乱弹琴！"

萧克觉得委屈。把一部分游击队编入红军主力，符合红一方面军猛烈扩红的要求，在别的地方不也经常这样干吗？现在国民党第二次"围剿"在即，红军的首要任务是扩充主力。何况，把游击队放在正规军里培养锻炼，再带回去就是一支正规兵力，将来对地方也有利啊！萧克求助的目光望向陪同检查的军委秘书长黄益善。

黄益善是萧克的知心老战友，此时却一点情面也不给，狠狠批评萧克："是你错了！在吉安时，总司令部只要求你纵队改名为红十二师，并没要你改编红十二师。到了广昌，你没有报告军委，就擅自改编十二师。你这是自作主张！况且，你带走广昌的游击队，事先也没有征得广昌县委同意。这是无组织无纪律的行为！"

萧克无言以对。当时匆忙离开广昌，只想着壮大红军主力，的确没顾及其他。

工作汇报当即演变成批评会。围坐桌边的人，一个接一个地点数红十二师的种种农民习气。不知是谁说到萧克的工作方法，先是说他带兵带出了效果，红十二师在龙冈打张辉瓒、追击谭道源师都表现不错，表扬之后，紧接着话锋一转，又指出他工作方法不对。说他在打长沙之前，在部队推行"连坐法"，还设置了火线审查委员会，这都是照抄照搬旧军队的套路，是军阀作风！

萧克欲言又止。当时第三纵队实施"连坐法"的确是他的主张，但实施之前经过了纵队委员会及红四军首长同意，现在却要追究他的责任。他并不想把责任推给别人，内心不服气的是，"连坐法"并不是他首创，历史上用过"连坐法"的部队，对于整肃军纪都起到了特别好的效果。尤其是，叶挺在北伐时期也用"连坐法"治出了一支"铁军"。第三纵队组建之初，新兵们农民习气那么重，又怕死，如果不用"连坐法"突击整训，只怕是不等开仗，早就在路上"发谣风"跑光了。但这些话，他只能闷在肚子里。眼下肃反这么厉害，多说一句话就可能扣上对抗组织的罪名。

罗荣桓批评道："我们的军队这些年来不用'连坐法'，也不搞体罚，不是照样节节胜利？'连坐法'不是我们红军制胜的法宝！我们要靠政治工作来赢得人心，靠加强党的领导来掌握军队。这个道理，古田会议决议早就讲得很明白了，我们要划清红军与旧军队的界限，肃清一切旧军队的影响。你自己回去把决议好好学习一下！"

萧克以无声代替表态。

罗荣桓注视萧克良久，深深一叹，朝大家道："这种风气不刹不行，研究一下怎么处分！"

萧克退出去回避。检查组关起门来讨论了半小时，出来时一个个神色凝重，回军委报告上级去了。萧克像一棵霜打的白菜，没精打采地把自己关在屋里，找出一张刊登着古田会议决议的报纸，一句句通读全文。红四军"九大"期间，他曾一条条对照自己查找问题。决议里说到"单纯军事观点"的种种表现，以前他总觉得离自己很远，还以自己擅长政治工作自喜，现在重读决议，心下暗惊。"四军本位主义，一切只为基本队伍打算，不知武装地方群众是红军重要任务之一，这是一种放大些的小团体主义。"他陡然觉得问题严重,部队肃反正猛,揪出错误倒不怕,就怕沾上什么"AB团"。不行,得赶紧去找军长林彪。他推行"连坐法"的过程,林军长最清楚,也最了解治军的实效,而且林军长一贯信任他,爱护他,这时候请林军长出面解释一下,说不定能大事化小、小事化了。

快到军委门前,他犹豫了。自己当初出此主张,是早有担责准备的,大丈夫一人做事一人当,不能拖累他人。既然有错,既然要担责,该来的就让它来吧!相信组织不会冤枉自己。

下午,红四军军委宣布对萧克的党纪处分:党内警告。

是夜无眠,心情灰暗。加入共产党四年,红心向党,冲锋陷阵,这份忠诚苍天可鉴。没想到无意打翻一桶墨汁,红心被染黑,他觉得羞愧。不怨别人。只怪自己认识太低,觉悟不高,今后一辈子都要背上这个污点了。庆幸的是没有被打成"AB团"。听说有的人因为工作消极,发几句牢骚,就被打成"AB团"关押起来。

第二天一早,萧克闷闷地想着要去交检讨书。军委派人送信来,各师师级干部紧急开会,部队马上开赴第二次反"围剿"战场。

71

经过一个多月厮杀,20万敌人再次败北而去。

5月的一天傍晚,萧克从外地办事回营,发现营地人心惶惶。出大事了!

战士们说,今天李韶九带着保卫局的一干人马来到红十二师,以抓捕AB团的名义,抓走了60多个干部和战士。

萧克大为震惊。对于自己的部队,自己的部下,他了然于心,这些人跟着自己出生入死,个个是铁打的硬汉,怎么可能一夜之间变成反

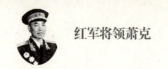

革命的 AB 团？

"师长！快想办法救救他们！听保卫局的人讲，他们抓到的人，一般只过得了一天一晚！"将士们噙泪请求。

"今天抓走的是他们，说不定明天来抓的就是我们！"

不行！不能眼睁睁看着自己的部下自己的战友这么不明不白地冤死在自己人手里，不能见死不救！我拼了命，也要把他们救出来。怎么救？这可不是跟敌人斗，总不能杀过去啊！去求情？人微言轻，就凭自己这么个没有背景没有来头的小小师长，能求得动堂堂保卫局吗？对了，搬救兵，找上级，找红四军军委首长去！

萧克带着警卫员即刻出发，两匹战马嘶叫着冲向夜幕。红四军军委已移驻东固，距宁都一百余公里。

连夜赶到军委驻地，已是凌晨。

"胡闹！哪有那么多 AB 团！"军委秘书长黄益善一听萧克的讲述，气得拳头捶在桌上。二人即刻向军委书记罗荣桓报告，商量怎么救人。罗荣桓望着前不久刚挨了批评受了处分却依然对组织忠肝义胆的萧克，心下赞许。在这个全军肃反的特殊时期，人人自危，萧克敢于站出来救人，分明是将自己的生死置之度外了。这是一种可贵的血性与担当。要知道，站在保卫局的对立面，等于把自己的心脏抵在枪口上。萧克的请求，也正是他罗荣桓的立场，不能让保卫局这么滥杀忠良。罗荣桓果断道："萧克，你马上带个急件回去，叫他们刀下留人！"黄益善迅疾手书一个特急公文，盖上总部大印，交给萧克。

萧克感激地告别罗荣桓和黄益善，怀揣救命公文，一刻不停地策马返程。他拼命挥动鞭子，恨不能变成一支利箭，穿越山林直插宁都。

呼！呼呼呼！

刑场上，保卫局正在对草草审讯完毕的 60 多人执行枪决。第一批人刚刚饮弹倒下，十多个昨天还澎湃着革命激情的血肉之躯，此刻横在地上淌着热血。"刀下留人！"萧克一夹战马，朝着举枪行刑的人冲去，手中高举的公文在阳光下闪着银白的光，如同一块坚不可摧的盾牌。

尚未处决的 40 多名干部与战士，在即将吃进枪子的前一瞬，忽然见到了从天而降的萧克，齐声痛哭大呼：" 师长啊！师长！"

"师长！这辈子我们这条命就是您的了！"

72

1931 年 6 月中旬的一日，林彪找萧克单独谈了一次。这次谈话，萧克牢记在心中，后来每次想起，都心怀感激。

红四军军委驻地，二人隔着一张木桌相对而坐。警卫员走进来想给首长们倒杯茶，林彪挥挥手制止，示意警卫员出去。他自己端起桌上的陶瓷茶壶，给萧克倒了一碗水。萧克慌忙起身，跟在林彪身边这些年，这是第一次，林彪亲自给萧克倒茶。萧克陡然觉得，林彪找他，是有大事要谈。

林彪喝了一口茶，似笑非笑地望着萧克，来了一句："萧克，你的翅膀硬了。可以……自己单飞了！"

萧克诧异地望着自己的顶头上司，从林彪的表情与话语里，他分辨不出这话是褒是贬，心里不由紧张起来。

林彪这句话，其实是一种欣慰的感叹。前委决定调萧克去新成立的独立五师任职。不消说，这里面也有林彪推荐的原因。

听到这消息，萧克的第一个反应是：啊？我要离开军长身边了？算一算，在林彪手下已经三年多。从井冈山走到现在，他从连长一步步当上营长、纵队参谋长、纵队司令、师长，每一步，都有林彪在前面带着。如今要离开林彪，独自去负责一支新组建的独立师，他对这位信任器重自己的上级心有不舍。他是一个十分重情的人，当初北伐河南时要离开搭档郑鸣英连长，去另外一个连当连长，也是这种心情。当然，对组织上安排的这项新工作，倒没有太多顾虑。带了这么久的农民军，尤其是带着红十二师在两次反"围剿"中实战练兵，大施身手，他对自己独当一面的能力还是有信心的。萧克当即表态，服从组织决定。

1931年6月中旬，萧克赶往红一方面军总司令总驻地福建建宁，去领受新的任务。

一见到总前委书记毛泽东和总司令朱德，萧克想起自己刚受到的党纪处分，面露羞愧。两位首长却好像不知道或是全然不在意此事，热情相握。毛泽东道："萧克，你是最擅长带农民军的，调你到独立五师去当师长，准备好了吧？"

萧克答："报告首长，准备好了！"

朱德以欣赏的目光望着这个年轻人，笑道："独立五师刚刚组建，军事上和政治上都嫩得很，你把自己的经验拿出来，好好训练这支队伍。什么队伍交给你，我们都放心！"

萧克剑眉上扬，郑重地点头。自己在红四军"九大"时挨了批评，前不久又受了党纪处分，说起来他的一些治军经验如打屁股、"连坐法"等，都已被视为"军阀残余""本位主义"，他身上的污点，正是毛泽东要狠肃痛击的，而首长们竟还能一如既往地信任他，器重他，还顾虑什么，继续干！

萧克即往独立五师所在地吉安县赴任。

独立五师，这个响亮的名字背后其实是一大块空白，部队的所有支架都等着萧克来搭建。兵力虽有 2000 人，却是游击队的集合体，梭镖晃眼，衣服五花八门。这些游击队，来自永丰、吉安、吉水、万安、泰和、乐安等县，各自操着不同的地方口音。萧克任职第一天，就被各种地方口音的称呼搞得哭笑不得。萧师长！笑死长！小师长！萧是党！看着这些一夜之间变身红军的农民军，他感到担子的沉重。

独立五师党内归永吉泰特委领导。永吉泰特委书记是毛泽覃，萧克早在井冈山时就跟他相识。一见萧克，毛泽覃满面喜悦道："来得正好！独立五师正需要你这样懂政治又懂军事的干部！"

萧克问："政委呢？独立五师有政委吗？"

毛泽覃笑着摇头。

"那，得赶紧请示上级，派个政治部主任和参谋长来也好。"

毛泽覃仍然笑望着他，摇头。

萧克疑惑地："不可能……我们师连一个专职搞政治的都没有吧？"

"你知道蒋介石有多少头衔吗？国民党中央政治会议主席、国民党政府主席、军事委员会主席，兼总司令。他没有三头六臂，一个人可以身兼数职，你并不比他差啊！这个独立五师，师长、党委书记、政委、参谋长，甚至政治部主任，都你一个人挑了吧！党政军工作高度一致，齐头并进！"

"那我不成独裁了吗？"

二人大笑。干革命不讲价钱，白手起家，一切以现实需要为号令。

独立五师师部就在吉安县水南镇挂起了牌子。麻雀虽小五脏俱全，司令部、政治部、供给部、卫生部，都在一个星期内支起来。萧克对吉安这片土地已然熟悉。国民党向井冈山根据地发动四次"进剿"、三次"会剿"，以及前两次"围剿"时，萧克跟随主力红军转战苏区，多次往来吉安，

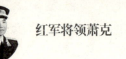

这儿的一草一木，都亲如家人。

师部挂牌不久，一日，萧克来到万泰县沙村，给驻扎在这里的独立五师第十三团作动员报告，动员战士们发动当地老百姓一起反"围剿"。战士们对这位块头不大、相貌堂堂的新任师长甚觉好奇。

"各位老表，战友们！"萧克一开口，大家就听出他是湖南人。只有湖南人喜欢把江西人称作老表，因为两省地域相邻，风俗类同，人缘亲近。

"我叫萧克！萧，是消灭的消，这个音。克，是克敌制胜的克。从今天起，我跟大家战斗在一起，去消灭敌人，克敌制胜。我先讲讲中央交给我们的反'围剿'任务！"

报告刚刚开了个头，忽然天上嗡嗡作响。举目寻声，天边几个麻麻点朝这边飞来。啊呀，敌机来了！

"全都趴下！趴下！"萧克急令。

战士们即刻原地趴下。只有一人没有听令。不仅没有趴下，反而跑向山坡高处。咚咚咚的脚步声惊起另一年轻人，万泰县团县委书记张爱萍。张爱萍一抬头，看见一个中等个子跑向高地，手里还抱了一挺机关枪。敌机已近，是谁这么胆大不要命？

嗒嗒嗒！一梭子弹射向空中敌机。张爱萍看清了，那个站在高处射击敌机的，不是别人，正是刚刚在台前做报告的师长，那个"消灭的消，克敌制胜的克"：萧克！

敌机未料到会遇到还击，在山坡丢了几枚炸弹就跑了。萧克从烟尘中走下山坡，战士们惊讶相视，暗服了这位虎胆师长。

形势紧，容不得花时间安顿下来集中训练，1931年6月下旬，蒋介石的第三次大规模"围剿"就气势汹汹扑来。有了前面两次失败的教训，这一次，蒋介石亲自出马，坐镇江西，誓称要雪"国耻党仇"，"不能成功，即当成仁"。国民党以 30 万兵力扑向红一方面军的三万人马，各路兵力分从南城、吉安、永丰、乐安方向深入我根据地进犯。

蒋介石这次"围剿"，除对中央红军作战，还调动了七个师的兵力，加上地主武装，六万人马部署在湘赣革命根据地周围，全面封锁湘赣红军策应中央红军的作战行动。此时的湘赣苏区，湘赣临时省委正在筹建之中。

国民党驻吉安部队第十九路军东渡赣江，直扑吉安城 50 公里外的富田。富田是江西省行委、省苏维埃政府驻地，也是吉安县委所在地。独立五师驻扎在水南镇，距富田只有 40 华里。萧克即率独立五师正面迎敌，护卫省、县首脑机关。

红军五个连的兵力，迎击三个师的敌人，打了半天，敌军如飓风席卷。独立五师对决不支，一下撤退十多里。

萧克跟毛泽覃商量。眼下，红军主力还在闽西、闽西北、闽赣边和赣南等地进行第三次反"围剿"的准备，靠我们这支队伍硬拼是不行的，必须等主力回来，再组织反击。

毛泽覃深表赞同。对！现在我们要做的，不是进攻，而是防御！尽最大所能阻拦敌人，迟滞敌军，不让敌人过早深入苏区中心，争取时间让红军主力向苏区中心区回师集中！

于是，独立五师立即撤向东固与富田交界的山区：九层岭、观音岩一带，在此构筑防御阵地，阻击从吉安过来的敌人。吉安县委一部分人员跟随部队转移进山。

73

九层岭，顾名思义，是一片重峦叠嶂。其山险峻，连绵四十余里到观音岩，形成一条南北纵向的屏障。传说历史上有一支部队打算由此取捷径过境，将领试了一下脚，爬了三步才挪动九寸，最终放弃此道。故此，九层岭又名九寸岭。

九层岭的险峻萧克早有体验。几个月前，也就是 1931 年 5 月，红一方面军在这片山岭设下口袋阵，阻击并重创国民党王金钰的四十七师残部，那次战斗他也参加了。部队提前进入山上阵地，陡峭的山几乎与人比肩而立，极度负重之下，感觉四肢既不够用，又是多余的负担。这一次再来九层岭，目的是守住这条险途，也就是守住敌人进入苏区的捷径，迫使敌人退出或绕道而行，以此拖延敌人进入富田苏区的时间与进度。

在九层岭的深山腹地，独立五师靠近散居于山沟的老百姓家搭建了一些简易茅棚，扎下营地。

盛夏之夜，一位女电报员守在一台小型无线电台旁，凝神静气地收听一个敌台。电台里，嗲声嗲气的女播音员正在隔空呼叫代号 9900 的人，送上一堆肉麻的生日祝福话，话语间夹杂着滴滴答答的电波声。女电报员时而将耳朵贴近电台，细细分辨电台女播音员发出的暗号及电波的频率、周期、音质、发报人的手法，时而在纸上记录着。听完了这段播音，纸上也记满了一串串数字。她逐一译出来，浏览一遍，惊喜自语道："太好了！"这是蒋介石发给吉安敌人的一封电报，情报值千金，得赶快送给师部首长。环视茅棚，同住一屋的三位卫生队女兵都已入眠。她拍拍其中一位，那位正睡得香，不肯睁眼。她便独自出门。

月色如练，天地间仿佛铺了一层薄明的银纱。女电报员踩着一地银光飞跑起来，脚下似有轻功，将她满腹的喜悦举得高高的。不远就是团部，她敲开团部的门。团长一听有情报，即刻出门带她去见师长。

师长萧克刚刚睡下，听到拍门声，哗啦一下拉开门。天气热，他光着膀子，浑身上下只有一条短裤。团长朝自己身后一指，女电报员迟疑两秒，隔着团长将手中电报呈给萧克。萧克猛然发现面前有个女兵，一愣，接过电报即转身回屋，套上一条长裤，又披上一件衬衣，匆匆展读了电报，这才走到门口，朝门外站着的女电报员道："干得漂亮！你破译敌台这么老练，看来是个老兵吧？"

女电报员扑哧一笑："师长，你不认识了我吧？"

萧克近前一步，定睛注目。眼前这位女兵，个子高挑，一张圆脸笑成了盈月。他惊喜道："是香玲……同志！"他差点叫出香玲妹妹。"你什么时候跟上我们部队了？"

温香玲俏皮地反问："吉安县委这么多人都来了，就不许我来？"

"你在吉安县委工作？对对对！听小四说，你当上了无线电报员，还参加打吉安了。了不得！"

温香玲低下头，不敢让自己满脸的欣喜袒露给这位她最想见到又怕见到的人。去年打吉安时错过了与萧克相见，还以为这辈子再也见不着她心中的太阳。一个月前，萧克来独立五师任职，她通过文件得知后，每天都在等待见面的机会。萧克组建师部时曾经多次到吉安县委来，有一次，她去送电报给县委书记，在门口听到屋里传出萧克那熟悉的大嗓门，喜出望外地正要进屋，不料县委书记自己从屋里走出来，接过她手中的电报，一点头便将她打发走了，让她好不憾恨。这次吉安县委与独立五师分头转移，要从县委派两名电报员随军行动，她便自告奋勇跟独立五师走。分到独立五师的男电报员不高兴，说："我们进山去打仗，风餐露宿的，你一个女兵跟着多不方便。"温香玲争辩道："有什么不便？独立五师的宣传队卫生队不都有女兵？何况，独立五师进山是去设营搞防御，又不是打游击。"磨到最后她硬是来了。跟随部队进山这些天，虽然没有机会见到萧克本人，但感觉离他是那么近。

　　萧克着实高兴。见到温香玲就想起温小四。离开红十二师时，温小四曾提出要跟他走，他没答应。萧克已不是过去的萧克。依然重情义，器重老部下，但他认为，革命队伍到处都有真心兄弟，真心兄弟要从组织里找，而不能从私交里找。温小四已是一名成熟的干部，有能力撑起自己的一方天地。临别，温小四特别拜托萧克，他妹妹温香玲可能还在吉安，如果有机会见到，希望师长能把她带在身边，也好有个照应。来到吉安的这些日子，他忙得无暇去找温香玲，这下好了，吉安县委把温香玲派到了他的部队，萧克倍感欣慰，感觉身边多了一位亲人。温香玲如此能干，真是难得。他握住温香玲道："辛苦你了！你是我们的'千里眼'和'顺风耳'，这封电报对我们太有用了！我这里先给你记一功。时候不早了，早点休息！"他的手仿佛一块强力磁铁，握一下，温香玲感觉自己的心被吸得怦怦乱跳。

　　萧克回屋后，再次研读了电报。截获的这封电报，是蒋介石下达给进逼吉安的敌十九路军的兵力部署与进攻任务。对于这支敌兵，萧克是知其来历的。它原是北伐时期有"铁军"之称的第四军属下一个师扩编的，士兵多为广东籍，纪律严明。在二期北伐时，萧克随部出击河南，还与这支部队在同一条火线并肩作战，其战斗力赫赫有名。可惜后来这支部队被蒋介石怂恿控制，走到了革命的敌对面。他们听命于蒋介石，参加了前两次对红军的"围剿"。我主力红军尽量回避这支劲敌，还没有跟他们作过正面交锋。萧克心知，对付如此强劲的敌人，得用些巧劲，还要做好打持久战的准备。那么，接下来要做的第一件事，就是挖战壕。

74

一大早，各团接到师部通知，叫战士们找来为数不多的锄头、铁镐、筻箕等农具，去山头会合。

部队从吉安县水南出发时要求大家带挖掘工具，很多人不以为然，打仗应该带枪支，还带什么农具。一听说要挖战壕，不少人傻眼了。过去在家里挖过水渠，开过荒地，打过井，什么力气活都干过。搞暴动打游击时，锄头铁镐都是挖向地主反动派的武器，可就是没有挖过战壕。

萧克拿着一把铁锹，边讲解边示范："战壕是非常重要的掩体和防线，相当于我们的护身符。我们要在这里坚持一段时间，与敌人对峙抗衡，挖战壕是必不可少的防守措施。每个人必须会挖战壕，会用战壕。"

一个刚入伍的新兵笑眯眯地问："挖这么深的沟干吗？"

"捉迷藏啊！"另一战士的戏谑引来哄堂大笑。

有人笑道："乐开花，你见过老鼠打洞吗？你知道它打洞是干什么用？"

新兵名叫勒凯华，战士们顺口叫他乐开花。乐开花长了一副喜相，天天眉开眼笑的。他认真地答："老鼠打洞是躲猫抓，藏粮食啊！"

"那不就是嘛！挖战壕也是这个道理！"

"你把自己比作老鼠干吗？要比也是比……"乐开花一时想不出更好比的，就说，"比地头蛇也好！我在家最会挖地窖，我挖的地窖比你家房子还漂亮！"

萧克教战士们先挖单个人使用的散兵壕。他讲解了立射壕、卧射壕与跪射壕的不同要求，然后指挥各营连分别挖出几个示例。战士们都是种地挖土的老手，把道理讲清了，高度大小比画好了，一点就通。

前沿战壕挖得很浅，刚够一个人平卧射击。往后是深的防御战壕，有能站着射击的，卧着射击的，跪着射击的，依据地形与防御需要分布开来。还专门挖了机枪战壕。指挥部、卫生所、弹药储备所、联络站，都在战壕里诞生。

乐开花向连长建议，是不是挖一个厕所。既然部队要在山上打很久的仗，每天吃了喝了就要拉，总不能天天拉在树下搞得臭屎成堆吧。这一建议得到采纳。所谓厕所，不过是战壕旁边单挖一个土坑，用茅草树枝扎了个大盖子盖住。

乐开花挖地窖的本领有了用武之地。战壕侧壁要掏几个猫耳洞，以躲避敌人炮火。乐开花自告奋勇去挖猫耳洞。他知道哪些地方土质松软，岩石少，好挖，又不容易垮土。

深深浅浅的战壕后面，是一片茶山。当地盛产绿茶，茶叶是农民的口粮来源。茶园拾掇得平平整整，排排茶树犹如整齐坐着的士兵在听课受训。这儿，便成了独立五师阵前干部训练班的课堂。防御阵地布得差不多了，全师连级干部、排长、班长、文书，都抱着枪支或梭镖，坐在茶树之间的空地上参加萧克组织的训练班。毕竟是御敌前线，小股敌人经常摸进山来侦察，战斗隔三岔五就有一场。大家已经习惯打完仗就来上课。

这天是1931年8月1日，烈日当空。茶山上，以纪念"八一"南昌起义为主题的训练课正上得有声有色。师长萧克亲自授课。他讲述了南昌起义、湘南起义的英勇故事，大家听得十分起劲，掌声哗哗地翻滚于油黑的茶林中。

温香玲平时不进阵地，没机会听萧克讲课，这一天她到阵地来送电报，看见萧克站在蓝天之下慷慨宣讲。她痴痴地望着他，似有万丈光芒从他身上放射出来，令她眩目，令她热血澎湃。她暗许心愿：从今往后就跟定他了，他到哪里，我到哪里！

萧克接着宣传古田会议决议，刚说到古田会议四个字，有人问："为什么叫苦甜会议？是不是这个会议开得有苦又有甜？"另一人道："不对吧，不是苦，是打鼓的鼓！鼓田会议！"

萧克足实愣住了。古田会议，红四军"九大"，其决议是建设新型人民军队的纲领，这几名干部居然连这个会议都没听说过！望着面前这些求知的眼神，他没有露出异样。毕竟他们来自游击队，长年藏身于深山老林，消息闭塞，没有受过正规的政治教育，"不知有汉，无论魏秦"也不足为怪。今后自己要做的，就是教这支队伍从思想上建党，政治上建军，尤其政治工作得天天抓，时时紧。他宣布，以后上训练课，按名册报到，没按时到课的要受罚。

有人问："怎么罚？"

一个连长接话道："那还用说，按我们游击队的老规矩，手板心里抽鞭子！"

萧克严肃地提醒这位连长："体罚，那是军阀残余思想，在红军部队早就禁止废除了，不要动不动就打人骂人。"

连长不服："历来带兵都是重罚之下出好兵。不打不骂，有些牛人你就拿他没办法。"

萧克道："办法多得很！红军这个熔炉，什么人都能冶炼出来。大家好好学学'三大纪律，六项注意'，这里面就有不打人骂人，不虐待俘虏。"

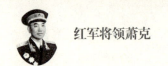

萧克面上不急不恼，心里却烧着一把火。这支农民军，要教学的东西实在太多了，尤其是干部队伍。新三纵队建立之初，当时他这个纵队司令还有些畏难。相比之下，三纵队再怎么难，开张时还有张赤男带过来的一批干部和指挥机关，后来又调进了教导队的几十个干部。而这个独立五师，从干部到指挥机关，全部是白手起家，底子薄得见光。

正上课，忽然战士来报：山下发现敌人，约有一个营的兵力。

课堂立即变成指挥部。萧克命两个营正面迎敌，其他部队沿山势摆成夹击之势。学员们迅速回到各自营连集合战士，准备迎敌。担任前卫的部队正向前沿阵地移动，冷不丁后面的防御战壕里响起一声枪啸。萧克惊异地喝令："谁敢擅自行动？看我不宰了他！"

一查，原来开枪的不是行动，而是误动。听说敌人来了，一个战士稀里糊涂扣动了扳机，枪走火了。子弹正好射向旁边的新兵乐开花，打飞了乐开花一只耳朵。萧克意识到，这些人平时使用武器就没养成好习惯，验枪练枪伤人的事时有发生，没有规矩不成方圆，小毛小病不治，终成顽疾。

乐开花还没上阵杀敌，就被自己的战友误伤，送进了卫生所。他哭得一脸泪花，挖了这么久的战壕，到头来却只是给自己挖了个看台，趴在里面看别人打仗。

我方人多，地形有利，没费多大工夫，就把敌人的侦察部队打退。战斗一结束，萧克马上集合全师，宣布武器保管与使用的规定："验枪只准朝天或地下验，不准平举枪支扣火。今后，如有人平举扣枪，无论枪里有没有子弹，都要受罚，关禁闭！"

75

在九层岭防守了 20 多天，独立五师决定分兵，准备撤离。

前段时间，敌人的先头部队来了好几批次，每次都被独立五师打退，敌人只得放弃九层岭这条险途捷径，改从其他方向绕进苏区。萧克见迟滞敌人的目的已经达到，自己构筑的这块阵地，也就没必要再固守下去。此时，吉安与东固周边地区皆已成白军天下，独立五师这支 2000 多人的部队，既要另求作为，也需寻找藏身之处。别无他法，只有将部队分成数支，分散到周边山区开展游击战争。

宣布分兵时，吉安县委的十来名干部站成一列，一个一个点名均分到各支游击队去。打游击可少不了他们这些熟悉当地情况的干部。温香玲背着无线电台，心神不定地站在队伍里，一脸的汗珠。前一天她就知道要分兵，很想找萧克表明一下自己想跟随他走的想法，却是核桃好吃口难开。一个女孩子家，是万万不能让人看出小心思的。自从萧克当上师长，自从她心里生出一根强大的心愿树，她就不再像过去那样大大方方地在萧克面前做自我了。

"温香玲！"

终于点到她名字，她一个立正："到！"

"你，留在师部机关。"

"是！"她掩饰不住喜悦地笑了，飞向师部机关队伍。萧克站在队伍前面，用亲切的目光迎接她。温香玲心旌摇荡，莫非他明白我的心思？

萧克带着一部分兵力，翻越九层岭，进入东固境内。

东固镇，素有"东井冈"之称的革命根据地，如今已落入敌手沦为白区。国民党将领李抱冰带了一个师驻扎东固。李抱冰是湖南人，在

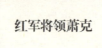

国民革命军里骁勇善战，赫赫有名。学生时代的萧克曾将李抱冰视为榜样，只可惜李走到了反革命阵营。如今跟这个强敌打仗，萧克不敢掉以轻心。这两天，他绕着东固观察。东固就那么大一个山中盆地，李抱冰部死守在镇上不出来，我军既不能靠"三猛"攻打镇子，也难以靠游击分别围歼。还有什么良计可施？

正当此时，前委送来一条锦囊妙计："坚壁清野！"

萧克把东固镇附近地区的干部召集起来，部署行动方案："敌人远道而来，所带粮食有限，到时肯定出来另找粮食。我们既不打他，也不守他，我们把村子和房屋收拾得干干净净，让他们进来撒蹄子跑，尽管跑！叫他们找不到一颗粮食！"

这办法好！大家发动老百姓，把猪牛牵进山，家里的粮食搬出村子，或埋在地下。敌人没有粮食还怎么待下去？肯定把这些白狗子肥的拖瘦，瘦的拖死。

独立五师师部机关驻扎在远离东固镇的小山村里。这天，温香玲给一位中暑生病的战士熬了些绿豆粥吃。她特意多熬了一碗，送到萧克住所去。门开着，人却不在。绕着屋子找一周。屋后是一片稻田，田埂上立着一人，正是萧克，即端着粥走过去。

萧克弯腰摘下一线稻穗，剥开壳，用舌头舔食壳里白如琼浆的米汁，又望向半黄半绿的稻穗，一筹莫展。稻穗尚未完全成熟，现在收割为时过早，是糟蹋。不收，留给敌人，白白养好他们来打红军，更是糟蹋。想到部队每次断粮之后再见到白花花的大米时那种还魂归来的感觉，就痛惜这即将到手的粮食。

稻田旁边有条小河，河岸上放置着一只石磨似的砻子，这是农家脱谷碾米的工具。砻子上晒着一些未及收拾的辣椒。萧克走过去，随手推了一下砻子，砻子扎了根似地纹丝不动。他围着砻子拍一拍，看一看，计上心来。

温香玲叫声师长，将半温半凉的绿豆粥递给他。萧克刚有了良计，急于回去传令实施，哪顾得上温香玲的心意，反问道："还没到开饭时间就吃什么饭！把绿豆粥留给伤病员！"他兀自快步回走，把温香玲丢在后面。

回到师部，萧克立即叫通信员传令下去，把村里所有的砻子都藏起来。

一个砻子重达两三百斤，要四五个人才能抬得动。费了好大工夫，才把村里的几台砻子抬进山里藏起来。实在抬不动的，就砸坏推臂。女兵们看着男人们忙得满头大汗，很是不解，他们这是跟砻子较什么劲？

没几日，敌人果然出来寻找粮食。他们在田里呼哧呼哧地收割稻穗，红军在山上等着看笑话。

这天，萧克的游击队在山下捉到一个下河抓鱼的敌兵。战士们审问他："你们现在吃的是什么？"

"谷。"

"谷？"

"找不到脱谷壳的砻子，我们只能煮谷吃。吃一口谷，就吐一口谷渣子。口腔都被谷壳扎烂了！吞也吞不进去，饿得我们一个个都瘦成猴精了！"

战士们笑得前仰后合："活该！让你们尝尝当牛马、吃谷糠的味道。你们死占着我们的地盘不走，还想做梦把我们赶尽杀绝吗？"

俘虏连连摇头："不敢不敢！我们李师长也是没办法。蒋委员长有命令，叫我们守在这里不准撤。其实我们早就想走了。再不走，不被红

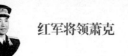

军打死，也会变成饿死鬼。"

红军战士看他瘦成皮包骨的样子确实可怜，问他愿不愿意给红军做事，愿意就先给他吃顿米饭。有米饭吃，俘虏兵自然感激涕零。

吃完饭，俘虏兵带着两个伪装成农民夫妻的红军混进镇去。其中的"妻子"便是温香玲。萧克这支游击队有三个女兵，团长来找"妻子"的装扮者时，三个黄花闺女都猛摇头。团长说，又不是真做夫妻，只要装装样子给别人看看就行。一个女兵说，我不熟悉东固的地理环境，去了怕误事。另一个说，自己真扮不来别人的妻。最后是温香玲站出来领了这项特殊任务。她曾经在东固参加红军无线电训练班，待了几十天，这镇子的环境她当然熟悉。至于要扮做人妻，她心里想，只当身边的这人是自己想的那个人吧。

镇上还有一只能用的砻子，是专供李抱冰和他的手下军官碾米的，敌人派了一个士兵专门把守着。俘虏兵走过去，从衣服里掏出一只荷叶包着的饭团。敌兵一见米饭如见黄金，狂喜地跟着俘虏兵躲到僻静处去享用。走到砻子前的温香玲摸摸脑袋招招手，躲在树后的战士快步走过去，抢起锤子砸烂了砻子的臼齿与推柄，二人迅疾离开镇子。

回到驻地，萧克亲自慰问这对胜利"夫妻"。他朝温香玲哈哈大笑道："你们俩蛮般配嘛！没想到啊，你这个心灵手巧的姑娘，还是个胆大心细的好堂客！"能在别人畏难之时主动请缨，是一种大无畏的气概，一个女兵能做到这样，确实难得。

温香玲被夸得不好意思，尤其听到他说自己是个好堂客，更是羞红了脸。萧克仍是笑道："得给你俩奖励一下。奖什么呢？你们说！"

男战士道："还要奖什么？师长的表扬就是最好的奖励。"

温香玲却说："既然师长给我们选择的权利，那也别浪费。我想向师长讨一本书。借也可以，奖给我更好！"

"什么书？你说！"

"《步兵操典》！"她知道萧克随身带着这本书。

萧克惊异地问："你要这本书干什么？我曾经给以前的部队印发过，到独立五师还没来得及印。我随身只带了一本。"

"我就想要那一本。我想……学一学。"

萧克连忙点头答应："好好好，就奖给你！不过，你要帮我保管好这本书，将来有机会我还要翻印给部队作教材的。"

温香玲没想到这灵机一动，就意外地得到了萧克的一件随身物品。书上留有萧克的笔迹，有萧克翻阅无数遍的指痕，还浸染了萧克身上的气息。回到住所，她将头埋在书页里深深一吸，脸已烧得像红烫的火炭。

不仅仅东固，各个苏区都在坚壁清野。没有粮食，东固的李抱冰断粮了，终于坚守不下去。万安、泰和、吉安、遂川的敌人也守不住了。进击到各个苏区的 30 万敌人，都守不住了。

此时，红军主力已经回师苏区，神出鬼没地跟国民党玩起了捉迷藏游戏，间或逮住机会给敌人一次重创。

蒋介石扛不住了。这两个月来，他指挥大军追击红军主力，人没追着；坐地防守，阵地又守不住，只得灰溜溜地宣布：剿匪已告一段落。

白军士兵拖着瘦干的皮囊，有气无力地退出苏区，蒋介石发动的第三次"围剿"就这么灰飞烟灭。

76

1932 年 6 月，兴国县茶岭镇，萧克被人抬进设在此地的红军总医院，一住三个月。

　　刚来的日子，每时每刻都在煎熬。他大脑清醒，两手自如，但双腿像被钉住的木桩，丝毫不能动弹，只能成天仰躺在床，不言不语地像块木头。上面一动口，下面的腿伤就跟着开口。酷热膨胀着空气，萧克的伤口严重发炎溃烂，人也发起高烧。每天似梦非梦地昏睡，眼前纷乱地晃动着一些人、一些场景的影子，想赶，赶不走，想喊，喊不出来。

　　他是在乐安县牛田镇迎击敌人的战斗中受伤的。

　　第三次反"围剿"胜利后，萧克率领独立五师游击于赣西南地区，配合红军主力攻打赣州，围攻两个月，未果。之后转战永丰、乐安一带，在乐安活动了三个来月。驻扎乐安县的敌人深感威胁，出动一个团袭击独立五师。两军在牛田激战一场。那场战斗对独立五师是一个重创。由于长期转战各地打游击，部队一直在减员，伤病员也多，加之缺粮少食，枪支弹药不足，打到天黑，独立五师渐渐不支。傍晚，敌人蜂群似地围上来，将独立五师逼近一条河。河对岸是一片丘陵山地，只有过河才能闯出一条生路，萧克指挥部队向河对岸突围。

　　一部分战士在后面作掩护，主力部队向着河边冲去，几个伤病员也被身强力壮的战士背着架着往前跑，三个女兵夹在当中。嗖嗖飞来的子弹打中了一位女兵的手臂，走在旁边的温香玲当即回身去拉她，两人都慢下来，不一会儿便远远落在部队后面。有的战士已经冲过河，继续冲向小山包。萧克也冲过了河。他回头一望，看见两个女兵相搀着艰难前行，敌人就在她们身后几百米紧咬着，嘶喊着："快呀，抓活的！"没有半秒犹豫，萧克回身朝来路跑，大喊："机枪掩护，快去营救后面的人！"见师长往回跑，刚跑过河的战士们立即掉转身来，朝来敌迎去。有两个战士箭似地射过河，很快接住了两个掉队的女兵，一人拉住一个，往河中跑。子弹暴雨似地倾注过来，在红军战士身上制造出无数条奔流的血河。

河水之央，全身湿透的萧克接住了气喘吁吁的两个女兵。"师长！"温香玲如见天日。

"快跑！"萧克一挥手，带领大家加快速度蹚水过河。受伤的女兵被两个战士架着跑，温香玲也被一战士推着，终于冲过河，跃上山包，眼看就要脱险了，偏偏温香玲背上的背包滑落下来，皮球似地骨碌碌滚下山包，躺在河边。

温香玲立马停住脚步，回身朝后看。有战士猛推她一掌，催促她快跑。温香玲叫着："我的背包！我要拿回我的背包！"她几乎没有犹豫，直接从山包上往下纵身一跳。

背包不能丢！因为，背包里有她杀敌的武器：一台小型无线电台。还有一件她最珍爱的宝物：《步兵操典》。萧克把他随身带着的这本书奖给了她，她答应过要保管好这本书，将来他还要拿去翻印给战士们做教材的。这两样东西，比她自己的命更重要，便是丢了命也不能丢掉它们！

温香玲连滚带爬冲回河边，抓起浸湿的背包，像捡回失落的心脏，欣喜地抱在胸前，半秒也不敢停留，追着部队撤退的方向跑。山包上的几个人都在狂呼："快回来！快跑啊！快跑！"她清楚地看见，萧克也站在山包上，举枪射击她后面的追敌。她在心里鞭打自己：快，快回到部队！回到萧大哥身边去！她要让萧大哥又恨又喜地接住她，责骂她，夸赞她。

一颗子弹从后面飞来，如毒蜂，悄没声息地叮住她的腰背，狠狠一刺，扎入腹中。她朝前一栽，扑倒在背包上。此时，山包上的萧克见温香玲跌倒在地，敌人离她只有几十米远，急得他一迈步就要冲下去救人。一排子弹扑来，一名战士被打中头部，血水流了一脸。萧克也未能

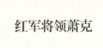

幸免，一颗子弹从他左胯穿到右腿根，他侧身一歪，旁边的两名战士死死拉住了他。

敌人扑过河来。又一排子弹追上温香玲，疯狂扎进她如花的身体。鲜血从她身体各处汩汩流出，染红的背包，恰似一朵怒放的玫瑰。

萧克被战士们架上担架，往山林中撤。老天爷不忍再看，一闭眼，天黑下来。

战场上重伤，这是第四次了。至于流弹的擦伤，肉搏时的击伤，已是不计其数。只有这一次最痛。心痛，令他承受着排解不去的精神折磨。又失去了一批亲密战友，那种空落和心痛的感觉，好像砍掉了半截手臂。尤其是，失去了那个他视如妹妹关爱在心的人。他答应过温小四要照顾好他妹妹的，自从温香玲跟上他的部队，他就时时盯住她，生怕她有闪失，却没想到自己会眼睁睁看着她赴死而去。这个傻丫头，她明明已经跑到了山包上，脱离了危险境地，为什么还要折回去为一个背包送命？背包里有什么宝物值得她连命都不顾？哦，难道是为那部无线电台吗？电台是部队的眼睛和耳朵，独立五师只有这一部电台，还是从敌人手中缴获的。香玲一定是为了不让电台落入敌手才跑回去的。萧克唏嘘不已。

又想到自己那支队伍，萧克更是忧心忡忡。独立五师经过一年的整训，经历了第二次、第三次反"围剿"的历练，已然不似从前，但仍未完全脱离"带枪的农民军"气息，时不时闹出幼稚的行为。现在群龙无首，部队在四面强敌的虎视中游击各地，生死存亡令人担忧。

过些日子，萧克的伤口炎症得到控制，退了高烧，神志恢复了，身子却像抽掉了元气。不能坐，更不能走，他便托医生和卫生员找来一些新旧报纸、书本，躺在床上看。

77

这天，萧克拿着一张《红色中华》报坐在床上看。

这是中华苏维埃中央政府创办的机关报，刊登着自去年"九一八"事变以来的局势。日军侵占东北三省，国难当头，全民皆愤，抗日热潮正涌。由于张学良一再坚持"不抵抗政策"，整个东北三省100万平方公里的土地已在日军铁蹄下哭泣。中华苏维埃共和国临时中央政府号召全中国工农兵及劳苦民众团结起来，开展抗日救亡运动，把帝国主义压迫中国的战争，变为拥护苏维埃中国反帝国主义反国民党的革命战争。同时，训令各苏区必须"最坚决的毫不畏惧的对于我们的敌人采取积极进攻的策略"，以逐步夺取国民党统治区，根本推翻国民党政权。

他看得情绪激昂，大滴的汗珠滴落报上，如子弹击墙。一线凉风掠过耳畔，随即，病房里响起一个红军首长洪亮的声音："这间屋子怎么没有窗户？太闷热了！伤员身体本来就虚弱，怎么受得了！"

跟进来的医院院长解释："报告首长，这个祠堂以前驻扎过白军。白军离开时，用手榴弹把一面墙给炸倒了，不想留给红军使用。白军走后，老百姓把墙砌起来了，他们不希望再有兵住进来，故意让这边的几间屋子都没留窗户。"

首长道："唉！老百姓怕打仗，恨打仗，战争就是生灵涂炭啊！但是现在这局势，内忧外患，我们不得不打。"

萧克从报纸上抬起眼，打量这位首长。他年约四十，清瘦干练，脸上有几个突出的特征：架着眼镜，鼻子大，额头高。萧克粗略地回忆一下，以前没见过。

军官注意到萧克，回身走过来问："这位同志伤势如何？"

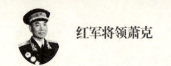

院长向萧克介绍："这位首长是中革军委副参谋长、作战局局长张云逸同志，代表中革军委到红军医院来看看伤病员情况。"

萧克连忙敬礼："感谢首长，我伤快好了。"

院长道："还早！伤得重，不躺个一百天是好不了的。"

萧克一听急了。一百天，那是个什么概念！现在日军向我国土寸寸攻进，国民党也在天天围击我军。多少大事急事要去做，他怎么可能安心地躺上一百天！

院长接着介绍萧克的身份。张云逸对这个眉目清秀的年轻师长很有好感，关切地问萧克受伤经过，并跟他交流抗日话题。聊得合拍，张云逸便招呼院长及其他人都去忙各自的事，他独自留下来继续跟萧克交谈。张云逸问："想必，你参加过北伐？"

"是的。民国十五年参加的。"

"我也是。"那时，张云逸是国民革命军第四军二十五师参谋长，"铁军"将领，而萧克还只是补充团的兵器员。

"哪年入党的？"

"民国十六年。首长您呢？"

"你思想进步得早啊，我年长你 15 岁，但入党只比你早一年。"张云逸欣喜道："看来，你也参加了南昌起义啦？"

"是的。"

虽然二人年龄相差大，官职悬殊，但共同的从军经历让他们一见如故。张云逸的革命道理走得艰难而传奇。他曾经长期战斗在敌人心脏。1927 年"四一二"反革命政变后，按照党组织安排，张云逸留在第四军二十五师做党的秘密工作。当时该师在江西九江市驻防。他掩护该师大部分人参加了南昌起义，自己则跟着张发奎部队到达广州、香港等地，继续从事秘密工作。后来率部参加百色起义，创建中国工农红军第七军，辗转来到江西，进入湘赣革命根据地，为我第二次反"围剿"增添了一股强大的力量，去年此时，1931 年 7 月终与中央红军会合。

二人又说起他们敬慕的"铁军"领袖叶挺。

张云逸说，1928 年上半年，党中央派了一批共产党员到苏联学习，其中就有他和叶挺。1927 年 12 月，叶挺与张太雷等人发动广州起义，不幸失败，撤到香港后又被当局追捕。党内有人竟指责在广州起义中担任工农红军总司令的叶挺关键时刻政治动摇，建议中央给予他留党察看六个月的处分。虽然后来中央撤销了这个处分，但党内对他的非议并未停止。1928 年 6 月，在莫斯科召开的党的"六大"仍然没给叶挺平反。叶挺苦闷至极，苏联不能待了，共产国际也将他孤立起来，国内也不能回去，南京政府还在通缉他，澳门、香港无处安身。唯一的生路，便是流亡。他一气之下宣布退出共产党，从此与同去苏联的党员失去了联系。后来听说，叶挺去了德国。

这是萧克多年来得到的关于叶挺的确切消息。他感激又忧伤地望着面前这位首长，仿佛面前这一位就是自己挂念已久的英雄叶挺。深长的叹息，带动心中的隐痛。

"意见归意见，不能把自己人搞得太狠。"张云逸感慨。他还告诉萧克一件事，最近肃反又抓了一批团级以上干部，作为"AB 团"杀掉了。李文林今年 5 月份也在万泰县被作为"AB 团要犯"处决。

刚刚相识，张云逸就跟萧克说起肃反这个敏感话题，而且毫不掩饰自己的观点，萧克深感信任。两个小时的初相识，却似相知几十年。他们彼此叮咛，好好打仗，其他事情少掺和。

第十九章
叱咤湘赣边界

1932 年 10 月，深秋的罗霄山，迎回了三年前踏着风雪离别的故人，斑驳的山色，是它复杂的表情。揣着一纸调令，伤愈后的萧克从兴国来到了永新。

永新是江西西部的一个大县，与南面的邻县宁冈同属罗霄山脉中段，曾经是井冈山革命根据地的范围。境内山山相连，地形险要，既能藏兵，又能回旋。而且物产丰饶，人口也多。萧克记得毛泽东在某个场合说过："我们看永新一县比一国还重要。"身临其境，果然名不虚传！

井冈山于 1929 年初失守后，湘赣边界党组织遭到严重破坏，农民分得的土地又被地主豪绅重新夺回去，井冈山革命根据地仅在山区保存了一些零散的区域。党组织由公开转为秘密，党的领导机关从山上转到了山下。湘赣边界的政治区域指挥中心也从宁冈转移到了永新境内，湘赣省委与省军区都驻在此地。

也有令萧克欣慰的幸事，如今的湘赣革命根据地真是好一个大舞台。它是在井冈山、赣西南、湘东南地区革命斗争的基础上形成的，其范围包括江西的永新、莲花、宁冈三县的全部，以及湖南茶陵、攸县、醴陵与江西遂川、吉安、安福、泰和、万安、萍乡、崇义的部分区域，还管辖分宜、新余、峡江、吉水，苏区面积达到一万平方公里，正所谓"星星之火，可以燎原"。

顾不上与老友叙旧重温，战争在呼唤。是年 11 月初，国民党第四次"围剿"的炮弹飞向苏区。这一次，国民党没有先向中央苏区发起进攻，而是发兵鄂豫皖、湘鄂西、湘赣，试图先扫除外围红军，再集中攻进中央苏区。国民党派出了 10 个师、8 万余兵力部署在湘赣革命根据地周围，向永新县合围而来，企图围歼驻扎在湘赣苏区的红八军。而红八军的新任军长，便是萧克。

巨大的挑战横在萧克面前。

湘赣苏区处在中央苏区与湘鄂赣苏区的中间地带，是个相对独立的战略区域，担负着威胁南昌、长沙、武汉敌人的战略重任，随时要独立承受湘赣鄂三省敌人的威胁。这儿远离中央，远离最高首脑机关，无论遇到什么局面，他都得自己独自面对。尤其是，红八军成立才半年多，萧克来之前还没有成立军部，也没有正式任命领导干部。

困难如重峦叠嶂。

首先，得重新调整战术。过去的井冈山根据地几乎全是山区，深山老林随便藏几万人都能做到神出鬼没，而现在的湘赣苏区多为平原和丘陵，当年在井冈山积累的战术与经验，在这里不能简单沿用。

人的问题比战术更大。名义上，红八军是一支正规的主力红军，老百姓眼巴巴地望着这支部队，对他们保卫苏区的能力寄予厚望。正规不正规，萧克心里明白得很。旗号虽大，兵力奇少。这支部队原是由湘赣红军独立第一师和独立第三师合编而成。萧克过来后作了一番调整，把当地的地方武装组织起来，新建了一个独立师。由此红八军号称三个师，2700 多人。编制极不整齐。三个师有大有小，大的下设三个团，小的一个团部也没设。所有团部都不设营，直接由团指挥连。没有设团的，那就一杠子插到底，由师直接指挥连。眼下，就靠这支参差不齐的部队去对付敌人的强大阵营。算起来，差不多每个红军战士要对付 30 个敌兵！

最费神的还不是兵多兵少的问题，而是队伍的军事素质。战士们来源于地方游击队和赤卫队，长期的游击战争练就了他们的勇猛，然而毕竟没有受过正规训练，严重欠缺战术与军事技术。一喊打，就一窝蜂地往前冲杀；喊撤，就各顾各地作鸟兽散。全然不懂得讲究战斗队形与军容形象。

就这么一支队伍，怎么训练？怎么打仗？中央离得远，除了总的方针，没有具体指导意见。大家都等着军长萧克拿主意。萧克过去一直是中层指挥员，头一回独立担当高层首长，压力如山倾来。没有依赖，没有退路，只有厉兵秣马，对部队进行"铁军"化训练。

还好有个好搭档——蔡会文，原江西军区政治部主任，新任湘赣省军区总指挥、总政委兼红八军政委。蔡会文也是湖南人，年纪与萧克相差一两岁，从军经历相似，但家庭出身迥异。蔡会文是地主家的儿子，父母没想到，他们精心培养出来的却是个逆子，专跟地主作对。15 岁时，老师出了个作文题《我的家乡》，他写了首五言诗："有山又有田，家乡叫山田。农夫做牛马，土豪像神仙。同生一块地，贫富两个天。何时得平均，我要问苍天！" 18 岁入党后，他回到家乡搞农运，一进家门就对父母说："你们要破产！快把粮食、田土、山林分给农民！"把父母气得号啕大哭。后来他被反动当局通缉，被迫出走他乡，在武汉参加了北伐军。这种赤胆忠心追求革命的性格，跟萧克很是相投。

1932 年 11 月下旬，蔡会文、萧克率领红八军迎来了第一仗，在吉安县官田打个了开门红。国民党军队李明第五十二师一五五旅来犯，从北冀蚕食湘赣苏区，刚刚整编的红八军正式出师，11 月 29 日在官田迎击进犯之敌。这一仗打了两个多小时，刚从地方游击队和赤卫队走出来的红军战士，虽然尚未完成正规化训练，却敢打敢拼，越战越勇，给了敌人一个当头棒喝，将这股敌人全部击溃，收回了部分苏区。打完仗，部队马上回到永新转入整训。

边打仗边整训，在国民党越来越紧的进攻中，红八军日益壮大，并在湘赣边界打出声威。

1933 年 2 月下旬，萧克接到中革军委（"中央革命军事委员会"的简称）的命令，令红八军北上袁水，开展游击战，以牵制敌人，配合中央苏区反"围剿"。展读中央的电令，萧克举目远眺东方，东方乌云滚滚，仿佛弥漫不去的硝烟。

79

袁水是赣江支流，由西向东横贯江西西部地区。以新余城为界，城市以东属河谷冲积平原，河床开阔。城市以西多为山区，利于部队隐蔽和渡江。蔡会文与萧克率部开到新余城以西地区，在山林中隐蔽下来。派出两支侦察队，沿河道上下分头寻找有利于渡江的地点与过河船只。

半夜，侦察队回来了，带回的情况不妙。国民党在袁水河边布下了重兵，沿途所有渔民都被赶走，找不到一条船，我军无法从渡口过河。珠珊镇附近的河边倒是有一座木板桥，当地人叫横板桥，桥两头都有敌兵严守，四周则是平原田塅，部队无法隐蔽向前。

萧克与蔡会文思谋来去，最后横下一条心，时间不等人，只有从横板桥强渡过河！既然是牵制，那就不怕敌人发现。早一天过河，便早

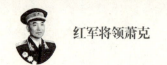

一天引起湘赣敌人注意，从而早一天牵制敌人。

次日凌晨，天边刚露出微微的灰白，强渡行动开始。机枪开路，部队冲出山林，向着横板桥方向直冲过去。枪声一响，新余城里城外的敌人马上调集过来。正愁找不到红八军，没想到在这里冒出头来。从横板桥扫过来的子弹，如狂风摧大树，将冲过去的红军战士一排排击倒。部队被迫撤回山林边。第一次强渡失败。

"军长，怎么办？敌人就要合围过来了！再不撤离就来不及了！"

"军长，桥那边的火力点越来越多，我们根本没法靠近河！"

"军长，现在是进也难，退也难，条条蛇咬人。我看，干脆跟他们拼了！拼死也要冲过河去！"

萧克的脑子如同疯转的机器，每一秒都闪过一种想法。冲？还是撤？问政委蔡会文的意见，蔡会文猛叹一口答：过河是上级的命令，难道，我们还能有其他选择吗？

这也正是萧克的想法。他用坚定的目光望着蔡会文，为这一刻的默契而感激。是的，上级命令我们北上袁水，那就不撞南墙不回头，即使撞到南墙撞破了头，也不能轻易回头！他指挥机关枪连集中到两个制高点上，掩护部队，再来一次冲锋！

"同志们冲啊！"

"冲过河去！"

冲至离桥一里路处，部队被迫止步。前面，敌人在桥上架起了迫击炮，桥头黑压压地布满了敌兵，像炸开的黄蜂阵，嗡嗡叫着向红军反冲过来。后面，追来的敌军快要形成合围。红八军腹背受敌，必须马上突围！

部队奋力从侧面撕开一个小口子，杀出包围圈。

　　两次强渡，都没有成功，没有完成中央交给红八军北渡袁水的任务，部队撤出新余。

　　失败，狠狠敲击着萧克的心。他反思自己，过去带兵，他总是千方百计提高战术与军事技术，也习惯作为一个中层干部听命于上级，不懂得思考战略问题。虽然打了不少胜仗，但都是战术上的胜利，而并非战略上的胜利。在湘赣苏区打下的第一个胜仗，也只是揪住了一个点，并没有掌控整个局面。自己作为一个独立战略区域的军长，要掌控的不仅是一条战线，一次战斗，一支部队，而应是整个战略区域，再不能按照过去的思维方式行事了。

　　不断有坏消息传来，敌人趁着红八军北上、湘赣苏区兵力锐减的机会，疯狂吞食湘赣苏区的领地。

　　宁冈被湘敌王东原第十五师占领了！

　　茶陵失陷！

　　莲花受敌！

　　遂川被占！

　　湘赣苏区的中心——永新城也一度落入敌手，被当地红军与赤卫队抢夺回来，现在又是大兵压境！

　　萧克的心被挤压成一条干煸豆角。他给自己打气，千万不能泄气，不能慌张，不能后退，不能认输！现在必须将整个湘赣苏区当作一盘棋来下。火速赶回永新，支援湘赣省军区抗敌。在我手上失去的，我一定要亲手从敌人那里夺回来！

80

　　军部墙上挂着一张地形图，七八颗脑袋聚在一起。

　　蔡会文、萧克正召集红八军各师军政首脑商议，这么多失地要收复，这么多敌人要打，先从哪里下手？多数人主张先打距离永新最近的宁冈县。宁冈曾经是井冈山革命根据地的心脏，不能让敌人在那儿嚣张太久。

　　自从半年前来到湘赣苏区，萧克时常盘算收复宁冈的事。记得从兴国红军医院出发前，江西军区司令员陈毅专门为他和蔡会文两个老部下饯行。一壶米酒，两样青菜，一盘河蟹，寄予老首长的关怀。陈毅特别赏识萧克。俗话说，试玉要烧三日满，辨才须待七年期。自井冈山以来，陈毅看着萧克一步步走向成熟，现在既能指挥打仗，又特别擅长做群众工作。蔡会文也是从井冈山下来的，军事上有一套，也有政治工作经验。并且，蔡萧二人都带过农民军，熟悉湘赣地区民情地理，这正是中央把他二人派到湘赣苏区的用意。陈毅再三嘱咐他们，井冈山根据地被国民党占领后，那里的群众工作就难做了。你们回去后，既要打好仗，更要下力气多做群众工作。湘赣苏区要壮大，必须先把老百姓的心争取回来！

　　而眼下，大家都说先打宁冈，萧克却不赞成。他分析了进犯苏区的各路敌人情况，最后，用手指在遂川这个地名上画了几个圈，说："盘踞遂川的敌人是老蒋的二十八师，原来是冯玉祥的部队，1930年中原大战后从北方调到江西来的。第二次反'围剿'时，我们红四军和红十二军在九层岭地区把他们给灭了，现在这支队伍是重新组织的乌合之众。它的战斗力是周边各路敌军中最差的。离我们最近的宁冈，是湘敌王东原的十五师，这是块难啃的骨头，暂时不要动它。我们就拿最好啃的二十八师来咬第一口，打下遂川，回头再去收复宁冈！"

　　大家豁然开朗。虽然是舍近求远，却也是避强打弱的好策略。

　　目标确定后，接下来讨论怎么打。盘踞在遂川城里的敌人，有精良的武器装备作后盾，显然，我攻城代价太大，几乎没有攻进去的可能。萧克的想法是，既然不能深入虎穴，就来个引蛇出洞！部队兵分两路，一路向遂川发起佯攻，一路埋伏在敌人追击过来的侧翼二三里处。

有人不解，为什么不在正面设伏，而要摆在侧翼，正面守株待兔不是更简单吗？守在侧翼还要临时跑过去，时机更难把握。

萧克道："出城的路上只有一些低矮的丘陵，不利于我们大部队正面埋伏。假如出城的敌兵多，以我们少量的兵力正面伏击，有可能遇到攻不能进、守无法退的局面。我们只有突破空间的限制，隐蔽在侧面，等敌人一出城，我们快速冲过去，打他个措手不及，速战速决。西汉时期，卫青、霍去病率骑兵到大沙漠出击匈奴，用的就是远程迂回奔袭的战术。这个兵法，我们也可以试试！"

奔袭战？

大家将信将疑地按萧克的部署开始行动。果然，佯攻部队一打，中计的敌人便从城里跑出来。出城不久，就在路上遭到红军的侧面伏击。敌人急忙往回退，又被我佯攻部队截住，一下歼灭一个机枪连、一个迫击炮营、一个步兵营。萧克尝试的运动中的奔袭战，首试告捷。

此时，外围的敌人窥知红八军在打遂川，莲花敌六十三师与宁冈敌十五师迅速合围过来，企图来个"螳螂捕蝉，黄雀在后"。红八军识破敌人企图，打完奔袭战，见好就收，迅速撤离遂川，绕道返回距驻地永新县城40公里的牛田村。

牛田，顾名思义，有牛有田，跟萧克曾经去过的乐安牛田一样，也是个丰足的小山村。一排店铺沿河延展，几十棵古樟牵手搭起一线凉亭，斜立岸坡的杨柳比房屋高。老百姓对红军早已熟悉，一见红军部队急速开进山村，知道要打白军，不用动员组织，就悄悄把干粮和水送上山。

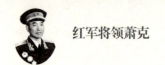

牛田村四面山高林密，山中藏着道观佛寺，历史上不少高人名士隐居于此修身养性，故，山又名高士山。红八军回到此地不失为高明之举。此地处于敌人侧面，守在这儿的红八军，就成为蹲在黄雀之后的老虎。只要黄雀胆敢由此飞过，老虎就可以一跃而出咬断它的翅膀。

敌人见合围不成，侧面又受到威胁，只得灰溜溜地缩回脑袋，分别撤回宁冈和莲花。

尝到甜头的萧克悟出一些门道。平原与丘陵地区虽不适于大型伏击战，却最宜于运动战与游击战，今后就这么干！他越想心里越亮堂。巩固苏区的含义，并非是简单地死守根据地，而是要以消灭敌人为目的。消灭敌人越多，我们的力量就越强，掌握的主动权就越大，被动防御就变成主动防御了。

按这条门道走，下一个目标：湖南茶陵。

81

茶陵县半红半白。县城在敌人手里，成为供给宁冈、莲花敌人的军需物资基地，而一部分山区属于苏区范围，地方武装扼守山区交通要道，拦腰阻断了敌人的运输路线。

莲花与茶陵交界的山区，古时即为兵家常争之地，三国时期就在此设立关隘，修筑了战壕。长满茅草的古战壕犹如藏在皮下蠕动的喉管。红八军紧紧盯住这处要塞，主力驻扎在距离莲花县城三四十公里处的棠市待机。

战机说来就来。

据守莲花的敌六十三师物资告急，向茶陵的国民党湘军求援。敌人明知茶陵与莲花交界的山区有红军与地方武装活动，迫于军中无粮心发慌，只有铤而走险，派出四个营、一个骑兵连强行通过地方游击队控制的苏区，前往茶陵县接运物资。敌人一出动，茶陵独立团立即向红八军送出了情报。

萧克暗喜。就怕他不来，就等这一天，让他来！红八军、独立第十二师与茶陵独立团全部动员起来，蹲守在两县交界的田南、棠市、墨庄一带，这是敌人返程的必经之路，也是最适于打游击战与运动战的地方。

1933 年 5 月 5 日，红军部队早早进入指定地点隐蔽起来。又要玩老鹰抓小鸡的游戏了，战士们兴奋又疑惑，为什么迟迟不见军部的战斗部署？军部通信员小丁在门口拦住了几位前来请示的师长。大家都焦急地望着军部。

此时的军部却安静得出奇。军长萧克在屋里写写画画。政委蔡会文则临窗而坐，悠闲地望着窗外鸟雀啁啾。小丁暗自猜测，听说军长喜欢吟诗作赋，有时打仗的间隙也会写几句。现在部队都在等着他的号令，他该不会还在写诗吧？

终于听到军长叫通信员，小丁飞身进屋。萧克交给他几张折叠好的纸条，令他马上分送各师。小丁心中疑惑，这是什么，锦囊妙计吗？文人指挥打仗果然不同常人啊！

指挥员们展纸一看，竟是军部的战斗方案。写明，如出现某种情况，就用第一案；如出现另一种情况，则用第二案。还规定了何种情况下部队用何种序列行进。大家心下会意。这就是儒将带兵，萧军长用心良苦啊！他是担心我们打仗时乱出牌，乱方阵。

5 月 6 日傍晚，一场诱敌战在茶陵与莲花两县交界的九度冲狭长地带打响。我军分成三路行动。茶陵独立团在正前方牵住敌人，埋伏在裳

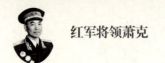

市的红八军主力飞奔过去，分成两路，萧克与蔡会文各率一路，沿两边山谷侧面形成夹击，等敌人先头部队进入山冲，我突然发动袭击，以迅雷不及掩耳之势，争取了先机之利。敌人一下子丢掉打前卫的两个营。奔袭战再次获胜。

敌后续部队闻讯火速赶来，抢占了有利地形，一面赶修工事以固守阵地，一面向莲花告急。

小胜一仗的红军退回山头，天已暗下来，首长们在毛毛月色里紧急商量，下一步怎么办，继续打，还是走？

有人着急道："绝对不能再打了！我们得马上撤！敌人已经抢占了有利地形，他们的援兵也会很快赶到，再打下去，恐怕对我们不利。"

红二十二师政委王震第一个表示反对。他话语干脆，就像鞭子抽在石板上。"怕什么？这股敌人虽然躲在高地上，但已经被我们包围了，逃不出我们手心。他们的援兵最快也要到明天上午八九点才能赶到。等天一亮，我们就抓住时机再干一场，完全可以在莲花的敌人赶来之前，把躲在这里的敌人吃掉！送到嘴边的肥肉不吃，下次的机会还不知在哪里！"

蔡会文、萧克跟王震不谋而合，部队就在九度冲埋伏下来。

5月7日清晨6点，在九度冲一带等待救援的敌人等来了绝命时刻。红军以凌空俯冲之势，向山谷发起了进攻。敌我双方就像跳进了一个预设的漩涡，泡沫卷进去，浪花飞起来。敌人向山谷疯狂投掷手榴弹，红军战士却借着手榴弹的烟雾作掩护，冲向敌人，迅速摧毁了敌人的防线，乘势夺下敌人一个个阵地，将敌人追至锁子冲。

情势风云变化。这时，莲花敌六十三师师长陈光中带着两个团匆匆赶来增援。锁子冲的敌人马上壮了胆，立即组织反扑。红军一时处于内外夹击的局面，战况瞬间凝住。

萧克大呼："继续打！各部按计划行动，不要停！"他敏锐地看到了一个良机。趁敌人援兵刚到，他们的部队还没有展开，也没有修筑工事，我一鼓作气打过去，正好攻其不备。战机稍纵即逝，迟一分钟都可能改变战局。

红二十二师主力继续正面进攻锁子冲的敌人。红二十三师与预备队在二十二师右翼发动进攻。红二十四师则悄悄迂回到敌后。前后夹击，一举大败敌兵。

敌师长陈光中带着几十个残兵败将逃往山间，途经附近村庄，当地群众一路追击高喊："活捉陈光中！"拦在前面的一个老汉伸手揪住陈光中一只耳朵，陈光中一脚将老汉踹倒，捂住耳朵逃窜而去。

九度冲一战，我军歼敌 500 余人，俘敌 1000 余人，缴获重机枪 25 挺，步枪上千支。

湘赣苏区的胜利喜讯传到中央，三天之后，5 月 10 日，中革军委发来贺电："捷报传来，欣悉。在共产党进攻路线的领导下，击溃白军六十三师，俘获过千，是湘赣省空前的胜利，是在河西路线上严厉地打击了敌人的四次'围剿'，配合了中央红军的伟大胜利，特电贺勉。"

82

奔袭战连战告捷，这让萧克对自己新确立的战略思想与新战术充满了信心。他和蔡会文把部队开到茶陵与永新边界的路江、梅花一带继续待机。

半个多月后，好戏再度开演。茶陵县委的同志送来情报，敌人的军需押运部队又从茶陵向着莲花开来了！

据报，这支运输队，较之上次更加庞大。敌十五师、六十三师、十九师各抽出精兵强将，装载着夏装、弹药和其他物资，押解数百民夫，浩浩荡荡由茶陵出发，经彭家祠、棠市前往莲花，去救敌六十三师的物资之急。

萧克闻讯大喜。孙子曰："食敌一钟，当吾二十钟；其秆一石，当吾二十石。"如能夺取敌人的军需，势必长我斗志，灭敌威风。他朝对面屋里的蔡会文高声道："政委，我们又要去收一份大礼啦！人家都送货上门了，不收对不起人家啊！"

蔡会文忧虑道："敌人有五个团的兵力，比我们人多，打不得！"

萧克朝空中一甩手："敌人再多也是空的！"湖南话，"空的"就是"白白的""没用的"意思。"他们挑着几百副担子，是走路，又不是坐车，行动起来比我们麻烦多了。我在辎重队干过，这些士兵的体力各不一样，到时候敌人的队伍肯定会拉得很长，战斗力大受影响。我们没有物资牵累，行动起来利索！"

蔡会文仍是信心不足。"敌人武器精良，弹药也多，只要他们坐下来打，我们就拼不过。"

萧克随手拣了几根树枝在地上摆布起来，边摆边讲。"棠市这儿的地形便于隐蔽，我们就隐蔽在敌人侧面，别打他前卫。等他们中间的本队与后卫进入这个地方，我们拣一节打他个措手不及。敌人辎重都在后面，他们既要护卫物资，又要跟我们应战，战斗力势必大减！"

"好吧，听你的！"蔡会文被说服。他心里敬重这位从北伐"铁军"走出来的年轻的老军官。"那你赶快写纸条啊！"蔡会文笑道。

"不用写了，战术与规矩，都写进大家心里了。"

忽然，军部对面的山头人声嘈杂。有人来报，山上来了一支农民队伍，有 200 多号人，全是青壮年，来找红八军参军的！

萧蔡二人急步出迎。为头的青年长着一副国字脸，左耳包了一块血迹斑斑的白布。同样包扎着左耳的还有好几人，看去像是一种奇怪的标识。国字脸奔过来，朝萧克激动地请求："军长，我们要当红军！跟你们一起杀白军！为我们村报仇！"

萧克向农民队伍表示欢迎，问他们是哪里来的？

"我们都是莲花本地人，浯塘村的！"国字脸义愤道，"上次陈光中被红军追杀经过我村，差点被村里的老百姓抓住，这家伙逃回莲花县城后，当晚就叫特务营带着部队回到我们村来报仇了。他下令叫敌兵每杀一个人，就带一片左耳朵回去领赏。当时正是半夜两三点钟，我们都在睡觉。敌人冲进来血洗村庄，杀了我们 100 多人！我，还有他们，我们这些人，都是从敌人枪口下逃出来的。军长，快带我们去杀了陈光中！讨还这笔血债！"

红军队伍一下扩充了 200 多人。仇恨是一块磨刀石，将红军战士手中的刀枪磨得锋利无比。

1933 年 5 月 29 日，红军又在棠市上演了一场奔袭战的好戏，剧情完全按萧克的导演展开，并以大胜告结。俘敌 600 多人，截获敌人大批军需物资，包括重机枪四挺、迫击炮两门、电台一部、军服万余套，胶鞋万余双。清点我军，伤亡只有四五十人。

又一封贺电从中央传到湘赣苏区。是周恩来、朱德发来的，嘉奖湘赣军区与红八军积极进攻、连续消灭敌人的英勇与光荣。"你们在积极进攻路线下，以百战百胜的英勇，连续消灭敌人，活捉敌团长来纪念'五卅'，这表现了你们的英勇与光荣……方面军全体战士对于你们的胜利，表示热烈的庆祝。方面军要与你们共同努力，全面打碎敌人大举进攻，好迅速实现江西首先胜利。特电贺勉。"

读罢贺电，萧克捧着电报的手有点发抖。电报仿佛一面镜子，照见他在湘赣苏区这半年多来走过的路。回想自己初来时的热切与迷茫，执拗与轻率，到后来的茅塞顿开，如今的运筹帷幄，是这一场场战火将他的决心越炼越硬。他的军旅生涯，正在湘赣、湘鄂赣这块革命根据地上铺开云卷云舒的新篇章。

萧克诗情大发，即叫人找来石灰桶，亲手挥毫，在军部门口写下一副对联：

"罗霖陈光中送礼一个更比一个重，

棠市九度冲风光一处更比一处美。"

第二十章
再战井冈山

83

从永新的龙源口翻越七溪岭，便是邻县宁冈。

一条小河蜿蜒于山脚，清冷冷的河水看着就凉爽上身。七溪岭走下来三个青年，一到河边就跳下岸去捧饮。河边田野里，一头大水牛呼哧呼哧地啃食青草。盛夏之初，青绿的稻穗泛出浅浅的金浪，农民们在田里拾掇着蔬菜瓜果。

小个子青年喝完水，起身走向地里的老农，殷勤地招呼道："大叔，是您养的牛吗？好壮啊！耕起田来肯定有力气！"

老农呵呵地直起身，望着粗布大褂的小伙子，点头道："是咧是咧，还是前年国军送的牛崽子，好不容易养大了。"

小个子惊讶道："国军送的？国民党还会送牛给你？你家有人参加白军吗？"

老农一口唾沫吐在手心，双手搓了一把，恨恨地道："我倒是想叫我儿子参加白军，但那小子早早参加了红军，结果，到头来还不是白白把命送在红军手里？"

"啊？您儿子……他牺牲了？"

"牺什么牲？他是袁文才身边的警卫，前年跟袁文才一起被红军杀掉了。我到现在都没搞清楚到底是怎么一回事！唉，白白养大了他，什么好处也没给我。还不如国军送给我的这头牛！"老农感叹完毕，忽然发现情形不对，问话的这个人是什么人？是从哪里冒出来的？老农发现，不远处还有两个青壮汉朝这边张望着，看他们衣着倒是普通，但老农从他们的神色中感觉到了异样。他警觉起来，问："你是干什么的？"

小个子道："过路的，想向您打听一下，附近哪儿有桥？"

老农却不正面作答，仍用怀疑的目光扫着小伙子，又问："你们，是当兵的？是红军？"

小个子连忙否认："我们是过路的，到外面去做工的。"

老农心知几分。他把锄头往肩头一扛，牵起牛就走，丢下一句："想过桥？没桥啦！桥已经被过河的人拆掉了！"他这么一咋呼，旁边几位种田人也都神色怪怪的匆匆远去。

三个青年折回七溪岭。他们是新成立的红六军团红十七师派出来的侦察兵，本想通过老百姓打探一下宁冈敌人的兵力情况，为收复宁冈和井冈山根据地作战前准备，没想到老百姓竟是这种态度。

侦察兵带回来的情况，让红十七师首长们一筹莫展。隶属于红六军团的红十七师，就是原来的红八军改编的。萧克仍为师长，蔡会文任政委。由于红六军团暂时没有任命军团长，根据中革军委指示，由红十七师首长暂行军团长职权。中革军委要求红十七师坚决执行"积极进攻"路线，主动地连续地寻找强敌作战，以牵制敌人兵力。无疑，驻在宁冈的湘敌十五师便是最大的强敌。但大家明显感觉，现在的宁冈已不是1929年前作为井冈山根据地中心的宁冈，宁冈的老百姓也不是井冈山时期亲红拥红的老百姓。导致这一局面的直接原因便是1930年2月宁冈人袁文才与遂川人王佐在永新被错杀。而导致袁、王被杀的原因，则是湘赣边界的土客籍矛盾恶性膨胀带来的两籍领导人物关系恶化。边界特委有人借口中央"六大"文件要求解除土匪武装并予以镇压，将袁王二人诛杀。这一事件的恶果很快显现出来。在国民党的诱骗下，袁、王的部下宣布"反赤"，并成立宁遂靖卫团，与共产党作对。客籍老百姓则直接倒向了国民党一边。井冈山根据地被牢牢攥在靖卫团和王东原第十五师手中。尤其是宁冈，除了少部分山区还有游击队在活动，整个宁冈县绝大部分成了白区，老百姓的心也被深深白色化，红军在这儿的群众基础几乎全失。

听完侦察兵的报告，师政委蔡会文忧思戚戚地说："知彼知己，才能百战不殆。可是我们连宁冈的兵力情况都没搞清楚。派了几次暗哨都没派进去，前不久好不容易派进去一个，没待几天就被宁冈老百姓给检举出来。冒冒失失打进去，肯定不会有好结果的。能不能请示中央调整一下湘赣边界的政策，把积极进攻改为积极防御？"

萧克不语。眼前的局势大家心中都有数。蒋介石的第五次"围剿"已经开始部署，敌人力量越来越强，地盘越来越大，堡垒越修越密。而我军处处损兵折将，湘赣苏区范围一天天缩小，局势越来越被动。中央一再指示红六军团要积极进攻，可是，积极进攻，路在何方？

新任红十七师政治部主任李朴打破沉默，抛出自己的想法："中央指示各苏区由防御转为进攻，这是个总方向，不可能因为我湘赣边界的特殊情况做出调整。至于怎么积极进攻，中央并没有规定方式方法。我们不是有'十六字诀'吗？敌进我退，敌疲我打，敌驻我扰，敌退我追。我认为，现阶段，我们不要急着打，还是先想办法把敌人的情况摸清楚再说。"李朴比萧克年长一两岁，是红军中的老干部，留过洋，进过莫斯科炮兵学校深造。他说话总是慢条斯理的，一副老成模样，与萧克的

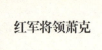

激情蓬勃正好互补。萧克刚到红八军时，当时的参谋长李朴就给萧克提过不少独到见解做参考。

李朴一言，洞开一扇窗，大家相视会意。打不得就不打吧！

讨论正热，电报员送来中央电报。萧克浏览一眼，脸色陡变，眉头结成一条粗绳，望望李朴，半日不语。大家抱着不祥的预感听他传达电报内容。

这是一份发给各级党组织的通知。通知说，现在我们革命队伍中潜藏的反革命团体有：国民党改组派、AB团、社会民主党、托洛茨基派……他们否定发展中的革命高潮，阻挠蓬勃发展的革命高潮，一定要严厉镇压。通知开列了一张开除和撤职的"托派"分子名单。列在第一位的，竟是湘赣省苏维埃政府主席兼省军区总指挥：张启龙。后面一排名字中，还有红十七师政治部主任李朴。

事情来得太突然。包括李朴本人在内的红十七师军政干部，无不惊讶。对于张启龙，大家接触不多，了解不深，他是不是"托派"且不说。但李朴是朝夕共处的同志，一个全力投身革命的老资格干部，莫名其妙就成了"托派"，要被撤职并开除党籍！是什么时候不小心说错了话，还是非要找只替罪羊来对某一场失利的战斗、某一阶段的挫败负责？残酷的政治斗争，在猝不及防中席卷而来，没人明白是怎么回事。大家望着李朴，想不出如何来宽慰他。

一贯温文尔雅的李朴如遭雷击，五官都不在原位了，眼泪花了一脸。他恳求在座的军团首长："请告诉省委，如果我有错误，可以撤我的职。但是请不要开除我的党籍啊！我一定努力工作，一定为党尽力！请党相信我，我死也要死到战场上！"

萧克心情沉重地收拾会议残局。一边宽慰李朴，安定他的情绪，一边准备马上去省委了解情况，把李朴的请求转告上级。又对大家说："我和会文同志从兴国过来时，陈毅司令员特别交代我们，要把井冈山根据地老百姓的心争取回来。宁冈的群众工作再难，我们也要钻进敌人眼皮下去做。"

怎么做？大家望着他。

萧克沉吟一会，当即铺纸写了一封信，让特务连派人转交给宁冈的交通员。

84

信，是写给"宁冈婆婆"的。

这是个冒险的尝试。红四军在宁冈驻扎时，宁冈婆婆跟毛泽东、朱德、毛泽覃等人相交甚密，她多次带着粮食到茅坪来慰问红军，跟萧克也很熟。萧克返回湘赣苏区后，还没有跟她联系上。当下宁冈的老百姓成分这么复杂，一个曾在革命高潮时期支持过革命的老百姓，一个行走在红白两道中间的生意人，时过境迁，她对红军还会有当初的热忱吗？萧克心里没有底。

宁冈婆婆到底是何许人也？

她本名谢素兰，宁冈县长溪人。尚未熬成婆婆时，她是本乡粉白水嫩的美少妇，先后跟过四个男人。头一个丈夫是个律师，姓杨，嗜赌，夫妻同床不同心，标致的谢素兰便被另一个男人勾引走。这个男人是驻扎宁冈的官军罗哨官，长得俊逸伟健。由于跟杨律师有些交往，偶或到杨家来玩，见了谢素兰即萌企慕之心。二人眉来眼去，暗生情愫。罗哨官退伍时，带着谢素兰私奔到南昌。到了南昌，方知哨官已有妻室。谢素兰痴心被负，又羞于回乡，无奈之下嫁给哨官的好友邓某。然而，心

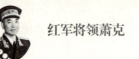

眼好的邓某命却不长，结为夫妻不到两年便一病离世。谢素兰不忍辜负天生丽质，数年后再嫁第四个郎君：木匠段某。此时谢素兰已是五十出头，开始向往叶落归根，便同木匠回到宁冈，在新城镇开伙店营生。兵荒马乱年代，木匠的手艺活越来越难赚钱，而聪明能干的谢素兰却把自己的伙店经营得生意兴隆。

四个男人就是四所人生学堂，把从没进过学堂读过书的小女子谢素兰培养成了能说会算、见多识广并识得一些字的女强人。她人缘好，伙店越开越旺。会生财，却不吝啬。仗义，远近不管绿林好汉，还是土匪强盗，她都能打上交道。人们称她为"木匠婆婆"。井冈山的"山大王"袁文才队伍刚开张时，也得过谢素兰的帮助。有一次，袁文才跟王佐到谢素兰的伙店来喝酒，袁文才感激道："我一辈子都会记得木匠婆婆对我的好！"谢素兰却不悦："我嫁了个木匠，你们就叫我木匠婆婆，要是我嫁了个贼，你们不是要叫我贼婆婆吗？"王佐接话道："不，我说，您是全宁冈人的婆婆！"从此大家都叫她"宁冈婆婆"。谢素兰干脆把她的伙店命名为"宁冈婆婆伙店"。

宁冈婆婆跟红军的交道始于1927年底，毛泽东带着秋收起义部队在宁冈安顿下来，并踏上了传说中的"金刚山"——井冈山，为调查宁冈经济情况，毛泽东上门拜访宁冈县最有名望的人物——宁冈婆婆。从此宁冈婆婆伙店成为红军经常出入的工作站。宁冈婆婆比毛泽东、朱德的年纪都要大，朱、毛按当地人习惯称她为阿姐，宁冈婆婆则叫他们毛老弟、朱老弟。萧克跟她收养的儿子年纪差不多，她也尊称他萧老弟。

红四军主力离开井冈山之后，宁冈就成为红白拉锯战的阵地。国民党军队也常常光顾此地，少不了在宁冈婆婆这儿捞一些好处。宁冈婆婆伙店便成为不断开幕谢幕的舞台，红军来唱一剧，走了。又换白军来唱一出，走了。她是谁都不得罪，谁也不想得罪她。哪边都需要她，都争取她。一个有声望的名流，争取她就争取了一大片啊！

宁冈婆婆的心到底是向着红还是白？只有她自己清楚。而在红军白军眼里，看着是真的，心里却又怀疑是假的，雾里看花，真真假假全凭感觉。

萧克决定将这封信当作试金石，是不是真金，对出击宁冈的成败十分重要。敌人眼皮下的宁冈，也只有她这个地方才有可能让我们的人钻进去。

负责送信的地下交通员是位打米糖的老汉，受省军区侦察处的委派，以此职业作掩护，长年活动于永新与宁冈境内。

米糖人走进宁冈新城镇一栋两层楼的四合院，喊道："婆婆，您家亲戚捎信来啦！"应声出来一个年近六旬、眉目慈善的妇人，身上是蓝底碎花衣，头上发髻高挽。她利落地拎着一壶开水走出来，把开水哗哗地灌进桌上的青花瓷壶，一边招呼客人进屋喝茶。米糖人放下担子进店，稍稍打量周围，见三四个男人坐在桌边喝着茶谈天说地。米糖人郑重地把信交给宁冈婆婆。宁冈婆婆也不避讳别人，当着大伙就哗的一声撕开信封，抖出一张白纸，递给米糖人道："我眼睛花，你帮我看看是哪里的亲戚？"她跟米糖人也就几面之缘。

米糖人双目迅疾扫一下书信，轻声道："好像是，您湖南舅家的老表……"

"老表？谁？"宁冈婆婆指头往信上署名处一戳。

"是……一个叫毛老弟，还有一个萧老弟……"米糖人声音有些低。

"哦！"宁冈婆婆心内一惊，旋即，她哈哈一笑道，"原来是他们呀！那是我干儿子他哥。"毛泽东的弟弟毛泽覃在宁冈时，曾经拜宁冈婆婆为干娘。"他们以前在我家住过，这些年也不知去哪了。信上说什么？给我看看。"她几乎是从米糖人手里把信抢过去，扫两眼，又递回给他。"我老太婆眼花得厉害，也不识得几个字，你帮我念念！"

米糖人略一迟疑，再次扫视一下信的内容，正要念信，宁冈婆婆却一挥手道："哎，这儿太吵了。我们到后屋去念。"

米糖人跟着宁冈婆婆走进后厅房，宁冈婆婆关紧了门，放小声音道："你到底是什么人？这封信哪来的？"

"不瞒婆婆，我是萧师长萧克派来的人。萧师长叫我来找您帮个忙。"

"萧克？他不是在永新吗？"

"是的。萧师长的部队马上要开到宁冈来打王东原，为了摸清情况，想派一个暗哨到您这儿。"

宁冈婆婆瞄一下信的内容，上面写着一句暗语："阿姐，我想回来投靠您门下，在您伙店当个伙夫也好。"

宁冈婆婆嘴里啯啯地倒吸着气，轻声道："他们要打王东原？想来收复宁冈吗？是应该来了！袁文才老弟死了后，宁冈就被他们占了，这一带，共产党连个落脚的地方都没了。快点赶走这些白军也好！"她沉思一会，应允道："其实我这儿也不太平，王东原三天两头会来串一下。唉，萧老弟也是没别的路子了，那就，叫他派过来吧！"

出得后厅，宁冈婆婆朝茶客们道："我一位表弟要来我这做工，外面太难混。没办法，自家的兄弟，只有帮帮。"

茶客们都应道：是啊是啊！宁冈乱成这样，指不定哪天就打大仗。我还想跑到外面去投亲靠友哩！不过，您在宁冈有头有脸，没人敢欺负到您门下来。

数日后，一个白军士兵来找宁冈婆婆，问她有没有一个姓萧的兄弟。

宁冈婆婆拍掌道："有啊！是我干儿子的兄弟。这小子，说是要来我伙店当伙夫的，他真来了？看来真是在外面混不下去了！"

士兵叫她去哨卡领人。

宁冈婆婆拔脚就走。刚走出两步，又打住，朝士兵赔笑道："你看这都到晌午了，这铺子离不了我。能不能麻烦你帮个忙，帮我把人领回来。"说着，一只手早已捏着一块大洋塞进士兵口袋。士兵欣然应允。

人领回来了，是一个三四十岁的瘦高男子，面生生的，见面就冲她亲热地大叫阿姐。宁冈婆婆热情地将这位"萧老弟"迎进屋。刚才她之所以没有贸然去哨卡领人，是担心连自己的"表弟"都不认识，会当众出丑。

从此，宁冈婆婆伙店便多了个叫"萧老弟"的伙夫，每天上山打柴，镇上采买，忙上忙下的，很快跟周围人都混熟了。

85

七八月间，将熟的稻谷鼓着腮帮呼吸阳光，田埂上往来的人闻香流涎。家家户户的墙上已经挂出镰刀准备开镰。谁都想成为金稻的主人。每粒饱满的稻穗，都是红军战士的誓言。收复宁冈的行动，就在今朝。

镰刀未启，枪声先响。1933年8月中旬，红十七师从宁冈南部进击，猛扑大陇、葛田，一举歼灭敌人一个营，击毙一名敌营长及宁冈县靖卫团团总。敌十五师急调大部队增援，双方在洋坳、龙王庙展开激战。

红十七师的出现，令宁冈境内的敌十五师师长王东原、宁冈县靖卫团团总林萃华一顿狂喜。在他们眼里，凭萧克四个团的兵力，深入已是国军天下的宁冈，那是泥菩萨碰石菩萨。这儿可不比永新，整个井冈山，哪儿都长着国军的眼睛，哪儿都在等着红军送肉上砧板！

谁都能料到，四个团攻打六个团，这兵力悬殊的一仗会是一场死战。从宁冈婆婆伙店送出来的情报，一再告知红十七师，宁冈敌兵布防严密，构筑了大量工事和堡垒，现在攻打为时过早，建议暂缓待机，但红十七师已等不及。军令如利剑高悬头顶。7月下旬，中央给红六军团首长发来指示，要求他们迅速出击湘敌，牵制敌人，配合中央红军向北作战。接着，中共湘赣省委也发出了《粉碎帝国主义、国民党新的第五次"围剿"前党的紧急任务决议》，号令湘赣苏区的党组织坚决执行"积极进攻"路线，在最短的时间内，首先消灭对湘赣苏区进攻的湘敌。对红六军团来说，"积极进攻"意味着越是强敌越要去挑战，牵制住敌人就是最大的胜利。"积极进攻"，哪怕只有万分之一的得胜希望，也要拼上去，死缠烂打，抢回本该属于我们的领地。

井冈山的天空被划开一条长长的裂缝，如血霞光，流得满山满谷一片鲜红。葛田这一仗，攻守相当，都没占到便宜。敌我双方各自抚痛退回驻地。

宁冈这边，王东原对着阵地上的几百具尸体嗷嗷大叫："萧克！宁冈有你没我！有我没你！"他不得不在心里承认，红十七师不是泥菩萨，而是碰起来痛、砸起来硬的铜菩萨。靖卫团的宣传队到处刷标语，在一座亭子里，敌兵用石灰水刷出一行气势汹汹的大字："歼灭'赤匪'！活捉萧克！"

永新县城这边。牺牲的数百名战士的名单列了几大张纸，平摊在省军区一张桌子上。萧克眼眶发红，声音低沉地交代参谋长李达："请地方组织分别给他们的家属报个信。抚恤金一定要送到家属手中，千万不能马虎！军中有同乡牺牲的，今后回家探亲时一定要去探望一下这些弟兄的父母。儿行千里母担忧，儿没了，做父母的连担忧的念想都断了，今后还能有什么指望呢？我们的组织要负起责来，帮助他们撑住对革命的信念。"他沉默一会儿，又道："宁冈的仗还打不打？怎么打？大家发表一下意见。"

名单被一张张叠起来，沙沙声如同压抑的抽泣。

萧克望向红十七师新任政治部主任王震。王震的个性风格与李朴截然不同，他是快人快语，做事三下五除二，干净利落。李朴被撤职后，萧克请求省委保留了李朴的党籍，并把李朴继续留在红六军团。继任的王震对他的前任也很尊重，虽然李朴已是普通党员、普通战士，有些工作王震私下还会去征求李朴的意见。王震道："打不打，是不必讨论了。中革军委和省委早有指示。怎么打？我有个想法。上次我们是从西南部进攻茅坪，下一次，我们是不是改变一下进攻路线，敌人的防御体系主要摆布在西部的古城、龙市一带，我们就避开强敌，先进入北部的新城，再向茅坪进攻。"

参谋长李达坚定道："肯定要接着打！虽然这一仗减员严重，但也不怕。前不久我们在永新扩红就新扩了一千多个新兵！县委机关人员都编入了赤卫军，模范少先队也组织了六百多个队员，他们都可以配合我们作战！"

师政委蔡会文道："上次李朴不是说了，如果敌人实在太强，我们还有'十六字诀'。"大家明白他舌根下的话：打不赢就走。

萧克作决："好！休整十天，准备再次进攻宁冈！"

86

1933年8月下旬的一个夜晚，红十七师悄悄潜入宁冈北部的新城镇，开始第二次进攻宁冈行动。结果，是谁也没有料到的。

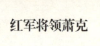

一条黑影匆匆钻进宁冈婆婆伙店，不一会儿，伙店门前出现一盏马灯，一上一下照了照。很快，山林中又钻出三四条黑影，从后门潜入伙店，再出来时，个个肩上扛着鼓鼓的麻袋，消失在后山。

宁冈婆婆谢素兰站在伙店门口，理理头发，出门去邻居家。最近的邻居离伙店只有几十米，她串门是假，探听虚实是真。红军又来攻打宁冈，情报几天前就由米糖人送给了她店里的"萧老弟"，为此，她暗中筹措了几百斤粮食。今天红军大部队来到此地，难免有些动静，她担心走漏风声。

邻居是个缺了门牙的老单身汉，长相猥琐，贪图小利，平日里宁冈婆婆心里看不起这个人，也不到他家串门的。刚走到他家门口，门吱呀一声开了，一个黑乎乎的脑袋从无灯的屋子探出来，把宁冈婆婆吓了一跳。老单身神秘兮兮地说："我刚从后山砍柴回来，看见山上来了好多兵！是红军！"

宁冈婆婆道："乱说什么？哪有红军？红军不都在永新？"

"我看得清清楚楚，他们衣服上有红领章，帽子上有红五星，就是红军！他们肯定是来打国军的！走，我们快去告诉国军！一定会有重赏！您平时帮我不少，这次拿到赏金，我分您二成。"

"当兵的打当兵的，天下还不知道会是谁的，你管什么闲事？闭上嘴，什么也别管，小心惹祸上身。"宁冈婆婆走开几步，又回身叮嘱老单身，"真说不得！我告诉你，红军对倒向国军的叛徒恨得要命，我说句难听的，别到时候你连怎么死的都不知道。"

老单身吓得连连摇头，说："我哪那么傻呢？我才不会要钱不要命呢！"宁冈婆婆一离开，老单身就一溜烟跑出门，跑到靖卫团团部告密去了。靖卫团的赏金，那是他做梦都想捡的便宜。

在新城稍事休整，下半夜，红十七师按既定方案挥师南下，直逼茅坪。途经一个大山冲：赤坑，群山相夹，荒野无人。最擅长利用山冲山谷打运动战、奔袭战的红十七师，警觉地停在山冲口。为试探情况，萧克叫先头部队先行一段。先头部队深入山冲，平安无事。萧克放心了，料想此时敌人在城里睡大觉，即命部队抓紧时间火速通过山冲。山冲前面几公里就是茅坪，巍巍井冈山如巨人端坐，向红军招手相望，欢迎原主人归来。

正当红十七师全部人马深入山冲，忽然两侧山坡枪炮轰鸣。山冲的夜空霎时被烧红。有埋伏！萧克大惊。我们行动这么机密，连级以下干部及战士们都不知此行目的地，这些龟孙子怎么早有所备？难道是沿途老百姓走漏了风声？

"师长，怎么办？"

萧克下令："打！各团保持建制，前卫抢占前面山头，后卫就地还击！"

敌人从山上压顶而来，其兵力远多于红军，所占地形也有利，不待红军打过去，敌人已经占据各个山头。红军就地还击一会儿，一批批战士倒在枪炮下。蔡会文对萧克道："师长，扛不住了，我们得撤！"二人急命部队边打边往后撤。迂回到我后侧的敌人刚刚到位，欲截住我退路，萧克大呼："快！冲过去！全线撤退！"

一路撤到新城镇，井冈山在背后渐行渐远，萧克回望一眼，长叹道："又是劳而无功！没想到啊，当年，国民党反动派'进剿''会剿'我们多次，总想收买周围老百姓，都没有做到。国民党想做却做不到的事情，湘赣边界特委却帮他们做到了。唉！"

大家明白，萧师长说的是袁、王被湘赣边界特委错杀的事情。每

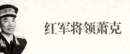
个人心里都不好受，那件事情的恶果，还不知多久才能肃清。

蔡会文道："这样的进攻实在太过冒险。所谓积极进攻，说白了就是送死。我要向中央请示，再不能叫我们这样干了！先退回永新！"

打下宁冈收复井冈山根据地的梦想，再度成为泡影。

第二十一章
南浔破路

抗战与内战的交织，使苏区的局势时好时坏。1933 年 11 月，一条消息在国内飞传。福建兵变了！国民党第十九路军反蒋抗日了！第十九路军与中央红军决定联合作战！

消息传到湘赣苏区，战士们庆幸不已。还好前几次反"围剿"我们都没跟十九路军正面接火！还好我们在东固只给了它温柔一刀——坚壁清野！这真是缘分啊！陈铭枢、李济深、蔡廷锴，这些过去跟共产党作对的国民党大将，如今都挺身而出保家卫国，更显得蒋介石这个家伙的彻骨反动。他又在调兵遣将，一边追击自己曾经倚重的十九路军，一边向中央苏区发起第五次"围剿"。中央红军决定向北发展。

红六军团接到了一项特殊任务。

1934 年 1 月 14 日，红十七师 4000 多人，从永新邻县安福出发，离开湘赣苏区，北上南昌九江，前往此行目标：南浔铁路。

南浔铁路是南昌到九江的交通要道，敌人的咽喉。敌北路军进攻中央苏区，就靠这条铁路联络后方运输物资，补给军需。红十七师此行，就是要割断敌人这根咽喉，牵制敌人，配合中央苏区开展第五次反"围剿"，为中央红军往北发展提供配合与支持。萧克又一次成为给野牛套

上绳子牵着走的人。

同时分头往南浔铁路执行同一任务的，还有隶属于红六军团的红十六师。

与萧克并肩同行的师政委已不是蔡会文，而是陈洪时。

陈洪时是江西萍乡人，曾任万（安）泰（和）县委书记，1933年4月，当湘赣省委被指责为"右倾"而改组时，时任湘赣省委代理书记的刘士杰到中央苏区汇报工作，期间由时任湘赣省委副书记陈洪时临时代理省委书记。萧克来湘赣苏区一年多，对陈洪时有所了解，陈洪时在苏联留过学，理论水平确实高人一筹，只是喜欢卖弄才学。他与刘士杰二人都热衷于肃反，搞残酷斗争无情打击，在湘赣省批斗了不少高级干部，把甘泗淇、张子意、蔡会文、张平化、陈希云等视为"右倾机会主义动摇分子"，直到任弼时来就任省委书记，才扭转了这股歪风。陈洪时对他的前任蔡会文可不像王震对李朴那么敬重。行军路上，陈洪时跟萧克说到前任政委蔡会文，鄙夷道："蔡会文是个活老虎，还好军委没让他留在我们部队，不然会害死我们！我在莫斯科学习时读《共产党宣言》就体会到，革命的暴力是我们永不能放弃的手段！"

萧克皱眉道："任书记说了，蔡会文不是敌我矛盾，他是主动辞职，不是撤职。"

蔡会文是去年11月底经省委批准辞职的。缘由是，红十七师两次出击宁冈继而出击萍乡，都没打出好结果，白白丢了几百兵力，无功而返。刘士杰、陈洪时等湘赣省委领导认为，蔡会文作为湘赣省军区总指挥、总政委兼红十七师政委，在执行军委的指示中消极退却，犯了"右倾"错误。蔡会文百口莫辩，便引咎辞职，去了红军大学学习。在残酷的党内斗争中，很多事情只能做不能说，或者，只能听命，不能机动。蔡会文确是反对过那种没有充分把握的冒险战争与盲动战争，但他的忠心与军事指挥才能是无可怀疑的。红十七师的前身红八军在湘赣苏区的第四次反"围剿"中连战皆捷，就是他与萧克配合默契共同指挥的成果。陈洪时对蔡会文如此评价，萧克心中不悦。

见话不投机，陈洪时转而摆起自己的满腹经纶。"我在莫斯科学习时……"这是他的口头禅。

萧克任其神吹。作为搭档，萧克只希望二人在大事上配合好，至于个人性格爱好，那是小节，他有容人之心。

从安福经分宜，到达萧公渡，再渡袁水。

还是这片土地，还是这条河，还是这支队伍，但已不是一年前的形势。这一次，敌人事先没有得到我军军情，河岸只有地主武装防守。而红十七师经过两个月前在永新梅花山之战与遂川潞田之战两场运动中歼敌的胜战，兵强马壮，士气高扬。趁着天色未亮，大部队朝着没膝的河水一路冲过去，地主武装吓得纷纷缴械让路。顺利渡过袁水，驻扎在新余城附近的观巢、双林一带。敌人的飞机尾随而来，寻找轰炸目标。

敌机在新余城周围苍蝇似地盘来盘去，战士们心内着急，红军营地极可能暴露在敌机眼里。是躲，还是打？几位团长来请示师长。

萧克胸有成竹地做出安排。他安排一支小分队去打观巢附近的敌碉堡。陈洪时惊讶道："打碉堡？敌人碉堡那么多，从哪打起？一支小分队怎么打得下？我在莫斯科学习时……"

萧克打断道："别急！让小分队随便挑两个，挑中哪个打哪个。"又特别交代他们，"这次打碉堡，千万别把碉堡周围的电话线给割断了！"

"啊？不割电话线？那敌人肯定会求援，到时飞机一秒钟就飞过来炸我们了！"

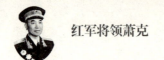

"就是要让他来炸啊！飞机一来，你们就近钻进林子隐蔽起来。"

大家惊异地望着师长，不知他葫芦里卖的是什么药。

萧克又叫一个团到碉堡附近的空地拿树干支出几个架子，上面随便盖点乱七八糟的东西，他说："一定要弄得像个掩体，让敌机一眼能看出是我们搞的。"

啊？有意让敌人看到，那还叫掩体吗？

"其他各团呢？你们就在各自的营地待着。"

待着！是待命吗？

"不。你们抓紧时间睡觉，休整！"

如此这般，大家领命而去。陈洪时恍然大悟，你是想学草船借箭啊！

一场斗智斗勇的大戏开演了。

小分队一打响，碉堡里的敌人马上电话向城里呼叫求援，说红军大部队来炸碉堡了！敌机闻讯轰然而来，发现碉堡附近围着一些掩体，认定这就是红军的藏身之所。炸弹雨朝这些假掩体下了个痛快。所有炸弹扔完，敌机得意扬扬回去交差报喜了。

而此时，红十七师的将士们在山间营地抓紧时间呼呼大睡。

休整一天，红十七师继续向北，绕过蒋介石派来的追兵，进入高安。烧碉堡，是这一路玩得最开心的游戏。沿途碉堡成群，拦住红军去路。为了打开缺口，每到夜晚，红军便整装出行，按照白天侦察好的目标，集中火力冲向一两个碉堡，一举打下，马上放火一烧。熊熊烈焰在夜空中腾升，附近碉堡的敌人见状，纷纷逃窜。

敌机追踪红十七师到达修水，在当地一个小苏区的中心黄沙村，红十七师与敌人又玩起了游戏。

红十七师刚刚在黄沙村驻扎下来，第二天一早就遭到敌人一个师的进攻，被迫撤离到山上。敌机紧追上来轰炸我军阵地，每炸完一个山头，后面的敌人就跟着占领这个山头，步步进逼我方。中午，敌机越来越多。情况对我越来越不利。

萧克站在树丛中，举起望远镜朝敌人阵地瞭望，看见对面山上摆着几块白布，阳光下十分醒目。白布，这什么意思？哦，原来是他们的陆空联络信号，提醒空中不要炸着自己人。难怪敌机一眼就知道该避开哪儿，该往哪儿炸。萧克灵机一动，来个鱼目混珠。"参谋长，快到辎重队去找些白布来！"

"师长，找……找白布干什么？"参谋长李达不解地问，他想到白布的一个功能——投降。不可能啊！

萧克神秘一笑，把望远镜递给李达。李达接过去朝对面山头望了望，马上领会。

白布找来了，按萧克的吩咐在阵地上摆出一个符号，与敌阵地上的一模一样。好戏开始了。

敌机飞过来，记忆中这个山头是红军的阵地，正要往下扔炸弹，忽然发现山上的白布符号。敌飞行员惊出一身冷汗，妈的，差点炸到自己人的地盘！这几个山头一会儿是敌方的，一会儿是我方的，真要睁大眼睛看清楚。盘了半天，还是没分清到底哪座山头是红军的阵地，只得载着疑问飞回去。

对峙延续到下午三点。这段时间，萧克指挥战士们抓紧挖工事，调整部队，向敌人主阵地发起进攻。为避其锋芒，萧克只派了少量兵力在正面引住敌人，主力则偷偷从侧面攻入。敌人猝不及防被红军打下山头。

追呀！追！

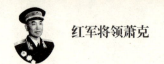

现在是红军追敌人。从山上追到山下。从山里追到田里。眼看已经追上敌人溃逃的队伍，敌机又来了！

跑的还在前头跑，追的还在后头追，红军跑得快，追得紧，跑在最前头的红军很快与落在后头的白军首尾相接。国民党的黄军装与红军的灰军装夹杂在一起，天上的敌机一眼望去，都看成灰军装了。敌飞行员恨恨道：让你跑这么快，还想冲进我们的阵地？看我炸你个全面开花！

敌机猛然飞到逃跑的队伍前头，嗒嗒一通炸弹雨盖下去，顿时把白军炸得血肉横飞。后面的红军趁机追上去，痛打落水狗。

李达冲在前头，他举起刺刀刺向一个白军，被白军反手一刺，李达躲避不及，手臂被划开一道长长的血口。幸好后头赶过来的战士举枪一射，白军倒地。

敌机在半空发现情况不对。天啦，大水冲了龙王庙！炸死的全是自己人。跟在后面跑的那些人，才是该死的红军啊！

敌机还想炸，却早已扔光了炸弹，嗷嗷叫着在红军头上飞来飞去。气得吐血也没用，它成纸老虎了！

红十七师一直把敌人追到苏区以外几十公里。这一仗，把从龙冈溃逃出来的张辉瓒第十八师残部打得稀里哗啦。当夜，红十六师也到达黄沙，月夜下，两师会合，军威大振。

继续向北！渡修水，抵武宁，进瑞昌，踏着血路一步一步靠近九江。在瑞昌兵分两路。红十六师留在瑞昌小坳，警戒武宁方向的敌人。红十七师直接开往九江马回岭车站，执行破路任务。

88

马不停蹄，冒雨摸黑，穿过泥泞的山路，红十七师悄悄行至九江马回岭车站附近，停在离铁路两公里处。冬雨刀子一样扎得脸上身上辣痛。

敌人的探照灯在铁路上横扫，一只受惊的兔子跑过铁轨，引来一阵机枪扫射。敌部队一车车一队队向车站集合，嚓嚓的脚步声夹杂雨声，震得天要倒塌下来。敌人原以为，红六军团是因反"围剿"失利而撤离湘赣苏区向北突围，追追堵堵一个来月，直到此时方才醒悟过来，红六军团的目的，是破坏南浔铁路。

雨中待命的红军将士，却迟迟不见行动命令。

此时的萧克，心里纠结如麻。破坏铁路，从哪里下手呢？战士们全是农民子弟，连火车都没坐过，要破坏铁路，一没有工具，二不懂技术，光靠手扒能行吗？即使手扒能行，敌人就在铁路线上守着盯着，我们一动作，马上就会招来四面守敌。破路任务眼下是无法完成了。只能撤，而且要快。一旦被敌人发现，附近所有敌人很快会沿着铁路围过来，到时要撤就麻烦了。

他把这一想法跟师政委陈洪时商量，陈洪时一听猛摇头："不能撤！不能撤！要撤，也必须先请示中革军委同意。我是没这个胆子违抗中央指令。"

萧克道："此地不能久留。不能坐在这里等请示，敌人很快就会发现我们。情况危急，必须马上撤！"萧克又分析了一遍当前的紧急情势。

陈洪时心里被说动了，却沉着脸道："那就照你说的做吧！但我个人是不同意的。回去我还要把这个情况报告中革军委。"

萧克明白他是怕担责，但只要能听进意见，把部队带出危险境地，这已令萧克心怀感激。他果断道："我马上向军委请示！通知各团，准备撤退！"

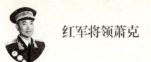

　　红十七师立即撤出马回岭，先向西，冲过敌人围堵，穿过德安九渡源山区，再折向南。萧克心里只有一念，必须争分夺秒渡过修水，跳出敌人的战役包围圈。湖北黄石的富水与九江的修水河之间，是一条狭长地带，蒋介石部署了八个旅的兵力在这一带守着，企图利用这一地形夹击红六军团。在这一地带多停留一刻，部队就多一份灭顶之危。

　　红十七师一撤退，敌人的八个旅便围过来。大雨纷纷，脚步匆匆，红十七师翻越秦山，从敌军的间隙钻过去，到达栎林镇附近。一条宽阔的河流拦住去路，这便是修水河。后面追敌也向着修水河包围过来。必须过河！然而，河面宽，水又深，不能徒涉。附近一条船也找不到，全部被保安队控制了。往南五六里有一座桥，也有重兵把守。

　　萧克一把又一把地抹着脸上的雨水汗水。眼前的情景，与1933年3月北渡袁水何其相似，但这一次，无论如何他再也不会像上次那样带着队伍强渡硬冲了。现在敌人尚未发现我军行踪，强渡修水河势必会暴露目标。他紧急召集军团首长们碰头。

　　雨越下越密，树林里休息待命的战士们直打哆嗦。

　　首长们的密谋，一直持续到凌晨。

　　第二天，天际刚吐出一线鱼肚白，部队就向着修水河出发了。走在前面的一支二十余人的队伍，穿着国民党的军装。这是红十七师的侦察队，带队的是参谋长李达。他们的服装是在九渡源山区遭遇战中从抓获的俘虏身上扒下来的。侦察队径直走到修水河边，向对岸的敌保安队喊话："喂！保安队长在吗？我们要过河！"

　　对岸盘问："什么人？"

　　"我们是十八师的先头部队！朱耀华师长派我们来探路的。大部队就在后面，我们马上要过河，去拦截'共匪'！"

对岸一阵叽呱。很快，三条空船驾过来。侦察队员跳将上去。对岸排列着一队人马，国民党区长与保安队长带着民团在岸边欢迎。李达一上岸，就冲保安队长抱怨："追了几十天，天天跑得腿抽筋，连个'共匪'的屁影也没追着！妈的，总算要收网了！"

"啊？要收网了？"

"是啊！我们已经得到情报，'共匪'就在这两天要过修水河，我们十八师紧赶过来，就是要抢在'共匪'前面堵住他们。马上架桥！估计半个小时之后，我们的大部队就到了！"

保安队长唯唯诺诺，马上指挥民团架搭浮桥。他盘算着，如果能在此地堵住红六军团，也算保安队立一大功。

浮桥刚刚架好，李达指挥侦察队一冲而上，将民团全部缴械。埋伏在对岸树林中的红军嗖嗖飞出，跃上浮桥，迅疾渡过修水河。

清晨8点钟，修水河在宁静中泛着波光，红十七师一枪未发，就顺利突破敌人一条封锁线，粉碎了敌人企图在修水与富水之间消灭红六军团的阴谋。

横山过水，忽西忽南，由东向西横穿修水县。萧克心里十分清楚，修水县境内处处是敌，不能停留，必须尽快回到湘赣边界，寻找落脚点。部队连续作战一个多月，减员500多人，急需休整补充，而永新是回不去了。红六军团在修水黄沙大战朱耀华部时，敌十五师王东原部趁机侵占了永新。去哪儿落脚呢？

89

幽居，湘鄂赣边界的一个偏僻小村。以崇山峻岭为屏，湘鄂赣省委、省苏维埃政府驻扎在此，构建了一片小小的红色根据地。敌人还没顾上

这块又硬又小的骨头。

一山新绿，一岭春花，迎待着红六军团的到来。

1934年3月5日，红十七师抵达幽居。与此同时，兄弟师红十六师突破国民党军队的重重封锁线，从修水小坳出发，一路与国民党追兵单打独斗，不久也循迹而来，会师幽居。红六军团5000多人的到来，使小小的幽居一下变得热闹非凡。原本不太富足的小山村马上显得捉襟见肘。当地老百姓把家里能吃的干菜与红薯丝、能铺的稻草与麦秆、能挡风的门板与棺材板，都送给了红军，伤员也住进了老百姓家，日子还是艰难。没油，少盐，吃的是红薯丝和笋干。原以为到了苏区可以好好歇一歇，没想到仍是天天饿得人发慌，冻得睡不着觉。

一日，萧克、陈洪时与湘鄂赣省委的同志研究如何解决部队当前的给养难题，一份紧急情报送到面前。敌人已发觉红六军团在幽居，即向此地发起了新的进攻。从情报获知，敌人在东面部署了三个旅、东南面一个师、西面一个师、北面有三个师，在幽居周围形成了一个大包围圈。

事不宜迟，得赶紧走。往哪走？

湘鄂赣省委的同志提议：你们去湖北的鄂南苏区吧，那儿地方比这大，人口也多些，还有红三师在那儿。

鄂南苏区，就是幕阜山脉以北、富水流域以南的狭长地带。上次去南浔铁路执行任务时，差点被逼进敌人设在那一带的包围圈，那地方能去吗？萧克心里划起一个大问号。

犹豫中，中革军委的电报来了，明确指示红六军团朝北走，去鄂南苏区。无可选择，跳出眼前的包围圈要紧，马上走！

3月7日晚，部队从幽居出发，经修水境内向北急进。翻过幕阜山脉，进入赣鄂交界的修（水）武（宁）崇（阳）通（城）苏区，苏区的同志予以接应，在通山的冷水坪休息一晚，准备继续往北深入鄂南。

趁大家都在休息，萧克独自走出营地，找县委机关的人问问苏区情况。这一问就问出大问题来。他得知，鄂南苏区也遭到敌人围击，被吃掉不少地盘，现已分割成十多块零散苏区，大部队在那儿根本无法回旋，粮食更是难以解决。"军无粮食则亡！"去鄂南，无异于绝路。他马上找陈洪时、李达等人商量。

陈洪时眼皮耷拉着走出屋，一边打呵欠，一边抱怨连日行军连顿饱饭都没吃过。萧克把自己的想法一说，陈洪时瞪圆了眼睛。"啊？你说要掉头往南走？中革军委可是指示我们往北走啊！又要违抗军令？搞不得搞不得！"

萧克拿出地图来，跟大家分析形势："现在我们是处在一个三角地带。你看看，再往北，就是长江、京汉铁路，还有武昌。西面是岳阳。东面是九江和南浔铁路。这些交通要塞、军事重镇，都被国民党重兵把守着。我们一进去，周围的敌人很快就会一哄而上。那地方又狭小，我们的大部队根本排布不开来，那不成了送进虎口的肉？"

陈洪时沉默良久，问："中革军委的指示怎么办？"

"我们不能机械执行上级命令。眼下情况紧急，军委又不在眼前，如果坐等指示，势必陷入被动。"

李达赞成萧克提议，也一起来做陈洪时的工作。他拿出军委的电报给大家看："电报的最后一句是'你们可根据实际情况机断处理'，军委给我们留了机动权。我们可以先往南撤，同时向军委请示！"

陈洪时担忧道："就算可以这样理解，但是南面不是也有追兵吗？要是跟追兵碰个正着，我们这支疲劳之师，肯定打不赢。"

萧克把自己想好的计策端出来。让侦察连和前卫营在前面走，主

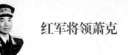
力离远一点跟着。如果发现敌人大部队，马上折向西走一段，再向南。

陈洪时不语。萧克道："我的意见都说明白了，是往南撤，还是往北走，你是政委，由你决定！"

陈洪时百般无奈，只好说："事已至此，就往南撤吧。马上向军委请示！"

3月11日，部队果断离开冷水坪，向南走。果真遇敌，马上按计划折向西，然后继续向南。敌人被牵着鼻子走，一会儿在前头堵，一会儿在后头追，又回到了铜鼓县幽居附近，敌人绕晕了头，至今没搞清楚红六军团到底要去哪儿。

湘赣边界的老百姓见红军大部队又回来了，惊喜万分。他们走后这些日子，敌人一路血洗苏区，老百姓遭受了蹂躏，明知道敌人还会追杀过来，却红心不改，把藏在地窖的粮食拿出来给红军，收留红军伤兵养伤，给红军带路。

踩着湖南的地界，跨过汨罗江，在敌人眼皮底下登上连云山主峰浏阳坳。这是湘鄂赣苏区与湘赣苏区的交接地带。高山之巅，寒气侵骨，没有村庄百姓，没有一粒粮食，战士们露宿山头，杀了几匹马，寻了些野菜一锅煮着吃。红六军团决定在这儿进行分兵。分兵，是萧克提出来的。

两个师的首长意见不一。大家不吃不睡不惧寒冷，坐论了一个晚上。

坚决反对的还是陈洪时。"两师一起行动，这是军委决定的。不行，十六师必须跟我们一起走！"

红十六师师长高咏生为难道："如果是在这一带活动，一起走当然没问题。但是，我们这支队伍大部分是湖南湖北边界的兵，在这一带活动惯了，都不想去外地。这一路已经跑了不少。再往南，恐怕兵力会越来越少。你们看，我1600多人到幽居，现在只剩下八九百人了。"

高咏生的意思很明显，留在本地区一起行动可以，分开来的话，他不想继续往南走。

萧克朝高咏生点点头，表示理解。毕竟那是一支农民军。农民军的习气他是深深谙悉的。他分析道："十六师、十八师是湘鄂赣的主力，十八师去年已经调到湘赣苏区，如果十六师也离开本土，这块苏区就难以保下来，后方的人也会散掉。这对仅存苏区的巩固是很不利的。所以，从大局考虑，我认为，十六师回幽居为好。虽然只有八九百人，但是对湘鄂赣地区是个旗帜！让老百姓看到，湘鄂赣苏区没有倒！"

高咏生感激而钦佩地望着萧克。

"十七师继续回到湘赣苏区去！回到罗霄山脉中段去跟敌人决战！"

"就这么散伙，你们说，怎么向中革军委交代？"陈洪时皱眉道。

参谋长李达站出来道："政委，上次我们从冷水坪南返，也是行动两天之后才得到中革军委回电批准的。现在情况同样危急，我们总不能坐在这山上等军令，等敌人围上来。还是先行动，同时报告中革军委吧？"

陈洪时叹气道："我们在冷水坪给军委的指示泼了瓢冷水，军委没有怪罪我们已是万幸。现在又是浏阳坳。浏阳坳啊浏阳坳，真不知道这回能不能拗过军委。我总觉得，这样决策会出大问题的。"

萧克道："情况大家都清楚了，怎么办，按规矩，由政委决定！"

"也只能这样了。"陈洪时叹道，"我在莫斯科学习时……"

大家马上争着打呵欠，一个个起身去睡觉。都知道陈洪时的口头禅一出，后面将是滔滔不绝的理论。东方已睁开一线眼。

3月18日，两师在浏阳坳的晨光里依依告别。红十七师向南开拔，过浏阳河，再向南，过袁水，终于回到了湘赣苏区中心永新的莽莽山野。

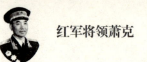

此时的永新县城，已在白军手中。

红十七师这次北上，历时两个月时间，历经 3000 里行程，跨红区，穿白区，一路牵制敌人 46 个团，冲破敌人五次大兵团的战役包围。1934 年 3 月 22 日，在湘赣苏区边缘的南山，刚刚返回的红十七师以一场伏击战给了敌西路军一记狠狠的耳光。

大规模的阵地争夺战拉开了序幕。

第二十二章
先遣西征

90

"王主任回来了！"

萧克闻声走出军部，看见师政治部主任王震大步流星走来。王震去年12月份离开永新，去瑞金出席中华苏维埃第二次全国代表大会，一走三个月，回来时发现，苏区变小了，战友们个个又黑又瘦。二人紧紧相握，彼此心里的苦与酸，一眼读懂。

"在路上就听到你们保卫根据地的消息，好好坏坏都有。大家辛苦了！"

警卫战士忙着张罗饭菜，王震制止道："先别吃，我这有一份好食粮！"

在大家的期待中，王震从挎包里掏出两个印刷本，一本一本交给萧克。《堡垒对峙下的战术》《支撑点构建法》，都是关于堡垒对峙的战术。

自去年10月开始第五次反"围剿"，中央就提出了"堡垒对堡垒""阵地对阵地"的政策，这段时间红六军团因为北上执行破坏南浔铁路行动，一直在运动中牵制敌人，打的是运动战、游击战，对于堡垒战、阵地战没有过多研习与实践。大家对这个战术感觉新鲜又疑惑。蒋介石已经在

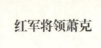
江西境内修筑了几千座碉堡，我们也去修碉堡，修得过他们吗？

湘赣省委书记兼省军区政委任弼时主持召开省委扩大会议，讨论作战方针时，会上发生了争执，两种意见相左。一种认为，应该坚持灵活机动的游击战术，在运动中歼敌。另一种认为，应该坚决执行中央的指示，堡垒对堡垒。萧克赞同第一种意见，有任弼时的支持，会议最后确定了集中兵力寻找战机打运动战的作战方针。

以运动战为方向，湘赣根据地红军在沙市打下了河西战场第五次反"围剿"以来最大的一次胜利。1934年4月5日，萧克、王震指挥红军三个团和警卫连六个班，以及永新地方武装，在永新沙市伏击王东原部，歼敌600余人，活捉敌人一个旅长、一个团长、一个旅参谋长，缴枪2000余支。紧接着，又在安福田里打了一场漂亮的歼敌战。

与此同时，中革军委的指示一道道加紧飞来，要求必须以阵地战和短促突击迎战敌人。

红六军团不得不停下运动战，全军动员修碉堡。主力不去打仗了，修碉堡去！地方赤卫队不打游击了，修碉堡去！少年模范队也不练枪了，修碉堡去！永新一时变成碉堡世界。城里，是敌人的碉堡；城外，绵延丘陵与山区的工事，是红军的碉堡。再外一层，又是敌人的碉堡。你对我，我对你。你攻我，我顶你。红六军团原本最擅长于在运动中歼敌，在游击中奔袭，现在却要执行博古与外国顾问李德推行的"短促突击""阵地防御战"，战术一变，红六军团等于自毁优势，完全找不到过去打仗的感觉。子弹少，不敢打持久战。没有重型武器，强攻乏力。从1934年5月份开始，接连着与敌人争夺永新的山区阵地，小胜不少，但终究是边打边退，局面越来越被动，在金华山、松山遭受了重挫，苏区阵地一块块丢失，红六军团被迫一步步往南撤，撤到永新边界的牛田村。

敌人步步进逼，牛田也不是长久之计，下一步该往哪儿走？再上井冈山？萧克脑子里一闪念，这个想法就变得越来越强烈。井冈山根据地，红军的摇篮，革命的摇篮，红四军在那儿度过了最艰难、最鼎盛的日子，把群众的革命热情燃到了空前的热度。过去，根据地的男女老少，一见红帽徽、红袖章、红旗子就比亲人还亲。没想到这么红的天空，后来会变黄、变白。去年初夏萧克与蔡会文率红十七师两次进攻宁冈，都劳而无功。眼下反正是无路可走，无处可去，干脆再拼一次，打回井冈山，把宁冈夺回来。

他马上去请示湘赣省委和省军区。上级就在身边。湘赣省委机关已先期从永新县城搬到了牛田。

省委书记任弼时正在屋里扶着眼镜看地图，萧克两只手各托一碗黑稠的液状食物挟风带火走进来，乐呵呵地叫道："任书记，你敬我一杯茶吧！"

任弼时抬起头，疑惑地望着萧克，判断到底是自己听错了，还是对方说错了。萧克将其中一碗递给任弼时道："战士在山上采了一把凉粉草，煮成了凉粉。这可是上等的补品啊！解暑，清凉，口感跟豆腐一样嫩。今天是我的二十七岁生日，您喝了这碗凉粉，祝贺一下我的生日吧！"

"你这小子，花样蛮多嘛！"任弼时端碗一碰，两只碗发出快乐的笑声。"满了二十七,今天就是二十八了！"他旋即诵出李白的《江夏行》诗句："正见当垆女，红装二八年。你都二十八岁了，也该讨个二八年华的堂客。可这烽火岁月，戎马倥偬，天天在荒山野岭钻来钻去，连个年龄相当的姑娘都难见着。"

萧克道："任书记，我可不是为二八年华的红装来的。"

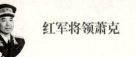

"我知道，你一心只在带兵打仗。说吧，有什么想法？"

萧克郑重道出自己的想法。任弼时喝口凉粉茶，又低头凑近地图看半晌，终于点头道："我同意！井冈山根据地一日不夺回来，我们就一日睡不安宁。叫红四分校配合你师行动，一步一步打进去，一块一块收回来！"

萧克望着任弼时紧握的拳头，仿佛那握着的就是他满满的信心。自从湘赣省委来了任弼时这位领头人，萧克感觉凡事都有了主心骨。任弼时曾经长期在白区从事秘密工作，又在团中央和中共中央机关工作多年，两次被捕入狱，幸得组织营救，是个党性很强且不乏灵活性的领导。去年6月他从苏区中央局组织部长之职转任湘赣省委书记兼省军区政委，这一年间，他干了许多让大家感到踏实与信服的事。当肃反严重扩大化时，他顶着高压，阻止了一些错误行为的蔓延。原湘赣省苏维埃主席张启龙被批斗，省委一个肃反激进派提出要枪毙张启龙，是任弼时制止了这一疯狂行为。他还制定新政策，解放了一大批县级干部。红八军改编为红十七师后，萧克一直在任弼时领导下开展工作，深得任弼时信任。

听说要打回根据地，战士们斗志猛涨。"杀回去！打回老家去！""夺回我们的根据地！""把国民党赶出井冈山！"

1934年7月下旬，红六军团围攻井冈山山麓的五斗山，一举拿下。棺材岭依然横在江边，像一条诡秘的预言。不久又攻下衙前镇。五斗江、衙前，这些熟悉的地方，曾经都是井冈山根据地的范围，一草一木依然是当年的姹紫嫣红。井冈山，我们回来了！你还好吗？

91

"红军是工人农民的队伍！""暴动起来分田地！""红军是无产阶级的卫士！"

民房前，几个战士念着墙壁上字迹依稀的红军标语，笑得比七月的紫薇花还红。有人忙着找来石灰，在原标语上添涂笔墨，使之更加醒目，并显露新意。

部队在村里转了一圈又一圈，寻遍墙角、菜园、屋后的树林子，这才发现，村里居然找不到一个老百姓。人都去哪了？来的可是当年他们最喜欢最敬慕的红帽徽、红袖章、红旗子呀！

萧克、陈洪时、李达、王震等人站在空荡荡的村子里，个个眉头打结。萧克伤感道："跟我们去年打宁冈时差不多，这里的群众基础完全破坏了。没有群众支持，我们在这里肯定是待不下去的。"

萧克是有感而发。他记起在乐安县打游击时遇到的一件事。乐安有个山大王，叫邱汉杰，原是一个地下工作者，有自己的游击队，在一个大镇子上建立了苏区。由于与乐安县委某些同志意见不合，肃反时被打成"AB团"，邱汉杰一气之下脱离党组织，在镇上做起了山大王。国民党闻讯，派人去收买他，他不受，依旧在自己的势力范围内执行苏区政策。1932年3月，萧克带兵游击到乐安，听闻此人此事，极力想把他争取回来。上山寻找几次，未果，又托人捎信给邱汉杰，约他当面谈谈。信是送到了，但邱汉杰不识萧克，不知萧克用意，担心有诈，没有回应。后来萧克因执行其他任务离开了乐安。不久听说，乐安县委调动游击队攻打邱汉杰，邱汉杰为寻活路，彻底投靠了国民党。内部矛盾最终演变成敌我矛盾。这跟湘赣特委错杀袁、王的结果何其相似！

陈洪时愤然道："湘赣边界特委错大了。敌是敌，我是我，他们把自己人当敌人搞，那不是逼上梁山，逼良为娼吗？"

萧克跟大家说起另一件事。中共西路行委曾经想恢复井冈山这个军事堡垒，袁、王被杀不久，有一次红八营打到了宁冈茅坪的阴阳山，跟宁冈县靖卫团团长谢角铭作战。这个谢角铭便是袁文才的部下，也是他的妻叔，袁文才被杀后，谢即跟红军作对。那一仗虽是把谢角铭打死了，但红军还是没法在茅坪站住脚，因为，当地不少老百姓都站在国民党一边，捣乱红军，攻击红军。萧克发自肺腑地感慨："收复失地容易，收回失去的民心难啊！我们一辈子都不能忘记这个教训！"

李达提议："我们派人到山里去找一找，老百姓肯定躲在附近。过去的结总是要解开的。我们一个一个村庄去做工作。"

大家都觉得，既然来了，就要努力试一试。除了井冈山，眼下也找不到更好的去处。如果能够做好群众工作，这一带山区地域广阔，应是可以长期驻扎下来的。

即刻分头去寻找老百姓。山上山下，村里村外，一户户去敲门，喊人。老百姓仍是躲着不出来。偶尔找到几个百姓，也像洗了脑，完全不领情，不认人，不配合。

傍晚，侦察连回来，告诉萧克两件事。一是在宁冈某个村庄看到"活捉萧克"的标语。二是宁冈婆婆伙店的"萧老弟"托人捎了信来。对于标语，萧克付之一笑。他已经不是第一次被敌人悬赏捉拿。在赣南打游击战争时，听老家来的一个战士说，湘南的革命多次被扼杀，反动派猖獗至今。有些革命意志不坚定的吓破了胆，萧克的同学萧亮，临武县那个跟萧克一样投身革命参加地下党的富家公子，也在这期间投敌叛变了。萧克兄弟一直是反动派捉拿的重点对象。1929 年 8 月，在他老家嘉禾，湖南省清乡司令部发布了一个通缉萧克的训令，说他"马日以前与朱毛啸聚结党，宣传赤化，工作极为激烈；马日后，充任赤军重要事务，与毛匪窜扰湘闽赣等省边境，无事不先"。嘉禾的敌人把萧克视作匪首，现在宁冈敌人又把萧克当作头号大敌，萧克心里暗笑，没错，我就是你们捉不到打不死的克星！

"萧老弟"捎来的纸条，萧克看了又看。纸上只有三句话："我和婆婆均安勿念，家门口土堆子一百三四十个，铲不动就先到别处做工。"

"土堆子"是什么东西？"到别处做工"又是什么意思？萧克望望群山，又蹲在地上用手指抓起泥土，垒出一个土堆来。他恍然大悟。哦，土堆子，就是碉堡！原来"萧老弟"是说，敌人在宁冈境内修筑了一百三四十个碉堡，以红六军团现在的力量难以铲平，为保存实力，建议部队不要轻易进攻宁冈，最好先转移到别的地方去。

的确，现在别说进攻宁冈，便是脚下这个偏僻小镇也待不下去。能去哪里呢？思路一条条冒出来，又被一团团迷雾阻塞。

"怎么就没有多出几个像宁冈婆婆那样开明的人呢？"李达的一句话让萧克心头一惊。他猛然想到，宁冈婆婆伙店实在太扎眼了，敌人在宁冈的活动那么紧，老百姓又这么复杂，我们派去的暗哨时刻处在高度危险中，万一暴露，就会给宁冈婆婆带来杀身之祸。越是支持革命的老百姓，越要保护好他们的安全。"通知萧老弟，尽快撤离宁冈！"萧克下令。

92

永新县牛田村。

炎日当午，屋里屋外被热气笼罩，身上的每个毛孔都憋着火。河边坐着躺着一堆堆逐风纳凉的军人，有人光膀子靠着柳树睡大觉。

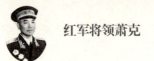

湘赣省委驻地，吉昌兴木行的一间屋子里传出婴儿烦躁的啼哭声。此时，孩子母亲、任弼时妻子陈琮英正在内屋忙得满头大汗，完全无暇顾及孩子。她是省委机要秘书，正在收译一份密电。任弼时一手抱着孩子，一手摇着大蒲扇，不时凑到里屋门口看看，又怕干扰妻子的工作。陈琮英低头忙乎半天，终于拿着一份密电急步出来，脸上的汗珠子挂到了腮帮。"弼时，有大事！"

任弼时一见电报上的特级加密标识，没有立即接过电报，而是迅疾走过去掩上大门，才回身接过电报，走到一张只有三只脚的木桌前展读，深恐看错或遗漏一个字。

电报有好几页纸，长达3000多字。他看完一遍，面色如被胶水凝住。再次浏览一遍，脸上竟开出一线笑靥。十多分钟后，他一拉大门，大声叫："通讯员！"住在侧屋的通讯员应声而入。"赶快去通知六军团首长们过来开会！对，就萧克、王震两位。哦，还有陈洪时同志。"又令："警卫班！加强警戒，门前路口加派岗哨！"

不多时，人员如数到齐。任弼时再次将大门关紧。屋内其他三人互相会意，明白有要紧事。门外的警卫战士见此情景，不由将背在肩上的枪端在手中，倍加警惕地巡视四周，以保证首长们商谈的机密免遭窃听。陈琮英则抱着半岁的儿子走出家门，到河边大树下乘凉。她明白，商议这等军机大事，她作为机要员知晓内情，却无权参与决策。

"什么事这么神秘？"大伙问。这三伏天，门一关，汗珠子就在身上虫子似地乱爬。

"先看看这个。"任弼时将电报交给萧克。萧克靠桌坐下，其他二人紧挨过来。三人屏息静气同时阅读。任弼时则坐在一边紧盯着三人，好像那电文就印在这三人的额头上。

第二十二章 先遣西征

这是中革军委发给红六军团的训令。

"中央书记处及军委决定六军团离开现在的湘赣苏区，转移到湖南中部去发展扩大游击战争及创立新的苏区。"

啊？中央不再要求我们像原来那样"积极进攻"了！中央要我们去湖南！

电报说，敌人正在加紧对湘赣苏区的封锁与包围，特别是加强其西边的封锁，企图阻止我们的力量向西发展。"在这种情况下，六军团继续在现在地区，将有被敌人层层封锁和紧缩包围之危险，这就使保全红军有生力量及捍卫苏区基本任务都发生困难。"

萧克等人的脸上如被阳光洗沐，明朗放光。这么说，中央已经关注到我们红六军团的困境了！中央终于意识到"堡垒对堡垒"政策的局限了！中央明白红六军团已无法固守湘赣苏区，要求我们突围出去，去湖南创建新的苏区。

为什么选择湖南？

电报分析：红六军团去湖南中部积极行动，将迫使湘敌不得不进行战场上和战略上的重新部署，破坏其逐渐紧缩中央苏区的计划，以辅助中央苏区之作战；这一行动，还能最大限度地保存红六军团有生力量，并在创建新的苏区的斗争中，确立与二军团的可靠的联系，以造成江西、四川两苏区联结的前提。

萧克明白，红二军团就是贺龙与周逸群率领的红三军，创建于湘鄂地区，前身是贺龙在湖北洪湖一带创建的洪湖赤卫队，曾经声震湖北。1933 年底，红三军进军四川，现在已进入贵州活动。如果能与他们会合，那真是双雄比肩！

这下好了，方向明确了，红六军团将去湖南桂东。接下来要研究

327

的是，路怎么走？

首长们进行了激烈的讨论。

陈洪时认为，路线问题根本不必要讨论，他拿着中央电报宣读道："六军团由黄坳、上七、下七地域的敌人工事守备的薄弱部或其以南，转移到桂东地域……中央规定得很清楚了，不要总以为自己比别人聪明，中央首长的脑袋，总不比我们的脑袋差吧！"

陈洪时这番话听起来有点刺耳。萧克和王震回之以沉默。中央在这封电报中决定，任弼时作为中央代表随红六军团一起行动，并与萧克、王震三人组成红六军团的军政委员会，由任弼时担任主席，萧克与王震为委员。陈洪时则离开红六军团，去接替任弼时的湘赣省委书记之职，留守湘赣苏区。

任弼时朝陈洪时摆摆手，萧克向任弼时投去敬佩的目光。7月中旬，红六军团在井冈山地区进退两难时，就是任弼时果断与萧克、王震联名致电朱德，汇报红六军团的行动部署，这才让中央了解到红六军团的境地。

任弼时走向墙上张贴的地形图，对着地图不急不忙地道出自己的想法："中央规定我们的突围方向，是一条险路。从黄坳到上七、下七，这一带敌人的工事守备的确薄弱。为什么薄弱？因为这一带全是大山，路途险峻。敌人难爬上去，我们同样也难以运动。而且，这条线路距离宁冈与永新都很近，我们大部队一行动，宁冈和永新的敌人马上就会发现，我们的转移意图也会很快暴露出去，到时，恐怕我们还没走出山区，周边的敌人就围上来了。"

大家点头称是。每个人的思路都在急速奔跑，几千人的部队要迅速突围出去，不仅要尽量避开敌人耳目，还要使敌人猜不到行动意图，怎么走才好呢？几颗脑袋凑成一团，盯着地图比来划去。很快，大家不约而同抬起头来，相视中，彼此看到对方眼里的光。都想到一块了，往南走！

往南，是湘敌与粤敌的接合部，只有地主武装与保安团把守，敌军之间间隙较大，红军大部队可以乘隙通过。只要冲出敌人包围圈，成功突围出去，就可马上转头急进西南，直往湖南桂东。

决策已定，大家心头亮如明镜。任弼时特别交代，此举关系红六军团生死，甚至中央红军的前途，此等军机大密，除了红六军团军政委员会首脑、湘赣省委常委以上干部，不得有丝毫泄露！

"我们的……湘赣怎么办？"会议毕，等大家都走了，陈琮英抱着小儿回到屋里，第一句便问。

湘赣是他们儿子的名字，纪念出生地湘赣苏区。这是他们的第三个孩子，也是唯一留在身边的骨肉。第一个孩子在营救任弼时出狱的奔波途中病亡。第二个孩子才几个月大就送回了湖南老家。现在任弼时夫妇心中皆知，第三个孩子湘赣也将面临分别。部队要远征，按规定一律不准带孩子行军，作为部队首长更要做出榜样。

"明天你到村里去，找一户家庭情况还好的老乡，只有托付给老乡了！"任弼时无奈地看着孩子，伸手去摸孩子的脸蛋，摸到一片湿。那是孩子的母亲脸上奔涌下来的泪河。

93

第二天一早，部队分头向北转移，会合在遂川境内一个偏僻的山沟，去筹备西征大行动。这条山沟，便是黄石岩。山下的村子，叫横石村。

横石村是侦察连近日发现的一块福地。

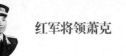

之所以选择这个地方，一是地理位置好。此地山势险要，易守难攻。传说明朝时驻扎过义军，与朝廷军队在此打过大仗。黄石岩有不少天然石洞，正好扎营。前段时间不断打仗，部队伤员多，红军医院正好设在山洞。此地离村十多里，荒无人烟，不易暴露行迹。二是村庄大，人口多，适合筹集军粮。山下的横石村住着两三百户人家，田地广沃，鱼肥粮丰，眼下正是收割季节，部队的军粮就靠这个村了。三是群众基础好。井冈山革命斗争时期，红军曾经多次攻打遂川县城，建立了县苏维埃政府，经常在这一带打游击。老百姓见过红军对老百姓的好，虽然遂川人王佐被错杀后，遂川部分客籍人对红军有逆反心理，但横石村主要是土籍人，群众工作更好做。

部队在黄石岩驻扎下来后，参谋长李达带着一个连前往横石村侦察情况。

大白天，炎天暑热的，村里家家户户门窗紧闭，寂静无人，只有知了在树上哇哇大叫。几条狗惊慌地跑出来，对着生人大叫几声，复又跑进山里。村民发现山里来了兵，在没有搞清是红军还是白军时，他们选择了躲避。粮食藏起来了，人也躲进了深山。

唯有一户人家的窗户后面睁着一双惊恐的眼睛。这是个十六七岁的男孩，长得单薄，眼睛里有一种初生牛犊不怕虎的锐气。他是陈寡妇的儿子，宝柱。山上一来部队，宝柱妈吓得要死，拉着他跟村人一道逃进深山。宝柱心里有些害怕，却又好奇。他从小没爸，在村里受欺负惯了，反而不像别人那么怕兵。来就来吧，反正我赤条条一个男人，家里没钱没粮，不怕抢不怕偷。他偷偷从山上跑回家，躲在家里观察情形。

李达等人走到宝柱家，敲敲门，贴耳细听，没听出动静。有个声音说："这家肯定是最穷的，房顶上的茅草都几年没翻新了。"另一人道："是呀，这家房屋也是最小的，只有一间半，肯定只有一两个人。"

一会儿，脚步声又到了隔壁那户，仍是敲门，喊着："老乡，老乡在家吗？我们是红军！"

红军？这两个字，就像一条虫子钻进宝柱的耳里，使他从耳朵痒到心里。几年前村里来过红军，他记得那些人身上的红帽徽、红袖章，也记得那些人帮村里人盖房子、割稻子的情景。后来听村里传言，红军变坏了，红军专杀老百姓，他一直将信将疑。这些人真是红军吗？他们真是来杀老百姓的吗？

宝柱悄悄踮起脚尖，望向隔壁邻居家。邻居跟他家窗对窗，对面的动静全在他眼里。他听见，邻居家的门吱呀一声被推开。几个红军喊着"老乡！老乡！"不久，那屋里传来乒乒乓乓的敲击声。

门是虚掩的，推门进屋的战士发现了一件东西：一副棺材。棺材摆在堂屋里，盖子已钉死，看样子像要出殡下葬。有个战士无意中顺手一摸，被棺材盖子上的钉子扎伤了手。细看，这钉子是随便钉上去的，盖子也没有严丝合缝。战士用手一推，盖子竟然挪出了一条大缝隙。有情况！

随后进屋的李达制止道："都盖棺论定了，死者需要安息。我们说不扰民，既不要惊扰活人，也不要打扰死人。"战士依然趴在棺材盖子上朝缝隙里瞅，连连叫着："这里面没有人！没有死人！只有两个麻袋！"

拿根棍子一撬，果然里面是两只麻袋，装得鼓鼓的，全是粮食和瓜果蔬菜。李达指挥大家把粮食搬出来，几个人轮流用手拎拎，估算了重量，便背走了。李达从衣袋里掏出纸和笔，写下一张借条放在棺材盖上。他迈出屋子几步，忽又折回去，从身上掏出两块银圆压在借条上。

其他战士分别从菜地里摘了些瓜果，从屋后捉了几只鸡带进山去。

一位战士背的东西太多,渐渐掉在后面。忽然一块石头从背后飞来,他"啊呀"一声跌倒在地。一条人影猛虎似地扑上去,朝地上的战士拳打脚踢。走在前面的战士听见异响,回头一看,一青皮后生正拿着石头朝战士头上砸。战士们冲上去,七手八脚捉住袭击者,报告李达。李达正要到山上去喊话,见此情景,担心老百姓不明情况,以为红军来抢粮食,为免引发冲突,即令把受伤的战士与袭击者一同带回山洞再说。

宝柱被带到黄石岩,成为横石村第一个看见红六军团的村民,也成为红六军团在横石营地迎进的第一位客人。宝柱惊奇地发现,这些山洞里住满了红军。那么多红军,红色的袖章与帽徽晃得他眼睛发花。他被带到一个中等个子、眼睛上两道剑眉的人面前。"你把我们的人打伤了,这不好。怎么不问青红皂白就动手?不过,你并不知道我们是什么人,这不怪你。"萧克道。

宝柱质问:"你们是什么人?为什么偷我们的粮食?"

李达解释道:"我们是红军。没有偷你们的粮食,是借。有些是买的。我们要打仗,眼下又断粮了,只好麻烦你们。"

宝柱看着这些人,不相信。"你们为什么要藏在这里,你们是不是要打进我们村去?"

"村里没有敌人,我们不用打。如果国民党来侵扰你们,我们一定打过去。现在,我们在等着村里人来欢迎我们进村。"萧克笑眯眯地跟宝柱耐心交谈。

"那不可能!"宝柱道,"你们红军都变成坏蛋了!快放我回去!不然,村里人会来收拾你们的!"

"我们怎么变坏了?红军还是过去的红军,还是为穷人打天下的。"萧克道,"今天你既然来了,就是我们的客人,吃过饭再回去不迟。"萧克吩咐人叫炊事班多准备一份饭，送到这儿来。

午饭刚过，黄岩洞来了十多个老百姓。没想到竟然应了萧克那句话，他们真是来迎接红军进村的。这些土籍老百姓本来就记得红军过去打土豪分田地带来的好处，今天又看到红军留下来的借条、银圆，以及宣传资料，隔阂与疑虑顿时烟消云散。红六军团主力当即住进横石村，只留下一部分兵力在黄石岩担负警戒任务。

田里稻谷黄灿灿，是收割的好时候。红军帮着群众收割稻谷，采摘瓜果。宝柱家的破茅屋也被翻新了屋顶。宝柱妈则和村里的妇女忙着给红军打草鞋，织袜子，缝衣服。红军伤员住进了老百姓家，村民杀鸡宰羊为伤员补身子加营养。

新兵连在扩红，报名的青年排了一支长队。小村里里外外人声沸腾，似拍岸涛声。

94

萧克住在村中的钟家祠。这天，他正拿着一把大刷子在祠堂外墙上刷写标语，忽听门外有人喊："萧师长！我要参加红军！"扭头一看，是宝柱。他后面追着一个妇人，正是他娘。

宝柱娘气骂着儿子。"你要去当兵，我不白养了你？你就不想想，我老了怎么办？"

宝柱粗声大气地回复他娘："人家的崽都可以去当兵，就你这么麻烦！全村三四十个人都报了名，我不比他们差！"

萧克明白了事由。他劝宝柱道："我们的扩红章程有一条，凡是家中独子，都不能参军，要留在家中给父母养老送终的。你就不要参军了，在家好好照顾你娘。"

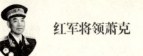

宝柱一听更加气恼，把他娘赶走了，自己却站着不走，在萧克身边转悠着唠叨。"不让参军我就去当土匪！活在家里没意思。娘现在不是好得很！等娘老了我再回来养她不迟啊！"

萧克只顾刷标语。

宝柱又问："师长你家有几个兄弟？"

"三兄弟。"

"师长，你出来当兵了，你家里还有兄弟吗？"

宝柱的话问得萧克心里一阵酸楚。他停下手中的活，跟宝柱讲起自己的家事。大哥萧克昌被嘉禾团防局以串通绿林军的名义杀害了，二哥萧克允早于萧克当兵，曾劝阻萧克留在家里照顾父母，但他没听，也走上了从军路。他和二哥分别上了井冈山，走下井冈山后就再也没有见面。去年得知，担任湘鄂赣省军区北路指挥部参谋长的萧克允，在湖北通山一次保卫苏区的战斗中牺牲了。现在父母只剩下萧克这个儿子，而他，却不能回去尽孝。

宝柱道："那我学你，你把我名字写上，陈宝柱！"

萧克道："不要学我，不能让太多的父母孤独终老。"

树上有只蝉儿在哇哇怪叫，宝柱感觉是在嘲笑他，拣起一块小石子投过去，蝉儿却叫得更响。他朝手掌心里吐一口唾沫，噌噌地爬上树去抓蝉儿。萧克想起亲密战友温小四。也不知那个猴子一样机灵的家伙，是不是每次都幸运地逃过了枪子。

"我不找你了！你不帮我就算了！"宝柱跳下树，朝萧克扔下一句话，气嘟嘟地跑了。地上弹起一线烟尘。

警卫员提醒萧克，碰头的时间到了。萧克飞快写完最后一个字，即走向设在另一个大屋的军部。红六军团的首长们约定今天上午9点钟开碰头会，汇总各师情况，商量突围转移事项。人员陆续到齐。任弼时问："这几天，大家都有了些什么好主意？"

萧克第一个发言。他直言不讳地提议道："现在我们军团才六千多人，在永新扩充的两千多兵力大都是从没打过仗的新兵。部队急需既懂管理又懂军事技术的干部。省委机关来了不少干部，是不是从中挑选一些直接补充到军团？"

大家纷纷望向任弼时。省委机关来的干部毕竟是任弼时身边的骨干，把这些人分散到各部，他舍不舍得？

任弼时摘下眼镜拿在手中细细打量，好似在确认这到底是不是自己的眼镜。终于确认完毕，他戴回眼镜，微笑着点头。"好！把我带过来的干部，都分到各师部去。现在省委也要转移，赶紧发个电报给省委陈洪时同志，请他再从省委机关挑选两三百名青壮年、几百条枪，补充到红六军团，组成地方工作团随军行动！"

接下来，大家集中讨论了另一个问题：如何分散敌人注意力，以使突围一举成功。一个奇思妙想如同压抑已久的地下河找到了出口，喷涌而出。

95

1934 年 7 月底 8 月初，遂川周围的几个县忽然接连冒出好几支地方游击队。赣湘独立一团、二团、三团、四团、五团，湘赣革命根据地所有的地方武装全部调动起来，活跃起来。

湘赣根据地北面的敌人忙得团团转，在永新、安福、莲花、吉安、峡江之间来回跑。根据地南面的敌人也不得闲，今天发现万安的游击队活动，明天又是泰和守敌遭到游击队袭击。驻守遂川县城的敌人也不得

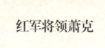

安宁，游击队一会来抢军需物资，一会来袭击保安团。整个湘赣革命根据地的敌人都被这些突如其来的游击队搞得晕头转向。唯有遂川西北部、井冈山脚下的小山村——横石村，宁静的天空下激流暗涌，红六军团突围筹备工作在神不知鬼不觉地进行着。

8月7日上午，国民党西路军总司令何键得到一个情报，遂川、万安、泰和三地的赣江沿线发现红军大部队在东渡赣江！

天啦，半个月前，那支几千人的部队就在眼皮底下隐遁不见，好像钻进了地底下，而今竟然在赣江边冒出来了！何键惊疑地反问情报人员："你们看清楚没有？是不是红六军团，不会搞错吧？"

"没错，看准了，绝对是他们！红六军团的两个师。他们都穿着红军军装，打着红旗子！旗子上写着十七师、十八师！"

何键大喜。"赶快调动所有兵力赶赴赣江，全力追击'共匪'！决不能让他们跑了！把赣江给我堵死，看他们往哪儿跑？"

这天下午3点钟，敌人调兵遣将赶往遂川东面的赣江。与此同时，在横石村的一座山头——鲤鱼岗，一场万人誓师大会在这里举行。红六军团十七师、十八师九千七百余人，全副武装地踏上西进征途。

部队出发了。横石村的男女老幼忙不迭地把干粮、草鞋、鸡蛋等往战士们手中塞。战士们则把随带的有限物品回赠当地老百姓。一个五六岁的男孩拿着红军叔叔送的一只搪瓷脸盆，雀跃着往家跑。

萧克遥望东边天际，仿佛听见赣江边的厮杀声。他心里默念着，湘赣根据地的兄弟们，感谢你们的掩护，感谢你们为革命做出的牺牲，你们的血一定不会白流！革命一定会胜利！江西，我的第二故乡，从北伐到现在，我在这片土地上整整八年，此去一别，同志们多保重！江西，多保重！

忽然，萧克感觉到自己衣服被人拉住，回头时，看见宝柱娘泪水长流地望着他。他安慰道："大娘您别难过，我们还会回来的。"

宝柱娘却死活不松手，也不言语，只是肝肠寸断地哭。警卫员过来拉开宝柱娘的手，劝她回去。萧克也劝她带着儿子好好活着，等革命胜利再回来看她。

宝柱娘仍不松手，一肚子话被哭声噎住，吐不出来。萧克只得去扶她。宝柱娘终于抽抽搭搭开言了："我儿子，宝柱……他招呼不打就……就跟你们走了啊！首长啊，你要帮我看住他啊！我等他，打完了……仗，回来，给我养老。呜呜……"

萧克抬头望望蜿蜒山间的万人部队，攒动的人头组成一条黑色的火焰，直插远天，哪里能辨出宝柱的影子！他眼眶湿润了。战场就是地狱，谁也不知道进去了还能不能活着走回来。他自己的父母，还不是一天一天为他提心吊胆、一年一年望穿双眼？面对眼前这位心怀不舍却万般无奈的母亲，他只能深鞠一躬，代表天底下那些背井离乡投奔革命的不孝之子，向父母谢罪。

96

四天之后。

1934 年 8 月 11 日中午，连续突破敌人四道封锁线的红六军团，冲出了敌人装备精良的重兵包围，从江西遂川县的横石村，到达湖南桂东县的寨前圩。

8 月 12 日，红六军团在寨前圩召开连以上干部大会，庆祝突围胜利，并誓师西征。直到此时，红六军团的指战员们才彻底明白，中央红军准备向西长征了！而红六军团刚刚完成的突围行动，不仅仅是自己的突围转移，也是中央主力红军西行长征的前奏曲。红六军团光荣地成为中央红军长征的先遣队，并将继续担负先遣队的重任，为中央红军西征探明道路，牵制敌人，沿途播下革命火种。

任弼时高声宣布中央决定："中央决定成立红六军团领导机关，任弼时为军政委员会主席，萧克为红六军团军团长兼红十七师师长，王震为军团政委兼红十七师政委，李达为军团参谋长，张子意为军团政治部主任，龙云为红十八师师长，甘泗淇为红十八师政委！"

天地间掌声雷动。

萧克心里异常平静。他明白，革命尚未成功，前路仍需努力。中央把红六军团这副重担交给了自己，此去西征，正可谓"三十功名尘与土，八千里路云和月"；他定当将这满腔热血当作那火红的旗子，穿云拨雾，猎猎向前！

参考文献

1.《萧克回忆录》，萧克著，解放军出版社，1997 年 6 月第 1 版。

2.《萧克印象》，中华炎黄文化研究会编，中央文献出版社，2010 年 12 月第 1 版。

3.《浴血罗霄》，萧克著，人民文学出版社，2012 年 2 月北京第 1 版。

4.《朱毛红军侧记》，萧克著，中共中央党校出版社，1993 年 1 月 第 1 版。

5.《秋收起义》，萧克、何长工主编，人民出版社，1979 年 7 月第 1 版。

6.《萧克诗稿》，萧克著，湖南文艺出版社，1991 年 10 月第 1 版。

7.《南昌起义》，南昌八一起义纪念馆编，中共党史资料出版社，1987 年 6 月第 1 版。

8.《红色感叹号——南昌起义全景式记录》，罗政球著，江西人民 出版社，2010 年 2 月第 2 版。

9.《红色起点——南昌起义全记录》，易宇、祥林、徐雁著，湖南 人民出版社，2009 年 3 月第 2 版。

10.《南昌起义纪实》，尹家民著，解放军文艺出版社，2007 年 1 月 第 3 版。

11.《亲历南昌起义》，江西省委党史办著，江西人民出版社，2007

年9月第1版。

12.《南昌起义亲历记》，黄霖著，江西人民出版社，2007年4月第1版。

13.《八一记忆——文物背后的故事》，王小玲、曹佳倩主编，2015年3月第1版。

14.《南昌起义人物研究》，肖燕燕著，江西人民出版社，2009年12月第1版。

15.《南昌起义与八一精神研究》，周根保主编，江西人民出版社，2014年1月第1版。

16.《人民军队从这里走来——南昌起义部队纪实》，南昌八一精神研究会编，江西人民出版社，2015年7月第1版。

17.《南昌八一起义纪念馆建设风云》，南昌八一起义纪念馆、南昌市史志办编，江西人民出版社，2010年3月第1版。

18.《南昌起义史话》，法剑明、王小玲主编，江西人民出版社，2007年6月第1版。

19.《南昌起义深镜头》，黄道炫著，江西美术出版社，2007年第3版。

20.《叶挺将军》，张笑天著，上海文艺出版社，2011年1月第1版。

21.《解读林彪》，周敬青著，上海人民出版社，2013年4月第1版。

22.《彭德怀自述》，人民出版社，1981年12月第1版。

23.《孙子兵法 三十六计》，孙武著，江西教育出版社，2014年5月第1版。

24.《曾胡治兵语录》，蔡锷辑录，漓江出版社，2014年4月第1版。

25.《江西党史集粹》，江西省委党史研究室编，江西人民出版社，2011年5月第1版。

26.《中国共产党江西简史》，江西省委党史研究室编，江西人民出版社，2011年5月第1版。

27.《江西党史资料》第一辑，江西省党史研究室编，1987年4月。

28.《江西党史资料》第七辑，江西省委党史资料征集委员会、江西省委党史研究室编，1987年7月。

29.《中央革命根据地史料选编》上册，江西省档案馆编，江西人民出版社，1982年第1版。

30.《回忆中央苏区》，陈毅、肖华等著，江西人民出版社，1987年第1版。

31.《中央苏区史话》，刘晓农著，江西人民出版社，2011年9月第1版。

32.《红都风云录》，瑞金市党史办编，中共党史出版社，2013年2月第1版。

33.《红都瑞金史》，瑞金市党史办编，中共党史出版社，2013年2月第1版。

34.《苏区精神永放光芒》上、下册，瑞金市党史办编，中共党史出版社，2013年2月第1版。

35.《红色宁都》，邱新民著，江西人民出版社，2014年8月第1版。

36.《赣南苏区史》，张孝忠主编，赣州市委党史办编著，中共党史出版社，2013年12月第1版。

37.《中央红军长征集结出发地——于都》，于都县委县政府编，2009年6月。

38.《中央红军第三军团在石城》，温昌义编著，中共党史出版社，2007年5月第1版。

39.《寻乌人民革命史》，寻乌县党史办编，2000年5月。

40.《群英荟萃会昌》，廖成铭主编，中共党史出版社，2009年8月第 1 版。

41.《会昌党史》1—2 辑，潘贻明主编，2005 年 5 月。

42.《会昌党史》第 4 辑，会昌县党史办编，2012 年 12 月。

43.《风景这边独好——红色会昌》，中央文献出版社，2007 年 12 月第 1 版。

44.《中国共产党赣州历史大事记》第一卷，张孝忠主编，中共党史出版社，2012 年 12 月第 1 版。

45.《中国共产党赣县历史》第一卷（1926—1949），赣县党史办著，中共党史出版社，2015 年第 1 版。

46.《中国共产党吉安历史》第一卷，中共党史出版社，2011 年 6 月第 1 版。

47.《井冈山革命根据地全史》，余伯流、陈钢著，江西人民出版社，2010 年 10 月第 3 版。

48.《回忆井冈山斗争时期》，罗荣桓、谭震林等著，江西人民出版社，1979 年 12 月第 1 版。

49.《井冈演义》，刘晓农著，中国文联出版社，2011 年 6 月第 1 版。

50.《题解井冈山》，井冈山革命博物馆编，中央文献出版社，2013 年 12 月第 2 版。

51.《中国共产党井冈山地方史》第一卷，中共党史出版社，2011 年 6 月第 1 版。

52.《中国共产党遂川历史》第一卷（1919—1949），遂川县党史办编，中共党史出版社，2011 年 5 月第 1 版。

53.《遂川红色故事读本》，遂川县党史办编，中共党史出版社，2014 年 7 月第 1 版。

54.永新传承红色基因系列丛书《红色历程》，肖兵主编，中共党史出版社，2014年9月第1版。

55.《永新苏区志》，永新县志办公室编，南海出版公司，1990年5月第1版。

56.《中共莲花地方史》第一卷，陈天声主编，中共党史出版社，2006年12月第1版。

57.《铁军从这里出山》，莲花县政协著，解放军出版社，2006年10月第1版。

58.《任弼时在江西》，曾宪林主编，江西人民出版社，2004年3月第1版。

59.《湘赣革命根据地全史》，陈钢、黄惠运、欧阳小华著，江西出版集团、江西人民出版社，2007年9月第1版。

60.《修水人民革命史》，修水县委党史办编，南海出版公司，1989年9月第1版。

61.《湘南暴动史要》，黄仲芳著，华文出版社，2010年8月第1版。

62.《中国现代史演义——秋收起义》，潘强恩著，远方出版社，1998年7月第1版。

63.《中国共产党临武历史》第一卷，临武县史志办、临武县党史联络组编，中共党史出版社，2013年1月第1版。

64.《萧克画传》，张国琦编著，解放军文艺出版社，2002年出版。

后 记

研读萧克始于 2015 年新年第一天。

萧克将军的秘书张国琦先生为宣传将军伟绩来到南昌，我有幸结识。萧克辞世多年，退休回乡的张国琦先生，仍三句不离萧老，尤以大病初愈之身，为弘扬先辈精神奔走南北，这份执着感染了我。从网购书刊开始关注萧克，只是看看，没做任何打算。

萧克，湖南嘉禾县走出来的农家子弟，学业初成便投笔从戎，将最美青春托付于江西，血拼于江西，建功于江西。北伐南昌始至江西，先遣西征离开湘赣，这八年光阴，他让江西见证了一位革命青年对组织的忠信、一个热血诗人对理想的追求。同为生于湖南、成长于江西的老乡老表，我的灵魂受到强烈感召。

两年时间，边读边写，边走边写。查阅了百余部书刊，走访数十位见过萧克、听过萧克、写过萧克、爱戴萧克的各方人士；追寻萧克转战江西的足迹，探寻萧克挥师战斗的旧址。萧克其人其事，日益鲜活于脑，让我掩卷不舍，提笔不辍。

我在本书中描摹的是萧克八年江西的红色青春。力图避开"高大全"的路数，紧随其足迹找寻成长心路，触摸一位红军将领的个性、血性与诗性。我理解的萧克，是有着爱恨情仇的普通人，矢志拯救全天下穷人，却未能拯救四位亲人被恶霸地主勾结反动势力杀害的厄运；为报仇雪恨而从军，一心想要手刃仇敌，却时时在组织纪律面前纠结选择。他是马背上的浪漫诗人，一手拿枪，一手拿笔，无论歧路多艰，永远高歌猛进。他颠覆了"慈不带兵"的古训，每每对良知未泯的俘虏放一条生路，甚或救人于急难。他带农民军有自己独特一套，思想工作加土办法，将"土共"训练成打不散的"铁军"。他对党组织生死不二，即使身陷囹圄流落他乡，依然追寻到底；挨了批评受了处分，依然不改初心。正因如此，革命浪潮中，有人沉沦，有人叛变，有人随波逐流，而对共产党有着坚定信念的萧克，闯过了一道道生死大关与漩涡，从一个提着脑袋猛打、猛冲、猛追的"三猛"战士，成长为运筹帷幄、独当一面的红军将领，为他日后成为开国将军奠定了深厚的基石。

萧克的青春岁月，是一座值得深挖的精神富矿。这两年的业余笔耕，为我正业添进不少正能量与智慧。囿于对土地革命历史知识的匮乏，搜集资料也有限，述及党史军史便捉襟见肘，虽请教了不少史学方家，仍是谬误难免。文稿能成书，要鸣谢的人很多。

军委政治工作部宣传局组织的审读专家提出了宝贵修改意见，勘正了不少谬误，并对我作品加以肯定和鼓励。江西省作家协会将本作品列为 2015 年重点作品选题给予项目扶持。

张国琦先生开放了他个人的资料宝库，为我提供了大量珍贵史料，包括萧克生前影像资料，并时常从上海隔空来电指导加油。书中所有萧克照片均来源于他编著的《萧克画传》。

文艺界的好友施以永期的援手。野莽，从北京邮了三大包书给我，都是他的小说、传记、专著，我写乏了、写卡了，就到他的书里呼吸。
沙爽，出差期间，零下 20 度的宾馆暖气不暖，她钻进被窝对着手机为
我看稿。75 岁的老画家、国家一级美术师陈祖煌，欣然拿出亲笔力作《井
冈山》图，为我的封面人物充当背景。

中共江西省委党史办史爱国，吉安市刘晓农，南昌市陈洪模，遂
川县周慧芬，泰和县罗嗣峰，永新县贺兰萍，寻乌县冯杨，莲花县吴栋
山，宁都县曾春生，瑞金市刘衍萍、曾春荣，会昌县曹树强等史志专家，
以及萧克家乡嘉禾县的雷福宝、彭晓青等为我采访和收集资料提供便利，
并为书稿把关史实。参阅的主要文献列在书末，在此对有关部门和作者
一并致谢。

罗聪明

于 2017 年 12 月